AMY HARMON

All the Songs of My Soul

Liebe Leser:innen,

dieses Buch enthält potenziell triggernde Inhalte.
Deshalb findet ihr auf Seite 374 eine Triggerwarnung.

Die Romane von Amy Harmon bei LYX:

Making Faces
Infinity Plus One
A Different Blue

Die Laws-of-Love-Trilogie:

1. All the Colours of My Dreams
2. All the Songs of My Soul
3. All the Pieces of My Heart *(erscheint Juli 2022)*

Die Bird-and-Sword-Reihe:

1. Bird And Sword
2. Queen And Blood

AMY HARMON

all the SONGS of my SOUL

Roman

Ins Deutsche übertragen von Corinna Wieja

LYX

LYX in der Bastei Lübbe AG
Dieser Titel ist auch als E-Book erschienen.

Die Bastei Lübbe AG verfolgt eine nachhaltige Buchproduktion. Wir verwenden Papiere aus nachhaltiger Forstwirtschaft und verzichten darauf, Bücher einzeln in Folie zu verpacken. Wir stellen unsere Bücher in Deutschland und Europa (EU) her und arbeiten mit den Druckereien kontinuierlich an einer positiven Ökobilanz.

MIX
Papier aus verantwortungsvollen Quellen
FSC® C014496
FSC www.fsc.org

Vollständige Neuausgabe
des bei INK unter dem Titel
»Mein Himmel in deinen Händen« erschienenen Werks

Die Originalausgabe erschien 2015 unter dem Titel »The Song of David«
Für die deutsche Ausgabe:

Textredaktion: Jochen Dilling
Umschlaggestaltung: © Sandra Taufer,
unter Verwendung von Motiven von © Belliaroze® |
www.belliaroze.com | All Rights Reserved / CreativeMarket 5;
motion.vidos / shutterstock; personsproductions / shutterstock;
lisima / shutterstock; Oaurea / shutterstock
Satz: Greiner & Reichel, Köln
Gesetzt aus der Adobe Caslon
Druck und Verarbeitung: GGP Media GmbH, Pößneck
Printed in Germany
ISBN 978-3-7363-1668-3

1 3 5 7 6 4 2

Sie finden uns im Internet unter lyx-verlag.de
Bitte beachten Sie auch: luebbe.de und lesejury.de

Für die Kämpfer
Cody Clark,
Stephenie Thomas,
Richard Stowell
und Nicole Rasmussen.
Und all jene, die Seite an Seite mit ihnen kämpfen.

Wie lange willst du mein so gar vergessen?
Wie lange verbirgst du dein Antlitz vor mir?
Wie lange soll ich sorgen in meiner Seele und mich ängsten
in meinem Herzen täglich?
Wie lange soll sich mein Feind über mich erheben?
Schaue doch und erhöre mich.
Erleuchte meine Augen,
dass ich nicht dem Tode entschlafe,
dass nicht mein Feind rühme, er sei meiner mächtig geworden.

Psalm 13 – Ein Lied Davids

PROLOG

Moses

Gestern bekam ich einen Anruf von Millie. Tagg ist verschwunden. Er ist weg, und Millie hat keine Ahnung, wo sie ihn suchen soll, selbst wenn sie es könnte. So was sieht Tagg gar nicht ähnlich. Er weiß, dass sie ihm nicht hinterherlaufen kann, und fies ist er nicht. Noch nie gewesen.

Als ich Millie kennenlernte, merkte ich sofort, dass Tagg in ihr jemanden gefunden hatte, der ihm hilft, zur Ruhe zu kommen und ihm Halt gibt. Sie würde mit Freuden seine seelischen Knoten entwirren und ihn dazu bringen, sein Leben zu entschleunigen. Im Gegenzug würde er sie auf die ihm eigene Weise lieben. Das Schicksal schien die beiden zusammengeführt zu haben, obwohl ich an so einen Mist eigentlich nicht glaube. Auch wenn man das meinen könnte, bei all dem, was ich sehe und weiß. Aber genau dieses Wissen, dass Vieles weit über unseren Verstand hinausgeht, lässt mich an dem Konzept von Schicksal und Vorsehung zweifeln. Die Behauptung, etwas sei vorbestimmt und »solle so sein«, ist meiner Meinung nach nur eine faule Ausrede, um sich leichter damit abzufinden, wenn man etwas vermasselt hat oder vom Leben eine Wagenladung Mist serviert bekommt. Die angeblich vorbestimmten Dinge haben wir nicht verursacht. Wir haben keine Kontrolle darüber. Sie passieren einfach so, egal, wer oder was wir sind.

Wie Sonnenuntergänge und Schnee und Naturkatastrophen. Ich hab nie daran geglaubt, dass Not und Leid vorbestimmt sein sollen oder Menschen füreinander bestimmt sein können. Wir haben die Wahl. Im Allgemeinen treffen wir die Entscheidungen. Wir erschaffen, machen Fehler, brennen Brücken hinter uns ab und errichten neue.

Tagg ist jedoch anders. Er soll so sein. Er ist einfach er. Ein Wirbelwind, ein Tornado, der sich nicht kontrollieren lässt. Er saugt alles in sich auf, aber im Gegensatz zu einer Naturkatastrophe lässt er nicht mehr los. Er lässt niemals jemanden fallen. Und doch hat er genau das nun getan. Ohne jegliche Vorwarnung hat er losgelassen.

Vor drei Jahren sind Tagg und ich nach Salt Lake City zurückgekehrt und geblieben. Am Anfang machte ich mir Sorgen, Tagg irgendwann ziehen lassen zu müssen, weil er eben kein sesshafter Typ ist. Er war schon immer rastlos, ein Getriebener, und langweilt sich schnell. Wenn man fast sechs Jahre lang durch die ganze Welt reist, geht einem das ins Blut über. Das Weiterziehen, das unstete, schnelle Leben, die Freiheit. Man hält es nur noch schwer für längere Zeit an einem Ort aus. Doch uns ist das gelungen. Uns beiden. Wir sind zusammen weggelaufen wie die verlorenen Jungs auf der Suche nach Nimmerland und haben es irgendwie geschafft, als Männer zurückzukehren.

Tagg hatte sich mächtig ins Zeug gelegt und einen ganzen Straßenblock zu einem Zuhause für all jene gemacht, die er im Lauf der Zeit um sich geschart und mehr oder weniger adoptiert hatte. Ich hatte mir einen Namen gemacht, meinen Kundenstamm erweitert, wäre fast ums Leben gekommen, hatte wieder Kontakt zu Georgia aufgenommen und sie schließlich dazu überredet, mich zu heiraten. Vor sechs Monaten kam unsere Tochter Kathleen zur Welt. Tagg heulte, als er sie zum ersten Mal in den Armen hielt, und scherte sich einen Dreck um sein Image als harter Kerl. Er wirkte so glücklich. So topfit und mit sich im Reinen.

Und nun hat er ohne ersichtlichen Grund losgelassen und sich aus dem Staub gemacht.

Er hat Millie fallen gelassen. Er hat das Tagg-Team, seine Geschäfte, seine Pläne für einen Titelkampf fallen gelassen. Und auch mich. Das ergab alles keinen Sinn. Falls es irgendwelche Vorzeichen gegeben hatte, hatte ich sie übersehen. Dabei bin ich der Kerl, der Dinge sehen sollte, die andere nicht sehen. Ich bin Moses Wright – Medium, Künstler, bester Freund – und ich hatte die Zeichen nicht erkannt.

Moses

Tagg hatte keine Nachricht hinterlassen, seine Wohnung war aufgeräumt. Mehr als aufgeräumt – leer, besenrein. Im Fenster hing das Schild eines Immobilienmaklers. Tagg hat einen ausgeprägten Hang zur Unordnung; das musste er ändern, falls er mit Millie zusammenziehen wollte. Daher nahm ich an, seine Haushälterin wäre da gewesen, und rief sie an. Allerdings wusste sie auch nicht mehr. Niemand wusste etwas. Tagg hatte niemandem Bescheid gegeben. Seine Wohnung steht zum Verkauf, sein Pick-up ist weg. Er war weg. Ohne eine neue Adresse zu hinterlassen.

Im Fitnessklub hatte er einen Briefumschlag mit Millies Namen hinterlegt. Darin steckte ein Schlüsselbund, an dem ihr Haustürschlüssel hing, ein Schlüssel für den Fitnessklub, einer für die Bar und einer für den Aktenschrank in seinem Büro. Wir probierten eine Weile herum, bis wir rausfanden, welcher Schlüssel in welches Schloss passte. Trotzdem hatte ich nicht den Eindruck, dass Tagg Katz und Maus mit uns spielen wollte. Auch das war nicht seine Art. Er wollte nur nicht von uns gefunden werden. Und das jagte mir eine Heidenangst ein.

In der obersten Schublade des grauen Aktenschranks stand ein Schuhkarton. Darin lagen Kassetten, beschriftet mit Taggs Namen und einer Zahl. Darunter befand sich ein Aufkleber mit kleinen aufgeprägten Punkten. Ein Kassettenrekorder, von der tragbaren Sorte, die den Lautsprecher oben hat und vorne nebeneinanderliegende Tasten wie bei einem Klavier, lag ebenfalls in der Schachtel.

Ich fragte Millie, ob sie damit was anfangen konnte. Überrascht fuhr sie mit den Fingern über Kassetten und Rekorder und nickte dann.

»Der ist von meinem Bruder Henry. Der Rekorder steht schon seit einer halben Ewigkeit in seinem Zimmer. Früher hat Henry immer Sportkommentator gespielt. Er hat sich die Spiele meines Dads im Fernsehen angeschaut und dabei seine Kommentare in den Rekorder gesprochen, als sei er Bob Costas oder so. Bevor meine Mutter starb, hat sie ihm einen Digitalrekorder gekauft. Aber Henry hebt alles auf. Bestimmt hat Tagg den Rekorder und die Kassetten von ihm.«

Tagg fasst alles gern an. Das hat er mit Millie gemeinsam. Sie muss alles anfassen, um sich ein Bild zu machen. Er muss alles anfassen, um es zu spüren und eine Beziehung herzustellen. Ich konnte mir gut vorstellen, wie er die Kassetten eingelegt und einfach drauflosgeplaudert und dabei ewig gebraucht hatte, um auf den Punkt zu kommen. Vermutlich lachte er beim Erzählen sogar, als sei alles nur ein Witz. Trotzdem konnte ich nicht richtig sauer auf ihn sein, denn ich wusste instinktiv, dass er die Bänder deshalb besprochen hatte, weil er Millie bloß auf diese Weise eine Nachricht hinterlassen konnte. Nur mithilfe der Kassetten konnte er sicherstellen, dass sie allein und ohne Publikum erfahren konnte, was er ihr zu sagen hatte.

»Du weißt, wie man das Ding benutzt, oder?«, fragte ich.

Sie nickte.

»Ich glaube, die Kassetten sind für dich bestimmt, Millie«, sagte ich.

»Er hat sie beschriftet«, flüsterte sie. »Er hat sie beschriftet, damit ich weiß, welche ich zuerst anhören muss.«

»Die Aufkleber?«

Wieder nickte sie. »Ja. Ich hab sie auf all meinen Sachen. In meinem Schlafzimmer steht eine kleine Kiste, in der sind Sticker mit Zahlen, Buchstaben und Wörtern in Punktschrift. Anscheinend hat Tagg tatsächlich zugehört, als ich sie ihm gezeigt habe.«

»Tagg hört immer zu. Man merkt es ihm nur nicht an, weil er so zappelig ist. Aber ihm entgeht nichts.«

Millies Lippen bebten, und ihre Augen schwammen in Tränen. Schnell wandte ich den Blick ab, auch wenn das unnötig war.

Ich hörte, wie sie eine Kassette einschob und auf *Play* drückte. Taggs Stimme füllte das stille Zimmer. Ich zuckte lächelnd zusammen, immer noch unschlüssig, ob ich sauer auf ihn sein sollte oder Angst um ihn haben musste. Eins wusste ich jedoch ziemlich genau – Tagg hätte sicher nicht gewollt, dass ich mitbekam, was er Millie zu sagen hatte. Ich ging zur Tür. Als ich sie jedoch öffnete, schaltete Millie das Band aus, und Tagg verstummte mitten im Satz über seine Bar. Ich wusste über seine Geschäfte bereits alles, was ich wissen musste. Aber Millie war anderer Meinung.

»Moses? Bitte bleib und hör dir mit mir die Kassetten an. Du kennst ihn am besten. Du bist mit ihm schon so vertraut, wie ich es gerne sein möchte. Und er liegt dir so sehr am Herzen wie mir. Ich brauch deine Hilfe, damit mir nichts entgeht. Und danach brauch ich deine Hilfe, um ihn zu finden.«

Mit achtzehn lernte ich David Taggert in einer psychiatrischen Klinik kennen. Der psychiatrischen Klinik Montlake. Bei einer Gruppentherapie sind wir uns zum ersten Mal begegnet. Ich entdeckte seine tote Schwester hinter seiner Schulter und fragte, ob er Molly kannte. So hieß sie. Molly. Seine tote Schwester. Er war wütend auf mich losgegangen und hatte mich zu Boden gerissen. Mit den Händen um meinen Hals hatte er Antworten verlangt, ehe die Pfleger ihn von mir wegziehen konnten.

Kein besonders vielversprechender Anfang für eine Freundschaft.

Wir waren aus unterschiedlichen Gründen dort. Ich war eingewiesen worden, weil man Angst vor mir hatte, und Tagg, weil er geliebt wurde. Ich sah tote Menschen, und er wollte sterben. Wir waren jung, einsam, verloren und verirrt. Ich für meinen Teil wollte auch gar nicht gefunden werden, sondern einfach nur weg, so weit wie möglich, weg von den Toten.

Tagg wollte nur Klarheit.

Vielleicht lag es an unserem jugendlichen Alter. Oder daran, dass wir beide nicht besonders scharf darauf waren, die psychiatrische Klinik wieder zu verlassen. Vielleicht lag es auch einfach daran, dass Tagg mit seinem ausgeprägten texanischen Akzent und seinem Cowboygehabe so ganz anders war als ich. Egal aus welchem Grund, wir wurden Freunde. Vielleicht auch, weil er mir glaubte. Ohne zu zögern. Bedingungslos. Ohne zu urteilen. Er glaubte mir. Und das ist auch so geblieben.

Nach unserem Schlagabtausch in der Therapiegruppe durften wir unsere Zimmer drei Tage lang nicht verlassen. Am dritten Isolationstag kam Tagg in mein Zimmer gesprintet und schloss die Tür.

Finster musterte ich ihn. Ich hatte angenommen, die Tür wäre abgeschlossen, und hatte das nicht einmal überprüft. Jetzt kam ich mir dumm vor, weil ich drei Tage im Zimmer verbracht hatte, obwohl die Tür gar nicht verriegelt war.

»Die Pfleger laufen alle paar Minuten zur Kontrolle durch den Flur. Mehr aber auch nicht. Das war schon lächerlich einfach. Ich hätte viel eher kommen sollen«, sagte er und setzte sich auf mein Bett. »Ich bin übrigens David Taggert. Aber du kannst mich Tagg nennen.« Er entschuldigte sich nicht dafür, dass er mich beinahe erstickt hätte, und machte auch nicht den Eindruck, als ob er eine Prügelei anfangen wollte, was mich ein wenig enttäuschte.

Wenn er sich nicht prügeln wollte, konnte er von mir aus gleich wieder verschwinden. Wortlos wandte ich mich dem Bild zu, an dem ich gerade arbeitete. Ich spürte die Nähe seiner Schwester am Rande meines Sichtfeldes. Ihr Bild flackerte hinter meinen Schutzmauern auf, und ich seufzte schwer. Ich war Molly leid und ihren Bruder noch mehr. Beide waren unglaublich hartnäckig und anstrengend.

»Du bist ein verrückter Dreckskerl«, sagte Tagg ohne Vorwarnung.

Ich hob nicht mal den Kopf von dem Bild, das ich mit dem letzten stummeligen Rest eines Wachsstiftes zeichnete. Ich versuchte, meine Stifte so lange wie möglich zu verwenden. Meine Vorräte schwanden viel zu rasch.

»Das behaupten die Leute, oder? Dass du verrückt bist. Aber das schlucke ich nicht, Mann. Nicht mehr. Du bist nicht verrückt. Du hast Fähigkeiten. Wahnsinnige Fähigkeiten.«

»Wahnsinnig. Verrückt. Bedeutet das nicht dasselbe?«, murmelte ich. Wahnsinn und Genie lagen eng beieinander. Ich fragte mich, über welche Fähigkeiten er redete. Er hatte mich nicht malen sehen.

»Nein, Mann«, sagte er. »Das ist nicht dasselbe. Verrückte gehören an solche Orte wie den hier. Du aber nicht.«

»Ich glaub schon, dass ich hierhergehöre.«

Er lachte, eindeutig überrascht. »Du glaubst, dass du verrückt bist?«

»Ich glaube, dass ich einen Knacks habe.«

Fragend legte Tagg den Kopf schief. Als ich nicht weitersprach, nickte er. »Okay. Vielleicht haben wir alle einen Knacks. Oder sind geknickt. Ich auf jeden Fall.«

»Warum?«, fragte ich. Molly schwebte wieder im Raum, und ich zeichnete schneller, füllte unwillkürlich die Seite mit ihrem Gesicht.

»Meine Schwester ist verschwunden. Und das ist meine Schuld. Solange ich nicht weiß, was mit ihr passiert ist, werde ich den Knacks nicht kitten können. Ich werde bis in alle Ewigkeit geknickt bleiben.« Seine Stimme klang so leise, dass ich mir nicht sicher war, ob ich den letzten Teil hören sollte.

»Ist das deine Schwester?«, fragte ich und zeigte ihm widerstrebend meinen Skizzenblock.

Tagg betrachtete das Bild. Dann stand er auf. Gleich darauf setzte er sich wieder, dann nickte er.

»Ja«, brachte er erstickt hervor. »Das ist meine Schwester.«

Und er erzählte mir alles.

David Taggerts Vater machte in Texas in Öl, wollte aber schon immer Rancher werden. Als Tagg immer öfter Ärger bekam und sich jedes Wochenende besoff, kaufte sein Vater eine zwanzig Hektar große Ranch in Sanpete County, Utah, und die Familie zog dorthin. Er war sich sicher, wenn er Tagg und seine ältere Schwester Molly aus ihrem alten Umfeld herausholte, würden sie ihre Probleme in den Griff bekommen.

Die Kinder blühten jedoch nicht auf. Sie rebellierten. Molly lief von zu Hause fort und verschwand spurlos. Tagg gab sich Mühe, nüchtern zu bleiben, aber wenn er nicht trank, ertrank er in Schuldgefühlen und versuchte schließlich, sich das Leben zu nehmen. Mehrmals. Weshalb er im psychiatrischen Flügel gelandet war, in derselben Etage wie ich.

Ich hörte zu, ließ ihn reden. Ich wusste ebenso wenig über Mollys Todesumstände wie er. Solche Erinnerungen teilten die

Toten nie mit mir. Sie wollten mir ihr Leben zeigen, nicht ihren Tod. Als Tagg seine Geschichte beendet hatte, sah er mich mit traurigen Augen an.

»Sie ist tot, stimmt's? Du kannst sie sehen, also ist sie tot.«

Ich nickte, und er nickte auch, nahm meine Antwort ohne Widerrede hin und senkte den Kopf, worauf meine Achtung für ihn stieg. Also zeigte ich ihm, was Molly mir zeigte, und zeichnete die Bilder, die mir durch den Kopf gingen, wenn sie in der Nähe war.

Tagg erzählte seinem Vater von mir. Und aus welchen Gründen auch immer – Verzweiflung, Hilflosigkeit oder schlicht dem Wunsch, seinen hartnäckigen Sohn zu beschwichtigen – heuerte David Taggert senior einen Mann und seinen Suchhundetrupp an, um die von mir beschriebene Gegend abzusuchen. Rasch nahmen die Hunde Mollys Spur auf und fanden ihre Leiche. Einfach so. In einem flachen Grab, über dem sich Steine und Müll auftürmten, nur fünfzig Meter von der Stelle entfernt, an der ich ihr lächelndes Gesicht auf eine Straßenbrücke gemalt hatte, wurde die Leiche von Molly Taggert aufgespürt.

Tagg hatte mir weinend davon berichtet. Tiefe, markerschütternde Schluchzer ließen seine Schultern erbeben und mein Magen verkrampfte. Zum ersten Mal hatte ich so etwas getan. Jemandem geholfen. Jemanden aufgespürt. Zum ersten Mal war meine Gabe, wenn man das so nennen konnte, nützlich gewesen. Tagg hatte jedoch nur weitere Fragen.

Eines Nachts, nachdem die Lichter gelöscht waren, schlich er sich wie so oft ungesehen über den Flur zu mir und suchte nach Antworten, die ihm das Personal nicht geben konnte und von denen er glaubte, dass ich sie kannte. Tagg lächelte oft, geriet rasch in Wut, vergab schnell und handelte schnell. Er machte keine halben Sachen. Manchmal fragte ich mich, ob er nicht tatsächlich in der Anstalt am besten aufgehoben war, weil man ihn dort unter Kontrolle hielt. Er besaß jedoch auch eine sentimentale Seite.

»Wenn ich sterbe, was passiert dann mit mir?«

»Warum glaubst du, dass du sterben wirst?« Ich hörte mich schon wie ein Arzt an.

»Ich bin hier, weil ich mehrere Male versucht habe, mich umzubringen, Moses.«

»Ja, ich weiß.« Ich deutete auf die lange Narbe auf seinem Arm. Das war leicht zu erkennen. »Und ich bin hier, weil ich tote Leute male und jedem, dem ich begegne, eine Scheißangst einjage.«

Er grinste. »Ja, ich weiß.« Auch er wusste über mich Bescheid. Sein Lächeln verschwand jedoch sofort wieder. »Wenn ich nicht trinke, drückt mich das Leben so sehr runter, dass ich nicht mehr klar denken kann. So war das nicht immer. Aber jetzt ist es so. Das Leben ist ziemlich scheiße, Moses.«

»Willst du immer noch sterben?«, wechselte ich das Thema.

»Ab und zu. Was kommt danach?«

»Mehr«, antwortete ich schlicht. »Einfach mehr. Das ist alles, was ich dir sagen kann. Es endet nicht.«

»Und du siehst, was danach kommt?«

»Was meinst du damit?« Ich konnte nicht in die Zukunft blicken, falls er das meinte.

»Kannst du die andere Seite sehen?«

»Nein. Ich sehe nur, was sie mir zeigen«, stellte ich klar.

»Sie? Wer ist sie?«

»Diejenigen, die zu mir kommen.« Ich zuckte mit den Schultern.

»Flüstern sie dir was zu? Reden sie mit dir?« Tagg hatte die Stimme zu einem Flüstern gesenkt, als sei das Thema heilig.

»Nein. Sie sagen nie was. Sie zeigen mir nur Dinge.«

Tagg erschauerte und rieb sich den Nacken, wie um die Gänsehaut wegzurubbeln, die ihm über den Rücken kroch.

»Siehst du alles? Ihr ganzes Leben?«

»Manchmal fühlt es sich so an. Dann ist es wie eine Flutwelle aus Farben und Erinnerungen, aus der ich nur zufällig Dinge auffischen kann, weil alles so schnell durcheinanderwirbelt. Außerdem kann ich nur sehen, was ich auch verstehe. Ich bin sicher, ihnen wäre es lieber, wenn ich mehr sehen könnte. Aber das ist nicht so leicht. Es ist subjektiv. Ich sehe gewöhnlich nur Bruchstücke, Puzzleteile. Niemals das ganze Bild. Aber ich bin schon besser im Filtern geworden. Dadurch fühlt es sich mehr wie Erinnern an und weniger so, als wäre ich besessen.« Als ich lächelte, schüttelte Tagg verwundert den Kopf.

»Moses?« Tagg riss mich aus meinen Gedanken.

»Ja?«

»Bekomm das nicht in den falschen Hals, aber … wenn du weißt, dass da mehr ist und es nicht schlimm ist oder unheimlich … keine Zombie-Apokalypse, kein Fegefeuer und keine Hölle, soweit du weißt, warum bleibst du dann noch hier?« Seine Stimme klang so leise und voller Emotionen, dass ich mir nicht sicher war, ob ich die richtigen Worte finden würde, um ihm zu helfen. Ich wusste nicht, ob es darauf überhaupt eine Antwort gab. Ich dachte einen Moment nach und fand schließlich eine Antwort, die sich richtig anfühlte.

»Weil ich immer noch ich sein würde«, sagte ich. »Und du immer noch du.«

»Was meinst du damit?«

»Wir können nicht vor uns selbst flüchten, Tagg. Ob hier oder dort, ob man bis ans Ende der Welt reist oder in einer psychiatrischen Klinik in Salt Lake City ist. Ich bin Moses und du Tagg. Und das wird sich nie ändern. Also müssen wir uns unserem Selbst entweder hier stellen oder woanders. Aber wir müssen auf jeden Fall damit klarkommen. Und daran ändert auch der Tod nichts.«

Er nickte langsam, den Blick auf meine Hände gerichtet, die Bilder entstehen ließen, die keiner von uns wirklich verstand.

»Daran ändert sich nichts«, wiederholte er wie ein Echo. »Du bist Moses und ich Tagg.«

Ich nickte. »Ja. Und so sehr das manchmal auch nervt, es liegt auch Trost darin. Zumindest wissen wir, wer wir sind.«

Er fragte mich nie wieder nach dem Tod. In den folgenden Wochen legte er eine Zuversicht an den Tag, die er früher vermutlich bergeweise besessen hatte. Er schien Pläne für die Zukunft zu schmieden. Ich hatte immer noch keine Ahnung, was ich anfangen sollte.

»Wohin gehst du nach deiner Entlassung?«, fragte er eines Abends beim Essen, die Augen auf den Teller gerichtet, die Arme auf dem Tisch. Er hatte einen fast so großen Appetit wie ich. Ich war mir ziemlich sicher, dass das Küchenpersonal froh über unsere Entlassung sein würde.

Ich wollte nicht mit Tagg über meine Zukunft reden. Ich wollte gar nicht darüber reden. Also schaute ich über Taggs Kopf hinweg aus dem Fenster und teilte ihm das wortlos mit. Aber Tagg blieb hartnäckig.

»Du bist fast neunzehn. Du bist offiziell raus aus dem System. Also, wohin willst du, Mo?« Ich weiß nicht, wie er auf die Idee gekommen war, mich Mo zu nennen. Ich hatte ihm das nicht erlaubt. Aber so war er nun mal. Hartnäckig war er mir immer mehr auf die Pelle gerückt und hatte sich durch meine Schutzmauer gebohrt.

Mein Blick flackerte kurz zu Tagg, dann tat ich seine Frage mit einem Schulterzucken ab, als sei sie nicht wichtig.

Ich hatte mehrere Monate in der Klinik verbracht. Über Weihnachten, Neujahr bis in den Februar hinein. Drei Monate in einer psychiatrischen Anstalt. Und ich wünschte, ich könnte bleiben.

»Komm mit mir«, schlug Tagg vor, warf die Serviette auf den Tisch und schob sein Tablett von sich weg.

Völlig verblüfft lehnte ich mich zurück. Ich erinnerte mich daran, dass Tagg am Tag seiner Ankunft in der Klinik geweint hatte; sein Schluchzen hatte von den Wänden im Flur widergehallt. Er war fast einen Monat nach mir gekommen. Ich hatte im Bett gelegen und den Versuchen, ihn zu beruhigen, gelauscht. Damals wusste ich noch nicht, dass er es war. Erst später, als er mir verriet, warum er in Montlake war, hatte ich eins und eins zusammengezählt. Ich dachte daran, wie er damals im Gesprächskreis auf mich eingeprügelt hatte, mit Wut in den Augen und rasend vor Kummer. Tagg riss mich mit seinen Worten aus den Gedanken.

»Meine Familie hat zwar nicht viel zu bieten, aber Geld haben wir haufenweise. Und du hast einen Scheißdreck.«

Ich blieb stocksteif sitzen und wartete ab. Es stimmte. Ich hatte nichts. Tagg war mein Freund, mein erster echter Freund außer Georgia. Aber ich wollte Taggs Mist nicht. Weder den guten noch den schlechten, und Tagg hatte genug von beidem.

»Ich brauche jemanden, der aufpasst, dass ich mich nicht umbringe. Jemanden, der stark genug ist, um mich aufzuhalten, falls ich beschließen sollte, mir den Verstand wegzusaufen. Ich gebe dir den Job, jede wache Minute mit mir zu verbringen, bis ich herausgefunden habe, wie ich nüchtern bleiben kann, ohne den Wunsch zu verspüren, mir die Adern aufzuschlitzen.«

Verwirrt legte ich den Kopf schräg. »Du willst, dass ich deinen Aufpasser spiele?«

Tagg lachte. »Ja. Schlag mir ins Gesicht, drück mich auf den Boden. Tritt mir die Scheiße aus dem Leib. Stell nur sicher, dass ich nüchtern und am Leben bleibe.«

Ich überlegte, ob ich dazu in der Lage wäre, Tagg zu schlagen, ihn auf den Boden zu drücken, ihn festzuhalten, bis der Alkohol- oder Todeswunsch vergangen war. Ich war groß. Stark. Aber Tagg war auch nicht gerade klein und schwächlich. Und plötzlich klang der Vorschlag nicht mehr ganz so prickelnd. Meine Zweifel mussten sich in meinem Gesicht gespiegelt haben, denn Tagg brachte weitere Argumente vor.

»Du brauchst jemanden, der dir glaubt. Das tue ich. Es nervt irgendwann, nur Leute um sich herum zu haben, die denken, dass man einen Knall hat. Ich weiß, dass du keinen Knall hast. Du brauchst einen Ort, an den du gehen kannst, und ich brauche jemanden, der mich begleitet. Es ist kein schlechtes Geschäft. Du willst reisen. Und ich habe nichts Besseres zu tun. Ich bin lediglich gut im Kämpfen, das kann ich überall.« Er lächelte und zuckte mit den Schultern. »Ehrlich, ich traue mir nicht zu, allein zu leben. Und wenn ich nach Hause zurückkehre, werde ich trinken. Oder sterben. Also brauche ich dich.«

Er sagte das so leichthin. *Ich brauche dich.* Ich fragte mich, wie ein harter Kerl wie Tagg, jemand, der sich aus Spaß prügelte, so offen und leicht vor einem anderen zugeben – und selbst daran glauben – konnte, dass er Hilfe benötigte. Ich hatte nie jemanden gebraucht. Im Prinzip zumindest. Und ich hatte diese Worte nie ausgesprochen. »Ich brauche dich« hörte sich an wie »Ich liebe dich«, und das jagte mir Angst ein. Es kam mir vor, als würde ich eines meiner Gesetze brechen. Aber in diesem Moment, in dem der Morgen sich bedrohlich näherte und die Freiheit allmählich in Reichweite rückte, musste ich zugeben, dass ich Tagg vermutlich ebenfalls brauchte.

Wir gaben ein seltsames Paar ab. Der Straftäter mit gemischter ethnischer Herkunft, der nicht aufhören konnte zu malen, und der große Texaner mit dem großspurigen Gehabe und den zotteligen Haaren. Aber Tagg hatte recht. Wir steckten beide in der Klemme und wussten nicht weiter. Wir hatten keinen Halt und sahen keinen Weg vor uns. Ich wollte lediglich meine Freiheit, und Tagg wollte nicht allein sein. Ich brauchte sein Geld und er meine Gesellschaft, so traurig das auch war. Und so zogen wir los. Wir rannten förmlich. Und warfen keinen Blick zurück.

»Wir bleiben immer auf Achse, Moses. Wie hast du gesagt? Hier, dort oder am Ende der Welt? Wir können nicht vor uns selbst flüchten. Also bleiben wir zusammen, bis wir uns selbst gefunden haben, in Ordnung? Bis wir herausgefunden haben, wie wir zurechtkommen.«

Das hatte er gesagt. Das hatten wir getan. Und Tagg Taggert wurde mein bester Freund. Wenn ich ihn am meisten brauchte, hielt er zu mir. Er ließ mich nie im Stich.

Daher musste ich ihn jetzt unbedingt finden.

Am meisten Angst hatte ich davor, dass er die Antworten, die er brauchte, womöglich bereits gefunden hatte. Vielleicht wusste er ganz genau, was er tat und wer er war. Vielleicht hatte er inzwischen Klarheit gefunden. Aber wir hatten mit achtzehn einen Deal geschlossen. Und ich stehe zu meinem Wort – ein Deal ist ein Deal.

»Ich brauche jemanden, der aufpasst, dass ich mich nicht umbringe. Jemanden, der stark genug ist, um mich aufzuhalten, falls ich beschließen sollte, mir den Verstand wegzusaufen. Schlag mir ins Gesicht, drück mich auf den Boden. Tritt mir die Scheiße aus dem Leib. Stell nur sicher, dass ich nüchtern und am Leben bleibe«, hatte er gesagt. Er hatte sein Leben in meine Hände gelegt.

Und ich konnte nur hoffen, dass ich nicht zu spät kam.

Tagg

(Kassette)

Meine Bar heißt *Taggs*, weil sie mir gehört. So einfach ist das. Nach dem Kauf dachte ich ein paar Wochen über einen Namen nach. Ich suchte nach was Pfiffigem, das sich einprägt und smart klingt, aber letztendlich nahm ich dann doch meinen Namen. Ergibt Sinn, oder? Was dir gehört, bekommt deinen Namen.

Es mag masochistisch erscheinen, dass ich als trockener Alkoholiker eine Bar besitze, aber ich hab sie mir nicht wegen der Sauferei gekauft. Ich hab sie erworben, weil ich mich jedes Mal stark und mächtig fühle, wenn ich dort bin und meine Runde bei den Gästen drehe oder als Barkeeper die Gläser fülle. Es kommt mir dann so vor, als hätte ich meine Dämonen besiegt oder als könnte ich sie zumindest in Schach halten. Außerdem bin ich ein Mann, und eine Bar ist wohl der männlichste aller Männerspielplätze. Der Innenraum ist in separate Bereiche für unterschiedliche Sportarten unterteilt. An den Wänden und an der Decke hängen Flachbildschirme, damit die Gäste mehrere Spiele gleichzeitig im Blick behalten können. Wenn du einen bestimmten Boxkampf oder ein spezielles Footballspiel sehen willst, wird es auf einem der Bildschirme extra für dich eingeschaltet. Der Duft von teuren Zigarren und Leder hängt in der

Luft, von Piniennadeln und Geldbündeln, alles testosterongeschwängerte Düfte, in denen man als Mann gerne schwelgt. Das Dekor besteht aus Steinwänden, dunklem Holz, warmer Beleuchtung und hübschen Kellnerinnen. Ich bin extrem stolz darauf.

Mir gehört nicht nur die Bar, sondern praktisch der gesamte Block. Die Bar an der Ecke, daneben die kleine Arena, in der jeden Dienstagabend und jeden ersten Samstag im Monat Kampfveranstaltungen der örtlichen MMA-Szene stattfinden, der Fitnessklub dahinter und das Sportgeschäft am Ende der Straße, in dem man Zubehör und Kleidung meiner Tagg-Team-Marke kaufen kann. Über dem Fitnessklub befinden sich meine Wohnung und zwei Apartments, in denen Freunde von mir wohnen. In diesem Straßenblock spielt sich mein ganzes Leben ab. Er ist wie eine eigene Welt, die ich mir selbst erschaffen habe. Alle Geschäfte sind miteinander verbunden, greifen ineinander über und unterstützen sich gegenseitig.

An veranstaltungsfreien Abenden werden die Sitze in der Arena durch Ziehharmonikatüren abgetrennt, und der Kampfkäfig wird zur Hinterzimmerbühne mit einem Dutzend kleiner Tische und Nischen. Die Bar befindet sich gleich um die Ecke, und die Kellnerinnen sorgen dafür, dass die Gäste sich wohlfühlen und bleiben. An vier Abenden in der Woche spielt sich hier eine völlig andere Show in einem ganz anderen Sport ab. In der Mitte des Käfigs wird eine Stange angebracht, statt Kampfsportlern treten Frauen an. Im Takt der pulsierenden Musik, die dank der Schalldämmung im restlichen Gebäude nicht zu hören ist, winden sie sich akrobatisch an der Stange. Ich achte auf Stil und Klasse – so stilvoll wie Poledancestangen und halb nackte Frauen eben sein können. Die Mädchen tanzen, sie strippen nicht, und sie mischen sich auch nicht unter die Gäste. Dennoch ist die Show so heiß und pikant, dass mir ein separater Raum dafür lieber ist. Dieses Hinterzimmer dient für Verhandlungen – dort schließe ich mehr Geschäfte ab als anderswo. Und die Show ist sozusagen die Kirsche auf der Sahne eines Etablissements, in dem hart arbeitende Männer fröhlich ihren Feierabend genießen.

Das *Taggs* hat vor zwei Jahren aufgemacht; zur selben Zeit brachte ich meine eigene Bekleidungslinie auf den Markt und hatte meinen ersten großen Kampf. Damals besiegte ich einen Kontrahenten, den ich nicht hätte besiegen dürfen. Ich schlug ihn k.o. und wurde dadurch zum heiß gehandelten Geheimtipp. Mein Timing war perfekt, ich baute auf einem Erfolg auf, um einen weiteren zu starten. Aus einem reichen Kind war ein Geschäftsmann geworden, ein Cowboy, der auf einer Welle der Bewunderung ritt statt auf einem Pferd. Ich wollte es lieber mit der Kampfsportwelt aufnehmen, als Nachfolger meines Vaters zu werden. Auch dieser Weg hätte mir offengestanden, eine goldene Zukunft voller Privilegien. Aber diesen Weg hatte ich mir nicht selbst geebnet. Ich war fest davon überzeugt, dass man niemals richtig glücklich werden konnte, wenn man den Weg eines anderen ging. Einen Weg, der nicht für einen selbst bestimmt ist. Um wahrhaft glücklich zu werden, muss man sein Glück selbst schmieden, auch wenn der Weg dorthin holprig ist. Selbst wenn man Brücken bauen, Berge überqueren und Tunnel graben muss. Nichts fühlt sich besser an, als sich seinen eigenen Weg zu ebnen.

Vor drei Jahren war ich nach Salt Lake City gekommen, um mir meinen Weg zu bauen. Ich hatte Geld – ein Teil davon gehörte mir, das Geld, das ich gemeinsam mit Moses verdient hatte, der andere Teil war geliehen. Ich war zwar der Sohn einer reichen Familie, aber nicht blöd. Ich wusste, dass ich Kapital benötigte, um mir ein Imperium aufzubauen. Manchmal braucht es Geld, um Geld zu verdienen. Daher nahm ich das

Geld von meinem Vater an und versprach mir selbst, dass ich es ihm vor meinem Tod oder meinem dreißigsten Geburtstag zurückzahlen würde, je nachdem, was zuerst eintrat.

Mit sechsundzwanzig blieb mir nicht mehr viel Zeit und Spielraum, um mein Versprechen einzuhalten, aber ich war auf dem richtigen Kurs, und die Bar lief hervorragend. An jenem Montagabend bekam ich auch gleich den Beweis dafür geliefert. Gewöhnlich ist der Montag der mieseste Abend der Woche – aber diesmal waren die Stühle und Tische allesamt besetzt, und ein Stimmengewirr zufriedener, gut gelaunter Gäste empfing mich. Die Bar brummte, und mein Herz schlug fröhlich im Takt der Musik. Zwei Kellnerinnen stolzierten vorbei, gekleidet wie Nummerngirls in Tagg-Team-Shorts und Bustiers, und verteilten Runden, statt sie anzukündigen. Sie schenkten mir ein identisches Lächeln und warfen ihre Haare über die Schulter, als gehöre das zum Job. Vielleicht sollte so was tatsächlich in der Stellenbeschreibung stehen. Möglicherweise sagte ihnen aber auch schon der gesunde Menschenverstand, dass man den Chef immer anlächeln sollte.

Ich war jedoch nicht zum Flirten hier, obwohl ich das Lächeln automatisch erwiderte. Rasch schätzte ich die Stimmung im Laden ein, überschlug, wie viele Kerle an der Bar und an den Tischen saßen, wie schnell der Alkohol floss und wie effizient mein Servicepersonal die Gäste bediente. Als ich mir den Weg zur Bar bahnte, um meinen Geschäftsführer Morg zu begrüßen, spürte ich das gedämpfte Wummern der Musik aus dem Hinterzimmer am Ende des dunklen Flurs.

»Wer tanzt heute Abend?« Eigentlich war es mir egal.

»Justine. Lori. Und das neue Mädchen.« Morgan grinste verschmitzt. Sofort wurde ich misstrauisch. Als ich mich setzte, stellte er eine Cola vor mich. Ich nahm einen großen Schluck, ehe ich antwortete.

»Aha. Deinem blöden Grinsen nach zu urteilen, möchtest du mir wohl unbedingt etwas über das neue Mädchen erzählen.«

»Nee. Gar nicht. Sie sieht klasse aus. Eine tolle Tänzerin. Tolle Figur. Sie tanzt schon seit zwei Wochen hier, aber du hast sie immer verpasst. Sie ist stets pünktlich und redet nicht viel. Sie tanzt, trinkt nicht, flirtet nicht. Sie ist genau so, wie du die Mädels magst.« Wieder dieses anzügliche Grinsen.

»Ach ja?« Ich schob meine Cola weg und stand auf. Besser, ich schaute mal nach, was er nun wieder ausgeheckt hatte. Morgan war es zuzutrauen, dass er einen meiner Tagg-Team-Kämpfer im Bikini durch den Käfig spazieren ließ. Er liebte solche Scherze. Aber er war ein verdammt guter Barkeeper … auch wenn er mich mit seinen Faxen in den Wahnsinn trieb.

Ich begrüßte ein paar Stammkunden, schüttelte Hände, küsste Stormy im Vorübergehen auf die Wange, während sie eiskalte Bierflaschen servierte, und winkte Malcolm Short zu, der offensichtlich keine Zeit gefunden hatte, sich nach der Arbeit umzuziehen, und in seinem schnieken Anzug und der Utah-Jazz-Kappe ziemlich lächerlich aussah. Aber er schien guter Laune zu sein. Wie angewachsen saß er auf dem Barhocker, die Augen auf den Bildschirm fixiert, und verfolgte voller Enthusiasmus das Spiel. Er gehörte zu den Tagg-Team-Sponsoren, und ich freute mich, wenn er zufrieden war.

Ich war beinahe so gut darin, meine Runde zu drehen und gut Wetter bei den Gästen zu machen, wie beim Kampf im Oktagon, wobei ich den Kampf jederzeit vorziehen würde. Als ich den Raum durchquerte und hinter dem Türbogen verschwand, der das Hinterzimmer vom Rest der Sportbar trennte, kreisten meine Gedanken jedoch ums Geschäft. Mein Blick flog sofort zum Käfig, und ich rechnete schon mit dem Schlimmsten. Zu meiner Erleichterung arbeitete jedoch Justine an der Stange und beendete gerade ihre Nummer mit ein paar lasziven Drehungen. Hüftwackelnd und winkend, als hätte sie die nächste Runde angekündigt, verließ sie die Bühne. Gleich darauf gingen die Lichter aus.

Als die Scheinwerfer wieder aufleuchteten, stand das neue Mädchen im Oktagon, die Hände an der Stange, den Kopf gesenkt. Als die Musik losdröhnte, begann es mit ihrem akrobatischen Tanz. Verwundert runzelte ich die Stirn. Das Mädchen war schlank und gelenkig, geschmeidige Muskeln spielten unter straffer Haut. Ihr schnurgerades dunkelbraunes Haar schimmerte seidig im Licht, ihr eingeölter Körper glänzte, und Shorts und Bikinitop waren genauso knapp wie die der anderen Mädchen. Ich beobachtete sie eine Weile, in der Hoffnung, dass ich den Witz noch kapierte. Irgendwo musste doch die Pointe lauern.

Sie war eine Schönheit – zierlich, mit Stupsnase, rosigem Schmollmund und herzförmigem Gesicht. Plötzlich durchzuckte mich die Befürchtung, sie könnte womöglich minderjährig sein. Doch ich verwarf den Gedanken sofort wieder. Morgan spielte zwar gern den Clown, war aber kein Idiot. Ein solcher Streich könnte die Bar ruinieren und ihn den Job kosten. Und Morgan mochte seinen Job, auch wenn er mich manchmal ebenso wenig mochte wie ich seine Scherze.

Nein. Sie war mindestens einundzwanzig. So lautete meine Bedingung. Ich presste die Lippen zusammen und legte den Kopf schräg, um sie genauer unter die Lupe zu nehmen. Sie machte sich so gut an der Stange wie die anderen Mädchen, vielleicht sogar besser, aber ihr Tanz war eher akrobatisch als anzüglich und sexy. Die Augen hatte sie geschlossen, auf ihren Lippen lag ein leichtes Lächeln, was man als verführerisch deuten konnte, da sie für ein fast ausschließlich männliches

Publikum tanzte. Quatsch, von wegen »fast«. Das Publikum bestand ausschließlich aus Männern. Und ihr Lächeln wirkte eigentlich nicht verführerisch. Eher … verträumt, als ob sie sich vorstellte, irgendwo anders zu sein, eine kleine Ballerina, die ihre Pirouetten in der Schneekugel eines Kindes dreht und bis in alle Ewigkeit allein tanzt. Ihr leichtes Lächeln blieb unverändert, und sie öffnete kein einziges Mal die Augen; ihre dichten, dunklen Wimpern formten Halbmonde auf ihren porzellanweißen Wangen.

Die Beleuchtung hatte Strategie; sie verbarg die Zuschauer und setzte die Tänzerinnen ins Rampenlicht. Vielleicht blendete sie das Licht. Vielleicht war sie auch bloß schüchtern. Ich grinste. Äh … nee. Eine schüchterne Poledancerin war ein ebenso großer Widerspruch wie ein ängstlicher Kampfsportler. Irgendjemand sollte aber wohl mal ein paar Takte mit ihr reden und sie aufklären. Die Männer im Publikum hatten gern das Gefühl, dass die Tänzerinnen sie ansahen. Obwohl die Mädchen sich nicht unter die Gäste mischten, zumindest nicht in der Bar, gehörte Flirten zum Job. Ich fragte mich, ob Morgan auf den fehlenden Blickkontakt anspielen wollte. Falls der Witz darin bestehen sollte, war er nicht gut in Form.

Als das Lied endete und die Lichter ausgingen, verließ ich das Hinterzimmer. Von neun bis Mitternacht tanzten jeweils drei Mädchen je eine Viertelstunde lang. Danach gab es eine Viertelstunde Pause. Wir waren schließlich in Utah, nicht in Vegas. An zwei, manchmal drei Abenden pro Woche hatten die Tänzerinnen frei. Immer dann, wenn Kampfveranstaltungen oder Klubabende stattfanden und das Oktagon anderweitig gebraucht oder ganz abgebaut wurde, um für eine Tanzfläche Platz zu machen. Vier – inzwischen fünf – Tänzerinnen standen auf meiner Lohnliste, und für die Mädchen war das Poledancing kein Vollzeitjob. Die meisten hatten tagsüber noch eine andere Arbeit und verdienten sich an Kampfabenden mit dem Ankündigen der Runden noch ein paar Extradollar dazu.

»Und was sagst du, Chef?« Morgan grinste mich an und schob einem wartenden Gast ein Glas zu, während ich wieder vor ihm auf dem Hocker Platz nahm.

Ich richtete den Blick auf einen der Deckenmonitore, um den Spielstand festzustellen, und verweigerte Morgan die gewünschte uneingeschränkte Aufmerksamkeit. »Zu was?«, fragte ich beiläufig.

»Zu dem neuen Mädchen.«

»Hübsch.« Die anderen Adjektive, die mir bei ihrem Tanz durch den Kopf geschossen waren, brauchte er nicht zu wissen.

»Ach ja?« Morgan hob die Augenbrauen, als ob ihn meine einsilbige Zusammenfassung überraschte.

»Ja, Morg.« Ich seufzte. »Willst du mir vielleicht was sagen? Ich versteh's nämlich nicht.«

»Nein, Sir. Will ich nicht. Nicht die Bohne.«

Ich schüttelte den Kopf und stöhnte. Morgan führte definitiv was im Schilde.

»Wie viele Wochen noch, Chef?«

»Acht.« Acht Wochen bis zum Kampf gegen Bruno Santos. Dem Duell, das mir einen Titelkampf in Las Vegas einbringen konnte. Der Kampf, der die Marke Tagg-Team in die Wohnzimmer in ganz Amerika katapultieren würde. In diesen acht Wochen musste ich mich voll konzentrieren – keine Ablenkung, keine Entscheidungen über den einen Kampf hinaus. Nach meinem Sieg würde ich weitersehen. Von mir aus konnte danach die Welt untergehen. Aber erst mal musste ich gewinnen.

»Hey, Chef, Lou hat sich krankgemeldet. Eigentlich ist es

seine Aufgabe, die Mädchen zu ihren Autos zu bringen. Kannst du für ihn einspringen, wo du schon mal hier bist?«

Mein weibliches Personal wird grundsätzlich nach der Schicht zum Auto gebracht. Ausnahmslos. Die Gegend ist zwar schon besser geworden, aber trotzdem nicht ungefährlich. Das *Taggs* liegt in der Nähe des alten Bahnhofs in einem sanierten Bezirk, der immer noch irgendwo zwischen Restaurierung und Verfall steckt. Zwei Blöcke weiter nördlich steht eine Reihe Häuser aus den Anfängen des 20. Jahrhunderts, zwei Blöcke weiter südlich gibt es eine Ladenzeile, deren Schaufenster allesamt vergittert sind. Ein schickes Wellnesscenter befindet sich links an der Ecke des Blocks und ein Obdachlosenheim zwei Blocks weiter rechts. Das Viertel ist eine Verschmelzung von allem Möglichen, und gewisse Risiken gibt es immer. Ich fühle mich für meine Angestellten verantwortlich, vor allem für die Mädchen. Deshalb hatte ich ein paar Regeln aufgestellt, auch wenn man mich deswegen manchmal als gluckenhaft, sexistisch und altmodisch beschimpft.

»Ja, kann ich machen.«

»Gut. Das war der letzte Auftritt. Ich würd's ja übernehmen, aber die Gläser füllen sich nicht von selbst, wie du weißt. Kellis Freund hat sie vor zehn Minuten abgeholt, und Marci und Stormy machen mit mir gemeinsam zu, die beiden kann ich rausbringen. Du musst dich nur um Justine, Lori und Amelie kümmern.«

»Ah-mö-lie?«, wiederholte ich wie ein Papagei und hob die Augenbrauen.

»Ja. Die neue Tänzerin. Amelie. Hab ich ihren Namen nicht erwähnt?«

»Nee. Hast du nicht. Ist sie Französin?«

»So was in der Art«, antwortete Morg knapp. Ich sah, wie er sich ein Lachen verkniff. »Sie wohnt ganz in der Nähe und läuft immer nach Hause. Lou beschwert sich ständig darüber, aber es ist wirklich gleich um die Ecke. Ich sag ihm immer, dass die Bewegung seinem fetten Hintern nur gut tut.«

»Hm.« Das war also der Witz bei der Sache. Ich sollte das neue Mädchen nach Hause bringen, und es fing gerade an zu schneien. Das Mädchen mit dem französischen Namen. Von mir aus. Ich war eh zu zappelig, um zu schlafen. Ich hatte schon überlegt, ob ich noch eine Weile den Punchingball verdreschen sollte, bis ich müde genug war, um ein paar Stunden abzuschalten.

Wie aufs Stichwort tauchten Justine und Lori im Bogen zwischen der Lounge und der Bar auf, die Wintermäntel zugegürtelt, Sporttaschen in der Hand.

»Wo ist Amelie?«, fragte Morgan und schaute über die beiden hinweg.

»Sie wartet vor der Tür auf Lou«, antwortete Justine.

»Lou ist heute Abend nicht da. Tagg bringt euch raus. Stimmt's, Chef?«

»Stimmt, Morg.« Ich kämpfte meinen Ärger hinunter, als Morgan wieder lachte und den Mädchen zuzwinkerte.

Ich brachte Justine und Lori zu ihren Autos im hinteren Teil des Parkplatzes und sah ihnen nach, bis sie weggefahren waren, dann lief ich außen rum zur Vorderseite des Gebäudes. Ich vermied den Weg durch die Bar, weil ich keine Lust hatte, Morg noch mal zu begegnen. Gleich als ich um die Ecke bog, entdeckte ich das neue Mädchen auf dem Gehsteig. Sie hatte den Kopf in den Nacken geneigt und ließ sich die fetten Schneeflocken genießerisch aufs Gesicht fallen. Sie schien keine Eile zu haben, aus der Kälte herauszukommen. Ihre Hände umschlangen einen langen Stock, und in dem weichen Licht, das aus den Fenstern der Bar fiel, wirkte sie wie eine Schäferin bei einer Weihnachtsparade.

»Hallo?« Ihre Stimme klang fragend, als ich mich näherte. Sie schob den Stock ein Stück nach vorn und stieß damit gegen meinen Fuß. »Lou?«

»Lou ist krank, ich bringe dich nach Hause.« Meine Antwort kam stockend, denn als sie sich zu mir umdrehte, traf mich der Blitz der Erkenntnis. Ich verspürte einen überraschenden Stich irgendwo hinter meinem Herzen. Sie hatte wunderschöne Augen. Groß und glänzend, umrahmt von schwarzen Wimpern, die über ihre Wangen strichen, wenn sie die Lider schloss. Aber ihr Blick war starr und leer, was mich unerklärlich traurig machte. Daher konzentrierte ich mich auf ihren Mund und die braunen Haare, die sich um ihr Gesicht schmiegten und über ihre Schultern fielen. Sie lächelte, und erneut bohrte sich ein Stich durch meine Brust und nahm mir den Atem.

»Ah, dieses Zögern. Das kenn ich schon. Meine Mom hat behauptet, ich sei hübsch«, sagte sie in sarkastischem Ton, »aber für den Fall, dass ich es nicht bin, würdest du mich bitte anlügen? Was mein Aussehen betrifft, möchte ich in allen Einzelheiten belogen werden.« Ihr Ton klang heiter. Ohne Verbitterung. »Du hast also das Blinde-Mädchen-Heimbring-Los gezogen, was? Du musst mich nicht nach Hause bringen. Schließlich bin ich auch ganz alleine hergekommen. Ich mach das nur, weil Morgan gesagt hat, es sei eine unumstößliche Regel. Der Chef besteht wohl drauf.«

»Da hat er recht. Das Viertel ist schön, aber du weißt sicher genauso gut wie ich, dass es an manchen Ecken immer noch ein wenig rau zugehen kann.« Ich kämpfte gegen das Gefühl der Verlegenheit an und gegen den Drang, mich bei ihr für mein Starren zu entschuldigen.

Sie streckte die Hand aus.

»Na, dann stell ich mich mal vor. Ich bin Amelie. Und ich bin blind.« Ihre Mundwinkel zuckten und verrieten mir, dass sie ebenso sehr über sich lachte wie über mich. Ich ergriff ihre Hand. Sie trug keine Handschuhe, ihre Finger waren eiskalt, weshalb ich sie auch nicht sofort wieder losließ. Sie war also keine Französin, sondern blind, und aus irgendeinem unverständlichen Grund fand Morg das überaus witzig.

»Hallo, Amelie. Ich bin David. Und ich bin nicht blind.«

Wieder lächelte sie. Unwillkürlich erwiderte ich das Lächeln. Das mitleidige Ziehen in meinem Inneren ließ beträchtlich nach. Ich wusste nicht, warum ich mich ihr als David vorgestellt hatte. So nannte mich inzwischen kein Mensch mehr. Der Name gab mir immer das Gefühl, versagt zu haben, weil ich mich nicht genügend angestrengt hatte. Es war der Name meines Vaters. Und der seines Vaters. Und der hatte ihn von seinem Vater. David Taggert war ein Name mit Gewicht. Und dieses Gewicht hatte mich schon früh schwer belastet. Irgendwann hatten meine Freunde mir den Spitznamen Tagg verpasst. Tagg gab mir Freiheit. Der Name erlaubte mir, jung zu sein, ein Freigeist. Allein das Wort weckte in mir Bilder vom Davonlaufen. *Ich bin Tagg … du kannst mich nicht einfangen.*

»Deine Hände sind ganz schwielig, David.«

Eine seltsame Bemerkung, wenn man jemandem zum ersten Mal die Hand gab, aber Amelie spürte mit den Fingerspitzen den rauen Hügeln in meiner Handfläche nach, als würde sie Blindenschrift lesen.

»Training?«, riet sie.

»Äh, ja. Ich bin Kampfsportler.«

Fragend hob sie eine schmale Augenbraue, aber ihre Finger strichen immer noch ziemlich vertraulich über meine Hand. Es fühlte sich gut an. Und merkwürdig. Mein Gaumen begann zu kribbeln, und ich krümmte unwillkürlich die Zehen.

»Die Schwielen sind vom Hanteltraining. Und Klimmzügen. Solche Sachen eben.« Ich hörte mich an wie ein Idiot. Wie ein dämlicher Möchtegern-Rocky. Genauso gut hätte ich »Hey, Adrian!« schreien können.

»Macht dir das Spaß?«

»Der Kampfsport?«, fragte ich und versuchte, den Faden nicht zu verlieren. Sie plänkelte nicht herum wie die anderen Mädchen, die ich kannte. Sie war sehr direkt und nahm kein Blatt vor den Mund. Vielleicht musste sie so sein. Sie verfügte nicht über den Luxus, Dinge durch Beobachtung herauszufinden.

»Ja. Der Kampfsport. Macht dir das Spaß?«, hakte sie nach.

»Ja. Schon.«

»Warum?«

»Ich bin breitschultrig, stark und rebellisch«, erklärte ich aufrichtig und grinste.

Sie lachte. Ich stieß die Luft aus, die ich die ganze Zeit angehalten hatte. Ihr Lachen war nicht mädchenhaft schrill oder gekünstelt. Es war rau, herzlich, die Art von Lachen, die aus dem Bauch kommt und nichts zurückhält.

»Du riechst gut, David.«

Ich schnappte nach Luft und lachte auf, einmal mehr überrascht, doch sie redete gleich weiter.

»Ich weiß jetzt also, dass du breitschultrig, stark und rebellisch bist und gut riechst. Und groß bist du auch, denn deine Stimme kommt von über meinem Kopf. Du stammst aus Texas und bist noch recht jung.«

»Woher weißt du, dass ich jung bin?«

»Alte Männer machen keinen Kampfsport. Und deine Stimme hat es mir verraten. Als du vorhin auf mich zugekommen bist, hast du einen Song von Blake Shelton gesummt. Wärst du älter, wäre es wohl eher was von Conway Twitty oder Waylon Jennings gewesen.«

»Songs von denen sing ich auch.«

»Wunderbar. Du kannst ja beim Laufen singen.« Sie gab ihrem Stock mit geübter Hand einen Schnick, und er klappte sich ordentlich zusammen. Den Stock unter den linken Arm geklemmt, schlang sie ihre rechte Hand um meinen Bizeps, als wäre es das Selbstverständlichste der Welt. Langsam spazierten wir im Schneetreiben durch die stillen Straßen, während die Nässe in unsere Schuhe drang. Gewöhnlich fiel es mir nicht schwer, mit anderen zu plaudern, aber dieses Mal war ich komplett sprachlos.

Amelie schien das nichts auszumachen, und sie fing auch kein Gespräch an. Arm in Arm schlenderten wir durch die Dunkelheit, wie ein Liebespärchen aus einem alten Film. Heutzutage gehen Männer und Frauen nicht mehr Arm in Arm. Ausgenommen Väter, die ihre Töchter zum Altar führen, oder Pfadfinder, die einer alten Dame über die Straße helfen. Mir gefiel es jedoch. Ich kam mir vor wie ein Gentleman aus einer längst vergangenen Ära, in der ein Mann eine Frau noch nach Hause begleitete, und zwar nicht, weil sie allein aufgeschmissen gewesen wäre, sondern weil der Mann die Frau respektierte und eine Frau beschützt und umsorgt werden sollte.

»Vor langer Zeit war die Welt mal schöner.« Die Worte purzelten mir einfach so aus dem Mund. Dabei hatte ich gar nicht laut denken wollen.

»Was meinst du damit?« Sie schien erfreut über meine Bemerkung. Daher setzte ich zu einer Erklärung an.

»Also, wenn du dir alte Gemälde anschaust …« Ich verstummte peinlich berührt, denn mir wurde plötzlich klar, dass sie sich gar keine alten Gemälde anschauen konnte.

Sie rettete mich jedoch galant. »Wenn ich mir alte Gemälde anschauen könnte, was würde ich dann sehen?«

»Sie hatten weniger. Aber auch mehr. Mir kommt es so vor, als hätten die Leute damals mehr Wert auf ihren Besitz und ihr Aussehen gelegt. Die Frauen machten sich schick, und die Männer hatten Anzüge an. Die Menschen trugen Hüte und Handschuhe und wirkten elegant. Sie redeten anders miteinander, irgendwie achtsamer, kultivierter. Dieselbe Sprache und trotzdem total anders. Auch die Häuser und die Möbel waren schön – gute Handwerksarbeit mit viel Liebe zum Detail. Ich weiß nicht … Die Welt hatte einfach mehr Stil und Klasse. Vielleicht ist es das.«

»Ah, die gute alte Zeit, als die Männer noch nicht für ihren Lebensunterhalt Kämpfe ausfochten und Frauen nicht an Stangen tanzten«, sagte sie mit einem Lächeln in der Stimme.

»Männer haben schon immer gekämpft und Frauen schon immer getanzt. Wir sind total altmodisch«, gab ich zurück. »Wir sind zeitlos.«

»Nett gerettet«, kicherte sie, und ich lachte leise.

Wir gingen ein paar Minuten in einvernehmlichem Schweigen weiter, bis mir einfiel, dass ich keine Ahnung hatte, in welche Straße wir überhaupt mussten.

»Wo wohnst du?«

»Keine Sorge, Großer. Ich weiß, wo wir sind. An der nächsten Ecke müssen wir nach rechts. Dann sind es noch dreißig Schritte bis zu meinem alten Haus.«

»Du lebst in einer der alten Villen?«

»Ja. Mein Ururgroßvater hat sie erbaut, in einer Zeit, als die Welt noch schöner war. Mein Haus ist vermutlich nicht mehr so schön wie früher in seiner Glanzzeit, aber in meinem Kopf sieht es wundervoll aus. Blinde-Mädchen-Bonus.«

»Dreißig Schritte? Zählst du etwa die Schritte?« Ich hörte die Verwunderung in meiner Stimme und fragte mich, ob ihr das auch aufgefallen war.

»Meistens schon. Wenn ich jedoch begleitet werde, bin ich

nicht so aufmerksam. Ich weiß, wo der Gehsteig endet, wo die Bäume stehen und kenne auch die Schlaglöcher.«

»Das ist erstaunlich.«

»Na ja, ich bin hier aufgewachsen und konnte früher sehen. In meinem Kopf kann ich das immer noch. Es wäre schwieriger, wenn ich an einem mir unbekannten Ort noch mal neu anfangen müsste.«

»Was ist passiert?«

»Eine seltene Krankheit mit einem komplizierten Namen, den du vermutlich vergessen würdest, noch ehe ich ihn ganz ausgesprochen habe. Wir haben nicht gemerkt, was passiert, bis es zu spät war. Und selbst wenn wir es früher bemerkt hätten, hätte man wohl nichts dagegen machen können.«

»Wie alt warst du?«

»Elf.«

Ich schluckte schwer. Auch mein Leben hatte sich mit elf verändert. Aber auf völlig andere Weise. Bevor ich meine Sprache wiedergefunden hatte, blieb Amelie stehen.

»Da sind wir. Das ist mein Haus.« Sie ließ ihren Stock wieder aufklappen und streckte ihn vor sich aus, während sie sich einem kleinen Schmiedeeisenzaun zuwandte. Als ihr Stock dagegen schlug, blieb sie stehen und ließ meinen Arm los, um nach dem Riegel zu tasten und ihn zu öffnen. Das Haus war alt, um die Jahrhundertwende erbaut, wenn nicht gar älter, und immer noch imposant, obwohl der Schnee und die Dunkelheit den Hof und die große Veranda bedeckten, die zweifellos schon bessere Tage gesehen hatte. Licht fiel aus den oberen Fenstern; der Weg und die Treppe waren schneefrei. Amelie schien kein Problem damit zu haben, allein weiterzugehen, daher blieb ich am Tor stehen, um zu warten, bis sie sicher im Haus verschwunden war. Auf halbem Weg drehte sie sich noch mal zu mir um.

»David?« Sie erhob leicht die Stimme, als sei sie sich nicht sicher, ob ich noch da war.

»Ja?«

»Danke fürs Nachhausebringen.«

»Gern geschehen.«

Ich wartete, bis sich die Haustür hinter ihr schloss, ehe ich zurückging. Es hatte aufgehört zu schneien. Die Nacht war so ruhig, dass ich ein Lied sang, um die Stille zu vertreiben. Hin und wieder schloss ich die Augen, zählte meine Schritte und fragte mich, wie es wohl wäre, überhaupt nichts sehen zu können, und wunderte mich, wie ein blindes Mädchen als Tänzerin in meiner Bar gelandet war.

(Ende der Kassette)

Moses

Millie griff nach dem Kassettenrekorder und glitt mit den Fingern über die Tasten, bis sie die richtige erreichte. Sie drückte drauf, und Taggs Stimme verstummte. Sie umklammerte den Rekorder so fest, als wolle sie sich an der Erinnerung festhalten. Das Zimmer war erfüllt von einer hoffnungsvollen, erwartungsfreudigen Atmosphäre. Sie hatte in Taggs Stimme durchgeschimmert, in der Ausführlichkeit, mit der er seine Erinnerungen schilderte. Ich spürte förmlich seine Verwunderung auf dem Rückweg von Millies Haus. Er hatte mich in den Bann gezogen, und ich hatte einen Augenblick lang vergessen, wo ich war. Nun aber stieg Verlegenheit in mir auf, und ich kam mir vor wie ein Spanner. Am liebsten hätte ich mir die Ohren zugehalten.

»Ich hab ständig an ihn denken müssen, und dieser Blake-Shelton-Song ging mir nicht mehr aus dem Kopf«, sagte Millie leise. »Er war nett. Und stark. Ich konnte seine Kraft spüren, als er neben mir herging. In dieser Nacht habe ich tatsächlich davon geträumt, wie sich sein Arm in meiner Hand angefühlt hat. Nach dem Verlust meiner Sehkraft hab ich anfangs immer noch in Bildern geträumt. Das war schön, weil ich das Gefühl hatte, ich könnte wieder sehen, wenn ich schlafen ging. Aber im Laufe der Zeit ähnelten meine Träume immer mehr meiner Realität. Manchmal träume ich immer noch in Bildern, aber viel öfter träume ich in Gerüchen und Gefühlen, in Geräuschen und Empfindungen.«

Millies Stimme klang so leise, als spräche sie mit sich selbst, als hätte sie vergessen, dass ich noch da war. Ich überlegte, ob ich mich bemerkbar machen sollte, ehe ihr noch etwas allzu Vertrauliches herausrutschte, aber sie wechselte unvermittelt das Thema.

»Ich hatte ein paar Blind Dates.« Sie lächelte in meine Richtung und ließ mich wissen, dass sie meine Anwesenheit nicht vergessen hatte, und ich lachte, was sie vermutlich mit ihrer Bemerkung bezweckt hatte.

»Blinde Blind Dates, meine ich. Ein paar Mal war ich mit blinden Männern aus meiner Bekanntschaft aus. Einer dieser Männer hatte darauf bestanden, sehgeschädigt genannt zu werden.« Amelie malte Anführungszeichen in die Luft. »Das kann ich nicht so recht begreifen. Da könnte man einen Weißen ja auch als melaningeschädigt bezeichnen. Die Menschen sind merkwürdig. Ich bin ein weißes, blindes Mädchen. Ein einundzwanzigjähriges, weißes, blindes Mädchen. Warum kann man die Dinge nicht so nennen, wie sie sind?«

Ich lachte erneut und fragte mich, worauf sie hinauswollte, aber ich ließ sie gern reden. Kurz überlegte ich, ob sie wusste, dass ich schwarz war. Es war ein ziemlich gutes Gefühl, zu wissen, dass meine Hautfarbe ausnahmsweise mal keine Rolle spielte.

»Ich bin auch mit Männern ausgegangen, die sehen konnten – du weißt schon, die sehungeschädigten.« Sie schmunzelte über das Etikett. »Nicht mit vielen. Aber einigen schon. Meine Cousine Robin macht die Verabredungen meist für mich aus. Und ich bin mir sicher, dass jeder Einzelne von ihnen nicht besonders attraktiv gewesen ist. Hässlich, seltsam, verwarzt und von anderen Frauen keines Blickes gewürdigt. Was okay ist. Ich kann mir vorstellen, dass die Männer atemberaubend gut aussehen, und werde den Unterschied nie bemerken. Das Bild in meinem Kopf ist das einzige, was zählt, oder? Einmal hat mir Robin jedoch ein Date mit einem gehörlosen Mann ausmachen wollen, da hab ich mich geweigert. Nicht wegen seiner Gehörlosigkeit. Aber wie hätte ein Gespräch zwischen uns denn möglich sein sollen? Robin scheint manchmal zu glauben, dass ich aufgrund meiner Behinderung nur mit anderen körperlich eingeschränkten Menschen ausgehen kann. Weil mich natürlich sonst niemand haben will, stimmt's?« Millies Stimme brach, und sie lächelte leicht. »Oh-oh. Das ist wohl mein wunder Punkt.«

»Dass dich niemand haben will, stimmt nicht«, sagte ich herausfordernd.

»Manchmal schon«, entgegnete sie leise. Ganz offensichtlich fragte sie sich, ob Tagg ihre Blindheit nicht länger hatte ertragen können.

»Insgeheim hab ich gehofft, dass David kein gut aussehender Kerl ist. Ich hab es gehofft, weil sein Aussehen für mich unerheblich war und er weniger attraktiv für andere Frauen gewesen wäre, wenn er nicht ganz so gut aussehen würde. Ich dachte mir, wenn er ein Durchschnittstyp wäre, dann würde er sich mit jemandem wie mir vielleicht eher einlassen.« Sie stieß langsam, fast traurig den Atem aus.

»Aber ich wusste, dass er umwerfend war. Das lag an der Art, wie er sich gab, seinem Selbstvertrauen, seiner Fürsorglichkeit. Ich habe überlegt, ob ich die Mädchen in der Bar nach ihm ausfragen soll. Aber ich war zu feige. Ich wollte nicht, dass sie mich auslachten oder bedauerten. Ich habe mir eingeredet, dass wir vielleicht Freunde werden könnten. Dafür schien er offen zu sein.«

Ich wusste nicht, was ich sagen sollte. Ich war fasziniert. Aber ich wusste nicht, was ich sagen sollte. Millie saß reglos da und hielt den Kassettenrekorder umklammert. Nach einer Weile drückte sie wortlos die Play-Taste.

Tagg
(Kassette)

Am Dienstag wurde die Showbühne wieder zum Kampfring, und am Mittwoch war Amelie nicht zum Tanzen eingeteilt, was mir Morgan gleich unter die Nase rieb, als ich die Bar betrat. Dabei grinste er mich breit an und ging mir damit mächtig auf den Zeiger.

»Was ist los, Morgan?«, fragte ich begriffsstutzig. »Du tust ja so, als hättest du einen verdammt guten Witz gerissen. Versteh ich das richtig? Du stellst ein blindes Mädchen ein, um dir einen Spaß mit mir zu machen? Das ist 'ne ziemlich beschissene Nummer.«

Morgan hob abwehrend die Hände, aber er lachte, als hätte ich ihn durchschaut. »Sie kam mit ihrem Stock hier rein, eher der Typ Helen Keller als Heidi Klum. Also, sie sah ziemlich trutschig aus, wenn du weißt, was ich meine. Kein Make-up, die Haare zu einem unordentlichen Pferdeschwanz gebunden, einen dicken Mantel und Schneestiefel an. Und dann sagte sie doch glatt, sie wolle sich für den Job bewerben. An diesem Tag stand Vince hinter der Bar. Wir haben beide gedacht, dass du das Mädchen auf uns losgelassen hast, um uns auf den Arm zu nehmen oder so. Also haben wir ›na klar‹ gesagt. Du kennst mich. Ich bin immer für einen Spaß zu haben. Sie hat bei den anderen Mädchen gewartet, bis sie an der Reihe war, und alle waren erstaunlich nett zu ihr. Die anderen Mädchen haben sie unter ihre Fittiche genommen. Und dann steht sie plötzlich zu unser aller Überraschung in einem winzigen Höschen und einem hautengen Top mit offenen Haaren im Käfig und arbeitet wie ein Profi an der Stange.«

Mir kam die Galle hoch, als ich Morgan so reden hörte. Was merkwürdig war. Hätte er sich über Justine oder Lori in dieser Weise ausgelassen, oder eines der anderen Mädchen, hätte ich mir keinen Kopf darüber gemacht. Mir gefiel jedoch die Vorstellung nicht, dass Vince und Morg Amelie ohne ihr Wissen feixend und anzüglich gemustert hatten. Sie konnte die beiden ja schließlich nicht sehen. Morgan bemerkte meinen Ärger jedoch nicht und quatschte weiter.

»Sie war ziemlich gut. Da haben wir kapiert, dass du dir wohl doch keinen Scherz mit uns erlaubst. Und sie wirkte verdammt entschlossen. Sogar ein wenig aufgeregt und begeistert. Zugegeben, ich hielt das für witzig.«

»Ja, ich lach mich tot.«

»Wirst du sie feuern, Chef?«

»Warum sollte ich?« Morgan ging mir inzwischen ganz schön auf den Geist.

»Sie ist nicht so beliebt wie die anderen Mädchen. Ein paar der Typen beschweren sich, dass sie beim Tanzen die Augen zumacht und das Publikum nicht ansieht.«

»Reicht es denn nicht, dass die Kerle sie anschauen können?«, gab ich angepisst zurück.

»Hey!« Morg hob erneut abwehrend die Hände. »Erschieß nicht den Boten, Chef. Sie kann jedenfalls an Kampftagen nicht mit der Rundentafel durchs Oktagon hopsen, deshalb wird's personalmäßig ein wenig eng.«

»Blödsinn, Morg. Wir haben vier andere Mädchen, die an

Kampfabenden arbeiten können«, erwiderte ich. Zu den Aufgaben der Tänzerinnen gehörte es auch, durchs Oktagon zu spazieren und die Runden anzukündigen.

»Okay, mir soll's recht sein, wenn du sie behalten willst. Sie ist am Donnerstag wieder da, falls du mit ihr doch noch mal drüber reden willst, dass sie die Show ein wenig heißer gestalten soll. Zum Beispiel mit offenen Augen tanzen.« Morgan lachte wieder.

»Morg?«

»Ja, Chef?«

»Geh nach Hause.«

»Was, wieso?« Morgan blieb das Lachen im Hals stecken.

»Ich mach die Bar mit Vince. Geh heim.«

Morgan wischte sich an dem Geschirrtuch, das er immer über der Schulter trug, die Hände ab. »Aber …«, fing er an.

»Du findest es witzig, dich über ein blindes Mädchen lustig zu machen. Das gibt mir zu denken, Morg. Ich frag mich, was für einen Mann ich als Geschäftsführer eingestellt habe. Zweierlei kann ich auf den Tod nicht ausstehen.« Ich hob den Daumen und den Zeigefinger zum Abzählen. »Fiese Typen und Jammerlappen. Ich hab dich bisher nie für einen fiesen Typen gehalten, Morg. Und jetzt jammer nicht rum, sonst hab ich zwei Gründe, dich zu feuern. Geh heim. Und wenn du wiederkommen willst, leg dir einen anderen Sinn für Humor zu. Kapiert?« Meine Stimme war sanft, meine Haltung entspannt, aber ich hielt den Blick meines Geschäftsführers fest und sah zu, wie Morgan den Kopf senkte und unbehaglich herumeierte, als ob er darauf wartete, dass ich meine Meinung änderte. Als ich schwieg, warf er das Geschirrtuch hin und griff nach seiner Brieftasche und den Schlüsseln, die er unter der Theke verstaut hatte.

»Ich bin alt genug, um dein Vater zu sein, Tagg. Dein Dad ist einer meiner besten Freunde. Du bist mir etwas mehr Respekt schuldig«, schnauzte Morgan. Das Lachen war ihm eindeutig vergangen.

»Den musst du dir verdienen, Morg. Ich bring's auf den Punkt: Du bist nicht mein Vater, du bist nicht mein bester Freund, und ich schulde dir einen Scheißdreck. Du kannst morgen wiederkommen, wenn du Manns genug bist, deine Einstellung ein wenig zu ändern. Wenn du dich morgen nicht blicken lässt, fass ich das als Kündigung auf und werde nach einem Ersatz für dich suchen.«

Morgan wollte noch etwas einwenden, überlegte es sich dann aber anders und klappte den Mund wieder zu. Die Lippen zu einem schmalen Strich gepresst und die Fäuste geballt, kam er hinter der Theke hervor und stampfte zur Tür, wobei er Amelie, die gerade hereinkam, fast ummähte. Morg fluchte und warf mir noch einen Blick zu, ehe er in der Dunkelheit verschwand.

»Entschuldigung«, stammelte Amelie. Ihr Stock fiel klappernd zu Boden, und einige Gäste starrten sie neugierig an. Kurz zögerte sie, dann bückte sie sich, tastete mit den Fingern nach dem Stock und stand anmutig wieder auf, die Wangen leicht gerötet. Ich fragte mich, ob sie die auf sie gerichteten Blicke spüren konnte. Langsam ging sie weiter, den Stock nach vorn gestreckt. Etwas verspätet fiel mir ein, dass ich ja jetzt Dienst hatte. Schnell lief ich hinter die Theke, zog die Jacke aus und rollte die Ärmel hoch. Amelie war inzwischen auf einen der Hocker geklettert und wartete geduldig darauf, begrüßt zu werden. Ich fragte mich, was sie wohl tat, wenn sie ignoriert wurde.

»Amelie, was kann ich für dich tun?«

»David?«, fragte sie und legte überrascht den Kopf schräg.

»Beeindruckend. Du hast ein gutes Ohr für Stimmen.«

»Danke. Wo ist Morgan? Machst du heute die Bar?« Sie saß

ziemlich reglos, weder vorgebeugt, noch drehte sie sich auf dem Sitz hin und her wie die meisten. Sie lehnte sich nicht mal auf die Theke, als befürchte sie, etwas umzuwerfen oder anderen Gästen zu nahe zu kommen. Sie konnte ja nicht wissen, dass die einzigen anderen Gäste an der Bar am anderen Ende saßen, ihr Bier tranken und sich dabei das Spiel der Spurs auf dem Wandbildschirm anschauten.

»Ja. Ich helfe heute aus.« Mehr brauchte sie nicht wissen. »Kann ich dir einen Drink bringen?«

Amelie nagte an ihrer Lippe und schüttelte den Kopf. »Nein. Ich trinke keinen Alkohol. Ich bin eh schon blind, und der Alkohol vernebelt mir auch noch die restlichen Sinne. Das jagt mir eher eine Heidenangst ein, statt mich zu entspannen.« Sie zuckte mit den Schultern. »Vermutlich höre ich mich wie ein kleines Kind an.«

»Nein. Ich versteh das. Ich trink auch nicht.«

Sie hob zweifelnd die Augenbrauen. »Aber du arbeitest in einer Bar.«

»Ich trinke keinen Alkohol, weil ich mich noch nie beherrschen und maßhalten konnte. Entweder bin ich stocknüchtern oder stockbesoffen. Alles oder nichts, so läuft das bei mir. Da alles keine Option ist, verzichte ich lieber ganz«, erklärte ich im Plauderton und wunderte mich über mein Bedürfnis, ihr ein gutes Gefühl zu geben. »Willst du was anderes? Eine Limo, Wasser, irgendwas Alkoholfreies?« Aalglatt wechselte ich das Thema.

»Eine Cola light wäre toll.«

Ich kümmerte mich darum, und innerhalb von Sekunden stand das Glas auf einem Untersetzer vor ihr. »Cola light auf zwölf Uhr.«

Sie lachte über die Beschreibung und dankte mir, dann streckte sie vorsichtig die Hand aus, bis ihre Finger das kühle

Glas berührten. Sie umschlang es und hob es an. Dabei beugte sie sich ganz dicht ran, als wolle sie an der Cola riechen. Noch ein Stück näher und ihre Nasenspitze wäre in die sprudelnde Flüssigkeit eingetaucht.

»Gibt es ein Problem?«, fragte ich.

Sie setzte sich auf und rieb sich mit der rechten Hand über die Nase. In der linken hielt sie immer noch das Glas. »Nein! Ich … äh … ich mag bloß das Geräusch der zerplatzenden Sprudelblasen. Ich hab nicht gewusst, dass du mich noch beobachtest.« Ihre Stimme klang leicht stählern und verriet mir, dass meine Gafferei nicht gut bei ihr angekommen war.

»Dann geh ich mal besser.« Ich grinste, weil mir ihre Forschheit irgendwie gefiel.

»Äh, David.« Ihre Stimme hob sich. »Eigentlich bin ich hier, um meinen Scheck abzuholen. Kannst du ihn mir geben?«

»Klar. Gib mir eine Minute, dann bin ich bei dir. Und ich schau auch nicht mehr hin, falls du die Sprudelblasen noch ein wenig länger genießen willst.«

Die Schecks wurden in einer abschließbaren Kassette unter der Bar aufbewahrt. Es dauerte einen Moment, bis ich den Ersatzschlüssel im Büro gefunden hatte. Morgan hatte seinen Schlüsselbund beim Gehen mitgenommen. Ich fluchte bei dem Gedanken an die Probleme, die mir Morg bescheren würde, falls ihm sein Stolz wichtiger sein würde als sein Job. Überall neue Schlösser in der verdammten Bar einzubauen war eins davon. Ich hoffte wirklich, er würde am nächsten Morgen reuig zurückkehren. Ich hatte keine große Lust, mir einen neuen Geschäftsführer zu suchen. Schießlich machte Morg seine Sache gut, wenn er sich nicht gerade wie ein Idiot aufführte.

Ich legte den Umschlag auf die Theke und strich Amelie leicht über die Hand, damit sie ihn bemerkte, doch sie gab ihn mir gleich wieder zurück.

»Kannst du ihn bitte aufmachen und mir die Summe vorlesen? Wenn ich weiß, wie viel es ist, kann ich den Scheck gleich am Geldautomaten an der Ecke einzahlen.«

Ich riss den Umschlag auf, schaute mir den Scheck an und hob völlig perplex die Augenbrauen. Fast verlegen las ich die Summe laut vor, und sie seufzte.

»Morgan hat gesagt, bis zum Ende der Probezeit erhalte ich nur den Mindestlohn. Weißt du, wann die endet?«

Ich spürte, wie sich die Wut in meinem Bauch zusammenballte, unterdrückte sie jedoch ihr zuliebe. Es gab nämlich gar keine Probezeit. Morgan hatte seine Spielchen mit ihr getrieben. Amelie war zum Witz eingestellt worden, und es war ein sehr billiger Witz. Das konnte ich ihr jedoch nicht sagen. Ich musste so tun, als ob. Nicht, um Morg zu schützen, sondern um ihre Gefühle nicht zu verletzen.

»Die ist zu Ende. Du bekommst rückwirkend die volle Summe für die ersten beiden Wochen ausgezahlt, abzüglich des Schecks.«

»Wirklich? Wie schön! Das hat Morgan gar nicht erwähnt.«

Ich zog eine Grimasse. Morgan würde ab sofort derjenige auf Probezeit sein.

Fragend wiederholte sie die Schecksumme. Ich las ihr den Betrag noch mal vor.

»Alles klar. Dann zahle ich ihn ein. Was schulde ich dir für die Cola?«

»Angestelltenbonus. Cola light und Sprudelblasen sind kostenlos.« Sie strahlte mich an. Unwillkürlich erwiderte ich ihr Lächeln, egal, ob sie es sehen konnte oder nicht. Ihre Freude war einfach ansteckend.

Vorsichtig rutschte sie vom Barhocker. Nachdem sie den Scheck in der Manteltasche verstaut hatte, klappte sie ihren Stock aus.

»Brauchst du Hilfe? Soll dich jemand begleiten?«, fragte ich.

Sie schüttelte den Kopf, ohne mich anzusehen. »Touchscreens sind ein Problem. Da weiß ich immer nicht, wohin ich tippen muss. Aber der Geldautomat an der Ecke hat zum Glück eine Tastatur mit Punktschrift! Wenn die Welt zu flach ist, rutschen Leute wie ich einfach runter.« Sie erklärte das in fröhlichem Ton, und ich schüttelte erstaunt den Kopf, als sie in der Dunkelheit verschwand und die Tür hinter ihr zufiel.

Ich kämpfte gegen den Drang an, ihr zu folgen, um sicherzustellen, dass ihr der dürftige Scheck beim Geldautomaten nicht auch noch von irgendwelchen Gaunern gestohlen und sie mit ihrem eigenen Stock niedergeschlagen wurde. Viele Menschen empfinden die Welt als beängstigend. Für Amelie steckte sie voller tödlicher Gefahren. Sie war so angreifbar und verletzlich. *Wenn die Welt zu flach ist, rutschen Leute wie ich einfach runter.*

Und dennoch zögerte sie keinen Moment, sich den Gefahren zu stellen.

Dafür hatte sie meinen tiefsten Respekt und meine aufrichtige Bewunderung. Noch mehrere Augenblicke stand ich reglos wie zur Säule erstarrt hinter der Theke, doch das Herz klopfte mir bis zum Hals, und meine Hände wurden feucht. Das Gesicht meiner Schwester tauchte vor meinem inneren Auge auf. Sie war eines Nachts spurlos verschwunden. Und ich habe sie nie wieder gesehen.

»Vince?«, rief ich dem jungen Barkeeper zu, der sich mit einigen Stammgästen am anderen Ende der Theke unterhielt und von dem Drama in den vergangenen Minuten nichts mitbekommen hatte.

»Hey, Tagg.«

»Du musst die Bar eine halbe Stunde allein schmeißen. Ich

bin gleich zurück und helf dir bis zum Ende der Schicht. Morgan musste weg. Kommst du klar?«

»Sicher, Chef. Kein Ding. Heute ist eh nicht viel los.«

Ich schnappte mir meine Jacke, verließ ohne ein weiteres Wort die Bar und rannte die Straße hinunter. Auf halbem Weg zum Geldautomaten an der Ecke holte ich Amelie ein. Die Überraschung stand ihr ins Gesicht geschrieben, als ich neben ihr auftauchte, doch sie zuckte nur mit den Schultern, als ich ihr die Regeln noch mal erklärte.

»Aber ich hab doch heute gar nicht gearbeitet«, protestierte sie.

»Tu mir den Gefallen, ja?«

Erneut zuckte sie mit den Schultern. Ich wartete geduldig, bis sie ihre Einzahlung gemacht hatte, was ihr mühelos gelang. Ihre Finger glitten zielstrebig über die Tastatur.

Als sie fertig war, trat ich neben sie, und sie hakte sich wie am Vorabend bei mir ein. Wir schlenderten nebeneinanderher, ich summte leise, und Amelie passte sich meinen Schritten an. Sie schien mir völlig zu vertrauen, dass ich sie sicher nach Hause bringen würde.

Kurz vor ihrer Straße blieb sie plötzlich stehen und drückte meinen Arm. »Hör mal!«

Nervös suchte ich die Dunkelheit mit zusammengekniffenen Augen ab, weil ich befürchtete, dass wir nicht mehr so allein waren, wie es den Anschein hatte.

»Da ist es«, sagte sie.

Und dann hörte ich das hohle Pfeifen und das entfernte Rattern eines Zuges.

»Zehn Uhr. Pünktlich auf die Minute«, hauchte Amelie.

Das Geräusch wurde lauter, und das Pfeifen ertönte erneut, durchschnitt warnend die Nacht, doch es hörte sich eher wie ein Lied an. Ich habe Zuggeräusche schon immer gemocht, aber schon seit Längerem war ich nicht mehr stehen geblieben, nur um zu lauschen.

»Züge sind wie Zeitmaschinen. Wenn man die Augen schließt – nicht, dass ich das tun müsste –, kann man sich ganz leicht vorstellen, dass sich die Welt in hundert Jahren nicht viel verändert hat. Wenn man das hört, könnte man sich ebenso gut im letzten Jahrhundert befinden wie in der Gegenwart.«

»Oder auf dem Weg nach Hogwarts, weil das neue Schuljahr anfängt«, frotzelte ich.

Sie lachte lauthals, und ich war hingerissen von ihrer Ungezwungenheit. »Nie im Leben bist du Harry-Potter-Fan. Das glaub ich nicht.« Sie piekte mich in die Seite.

»Nein, stimmt. Aber das Grundwissen hab ich drauf.«

»Ich mag Harry Potter. Und das Rattern und Pfeifen der Züge.« Sie seufzte. »Das gehört zu meinen Lieblingsgeräuschen.«

»Du hast Lieblingsgeräusche?«

»Ja. Jede Menge. Du auch?«

»Darüber habe ich noch nie nachgedacht«, gestand ich.

»Ich sammele sie«, sagte sie heiter.

»Wie kann man denn Geräusche sammeln?«

»Genauso, wie man Erinnerungen sammelt.« Sie tippte sich mit einem Finger an die Schläfe.

Darauf hatte ich keine Antwort, aber sie schien auch keine zu erwarten.

»Da wir gerade von Sammlungen sprechen, würde es dir etwas ausmachen, meinem kleinen Bruder Hallo zu sagen? Er ist ein großer Sportfan, wenn auch ein wenig schwierig. Aber er wäre sicher begeistert, einen echten Kampfsportler kennenzulernen.«

»Klar.« Ich zuckte mit den Schultern. Ich wollte wirklich gern sehen, wie Amelie lebte. Außerdem war ich neugierig auf die Eltern, die ihre blinde Tochter allein durch die Stadt stiefeln ließen und ihr erlaubten, halb nackt in einer Bar zu tanzen.

Sie fischte einen Schlüssel aus der Manteltasche und tastete nach dem Türschloss. Es dauerte nicht lange, und sie bat auch nicht um Hilfe, also wartete ich schweigend ab.

Ächzend schwang die Tür auf und gab den Blick auf einen dunklen Flur frei. Im Haus roch es leicht nach Möbelpolitur und auch irgendwie modrig, was vermutlich am Alter lag.

»Henry?«, rief Amelie, stellte den Stock an die Wand und zog den Mantel aus, den sie an einen altmodischen Garderobenständer links von der Tür hängte, ohne auch nur danach tasten zu müssen.

»Henry?«, rief sie etwas lauter.

Ich hörte, wie sich in der oberen Etage eine Tür öffnete. Die Stimme eines Sportkommentators drang zu uns herunter und verstummte wieder, als die Tür geschlossen wurde. Ich vernahm Schritte, dann leuchtete der Kronleuchter über der prunkvollen Treppe auf, um die das Haus gebaut worden war.

Ein Junge im Teenageralter tauchte auf dem Treppenabsatz auf. Eine unbändige Masse wilder roter Locken umrahmte sein Gesicht. Entweder hatte er geschlafen oder legte keinen Wert aufs Kämmen. Er trug ein schwarzes Chicago-Bulls-Trikot und dazu eine Flanell-Schlafanzughose. Als er mich entdeckte, verschränkte er die Arme vor der Brust und trat von einem Fuß auf den anderen. Offenbar war ihm der unerwartete Besuch nicht geheuer.

»Henry?« Amelie hatte ihn wohl gehört und wusste, dass er stehen geblieben war. »Das ist David … äh, ich hab gar nicht nach deinem Nachnamen gefragt.« Sie wartete nicht auf meine Antwort und redete begeistert weiter, im selben Ton wie eine Mutter, die ihr Kind zu irgendetwas überreden will. »Er ist ein echter Kampfsportler, Henry. Ich dachte, du willst ihm vielleicht mal Hallo sagen.«

Henry blieb wie angewurzelt oben auf der Treppe stehen. Ich winkte ihm zu.

»Hallo, Henry. Ich bin David Taggert, aber du darfst mich gern Tagg nennen«, sagte ich. Der Junge schien mir eher nervös als beeindruckt.

»Tagg?«, quiekte Amelie alarmiert und wandte sich mir zu. »Oh, du meine Güte. Mir war nicht klar … also, du bist Tagg Taggert. Du hast mir doch gesagt, du heißt David! Ich hab gedacht, du bist ein Springer an der Bar, der in seiner Freizeit in den Ring steigt. Wie Lou! Oh, du meine Güte. Du bist mein Chef!« Amelie legte die Hände an die Wangen. Ich verkniff mir mühsam das Lachen, während sie tief ein- und ausatmete. Offensichtlich war ihr unser vertrauliches Gespräch von vorhin nun peinlich.

»Boxen wurde 1901 zum legalen Sport erklärt!«, platzte Henry heraus.

»Er ist kein Boxer, Henry.« Amelie erholte sich schnell. »Er ist ein Mixed-Martial-Arts-Kampfsportler, stimmt's, Mr Taggert?«

Aha, nun war ich also Mr Taggert. Ich fing an zu lachen. Ich konnte nicht anders.

»Genau, Kickboxen, Wrestling, Judo, Grappling – ein bisschen was von allem«, erklärte ich, immer noch lachend.

»Schweb wie ein Schmetterling, stich wie eine Biene«, sagte Henry und verschränkte die Arme noch ein wenig fester.

»Du magst Muhammad Ali, was?«, fragte ich.

»Der Größte, der Champion des Volks, die Lippe aus Louisville«, ratterte Henry herunter, bevor er sich umdrehte und den Flur hinunterflüchtete. Gleich darauf schlug eine Tür krachend zu, und ich war mit Amelie wieder allein.

»Beim nächsten Mal weiß er alles über dich, deine Kampfbilanz und Mixed-Martial-Arts. Henry hat ein phänomenales Gedächtnis, aber im Small Talk ist er kein großes Ass.« Amelie nagte an ihrer Unterlippe, als wolle sie noch etwas hinzufügen, straffte dann jedoch die Schultern. Sie hatte es sich wohl doch anders überlegt.

Ich vermutete, dass Henry mehr Probleme hatte, als nur kein Ass im Small Talk zu sein, sagte aber nichts.

»Ich hab nicht gewusst, wer du bist. Ich komme mir dämlich vor«, sagte sie verlegen.

»Warum?«

»Weil ich dich so behandelt habe wie Lou.«

»Ach ja? Etwa wie einen Freund?«

»Ich hab sogar mit dir geflirtet.«

»Kein Problem, das ist mir schon mal passiert. Ich glaub, ich kann damit umgehen.«

Ihre Nase kräuselte sich, und Amelie hob die Brauen. »Lachst du etwa?«

»Ja.«

»Okay. Das ist gut. Ich werde versuchen, mich in Zukunft professioneller zu verhalten.« Sie streckte den Arm aus, offenbar, um mir ganz »professionell« die Hand zu schütteln.

Ich ergriff ihre Hand und kämpfte dabei gegen das Lachen an. Ich fand ihre Ernsthaftigkeit irgendwie witzig.

»Wenn du meinst, dass es Henry Spaß machen könnte, bring ihn doch mal zu mir in den Fitnessklub. Es ist zwei Häuser weiter als die Bar, auf derselben Straßenseite. Ich habe ein ganzes Team aus Kampfsportlern. Lou trainiert auch manchmal mit uns. Training ist die ganze Woche über von zehn bis vier. Ich kann Henry ein paar Griffe zeigen und ihn mit den Jungs bekannt machen.«

»Im Ernst?«, quiekte sie und umfasste meine Hand mit ihren beiden zierlichen Händen. »Ich frage ihn. Ich glaube, das könnte ihm gefallen. Er ist sehr schüchtern und mag es nicht so gern, wenn man ihn anfasst, aber vielleicht kann er einfach nur zuschauen.«

»Ich hatte auch nicht vor, ihn gleich ins Oktagon zu schicken«, erwiderte ich strohtrocken.

»Schmunzelst du schon wieder über mich?« Der Gedanke, dass sie meine Reaktion nicht an meinem Gesicht ablesen konnte, war ungewohnt und merkwürdig. Ich könnte mich über sie lustig machen, die Augen verdrehen, eine Grimasse schneiden, ihr die Zunge rausstrecken – und sie würde nichts davon bemerken.

»Ja. Kann man so sagen.«

»Dachte ich mir.« Amelie lächelte, aber sie hatte das Gesicht abgewandt, ihr Blick erfasste nichts, und ich kam mir fast ausgeschlossen vor. Zwischen ihren lächelnden rosa Lippen zog sich ein Band weißer, gerader Zähne. Am Vorabend im Käfig war sie geschminkt gewesen und hatte roten Lippenstift aufgelegt, doch jetzt trug sie gar kein Make-up. Sie hatte die braunen Haare hinter die Ohren gestrichen und sah im hellen Licht des Kronleuchters jung und schön aus. Dass sie keinen Blickkontakt suchte, ließ sie seltsam schüchtern wirken, als ob sie auf unerreichbar machte, was natürlich nicht stimmte. Sie trieb keine Spielchen. Das konnte sie gar nicht.

Ich ließ ihre Hand los und trat einen Schritt zurück, den Arm nach der Tür ausgestreckt. Sie legte den Kopf schräg, als sie hörte, wie ich sie öffnete. Ich wusste, dass im Prinzip sie die Benachteiligte war. Dennoch konnte ich das Gefühl nicht abschütteln, insgeheim zur Zielscheibe eines Insiderwitzes geworden zu sein, weil ihre Augen mich nie erfassten.

»Danke fürs Nachhausebringen, Mr Taggert.«

»Gern geschehen, Miss …«

»Anderson«, ergänzte sie, obwohl ich ihren Nachnamen bereits kannte.

»Gute Nacht, Amelie Anderson.«

Ich ging hinaus und schloss die Tür fest hinter mir.

(Ende der Kassette)

Moses

Das erste Band endete mit dem lauten Klicken der nach oben springenden Play-Taste. Ich atmete tief aus. Die ganze Zeit hatte ich den Atem angehalten, aus Sorge, ich würde irgendwelche Hinweise übersehen und nicht herausfinden, was Tagg uns verschwieg. Das Problem war, dass er seine Seele auszuschütten schien und selbst die Einzelheiten preisgab, die besser unausgesprochen geblieben wären.

»Ich schau mir keine Filme an, ich höre sie an. Ich mag großartige Dialoge und tolle Filmmusiken, und Romantik ist ein Muss«, sagte Millie, als ob sie sich gezwungen fühlte, ein paar Hintergrundinfos zu liefern, die Tagg nicht erwähnt hatte. »Vor einer Weile hab ich mit meiner Cousine Robin einen Achtziger-Jahre-Filmmarathon gemacht, inklusive *Dirty Dancing* und *Flashdance*. Ich hab mir alle Mühe gegeben, den Faden nicht zu verlieren, und wenn ich mal was nicht verstand, füllte Robin die Lücke. Nachdem sie weg war, hab ich *Flashdance* noch mal eingelegt. Ich hab mir den Film immer wieder angehört und mir vorgestellt, wie es wohl ist, vor einem Publikum zu tanzen, vor Leuten, die nicht wissen, dass ich blind bin. So kam mir die Idee. Ich hab ein wenig recherchiert, einen Handwerker beauftragt und innerhalb von zwei Wochen leistete eine robuste Poledancestange unserem Warmwasserboiler und der Heizung im Keller Gesellschaft. Der Handwerker wollte ein Date mit mir, aber ich hab abgelehnt.«

»Kluges Mädchen«, sagte ich. Ich war beeindruckt. Sie war so voller Lebensfreude, und ich freute mich für meinen Freund, bis mir wieder einfiel, dass er sich einfach aus dem Staub gemacht hatte.

»Als ich jünger war, hab ich Tanzstunden genommen und Sportgymnastik gemacht. Ich hab sogar an Wettkämpfen teilgenommen, bis meine Sehkraft schlechter wurde. Die Blindheit hat mir jedoch nicht die Fähigkeit genommen, Purzelbäume zu schlagen oder mich über den Stufenbarren zu schwingen, und ich konnte auch immer noch auf dem Schwebebalken balancieren. Dank der Hilfe meiner Mom und einiger geduldiger Trainer konnte ich bis vor ein paar Jahren weiterturnen. Manchmal geh ich immer noch zum Training, aber ich hab meinen Hilfebonus ausgereizt. Das Mitleid für mich ist aufgebraucht. Ich bin für die anderen eine Belastung, weil immer jemand bei mir sein muss, der auf mich aufpasst. Aber im Keller an der Stange, wo die Musik so laut dröhnt, wie ich will, kann ich meine Tanzstunden- und Sportgymnastikerfahrung umsetzen und trainieren, ohne dass mir jemand dabei helfen muss. Niemand muss aufpassen, dass ich nicht hinfalle oder mich verletze. Wenn ich tanze, kann ich so tun, als wäre ich wie alle anderen. Ich kann so tun, als sähe ich so gut aus, wie ich mich beim Tanzen fühle. Irgendwann hab ich mich sogar getraut, meinen Poledance Robin vorzuführen. Sie hat sich so für mich gefreut. Also hab ich weitertrainiert und ein wenig zu träumen angefangen. Nach sechsundzwanzig Tagen Training habe ich mir sogar eine Choreografie zu *Perfectly Blind* ausgedacht. Der

Song ist sexy, und ich fand das witzig. Ich dachte, wenn ich über mich selbst lachen kann, würde es mir nichts ausmachen, wenn andere Leute über mich lachen. Ich wollte tanzen. Das war mein Traum. Aber ich war mir auch im Klaren darüber, dass ich damit sämtlichen Comedians eine Steilvorlage liefern würde. Womöglich würde ich sogar einen neuen Trend starten, statt Blondinenwitze oder Deine-Mutter-Witze würde es zukünftige Blinde-Stripperinnen-Witze geben.«

»Mir fallen ein paar ein«, zog ich sie auf, und sie lachte.

»Ja, mir auch. Ich kenne unzählige.«

Ich fragte nicht weiter, war aber neugierig. Rasch verebbte ihr Lachen, und sie strich sich verlegen durch die Haare.

»Ich mache Witze darüber, aber genau genommen ist mir mein Aussehen wichtig. Ich betreibe viel Aufwand damit. Robin ist Kosmetikerin, und das ist eine große Hilfe. Man hat mir oft genug gesagt, dass ich hübsch bin, und ich sehe ja kein Spiegelbild, das diese Behauptung widerlegt. Also habe ich beschlossen, es zu glauben. Aber vor aller Welt tanzen? Das ist eine ganz andere Nummer. Vor ein paar Monaten hat Robin mir erzählt, der Klub an der Ecke von Broadway und Rio Grande Street suche Tänzerinnen. Sie meinte, ich solle mich bewerben. Ich wollte das auch. Ich wollte es wirklich sehr. Aber mir kamen Zweifel. Ich konnte mit Henry und Robin über mich selbst lachen und an einer Stange in meinem Keller tanzen, aber ging das auch woanders? Würde man mich fürs Tanzen sogar bezahlen?«

»Tagg fand ganz offensichtlich, dass du das Geld wert bist«, unterbrach ich sie.

Millie nickte und fuhr fort.

»Robin hat mir versprochen, mir zu helfen. Und das hätte sie auch getan. Sie hätte dafür gesorgt, dass ich umwerfend aussehe. Aber letztendlich sah ich dann doch eher so aus, als hätte ich nachts unter einer Brücke geschlafen. Oder zumindest so, wie ich mir vorstelle, dass man aussieht, wenn man das getan hat. Ich betrat die Bar und rechnete insgeheim schon damit, gleich wieder nach Hause geschickt zu werden. Ich hatte mir absichtlich was Unvorteilhaftes angezogen, und mein Haar war ein einziges Chaos. Ich wollte genug Gründe liefern, mich abzulehnen, ohne dass deswegen jemand ein schlechtes Gewissen bekam. Aber man schickte mich nicht wieder nach Hause.« Millie hielt kurz inne. »Und jetzt wissen wir wohl auch, warum.«

Keine Ahnung, warum Tagg das alles erzählt hatte. Ich hatte Millie beobachtet, als Tagg die Szene mit Morgan erwähnte; sie war wie ein Kartenhaus in sich zusammengefallen. Am liebsten hätte ich den Rekorder aus dem Fenster geworfen und mich sofort auf die Suche nach meinem Freund gemacht, um ein wenig Verstand in ihn zu prügeln.

Als Tagg jedoch weitererzählte, wurde Millies Miene nachdenklich, und ihre Haltung entspannte sich. Schlagartig wurde mir klar, warum Tagg diesen unschönen Teil erzählt hatte. Er wollte, dass Millie die Einzelheiten über ihre Anstellung von ihm hörte, nicht von jemand anders. Er wollte nicht, dass sie glaubte, er hätte sich auch bloß einen Scherz mit ihr gemacht. Tagg wollte Millie klarmachen, dass er keine Ahnung von ihrer Blindheit gehabt hatte, als er sie zum ersten Mal tanzen sah. Er hielt sie für schön.

»Du hast gehört, was er gesagt hat, Millie. Er wusste nichts davon. Du hast ihn davon überzeugt, dass du tanzen kannst. Er fand dich sogar besser als die anderen Tänzerinnen.« Wieder bekam ich ein flaues Gefühl im Magen. Wenn Tagg vorhätte zurückzukommen, hätte er es wohl kaum für nötig befunden, diese Tatsache klarzustellen, damit Millie nicht irgendwelchen Tratsch glaubte.

»Ich weiß«, sagte sie leise und stand auf. »Ich brauch eine

Pause, Moses. Ich muss nach Hause und nachsehen, ob mit Henry alles in Ordnung ist.«

Ich bot an, sie heimzufahren, doch sie lehnte ab, mit der Begründung, sich die Beine vertreten zu müssen. In ein paar Stunden musste sie im Klub auftreten. Darüber war ich froh, auch wenn sie nur die Routine abspulen würde. Denn das bedeutete, nicht still zu sitzen. Das bringt einen um. Und bisher hielt jeder die Fassade für Tagg aufrecht. Alle erschienen zur Arbeit, machten ihren Job im Fitnessklub, in der Bar und in seinem Laden an der Ecke. Tagg hatte vielleicht seine Welt verlassen, aber wenn wir alle die tägliche Routine abspulten, konnten wir womöglich alles für ihn bis zu seiner Rückkehr am Laufen halten. Weiter wollte ich nicht denken.

Tagg

(Kassette)

Morgan kam nicht mehr zur Arbeit. Ich war um zwei am nächsten Tag in der Bar, um entweder mit ihm zu sprechen oder für ihn einzuspringen, was auch immer nötig war. Als es auf halb sechs zuging und mein Geschäftsführer immer noch nicht aufgetaucht war, ging ich fluchend meine Optionen durch. Ich musste mich auf einen wichtigen Kampf vorbereiten und hatte keine Zeit, um auch noch Schichten in der Bar zu schieben. Deshalb hatte ich Morg ja eingestellt. Ich wollte in der Bar bloß meine Runden drehen, ein paar Hände schütteln und im Hinterzimmer nett mit Geschäftspartnern plaudern. Ich wollte nicht jede Woche vierzig Stunden hinter der Theke stehen und die Bar führen. Ich hatte bereits schon zu viel auf meinem Teller. Gut, ich hatte Morgan gekränkt und seinen Stolz verletzt. Dennoch überraschte es mich, dass er sich nicht blicken ließ.

Ich verbrachte den Abend damit, Drinks einzuschenken, mit den Stammgästen zu plaudern und die Tür im Auge zu behalten. Ich war mir sicher, dass Morgan irgendwann reinschlendern würde. So viele Möglichkeiten blieben nicht. Amelie kam um sieben durch die Vordertür statt durch den Hintereingang, den die Angestellten normalerweise benutzten. Henry begleitete sie. Auf seinen strubbeligen Haaren saß eine Giants-Baseballcap, und sein Blick flog rastlos durch die Bar. Es war interessant, die Geschwister zusammen zu beobachten, die Schwester so gelassen, der Bruder so unruhig.

Ich rief ihnen einen Gruß zu, und Amelie lächelte unsicher. Henry im Schlepptau kam sie zur Theke. Sie war zum Tanzen eingeteilt. Ich fragte mich, was sie sich dabei dachte, ihren Bruder mit zur Arbeit zu bringen. Henry schien mich überhaupt nicht gehört zu haben. Sein Blick richtete sich schnurstracks auf den Fernseher über meinem Kopf. Drei Schritte vor den Barhockern blieb er stehen, die Hände in die Taschen gestopft, und blendete alles um sich herum aus. Seine Lippe war angeschwollen, und auf seiner rechten Wange prangten blaue Flecken. Ich fragte mich, ob Amelie davon wusste.

»Äh, hi, David … Mr Taggert«, grüßte sie und tastete nach der Thekenkante.

»Amelie«, unterbrach ich sie. »Um Himmels willen, hör bitte auf, mich Mr Taggert zu nennen.«

»Okay. Ja.« Sie lächelte verlegen. Als sie weitersprach, schwang Unbehagen in ihrer Stimme. »Kann Henry hierbleiben und sich das Lakers-Spiel ansehen? Meine Nachbarin passt sonst auf ihn auf, wenn ich arbeiten muss, damit er nicht über Nacht allein ist. Aber es geht ihr nicht gut. Er ist zwar alt genug, um eine Weile allein zu bleiben, und ich hab ihn auch schon mal allein gelassen, aber nie lange. Und er hatte keinen guten Tag. Robin wird ihn später abholen, aber sie kann frühestens in zwanzig Minuten hier sein …« Sie verstummte.

Ich wunderte mich kurz, wo ihre Eltern steckten, beschloss dann aber, dass es mich nichts anging.

»Mag er auch Sprudelblasen?«, neckte ich. Wenn Henry es schaffte, still auf dem Hocker sitzen zu bleiben und sich das Spiel anzusehen, würde ich ihn mit Getränken und Brezeln versorgen, bis Robin kam. Er war noch nicht alt genug, um sich in der Bar aufhalten zu dürfen, aber solange er keinen Alkohol trank – wofür ich sorgen würde – und solange er nicht allzu lang blieb, machte ich mir keine Sorgen.

»Sprite. Er liebt Sprite.« Sie klang so erleichtert, dass ich schon befürchtete, sie würde jeden Moment in Tränen ausbrechen. Sie wandte sich an Henry, fand seinen Arm und gab ihm sanft Anweisungen.

»Henry, hast du gehört? Mr Tagg… äh, Tagg sagt, dass du das Spiel mit ihm ansehen kannst.«

Henry hievte sich auf einen Hocker, ohne den Blick vom Bildschirm zu nehmen.

»Kann er hier sitzen bleiben, David?« Sie konnte sich offenbar nicht an meinen Spitznamen gewöhnen, was mich wunderte.

»Das ist schon okay. Geh nur. Ich behalt ihn im Auge.«

»Danke. Ich …« Sie straffte die Schultern, atmete tief durch und lächelte. »Danke, das ist wirklich nett«, sagte sie nachdrücklich. Den Stock in der Hand, tastete sie sich durch die Bar und verschwand im langen Flur, der zu den Toiletten und den Angestelltenumkleiden führte.

Ich stellte eine Schale Erdnüsse und ein großes Glas Sprite vor Henry, überlegte es mir dann aber anders und ersetzte die Erdnüsse durch Brezeln. Ich konnte mir gut vorstellen, dass Henry allein schon beim Anblick von Erdnüssen einen heftigen Allergieschock bekam, und das hätte mir gerade noch gefehlt.

»Kobe Bryant hat die meisten Freiwürfe in der Liga erzielt.« Ich hatte keine Ahnung, ob das stimmte. Ich wollte Henry bloß einen Brocken hinwerfen, um zu sehen, ob er darauf reagierte.

Den Blick auf mich gerichtet, schüttelte Henry den Kopf über meine Behauptung.

»Er ist der größte Spieler in der NBA?« Ich wusste, dass das nicht stimmte.

Henry grinste.

»Er hat die größten Füße?«

Henry schüttelte erneut den Kopf.

»Sein bester Freund heißt Shaq?«, fragte ich.

Nun schüttelte Henry den Kopf so heftig, dass ich befürchtete, er würde gleich vom Hocker fallen.

»Kobe Bryant ist der jüngste Spieler, der je 30.000 Karrierepunkte erzielt hat«, informierte mich Henry. Ich klopfte mir in Gedanken selbst auf die Schulter, weil ich ihn zum Sprechen gebracht hatte.

»Ach ja?«, fragte ich beiläufig.

»Er war auch der jüngste Spieler in der NBA-Auswahl«, fügte er hinzu.

»Geschenkt.« Ich winkte ab. »Das weiß doch jeder.« Ich zwinkerte Henry zu, um ihn wissen zu lassen, dass mir das in Wahrheit neu war.

»Wusstest du, dass er nach einem japanischen Rind benannt ist?«, prahlte Henry, zog das Glas zu sich und saugte einen großen Schluck durch den Strohhalm.

»Echt jetzt?« Ich lachte und ging ein paar Stühle weiter, um ein paar Gäste zu bedienen und Axel zu begrüßen, meinen schwedischen Sparringspartner, der zwei Stühle rechts von Henry Platz genommen hatte. Er bedankte sich mit »tack« – danke auf Schwedisch –, als ich ihm sein Bier hinstellte, und kippte es ab.

»Shaquille O'Neal und Kobe Bryant sind keine Freunde«, meinte Henry und legte sorgfältig eine Brezel auf seine Zunge. Mit trauriger Miene betrachtete er sein inzwischen leeres Glas.

»Nicht? Warum nicht?«, fragte ich und füllte ihm Sprite nach.

»Riesen sind keine guten Freunde.«

»Redest du jetzt von Shaq oder Kobe? Sie sind beide ziemlich groß.« Ich versuchte, mir das Lachen zu verkneifen, weil Henry auch nicht lachte.

»Riesen mögen es nicht, wenn jemand größer ist als sie.«

»Na, ich weiß nicht. Schau dir mich und Axel an. Wir sind beide ziemlich groß.«

»Wer ist größer?«, fragte Henry.

»Ich«, antwortete ich nachdrücklich, zur selben Zeit schlug sich Axel auf die Brust.

Henry sah mich aus großen Eulenaugen an, als ob ich ihm das beweisen müsste. Axel fing an zu lachen. Ich fiel ein, doch Henry lachte immer noch nicht. Er schlürfte seine Sprite durch den Strohhalm, als sei er kurz vorm Verdursten. Ich wartete, bis Axel seine Aufmerksamkeit Stormy zuwandte, die mit ihrer Bestellung auf dem Weg zu den Tischen stehen geblieben war, um mit ihm zu flirten.

»Henry, hast du ein Problem mit einem Riesen?« Ich fasste mir an die Lippe und richtete den Blick vielsagend auf seinen Mund.

»Bei den Giants sind auch lauter Riesen. Sie haben 2012 die World Series gewonnen«, erwiderte er leise. »2010 auch. Im Moment sind sie sehr beliebt.«

Ich war mir nicht sicher, ob sich hinter dieser Bemerkung eine Botschaft versteckte oder ob Henry nur das Thema wechseln wollte. Ich startete einen neuen Anlauf.

»Du kennst doch sicher die Geschichte von David und Goliath, oder? David ist nur ein kleiner Kerl, Goliath dagegen ein riesengroßer Krieger. Dennoch tötet David ihn, und das nur mithilfe seiner Schleuder und Goliaths Schwert.«

»Du heißt David«, stellte Henry fest, die Augen auf das Spiel gerichtet.

»Stimmt. Soll ich für dich einen Riesen erlegen?«

»Die Bank der Giants-Riesen ist breit.«

Ich musterte Henry aufmerksam. Er nahm den Blick nicht vom Fernseher. Ich kam mir vor, als würde ich mich mit Yoda unterhalten. Oder R2-D2.

Seufzend füllte ich ihm sein Glas auf. »Wenn die Sprite wieder raus will, die Toiletten sind den Flur runter rechts.«

Ich wollte Amelie nicht beunruhigen, aber als sie im Tagg-Team-Shirt und Leggings über der »Tanzuniform« zur Theke kam, um sich zu vergewissern, dass Henry von Robin abgeholt worden war, zog ich sie zur Seite und schlug ihr noch einmal vor, Henry zu mir in den Fitnessklub zu bringen. Es konnte dem Jungen bestimmt nicht schaden, wenn er wusste, wie man einen miesen Typen auf den Boden legt, oder auch einen Riesen, falls nötig.

Amelie und Henry kamen am nächsten Tag nicht in den Fitnessklub. Am Samstag bildete ich mir ein, sie aus dem Augenwinkel vor dem Fenster am Eingang gesehen zu haben, aber als ich nachsah, waren sie weg. Womöglich war Henry doch nicht so begeistert von der Idee, wie Amelie angenommen hatte. Ein paar Minuten später entdeckte ich sie jedoch neben den Punchingbällen. Henry wirkte wie ein fluchtbereiter Blindenhund, der am liebsten davongestürmt wäre. Und seine Schwester mit sich geschleift hätte, die sich an seinem Arm festhielt. Sie zogen verwunderte Blicke auf sich – Henry mit seinem zerzausten Wuschelkopf und zittrigen Händen, der sich ständig nervös umschaute, und Amelie, die reglos dastand, den Blick starr geradeaus gerichtet.

Ich unterbrach meinen Trainingskampf mit Axel, der mir

die Hölle heißgemacht hatte, und stieg durch die Seile des Oktagons.

»Amelie! Henry!«, rief ich. Auf Amelies Gesicht erschien ein erleichtertes Lächeln, das ihren Augen einen täuschend lebhaften Glanz verlieh. Henry wich jedoch zurück und zog seine Schwester mit sich.

»Jo, Henry. Warte mal, Mann.« Ich blieb mehrere Schritte entfernt von den beiden stehen und senkte die Stimme. »Wusstest du, dass der Kampf von Jack Dempsey gegen Jess Willard der erste war, der je im Radio übertragen wurde?«

Henry blieb stehen, seine fahrigen Hände kamen zur Ruhe.

»Weißt du, in welchem Jahr das war, Henry?«

»1919«, flüsterte er. »1931 wurde zum ersten Mal ein Kampf im Fernsehen übertragen. Benny Leonard gegen Mickey Walker.«

»Das wusste ich nicht.« Auch das über den Dempsey-Willard-Kampf wusste ich bloß, weil ich am Vorabend eine Doku über Dempsey auf Netflix gesehen hatte. Netflix sei Dank. Die Erwähnung der Radioübertragung hatte mich an Henry und die Sportsendung erinnert, die aus seinem Zimmer geschallt war. »Hast du noch ein paar Infos für mich?«

»David ›Tagg‹ Taggert, Halbschwergewicht mit einer Kampfbilanz von achtzehn Siegen, zwei Niederlagen, zehn K.o.«

»Du hast mich überprüft, was?«

Henrys Lippen zuckten. Verlegen senkte er den Blick.

»Ja, hast du! Was hast du noch herausgefunden? Dass mich alle Ladys lieben, weil ich der attraktivste Mixed-Martial-Arts-Sportler im ganzen Universum bin?«

Henry wirkte einen Augenblick verwirrt, und mir ging auf, dass er sein Hirn nach diesen Fakten durchkramte. Ich lachte. »War nur ein Witz, Kumpel.«

»Einsneunzig, dreiundneunzig Kilo, oft verglichen mit Forrest Griffin und Michael Bisping?« Henrys Stimme hob sich am Ende und suchte eindeutig nach Bestätigung.

»Ich bin viel charmanter als Bisping und habe bessere Ohren als Forrest. Vermutlich könnten sie mir aber beide den Arsch aufreißen.«

»Er hat ›Arsch‹ gesagt, Amelie!«, flüsterte Henry schockiert.

»Ja, stimmt, Henry. Das ist okay. So reden Kampfsportler nun mal«, beschwichtigte Amelie.

»Darf ich auch ›Arsch‹ sagen?« Henrys Stimme klang leise und neugierig.

»Ja, das darfst du«, mischte ich mich ein, »wenn du gelernt hast, wie man kämpft.«

»Ich kämpfe nicht gerne.« Henry machte einen Schritt zurück.

»Schon gut, Henry. Es gibt viele Arten zu kämpfen. Ich kann dir ein paar Griffe zeigen, wann immer du möchtest. Manche Moves dienen nur zum Selbstschutz. Aber erst mal will ich dich meinem Team vorstellen.«

»Dem Tagg-Team?« Henrys Stimme klang schrill vor Aufregung.

»Genau. Ein paar fehlen zwar, aber die meisten sind hier.«

Axel, meinen schwedischen Sparringspartner, hatte Henry bereits in der Bar kennengelernt. Amelie schüttelte ihm höflich die Hand, und Axel warf mir über ihren Kopf hinweg einen bohrenden Blick zu. Offenbar hatte er sie noch nicht tanzen gesehen. Mikey, dessen Unterarme so kräftig waren wie die von Popeye, grüßte Henry und Amelie lächelnd mit Handschlag. In Gesellschaft von Frauen benahm sich Mikey immer tadellos wie ein Gentleman, doch unter den Jungs kehrte er den schandmäuligen Marinesoldaten raus. Er hatte seinen linken Unterschenkel im Irak verloren und kämpfte jeden Tag im Tagg-Team-Klub gegen seine Dämonen an. Er hatte mir ein paar Dinge über Nahkampf beigebracht, die man nur von jemandem lernen kann, der tatsächlich öfter um sein Leben kämpfen musste, als er zählen konnte.

Anschließend gingen wir zu Paulo; er ist Brasilianer und der beste Grappler von uns allen, und danach zu Cory, unserem jüngsten Teammitglied. Cory Mangum war Wrestler und im dritten Collegejahr sogar NCAA-Schwergewichtschampion gewesen. Im Abschlussjahr schmiss er jedoch alles hin und landete in der psychiatrischen Klinik Montlake, nachdem er versucht hatte, seine Drogensucht mit einem Sprung von der Brücke zu beenden. Mein alter Freund Dr Andelin hatte ihn zu mir geschickt. Bislang war Cory clean geblieben und hatte mich noch jeden Tag auf dem Boden festgenagelt. Ich lernte eine Menge von ihm.

Außer Axel, Mikey, Paulo und Cory, die andere zwar trainierten, aber nicht selbst an Wettkämpfen teilnahmen, gehörten zu meinem Team auch eine Handvoll MMA-Kämpfer in verschiedenen Gewichtsklassen, die alle unter dem Tagg-Team-Namen antraten. Sie begrüßten Henry und Amelie höflich, mit vielsagenden Seitenblicken auf Henrys zerzauste Haare und Amelies blendendes Lächeln. Ich fragte mich, ob Amelie wusste, wie reizvoll sie wirkte. Vermutlich nicht. Viele Frauen gingen im Fitnessklub ein und aus. Manche wollten mich oder einen der Jungs treffen, andere kamen zum Training. Ich hatte zwei weibliche Kämpfer im Tagg-Team, die bei der UFC, dem größten Mixed-Martial-Arts-Wettkampfveranstalter, unter Vertrag standen. Amelie bot jedoch den Reiz des Neuen, und ich war mir sicher, dass den Jungs ihre tolle Figur, das glänzende Haar und ihr hübscher Mund nicht entgangen waren. Der Gedanke war nicht gerade angenehm. Was würden sie erst sagen, wenn sie herausfanden, dass sie mehrere Abende in der Bar an der Stange tanzte? Diese Vorstellung machte mir richtig Sorgen.

»Dieser Teil des Klubs ist dem Kampfsporttraining vorbehalten. Der Rest – Hantelraum, Trainingsgeräte und Kurse – kann auch von Mitglieder des Tagg-Team-Fitnessklubs genutzt werden. Für fünfzehn Mäuse im Monat hat man Zugang zu allem, was sich auf dieser Seite befindet. Die Kurse finden an mehreren Abenden in der Woche statt. Kurse, für die man die Matten braucht, wie beim Judo oder bei einigen unserer Selbstverteidigungskurse, kosten extra.«

»Vielleicht willst du ja mal eine Judostunde oder einen Selbstverteidigungskurs ausprobieren, Henry«, schlug Amelie vor. »Ich hab auch eine Weile Judo gemacht. Es gibt eine Abteilung für blinde Athleten. Ziemlich cool. Aber ich war nicht mit dem Herzen dabei, wenn beim Training keine Musik aus den Lautsprechern dröhnte und ich keine Kicks und Pirouetten machen konnte. Das funktioniert beim Judo nicht so gut.«

»Stimmt. Es sei denn, man schleudert jemanden herum, wenn man Pirouetten dreht.«

»Muss ich einen Fiesling schlagen?«, fragte Henry besorgt.

»Nein. Beim Judo geht's um Würfe. Ein MMA-Sportler muss sich mit Würfen und Angriffstaktiken auskennen, daher ist Judo hier sehr beliebt«, erklärte ich. Henry schien fast übermäßig besorgt, jemanden schlagen zu müssen. Was bedeutete, dass ich ihm wohl tatsächlich besser zeigen sollte, wie man sich wehrt.

»Du musst niemanden schlagen. Aber wie wär's mit dem Sandsack da drüben? Willst du dem Sandsack mal einen Schlag verpassen?«

Henry betrachtete misstrauisch den Sandsack in unserer Nähe.

»Du kannst auch den Punchingball ausprobieren. Das macht Spaß. Und er schlägt nicht zurück.«

Amelie hielt sich noch immer an Henrys Arm fest, ihr Stock war nirgends zu sehen. Ich umfasste sanft ihren Ellbogen und zog sie an meine Seite, damit Henry sie nicht versehentlich verletzte, wenn er sich an einem Schlag versuchte. Ich bezweifelte, dass Henry jemals in seinem Leben jemanden geschlagen hatte. Er war ein dünner, kurz geratener Junge und hatte ganz eindeutig Entwicklungsprobleme. Er klang beim Reden wie ein Roboter, und ich fragte mich, ob er vielleicht autistisch war. Einerseits warf er mit Sportinfos um sich und schien ein wandelndes Lexikon zu sein, andererseits traute er sich nicht, ohne Erlaubnis »Arsch« zu sagen. Er war jedenfalls kein normaler Teenager.

Henry ging auf den langen Sandsack zu und musterte ihn dabei so argwöhnisch, als erwarte er, dass sich der Sack jeden Augenblick in ein tödliches Monster verwandelte. Seine linke Faust traf auf den Sandsack und gleichzeitig stieß er einen Fuß in die Luft.

Amelie klatschte. »Warst du das, Henry? Ich hab's gehört.«

»Versuch es noch mal, Henry. Du kannst den Sack auch treten«, wies ich ihn an.

Henrys Bein schoss vor, als ob er eine Tür aufkicken wollte, und der Sandsack schwang zurück. Er knallte ihm gegen das erhobene Bein und warf ihn um.

»Er hat mich erwischt, Tagg«, jammerte er. Amelie gab einen Schreckenslaut von sich. Ganz offensichtlich hatte ich mich geirrt. Der Sandsack konnte zurückschlagen.

»Steh auf, Kumpel. Du hast ihm einen harten Tritt verpasst. Pass auf den Schwung auf, und mach gleich nach dem Kick einen Schritt zurück. Achte auf das Timing deiner Kicks und Schläge.«

Henry stand so schnell auf, als würde ihm der Sandsack im

nächsten Moment die Beine wegziehen. Er landete ein paar Schläge, trat ein- oder zweimal nach dem Sack, ohne hinzufallen, und prügelte anschließend auf den Punchingball ein, während ich ihm Anweisungen zurief. Amelie hielt sich im Hintergrund, hörte aufmerksam zu. Unvermittelt wurde mir bewusst, dass ich sie die ganze Zeit am Ellbogen festhielt und an meine Seite drückte, während ich Henry Anweisungen gab. Als Henry einen guten Rhythmus beim Punchingball gefunden hatte und fröhlich in sich hineinlachte, ergriff sie das Wort.

»David?«

Fast hätte ich mich umgedreht, um zu sehen, mit wem sie redete, dann fiel mir ein, dass sie mich meinte. Mein Name klang so anders aus ihrem Mund.

»Ja?«

»Du bist so nett. Das habe ich nicht erwartet.«

»Warum nicht?«

»Weil die Mädchen in der Bar entweder in dich verliebt sind und mit dir schlafen wollen oder dich hassen und immer noch mit dir schlafen wollen. Ich hab angenommen, dass du einer dieser Bad-Boy-Typen bist.«

»Oh, ich bin ein Bad Boy. Ich versuch nur, mich nicht wie ein Arschloch gegenüber Leuten aufzuführen, die es nicht verdient haben. Man könnte sagen, ich bin ein netter Bad Boy.«

»Ich glaub, das geht nicht«, widersprach sie leise.

»Oh doch, das geht. Ich bin ein freundlicher Mensch, solange man mir oder den Leuten, die mir wichtig sind, nicht blöd kommt. In dem Fall kehr ich meine üble Seite raus.«

»Ich werd's mir merken«, sagte Amelie ernsthaft und nickte, als hätte sie nur Sekunden zuvor überlegt, sich mit mir anzulegen. Die Vorstellung, dass die zierliche blinde Brünette mit der perlweißen Haut und dem süßen Lächeln mir eine verpassen wollte, war komisch.

»Führst du was im Schilde?«, fragte ich und verkniff mir ein Lachen.

»Nein, ich hab's mir anders überlegt.« Sie erschauerte theatralisch. »Ich möchte Bad-Boy-Tagg lieber nicht zu Gesicht bekommen.«

»Bad-Boy-Tagg und Silly Millie.«

»Millie?«

»Hat dich noch nie jemand Millie genannt?«

»Nein«, antwortete sie rundheraus.

»Henry und Amelie sind keine alltäglichen Namen. Sie klingen irgendwie altmodisch.«

»Das liegt daran, dass wir eigentlich im späten 19. Jahrhundert auf die Welt kamen, als unsere Namen beliebter waren. Wir sind Vampire, die nicht altern. Und meine Blindheit ist nur ein Trick, um die Leute in Sicherheit zu wiegen.« Ihr Mund verzog sich zu einem Grinsen.

»Ach ja?«, sagte ich gedehnt. »Na, da brat mir doch einer einen Storch. Du und Henry werdet also ewig wie alt bleiben? Dreizehn und zweiundzwanzig?«

»Fünfzehn. Henry ist fünfzehn.«

»Aber du bist eigentlich hundertzweiundzwanzig?«

»Genau. Wir werden in hundert Jahren immer noch so aussehen.« Auf Henry bezogen war das eine traurige Vorstellung, bei Amelie nicht so sehr.

»Ihr werdet uns alle überleben.«

Amelies Lachen wackelte einen Moment. Hätte ich sie nicht direkt angesehen, wäre es mir gar nicht aufgefallen. Aber ich sah sie an und mir wurde klar, dass Amelie tatsächlich schon jemanden überlebt hatte, der ihr wichtig war.

»Gehören auch deine Eltern zu den Untoten?«, fragte ich leichthin und überlegte, ob sie weiter mit mir rumalbern würde.

»Nein. Mein Dad ist weg. Ich hab seit Ewigkeiten nicht

mehr mit ihm gesprochen. Meine Mutter ist vor ein paar Jahren gestorben.« Sie zuckte mit den Schultern. Jeglicher Spaß war durch die Realität vertrieben worden.

»Das tut mir leid, Süße.« Der Kosename kam mir leicht über die Lippen. Ich hatte in meinem Leben mehr Frauen damit bedacht, als ich zählen konnte, doch Amelies Wangen röteten sich, und sie senkte verlegen den Kopf. Offenbar bekam sie nicht oft Kosenamen zu hören. »Mein Dad kam nicht mit meiner Blindheit zurecht. Zwei Problemkinder waren ihm wohl zu viel.«

»Und du kümmerst dich jetzt ganz allein um Henry?« Ich war baff und versuchte, mir meine Verblüffung nicht anmerken zu lassen, aber sie bekam es trotzdem mit.

Resolut reckte sie das Kinn und straffte den Rücken. »Willst du das wirklich wissen, oder zweifelst du daran, dass ich dazu fähig bin?« Sie wandte sich mir zu, als ob sie mich frontal mit der Frage konfrontieren wollte. Als ich auf sie hinunterblickte, verspürte ich ein vertrautes Ziehen in der Brust. Wie wenn man von einer Klippe springt. Ein Gefühl, als ob das Herz anschwillt und gleich aus der Brust platzt. Ich hatte es schon ein paar Mal im Leben erlebt.

Ich hatte es gespürt, als ich sah, wie Moses seine kleine Babytochter zum ersten Mal im Arm hielt. Er und Georgia waren so glücklich und hatten sich dieses Glück weiß Gott verdient. Die Freude in seinem Gesicht hatte sich auf mich übertragen und mein Herz mit Verwunderung gefüllt. Vor zwei Jahren hatte ich dieses Gefühl schon mal gespürt, als ich in der fünften Runde im allerletzten Moment wieder auf die Beine kam und meinen ersten großen Kampf gewann. Tatsächlich hatte ich das Gefühl ziemlich oft in den vergangenen Jahren erlebt – wenn ich Moses bei der Arbeit zusah oder wenn die Leute wegen seines Talents in Tränen ausbrachen. In Venedig raubte mir das Gefühl zum ersten Mal buchstäblich den Atem. Ein Jahr, nachdem ich

Montlake verlassen hatte, und acht Monate, nachdem ich mit Moses durch die Welt gezogen war. Ich war schon so lange so traurig und fühlte mich verloren, dass ich mich daran gewöhnt hatte, nichts anderes zu empfinden. Aber als ich in einem kleinen Boot in Venedig saß und sah, wie die Sonne unterging – ein gleißender Feuerball, der das Wasser und den Himmel in paradiesische Farben tauchte –, füllten sich meine Augen über die gewaltige Schönheit des Anblicks mit Tränen. In diesem Moment wurde mir klar, dass ich wieder leben wollte. Zum ersten Mal seit Langem war ich froh, dass ich lebte.

Als ich jetzt in Amelie Andersons herzförmiges Gesicht blickte und sah, wie sie den Mund zu einem schmalen, störrischen Strich presste, durchströmte mich dieses Gefühl erneut und raubte mir den Atem.

»Ich will's wirklich wissen«, sagte ich. Die Worte kamen als raues Flüstern raus.

»Wir kümmern uns umeinander«, sagte sie schlicht. »Er hilft mir bei den Sachen, mit denen ich Schwierigkeiten habe. Manchmal kocht er sogar. Also keine Gourmetküche, aber für uns beide reicht's. Ich weiß nie, ob meine Kleider zusammenpassen, ob das Haus sauber ist oder ob in meiner Suppe eine Fliege schwimmt, aber Henry kümmert sich genauso gut um mich wie ich mich um ihn.«

Klar. Es war ziemlich offensichtlich, wer hier das Elternteil und wer das Kind spielte. Dieses Mädchen überraschte mich immer wieder.

»Henry und ich sind ein Team. Du hast dein Tagg-Team, richtig? Dann verstehst du das sicher. Jeder steuert etwas anderes bei.«

»Ach ja?«

»Er ist das Auge. Ich bin das Herz. Er ist die Hände und ich der Kopf. So hat es meine Mom immer ausgedrückt.«

Wir schwiegen. In meinem Kopf rasten die Gedanken, während Henry einen epochalen Kampf mit dem großen Sandsack ausfocht und Amelie still und reglos dastand und so angestrengt lauschte, als ob sie ihren Bruder dadurch beim Kämpfen sehen könnte. Was sie nicht wusste, gar nicht wissen konnte, war, dass sie mich umgehauen hatte, obwohl ich aufrecht neben ihr stand. Ich war bereits auf dem besten Weg, mich in sie zu verlieben.

(Ende der Kassette)

Moses

Er ist das Auge. Ich bin das Herz. Er ist die Hände und ich der Kopf. Die Worte dröhnten mir in den Ohren. Millie hätte genauso gut mich und Tagg beschreiben können. Ich war das Auge und die Hände – der Künstler, der sehen konnte, was anderen, auch Tagg, verborgen blieb. Aber er war der Anführer, der Kopf und das Herz, und sein Kopf und sein Herz hatten immer wieder für meine Augen und Hände gesorgt. Tagg bestand nur aus Herz. Manchmal brachte ihn das in Schwierigkeiten, vielmehr uns, aber viel öfter noch führte es uns in die richtige Richtung. Er hatte sich um mich gekümmert. Ich war mir allerdings nicht sicher, ob ich mich auch genügend um ihn gekümmert hatte. Ich hatte keine Notwendigkeit dafür gesehen.

»Warum ist er gegangen, Moses? Wohin ist er gegangen? Seit zwei Wochen hat ihn niemand mehr gesehen. Niemand weiß was. Wenn er sich in mich verliebt hat, wie er behauptet, warum ist er dann einfach so gegangen?« Millie war den Tränen nahe, ich hatte mich ins Zeichnen geflüchtet. Meine Finger flogen über den Skizzenblock, damit ich nicht den Verstand verlor, während ich zuhörte, wie sich mein bester Freund verabschiedete.

Ich hatte Taggs Vater angerufen, der wiederum seine Ex-Frau und die rief Taggs jüngere Schwestern an, die im Internat waren. Millie hatte recht. Niemand wusste was. Niemand hatte ihn gesehen oder von ihm gehört.

»Hat er irgendwas gesagt oder getan, was dir merkwürdig vorkam? Fällt dir irgendwas ein, das uns vielleicht einen Hinweis darauf geben könnte, wohin er wollte?«, fragte ich hilflos. Beim Zuhören hatte mich ein Gefühl der Hoffnungslosigkeit gepackt. Tagg erzählte eindeutig eine Liebesgeschichte. Und die Erfahrungen, die ich mit der Liebe gemacht hatte, erfüllten mich mit der dunklen Vorahnung, dass diese Geschichte nicht gut ausgehen würde. Liebesgeschichten haben einen Hang zur Tragik.

»Nein. Abgesehen davon, dass er ungewohnt erschöpft wirkte«, antwortete Millie und riss mich aus meinen sorgenvollen Gedanken. »Tagg schien nie müde zu werden. Ist dir das auch aufgefallen? Er hat mehr Energie als alle, die ich kenne. Aber in letzter Zeit war er oft müde. Er hat so hart für den Santos-Kampf trainiert. Ein paar Mal ist er abends beim Fernsehen mit Henry auf der Couch eingeschlafen. Einmal habe ich ihn um Mitternacht geweckt, weil unsere Couch so klein ist und es sicher unbequem für ihn sein musste. Er war orientierungslos und so benommen, dass seine Worte verwaschen klangen. Hätte ich es nicht besser gewusst, hätte ich angenommen, dass er betrunken ist. Aber er hatte nichts getrunken. Er hat nie mehr als ein Bier getrunken, solange ich ihn kenne. Und er hatte schon drei Stunden auf der Couch geschlafen. Ich wollte nicht, dass er noch fährt. Ich sagte ihm, dass er zu müde dafür war, auch wenn er nur ein paar Blocks entfernt wohnte. Aber er meinte, er sei fit genug. Ich brachte ihn zu seinem Pick-up, und er machte einen Witz darüber, dass die Blinde einen Blinden führt.« Ihre Stimme brach.

»Hast du ihn an diesem Abend zum letzten Mal gesehen?«

»Nein. An dem Abend, als ich ihn das letzte Mal sah, hat er … haben er und ich …« Millie verstummte, und ihre Wangen röteten sich verräterisch.

Dieser Mistkerl. Ich brauchte keine weitere Erklärung. Wieder einmal stand ich vor einem völligen Rätsel. Ich entschuldigte mich, um Georgia anzurufen. Sie nahm schon nach dem ersten Klingeln ab. Ihre Stimme klang hoffnungsvoll und ängstlich zugleich.

»Gibt es Neuigkeiten?«, fragte sie, ohne sich mit einem Gruß aufzuhalten. Typisch Georgia, sie packte den Stier immer bei den Hörnern. Es war eines der Dinge, die ich am meisten an ihr liebte. Eines der Dinge, das uns gerettet hat, als unsere Liebesgeschichte einige tragische Wendungen nahm.

Die Redewendung weckte eine Erinnerung. Statt zu antworten, stellte ich eine Gegenfrage: »Wusstest du, dass Tagg tatsächlich einmal einen Stier bei den Hörnern gepackt hat? Ich hab's selbst gesehen.«

Georgia schwieg einen Herzschlag lang, ehe sie nachhakte. »Moses, wovon redest du, Baby? Was ist los mit Tagg?«

»Wir waren damals in Spanien. In San Sebastián. Das liegt im Baskenland. Wusstest du, dass es blonde Spanier gibt? Ich nicht. Ich sah überall blonde Frauen, und alle erinnerten mich an dich. Ich hatte ziemlich üble Laune, weshalb Tagg mit der super Idee kam, nach Pamplona zu fahren und am Stierlauf teilzunehmen. Er meinte, ein Adrenalinschub sei genau das, was ich jetzt zur Aufheiterung bräuchte. Pamplona ist nicht weit von San Sebastián. Nur eine Stunde mit dem Bus. Ich wusste über Taggs Todessehnsucht Bescheid. Zumindest in Montlake hatte er sie gehabt. Und mir war klar, dass er ein bisschen durchgeknallt ist. Er wartete aber ab, bis der Stier an ihm vorbeigelaufen war, dann jagte er ihm nach. Als das Tier auf ihn losging, packte er ihn bei den Hörnern und machte eine dieser Dreh- und Rollbewegungen wie ein Cowboy beim Rodeo.«

»Beim Steer Wrestling?« Georgia klang immer noch verwirrt, aber sie hörte zu.

»Ja, genau. Tagg hat versucht, den Stier auf den Boden zu bringen. Der Stier hat gewonnen, doch Tagg kam ohne den kleinsten Kratzer davon. Ich weiß immer noch nicht, wie er das geschafft hat. Ich hab so laut geschrien, dass ich eine ganze Woche lang heiser war. Was okay war. Weil ich sowieso zwei Wochen lang nicht mit Tagg redete. Dieser verdammte Mistkerl. Ich hab gedacht, er würde sterben.« Ich brach ab, die Emotionen schnürten mir die Kehle zu. Aber Georgia hörte heraus, was ich nicht aussprechen konnte.

»Was ist los, Moses? Wo ist Tagg?«

»Ich weiß es nicht, Georgia. Kannst du kommen? Ich brauch dich hier. Und ich hab das Gefühl, dass Millie dich auch brauchen wird. Gewisse Dinge kann eine Frau mit einem Mann nicht besprechen. Nicht mal mit dem besten Freund ihres Freundes. Vor allem nicht mit dem besten Freund ihres Freundes.«

Tagg
(Kassette)

Am Montagmorgen wartete ich vor Amelies Haus im Auto auf Henry. Als Robin zum Abholen in die Bar gekommen war und Henry noch mal schnell im Klo verschwand, um seine mit Sprite gefüllte Blase zu leeren, hatte ich sie in die Mangel genommen. Ich wollte unbedingt wissen, wer ihm das Gesicht poliert hatte. Das hatte ich Millie gegenüber zwar nicht erwähnt, aber ich fand es nicht in Ordnung, die Sache einfach so auf sich beruhen zu lassen. Bei der Vorstellung, dass jemand Henry schikanierte und ihn sogar verprügelte, juckte es mir in den Fäusten. Fiese Typen konnte ich auf den Tod nicht leiden. Deshalb beschloss ich, mich einzumischen und Henry nicht nur ein paar Verteidigungsgriffe zu zeigen.

Robin hatte mir erzählt, dass Henry meistens zur nur ein paar Blocks entfernten Schule lief und ihn Millie manchmal begleitete. Er besuchte eine ganz normale Highschool und hatte gute Noten. Offenbar stand Millie in regelmäßigem Kontakt mit seinen Lehrern und war auf du und du mit der Schulleitung. Ich fragte mich, wie stark Henry sich am Unterricht beteiligte und wie gut er mit den anderen Kindern auskam. Robin hatte auch erwähnt, dass er ihres Wissens keine Freunde habe. Irgendwer beschäftigte sich allerdings schon mit ihm, nach seiner geschwollenen Lippe zu urteilen. Ich versicherte Robin, mich um die Angelegenheit zu kümmern. Sie wirkte überrascht, erhob aber keine Einwände.

Um halb acht verließ Henry das Haus. Ich hatte vorgesorgt – die Heizung lief, und im Getränkehalter standen zwei Kaffeebecher bereit. Ob Henry Kaffee mochte, wusste ich zwar nicht, aber ich trank ihn gern. Ein wenig kam ich mir vor wie ein Perversling, der am Gehsteig auf ein Kind lauert. Als ich Henry entdeckte, fuhr ich das Fenster runter, grüßte ihn lässig und fragte, ob ich kurz mit ihm reden könne.

»Ich fahr dich auch zur Schule, damit du nicht zu spät kommst«, fügte ich hinzu, als Henry besorgt auf seine Uhr schaute.

Er lächelte breit, als freute er sich über meine Anwesenheit, und schlurfte widerspruchslos zur Beifahrertür. Ich nahm mir vor, mit Henry auch mal ein Wörtchen darüber zu reden, dass man nicht einfach so zu wildfremden Leuten ins Auto steigen sollte. Er ließ seinen Rucksack auf den Boden plumpsen und nahm den Kaffeebecher, den ich ihm reichte, mit dankbarem Seufzen entgegen. Das brachte mich zum Lachen, und wir nippten eine Weile schweigend an unseren Bechern, ehe ich mich in das notwendige Gespräch stürzte.

»Sag mal, was ist eigentlich mit dir passiert, Henry? Warum hast du eine aufgeplatzte Lippe? Wer hat dir den blauen Fleck auf der Wange verpasst?«

Henrys Gesicht färbte sich dunkelrot, und er verschluckte sich an seinem Kaffee. Er stellte den Becher ab und wischte sich mit dem Handrücken über den Mund. Ich spürte, wie es in mir anfing zu brodeln.

»Du weißt, ich hab Millie gebeten, dich zu mir in den Fitnessklub zu bringen, damit ich dir ein paar Selbstverteidigungsgriffe beibringen kann. Bis du die sicher beherrschst, wird es allerdings ein Weilchen dauern. Und deshalb würde ich gern wissen, ob dir in der Schule jemand Ärger macht.«

Henry wich meinem Blick aus.

»Henry? Wem muss ich den Hintern aufreißen?«

»Das darfst du nicht.«

»Was darf ich nicht? Einem Riesen den Hintern aufreißen?«, fragte ich sanft, in Erinnerung an seine rätselhafte Bemerkung über Riesen.

»Kein Riese. Ein Mädchen«, flüsterte Henry.

»Ein Mädchen?« Ich war völlig baff. Genauso gut hätte er mir erzählen können, dass Millie ihn geschlagen hätte.

»Meine Freundin.«

Ich schüttelte den Kopf. »Nein. Sie ist keine Freundin. Freunde schlagen einander nicht.«

Henry musterte mich und hob zweifelnd die Augenbrauen. Touché.

»Na ja, sie schlagen einander nur, wenn man sie darum bittet«, fügte ich hinzu und dachte an all meine Freunde im Fitnessklub, die mich regelmäßig im Training verprügelten.

»Was hast du denn getan?« Ich wollte den Vorfall wirklich gern verstehen. »Hast du was gesagt, das sie verärgert hat? Oder ist sie einfach nur fies?«

»Ich hab ihr gesagt, dass sie wie ein Sumoringer ist«, sagte Henry leise.

»Das hast du zu ihr gesagt?«, krächzte ich. »Oh, Henry. Sag mir, dass das nicht wahr ist.« Ich hatte Mühe, nicht laut loszuprusten. Schnell bedeckte ich mit der Hand den Mund, damit Henry nicht mitkriegte, wie meine Lippen zuckten.

Henry wirkte am Boden zerstört. »Sumoringer sind in Japan Helden«, beharrte er.

»Henry«, stöhnte ich. »Magst du das Mädchen?«

Henry nickte.

»Cool. Warum?«

»Sumoringer sind stark«, sagte Henry.

»Henry, jetzt komm schon, Mann. Du magst sie doch nicht nur, weil sie stark ist«, hakte ich nach.

Henry blickte mich verwirrt an.

»Moment mal. Oder doch?« Nun war ich verwirrt.

»Ein Sumoringer wiegt durchschnittlich über einhundertachtzig Kilo. Sie sind riesig.«

»Aber sie ist nicht riesig, oder?«

»Nein. Nicht riesig.«

»Sieht sie aus wie ein Sumoringer?«, fragte ich.

Henry schüttelte den Kopf.

»Aber sie ist kräftig … vielleicht kräftiger als die anderen Mädchen?«, fuhr ich fort.

Henry nickte. Okay, allmählich kamen wir der Sache näher.

»Sie hat dich also geschlagen, weil du ihr gesagt hast, dass sie dich an einen Sumoringer erinnert.«

Wieder ein Nicken.

»Sie hat dir die blauen Flecken und die aufgeplatzte Lippe verpasst.«

Henry nickte erneut und lächelte leicht, als wäre er stolz auf sie.

»Warum in aller Welt hast du das denn bloß zu ihr gesagt, Henry? Der Vergleich hat ihr eindeutig nicht gefallen.« Das Mädchen, das eine solche Bemerkung als Kompliment aufgefasst hätte, musste sicher erst noch geboren werden.

Henry biss die Zähne zusammen und krallte frustriert die Hände in die Haare. »Sumoringer sind toll!«, rief er.

»Hey Mann, das kapier ich ja. Mit Mädchen reden ist auch echt schwer. Ich habe auch ganz viele dumme Dinge gesagt, als ich Millie zum ersten Mal nach Hause gebracht habe. Zum Glück hat sie mir aber keine geknallt.«

»Amelie ist kein Kämpfer!«, erklärte Henry und lachte leicht. Er ließ seine Haare los und holte tief Luft.

»Da irrst du dich, Kumpel. Sie ist eine Kämpferin. Nur eine andere Art von Kämpferin.«

Wir schwiegen eine Weile, in unsere eigenen Gedanken versunken.

»Ich m… m… mag sie«, stotterte Henry, als ob es ihm viel schwerer fiel, diese schlichte Feststellung herauszubringen, als alle möglichen Sportinfos auszuspucken. Und vielleicht war es ja auch so.

»Weil sie stark ist«, wiederholte ich und hoffte, dass er mir etwas mehr als das lieferte.

»Ja.«

»Und war sie nett zu dir? Ich meine, bevor sie dich geschlagen hat.«

»Ja.« Henry nickte heftig. »Wie ein Bodyguard.«

»Sie passt auf dich auf?«

Wieder nickte Henry.

Mir wurde vor Erleichterung ganz schwindelig, und ich lachte. »Also schubst dich niemand herum – keine Riesen, keine Sportskanonen, keine fiesen Typen?«

Henry schüttelte bedächtig den Kopf.

»Es tut mir leid«, flüsterte er. »Ich hab's vermasselt.«

»Und ich werde dir helfen, die Sache in Ordnung zu bringen, Kumpel«, sagte ich unvermittelt. Ich legte den Gang ein und fuhr los.

Henry zog so hektisch an seinem Gurt, als erwarte er eine wilde Fahrt.

Ich stellte den Wagen auf dem Schulparkplatz ab und stieg aus. Henry starrte mich mit großen Augen an.

»Auf geht's, Henry. Ich helfe dir, dich mit deiner Freundin zu versöhnen. Komm schon!«

Henry lief neben mir her und hielt sich dabei an den Trägern seines Rucksacks fest, als wolle er gleich mit einem Fallschirm aus einem Flugzeug springen. Seine Miene war grimmig.

»Du schaffst das, Henry«, ermutigte ich ihn. Er nickte, doch sein Blick war starr nach vorn gerichtet. In den Fluren herrschte dichtes Gedränge, und ein paar Kids gafften uns an. Zumeist drehten sich jedoch nur Köpfe des weiblichen Geschlechts nach uns um. Ich hätte mich ja geschmeichelt gefühlt, aber sie sahen alle nicht älter aus als vierzehn, vor allem die Jungs. Es war seltsam. Damals zu meiner Highschoolzeit war ich mir ziemlich cool vorgekommen. Ich hielt mich für einen echten Mann. Wenn ich mir die Kids hier jedoch anschaute, kam mir der Verdacht, dass sie heimlich immer noch am Daumen nuckelten.

Plötzlich blieb Henry wie angewurzelt stehen. Ich legte eine Hand auf seine Schulter. Zitternd wie Espenlaub im Wind deutete er auf ein Mädchen, das allein vor einer Reihe roter Spinde stand.

»Ist sie das?«, fragte ich.

Henry nickte und starrte sie an. Ich täuschte ein Husten vor und schluckte mein Lachen runter. Das Mädchen war weder groß noch kräftig, aber sie war Japanerin.

Sie war klein, mit weichen Rundungen, vielleicht ein kleines bisschen mollig, aber den Großteil ihres Gewichts machte sicherlich ihre Brust aus. Und das verriet mir ziemlich viel darüber, worauf Henrys Augenmerk gelegen hatte. Henry lief auf sie zu und blieb vor ihr stehen. Sein Blick schweifte zwischen den Spinden und meinem Gesicht hin und her. Er wirkte panisch.

Die kleine Japanerin schaute mich fragend an und hob erwartungsvoll eine Augenbraue, in der ein paar Ringe steckten. Außerdem hatte sie einen winzigen Diamanten in der Nase und zwei Ringe in der Unterlippe. Ihre Ohren waren geschmückt wie ein Weihnachtsbaum.

»Ich bin Tagg Taggert.« Ich streckte meine Hand aus, schenkte ihr ein herzliches Grübchenlächeln und setzte mein Geschäftsgesicht auf.

»Ayumi Nagahara«, stellte sie sich vor und streckte ihre kleine Hand aus. Fast hätte ich gelacht. Ihre Stimme war erstaunlich samtig und hoch.

Ich schüttelte ihre Hand kurz und ließ sie wieder los. Dann verschränkte ich die Arme vor der Brust und wurde ernst. »Henry mag dich. Er findet dich toll. Er hat mir alles über dich erzählt.« Ihre beiden Augenbrauen schossen nach oben, vermutlich eher, weil Henry sich mir anvertraut hatte, als wegen der Nachricht, dass er sie mochte.

Henry betrachtete sie einen Moment lang, und ihre Miene wurde weicher. Dann schwenkte ihr Blick wieder zu mir. Henry hatte die Stirn an den Spind gelegt, als ob ihn das Gespräch schwindelig machte.

»Es tut ihm leid, Ayumi. Er hat nicht andeuten wollen, dass du wie ein Sumoringer aussiehst. Er wollte dir bloß sagen, dass er dich verehrt wie die Japaner ihre Ringer.«

Henry nickte, wobei sein Kopf gegen den Spind prallte. Ich legte ihm einen Arm um die Schultern und zog ihn ein Stück zurück, damit er sich nicht noch selbst k.o. schlug.

»Er hält dich für stark. Du weißt ganz offensichtlich, wie man einen Schlag landet.« Ich schaute vielsagend auf Henrys Gesicht. Ayumi errötete in tiefem Rubinrot. Ich hielt es nicht für nötig, weiter auf das Thema einzugehen. Ich hoffte nur, dass sie das nächste Mal vorher darüber nachdachte, ehe sie Henry wieder eine knallte. Mädchen hin oder her, sie konnte nicht einfach herumlaufen und Leute verdreschen. Vor allem nicht solche Leute wie Henry. »Und falls du Lust hast, mit uns, also mir und Henry, im Tagg-Team-Fitnessklub abzuhängen, bist du jederzeit willkommen. Henrys Freunde sind auch meine Freunde.«

»Okay«, quiekte sie. Ich versuchte, sie mir wütend und mit fliegenden Fäusten vorzustellen. Henry musste sie wirklich stark aus der Fassung gebracht haben.

Als die Schulglocke ertönte, zuckte Henry zusammen. Überall schlugen Spindtüren zu, und der Flur leerte sich.

»Bis nach der Schule im Fitnessklub, Henry, okay?«

Henry nickte, seine Miene entspannte sich zu einem Lächeln. Seine Gesichtsfarbe kehrte in den Normalzustand zurück, und sein Griff am Rucksack lockerte sich.

Ich verwuschelte ihm die Haare, zog ihn in eine einarmige Männerumarmung und hörte im Weggehen, wie er meine Bilanz vor seiner kleinen Freundin runterrasselte.

»David ›Tagg‹ Taggert, Halbschwergewicht, achtzehn Siege, zwei Niederlagen, zehn K.o.«

»Dein Lohn als Tänzerin reicht doch nie und nimmer, um dich und Henry zu versorgen«, sagte ich. Nicht mal nach der Lohnerhöhung, die ich ihr gegeben hatte. Wie jeden Abend in den vergangenen zwei Wochen brachte ich Millie nach der Arbeit nach Hause. Ich hatte noch keinen Ersatz für Morgan gefunden und arbeitete immer noch zu lange in der Bar. Das machte mir jedoch nichts aus – der Grund dafür lief neben mir her.

»Nein, stimmt. Aber zum Glück hat meine Mom vorgesorgt. Sie hatte eine gute Lebensversicherung. Außerdem gehörte das Haus ihr und war schuldenfrei. Es befindet sich schon seit Ewigkeiten im Besitz unserer Familie. Und mein Dad hat ihr auch eine Stange Geld gezahlt. Vielleicht hast du schon von ihm gehört. Andre Anderson? Er hat mal für die San Francisco Giants gespielt. Als First Baseman. Was er jetzt macht, weiß ich nicht.«

»Ist ja der Hammer«, sagte ich überrascht. »Klar, kenn ich seinen Namen.«

Amelie nickte. »Wahrscheinlich ist Henry deshalb so sportbesessen. Er war erst fünf, als Dad ausgezogen ist. Wie du vielleicht weißt, schauen sich die Spieler Aufnahmen von Spielverläufen an, um sie zu analysieren. Genau das macht Henry auch. Meine Mom hat alle Spiele von meinem Dad im Fernsehen aufgezeichnet, jedenfalls so viele, wie sie konnte. Henry saß stundenlang davor und schaute sie sich an. Das macht er immer noch. Er kann den Ablauf ganzer Innings wiedergeben. Echt verrückt.«

»Und warum tanzt du?« Ich hatte nicht fragen wollen. Es platzte einfach so aus mir raus, wie gewöhnlich. Wenn ich etwas auf dem Herzen hatte, arbeitete es sich von meiner Brust hoch und sprang dann direkt aus meinem Mund.

»Warum verprügelst du Leute?«, fragte sie. Ich versuchte erst gar nicht, meinen Sport zu verteidigen. Ich verprügelte tatsächlich Leute. Darum ging es zum Großteil nun mal, und es war sinnlos, das abzustreiten.

»Ich kämpfe schon mein ganzes Leben lang.«

»Dein ganzes Leben lang?« Amelies Stimme klang zweifelnd.

»Seit ich elf war«, fügte ich hinzu. »Ich war das Dickerchen auf dem Spielplatz, das immer gut drauf war und über das man sich leicht lustig machen konnte. Das Kind, über das andere Kinder spotteten und dem sie Streiche spielten. Ich hab einfach darüber gelacht, bis ich eines Tages die Nase voll hatte und mir das Lachen verging. Aus ›gut drauf‹ wurde ›hau gut drauf‹.«

Amelie schmunzelte, und ich fuhr fort: »An jenem Tag hab

ich meine Fäuste eingesetzt und die Wut rausgelassen, die sich seit fünf langen Jahren in mir aufgestaut hatte. Seit damals, als Lyle Coulson behauptete, ich sei zu dick für die kleinen Kindergartenstühle. Es spielte keine Rolle, dass er recht hatte. Ich war tatsächlich zu dick für die kleinen Stühle, aber das machte mich nur noch wütender. Wir lieferten uns eine ziemlich hässliche Prügelei. Ich hab bloß gewonnen, weil ich mich auf Lyle geschmissen und seine dünnen Arme unter mir festgehalten habe. Dabei hab ich ihm in sein fieses rotes Gesicht geschrien. Zum allerersten Mal musste ich zur Direktorin und wurde wegen der Prügelei suspendiert. Aber Lyle Coulson hat mich danach in Ruhe gelassen. Ich habe gelernt, wie man kämpft. Und ich bin ziemlich gut.«

»Tja, da hast du's.« Sie zuckte mit den Schultern. »So verschieden sind wir gar nicht. Ich tanze eben gern. Und ich bin auch ziemlich gut.«

»Mir gefällt es nicht, dass du in der Bar tanzt.«

Sie lachte unvermittelt – ein perlendes Geräusch, das eine weiße Wolke in die frostige Luft zauberte. Fasziniert blickte ich sie an. Ich wusste natürlich, dass ich mich damit selbst ins Kreuzfeuer der Kritik brachte. Immerhin war es meine Bar und ich ihr Arbeitgeber. Es war meine verdammte Poledancestange, zum Teufel noch mal.

»Was gefällt dir daran denn nicht? David Taggert, bist du etwa ein Heuchler? Das kann ich mir gar nicht vorstellen. Nein, ich weiß, dass du keiner bist.« Sie lächelte. Aber sie suchte dabei nicht meinen Blick wie andere Frauen. Ihr Lächeln hatte kein Ziel, sie lächelte nichts und niemanden an, und ich spürte einen Stich in der Brust wie eine Warnung. Sie würde mich nie so anlächeln wie andere Frauen. Konnte ich damit umgehen? Wenn nicht, sollte ich mich schleunigst von ihr fernhalten. Bevor die Sache allmählich ernst wurde.

»Nein. Du weißt, was ich meine. Warum tanzt du in einer verrauchten Bar für eine ziemlich magere Gage halb nackt an einer Stange? Du bist eine Frau mit Stil und Klasse, Amelie, und Poledance hat nicht besonders viel Stil und Klasse.« Zurückhaltung gehörte nun mal nicht zu meinen Stärken.

Ihr Lächeln verschwand, aber sie sah nicht wütend aus. Sie blieb stehen, den Stock ausgestreckt, als ob sie einen unsichtbaren Hund an der Leine führte. Dann hob sie den Stock an und schlug ihn hart auf den Gehweg.

»Siehst du den Stock?«

Ich nickte, dann fiel mir ein, dass sie das ja nicht sehen konnte. »Ja.«

Sie drehte ihn in meine Richtung, und er schlug mir an die Schulter. »Man bekommt einen Stock, wenn man blind wird. Keinen süßen Golden Retriever. Einen Stock. Aber dank dem Stock kann ich allein die Straße entlanglaufen. Ich kann selbst einkaufen gehen. Zur Schule, zur Arbeit, ins Kino, ins Restaurant. Ganz allein. Ohne Hilfe. Der Stock gibt mir Freiheit.« Sie atmete tief ein, und ich hielt den Atem an.

»Womöglich ist die Stange für mich einfach ein Ersatz für den Stock. Wenn ich tanze, ein paar Stunden, mehrere Abende in der Woche, lebe ich meinen Traum. Auch wenn es für dich nicht so aussieht. Meiner Mom hätte es sicher nicht gefallen. Da hast du recht. Aber sie ist nicht mehr da. Und ich muss selbst entscheiden, was für mich richtig ist.«

Abwartend hielt Amelie inne, wie um zu sehen, ob ich widersprechen würde. Als ich es nicht tat, fuhr sie fort. »Früher habe ich getanzt und Sportgymnastik gemacht. Ich beherrschte alle möglichen Sprünge und Drehungen. Problemlos. Ganz ohne Stange. So, wie ich auch ohne Stock die Straße entlanggehen und mit meinen Freunden Fangen spielen konnte. Früher habe ich ein Leben ohne Stock geführt. Aber das geht jetzt nicht mehr. Mithilfe der Stange kann ich immer noch tanzen. Dazu muss ich nicht sehen können. Wenn das bedeutet, dass ich keinen Stil habe, von mir aus. Mir ist nur dieser winzige Zipfel eines Traumes geblieben. Und lieber habe ich noch einen Fetzen davon als gar nichts mehr.«

Shit, das war nachvollziehbar. Ich nickte erneut und unterstrich meine Zustimmung schnell mit Worten. »Okay, okay. Dagegen kann ich weiß Gott nichts einwenden, Millie.«

»Jetzt bin ich also Millie?«

»Na ja, wir haben gerade festgestellt, dass du kein Mädchen mit Stil bist«, scherzte ich. Ihr Lachen hallte erneut in der stillen Straße wider wie eine ferne Kirchenglocke. »Amelie klingt so aristokratisch. Millie ist irgendwie bodenständiger. Ein Mädchen namens Millie kann mit einem Kerl namens Tagg befreundet sein.«

»David?«

»Ja?«

»Ich hab einen neuen Lieblingsklang.«

»Was denn?«

»Wie es sich anhört, wenn du meinen Namen aussprichst. Das steht ab sofort ganz oben auf meiner Favoritenliste. Versprich mir, dass du mich nie wieder Amelie nennst.«

Mann, schlug mir das Herz schnell in der Brust. Sie flirtete doch nicht etwa mit mir, oder? Ich war mir nicht sicher. Ich wusste lediglich, dass ich sie Millie nennen wollte. Immer wieder. Bloß, weil sie mich darum gebeten hatte.

»Ich verspreche es … unter einer Bedingung.«

Sie wartete darauf, dass ich meinen Preis nannte, ein kleines Lächeln schlich sich auf ihren Mund.

»Ich nenn dich Millie, wenn du mich Tagg nennst«, meinte ich. »Wenn du mich David nennst, habe ich immer das Gefühl, dass du mich für jemanden hältst, der ich nicht sein kann. Die

Leute, die mir am wichtigsten sind, nennen mich alle Tagg. Das passt zu mir.«

»Ich nenn dich aber gern David. Und ich glaube, dass du mehr Klasse hast, als du dir zugestehen willst. Außerdem nennt dich jeder Tagg. Ich möchte … anders sein«, gab sie leise zu.

Ein schmerzhaftes Glücksgefühl wallte in mir auf, aber wie immer schob ich es mit einem Scherz beiseite.

»Oh, ich bin ziemlich klasse.« Sie lachte mit mir, so wie beabsichtigt. »Dass du besonders und anders bist, hat nichts damit zu tun, wie du mich nennst, Millie. Aber wenn es dir so wichtig ist, kannst du von mir aus gern weiß der Teufel was zu mir sagen.«

»›Weiß der Teufel was‹ klingt zwar nicht so gut wie David, aber okay«, frotzelte sie.

»Du weißt schon, dass du ein neunmalkluger Schlaukopf bist, oder?«

Sie nickte grinsend und probierte meinen Spitznamen aus. »Also, Tagg.«

»Ja, Millie?«

»Morgen ist Sonntag. Gehst du in die Kirche?«

»Nein. Du?« Vermutlich tat sie das. Amelie steckte voller Widersprüche. Es hätte mich nicht überrascht, wenn sie eine an der Stange tanzende Kirchgängerin wäre.

»Gewissermaßen. Die Kirche ist schwierig für Henry, aber ich kann auch ohne ihn gehen. Eine Zeit lang kommt er gut alleine zurecht. Früher hat meine Mom uns immer mitgenommen, und wenn Henry unruhig und zu laut wurde, ging sie mit uns raus. Damals hab ich einen meiner Lieblingsklänge entdeckt. Willst du ihn hören?«

»Jetzt?«

»Nein. Morgen. Um elf.«

»In der Kirche?«

»In der Kirche.«

Verdammt. Vielleicht sollte ich tatsächlich mal wieder in die Kirche gehen. An meinem Seelenheil arbeiten. »Okay.«

»Okay?« Ihr Lächeln haute mich um, und ich gab mir geistig einen Tritt in den Hintern. Ich verbrachte viel zu viel Zeit mir ihr. Und je mehr Zeit es war, desto schwerer fiel es mir, einen klaren Verstand zu behalten. Bevor ich mich zurückhalten konnte, sagte ich: »Wir sind nur Freunde, du und ich, stimmt's, Millie?«

Ihr Lächeln wackelte. Sie griff nach dem Gartentor und tastete nach dem Riegel, als suche sie Halt, weil ich ihr einen Schlag in die Magengrube verpasst hatte.

»Ja, natürlich. Warum sollte da auch mehr sein?«, fragte sie leichthin. Das Tor schwang auf. Ohne sich noch mal umzudrehen, ging sie fast ganz ohne die Hilfe ihres Stocks zur Haustür.

Tagg

(Kassette)

Freunde hin oder her, Punkt Viertel vor elf klopfte ich an Amelies Tür. Während ich wartete, fragte ich mich, ob Millie es sich im letzten Augenblick vielleicht doch noch anders überlegt hatte. Die Freundebemerkung war kränkend gewesen, darüber war ich mir im Klaren, kaum dass ich sie ausgesprochen hatte. Dennoch musste ich sichergehen, ihr keine falschen Hoffnungen zu machen, bis ich wusste, was ich wollte. Ich hatte meine marineblaue Anzugjacke und ein gestärktes weißes Hemd angezogen, aber die Krawatte zu Hause gelassen. Und ich trug gebügelte Jeans statt einer Stoffhose. Wenn es sein musste, war ich durchaus in der Lage, mich herauszuputzen, aber ich hoffte, dass ich auch mit gebügelter Jeans und polierten Stiefeln schick genug war. Mit meinen Haaren hatte ich mir noch nie große Mühe gegeben, ich kam einfach nicht dazu. Deshalb redete ich mir einfach ein, dass ich keinen Haarschnitt brauchte. Da ich durch meine langen Zotteln jedoch ein wenig verwahrlost wirkte, hatte ich sie angefeuchtet, ein wenig Gel reingeschmiert und zurückgekämmt. Damit sah ich zwar ein wenig aus wie einer dieser hemdlosen Typen im Kilt auf den Covern der Liebesromane, die meine Mom immer so gern las, aber das war mir egal. Millie konnte weder meine langen Haare sehen noch dass sie sich bis über den Kragen kringelten. Auch meine Jeans konnte sie nicht sehen, warum machte ich mir also Gedanken?!

Die Tür schwang auf, und Henry stand vor mir, mit großen Augen und einem Baseballschläger in der Hand.

»Hallo, Henry.«

Henry starrte mich an. »Du siehst seltsam aus, Tagg.«

Sagte ausgerechnet der Typ mit dem Schläger in der Hand und den Haaren, die an einen brennenden Busch erinnerten.

»Ich hab mich rausgeputzt.«

»Was hast du mit deinen Haaren gemacht?« Henry wich nicht zur Seite, um mich reinzulassen.

»Ich hab sie gekämmt. Was hast du mit deinen gemacht?« Ich grinste.

Henry klopfte sich auf den Kopf. »Ich hab sie nicht gekämmt.«

»Ja. Das sieht man. Die seh'n aus wie ein Besen.«

Wir starrten uns eine lange Weile an.

»Beim Curling werden Besen benutzt«, sagte Henry schließlich.

Ich biss mir auf die Lippe, um einen Lachanfall zu unterdrücken. »Stimmt. Aber mit kürzeren Haaren würdest du mehr wie ein Baseballspieler aussehen, finde ich. Das ist doch dein Lieblingssport, oder?«

Henry hielt den Schläger hoch, als sei das Antwort genug.

»Ich überlege gerade … vielleicht sollten wir beide morgen mal zu meinem Freund Leroy gehen, um uns die Haare trimmen zu lassen. Leroy hat einen Friseurladen. Was sagst du dazu? Leroy ist nett, und nebenan ist ein Eissalon. Es wäre ein Männerausflug. Nur für Männer.« Ich konnte genauso gut zwei Fliegen mit einer Klappe schlagen.

»Ein Männerausflug?«, fragte Henry.

»Genau. Wir ziehen gemeinsam los und lassen uns die Haare

schneiden. Danach können wir in den Fitnessklub gehen, und ich bring dir ein paar Moves bei.«

»Amelie nicht?«

»Willst du, dass Amelie mitkommt?«

»Sie ist kein Mann. Es ist ein Männerausflug.«

In diesem Moment schob Amelie Henry sanft beiseite.

»Ich bin definitiv kein Mann, aber Henry, du hättest Tagg hereinbitten sollen.«

Amelie trug braune Stiefel und einen engen khakifarbenen Rock, der bis zu ihren Knien reichte. Dazu einen roten Pulli und einen rot-schwarz-gold gestreiften Wollschal. Ich fragte mich, wie um alles in der Welt sie ihre Kleidung aufeinander abstimmte. Nach Henrys Haaren zu urteilen, war er keine große Hilfe.

»Am sechsten Februar 1971 hat Alan Shepard einen Golfball auf dem Mond geschlagen«, bot Henry unerklärlicherweise an und trat zur Seite.

»Und heute ist der sechste Februar«, erklärte Millie. Offensichtlich verstand sie Henrys Gedankengänge sehr viel besser als ich.

»Richtig«, sagte ich. »Am sechsten Februar wurde ein Golfball auf dem Mond geschlagen, und am siebten Februar gehen Tagg Taggert und Henry Anderson zum Friseur, stimmt's, Henry?«

»Okay, Tagg.« Henry zog den Kopf ein und lief die Treppe hinauf.

»Ruf mich an, wenn du mich brauchst«, rief ihm Millie nach. Sie wartete, bis sie seine Tür zuschlagen hörte, ehe sie sich an mich wandte.

»Henry hat eine Bindungsstörung. Er mag es nicht mal, wenn ich mir die Haare schneide. Hätte meine Mom es zugelassen, würde er rumlaufen wie die größte Packratte der Welt. Aber Messietum und Blindheit vertragen sich nun mal nicht.

Alles muss an seinem Platz sein, sonst wird das Haus für mich zur Landmine. Henry mag keine Veränderungen. Er trägt dieselben Klamotten, bis sie zerfleddern, schläft immer noch in seiner Dragon-Ball-Z-Bettwäsche, die er zum achten Geburtstag geschenkt bekommen hat, und hat sein gesamtes Spielzeug, das ihm je geschenkt worden ist, in Plastikbehältern im Keller verstaut. Ich glaub nicht, dass er den Gang zum Friseur durchzieht. Seit Moms Tod hat er Robin nur zweimal an seine Haare gelassen. Beide Male hat er die ganze Zeit geweint, und sie musste die abgeschnittenen Strähnen in einem Reißverschlussbeutel sammeln und ihm zum Aufbewahren geben, damit er sich beruhigt.«

Ich verspürte ein leichtes Ekelgefühl und war froh, dass Millie mein Gesicht nicht sehen konnte. »Er hat also beutelweise Haare in seinem Zimmer?«

»Vermutlich schon, obwohl er mir nicht verrät, wo. Ich bezahle meine Nachbarin dafür, dass sie einmal pro Woche putzt, und auch sie hat noch nichts gefunden.«

»Tja, Henry hat zugestimmt. Also werde ich's probieren. Aber wir werden ganz sicher nicht beutelweise Haare mit nach Hause bringen.«

Die Falten auf Millies Stirn vertieften sich. Sie zog ein Gesicht, als ob sie widersprechen wollte, dann tastete sie jedoch nach ihrem Stock, der an der Wand lehnte, und wechselte das Thema. »Bist du mit dem Auto da? Die Kirche ist gleich um die Ecke. Wir sollten zu Fuß gehen.«

Ich warf einen sehnsüchtigen Blick zu meinem glänzenden roten Pick-up und vergaß ihn gleich wieder, als Amelie eine Hand um meinen rechten Arm schlang.

Von ein paar Schneeflocken abgesehen, die in den Bergen fielen und die Täler wie mit Puderzucker überstreuten, erlebte Salt Lake City den mildesten Winter seit Jahren. Gelegentlich fiel das Thermometer zwar, aber im Vergleich zu den üblichen Februartemperaturen war es fast warm.

Wir liefen in Richtung der Berge, die das Tal umrahmten. Die Berge waren das Erste, was mir an Utah aufgefallen war, als meine Familie in meinem ersten Highschooljahr von Dallas hierhergezogen war. In Dallas gab es keine Berge. In Salt Lake City hingegen reckten sich schneebedeckte Gipfel atemberaubend hoch zum Himmel. Ich verbrachte viele Wochenenden beim Skifahren in den Bergen, doch ich überreizte es auch nicht, wenn ich im Training war. Was so gut wie immer zu sein schien.

Amelie hob das Gesicht, als wolle sie die Sonnenstrahlen aufsaugen.

»Kannst du gar nichts sehen?« Ich überlegte, ob die Frage sie kränken könnte.

»Doch, Licht. Ich kann hell von dunkel unterscheiden. Das war's aber auch schon. Ich kann dir die Fenster im Haus zeigen und weiß, wann die Tür offen steht. Solche Sachen. Natürliches Licht nehme ich besser wahr als künstliches. Und der Lichtschein erhellt nicht alles, deshalb kann ich mich nur dann danach orientieren, wenn der Raum Fenster hat.«

»Wenn ich also vor einem Scheinwerfer vor dir herumtanzen würde, könntest du meine Umrisse nicht erkennen?«

»Nein. Warum? Hast du vor, in der Bar an der Stange zu tanzen?«, fragte sie keck.

»Ja. Verdammt, woher wusstest du das?«, rief ich, und sie legte lachend den Kopf in den Nacken. Ich bewunderte ihren grazilen Schwanenhals und ihren lächelnden Mund, bevor ich mich wieder fing und den Blick abwandte. Ich starrte sie viel zu oft an.

»Du siehst hübsch aus, Millie«, sagte ich und kam mir bei dieser Untertreibung wie ein Idiot vor.

»Danke. Ich würde dir das Kompliment ja gern zurückgeben, aber … na ja, du weißt ja. Du riechst aber gut.«

»Ja? Wonach rieche ich?«, fragte ich.

»Nach Pfefferminzkaugummi.«

»Meine Lieblingssorte.«

»Du riechst auch nach einem Aftershave mit Pinienduft und nach Seife …«

»Ein neues Deo namens Baumharz«, scherzte ich.

»Mit einem Hauch von Benzin.«

»Ich hab auf dem Weg hierher getankt. Hätte ich mir wohl sparen können, weil wir ja laufen.«

»Wir laufen, weil wir schon so gut wie da sind.« Eine alte Kirche, vermutlich im selben Jahr wie Millies Haus erbaut, ragte am Ende des Blocks inmitten einer Baumgruppe auf. »Es geht das Gerücht, dass man sie abreißen will. Dann muss ich mir eine andere suchen.«

Die Kirche war ein heller Steinbau mit Turm und Spitzbogenfenstern. An der Nordseite des Gebäudes floss parallel zur Straße ein Bach vorüber, den eine massive Brücke überspannte.

»Kein Wasser im Bach?«, fragte Millie, als wir die Brücke überquerten. In ihrem Ton klang durch, dass sie die Antwort bereits kannte.

»Nein.«

»Aber bald. In ein paar Monaten werde ich zwei meiner Lieblingsklänge gleichzeitig hören können.«

»Dir gefällt das Rauschen des Baches?«

»Ja. Im Frühling stehe ich oft auf der Brücke und hör einfach nur zu. Das mache ich schon seit Jahren.«

Als ich durch das Gras auf die breiten Doppeltüren zugehen wollte, die ganz eindeutig der Eingang zur Kirche waren, hielt sie mich am Arm zurück.

»Gehen wir nicht rein?«

»Nein. Da ist eine Mauer. Siehst du sie?«

Vor uns bildeten zementierte Felsbrocken eine sechs Meter lange Mauer, die das Kirchengelände vom grasigen Abhang vor dem ausgetrockneten Bachbett trennte. Ich geleitete Millie dorthin. Sie ließ meinen Arm los und ertastete die Mauer, ehe sie sich setzte und auffordernd neben sich klopfte.

»Sind die Fenster offen?«, fragte sie.

»Eines ist angelehnt.«

»Mr Sheldon denkt gewöhnlich dran. Er lässt es bei schönem Wetter für mich offen.«

»Hörst du von hier draußen dem Gottesdienst zu?« Ich war baff. Von drinnen drangen gedämpfte Männerstimmen und Gelächter zu uns heraus.

»Nein. Nicht direkt.« Sie lauschte einen Moment. »Heute haben sie wohl früher angefangen. Das wechselt. Manchmal fängt es erst um Viertel nach elf oder halb zwölf an. Sie plaudern gern und vergessen gelegentlich die Zeit. Aber das Warten macht mir nichts aus. Es ist schön hier, und wenn es nicht zu kalt ist, sitze ich gern hier und denke nach. Wenn es warm ist, kommt Henry mit, und wir machen ein Picknick. Aber er langweilt sich schnell, und wenn er dabei ist, kann ich nicht so gut entspannen.«

Als das Klavier einsetzte, richtete Millie sich auf und neigte den Kopf in Richtung der Musik.

»Oh, das mag ich besonders.«

Sprachlos starrte ich sie an. Das war einer ihrer Lieblingsklänge? Die Stimmen hoben sich, und die Musik sickerte durch die schmale Fensteröffnung und flutete die Stelle, an der wir saßen. Ich vergaß, dass meine Jacke um die Schultern ein wenig spannte und meine Fingerknöchel vom gestrigen Sparring aufgeschürft waren.

Ich vergaß all das, weil Amelies Gesicht beim Klang der Männerstimmen aufleuchtete. Sie sangen ein Kirchenlied, samtig und weich, mal in höheren Tönen, mal tiefer. Es war kein Profi-Chor. Auch kein A-cappella-Quartett oder so was wie die Bee Gees. Es waren mehr Stimmen, vermutlich zwanzig oder dreißig männliche Stimmen, die Lobpreisungen sangen. Und während ich zuhörte, fühlte ich den Gesang tief in meinem Bauch.

»*There is no end to glory,*
There is no end to love,
There is no end to being,
There is no death above.
There is no end to glory,
There is no end to love,
There is no end to being,
There is no death above.«

Als sie endeten, lehnte Amelie sich zurück und seufzte. »Ich bin ja sehr für Frauenpower, aber es geht doch nichts über Männerstimmen. Die hauen mich jedes Mal um. Der Klang macht mir das Herz schwer, und dennoch fühle ich mich leicht wie eine Feder.«

»Gefällt dir der Text so gut? Das Lied ist wirklich wunderschön.« Ich dachte immer noch über die darin verkündete Unsterblichkeit nach.

»Ich mag das Lied sehr. Aber nein. Es würde mir auch gefallen, wenn ich kein einziges Wort verstehen könnte, und es gibt auch Tage, an denen Mr Sheldon nicht da ist oder vergisst, das Fenster zu öffnen. Dann ist die Musik noch gedämpfter als heute. Und dennoch gefällt sie mir. Ich kann es nicht erklären. Aber ist Liebe nicht ebenso unerklärlich?«

»Ja. Stimmt.«

»Hat es dir gefallen? Jetzt hast du zwei meiner Lieblingsklänge gehört.«

»Es hat mir sehr gut gefallen. Ich wünschte nur, ich hätte mir einen Pulli angezogen statt der verdammten Anzugjacke. Aber hey, wenigstens musste ich nicht in die Kirche rein.«

Amelie griff nach mir und ließ die Hände vom Aufschlag meines Jacketts hinauf zum Kragen gleiten. »Ja, ich hab dich drangekriegt. Ich kann immer noch nicht glauben, dass du tatsächlich eingewilligt hast, mitzukommen.«

»Du trägst einen Rock!«

»Ja. Hätte ich eine Hose angezogen, hättest du den Braten sicher gleich gerochen.«

Ich stand auf und zog sie mit mir hoch. »Du bist ein neunmalkluger Schlaukopf und hast es faustdick hinter den Ohren. Ich weiß nicht, ob ich dich mag, Silly Millie.« Ich lächelte beim Sprechen. Sie grinste mit mir, ehe sie wieder nach meinem Aufschlag griff, als ob sie mich aufhalten wollte.

»Ich würde gern dein Lächeln fühlen. Ich kann es in deiner Stimme hören, wenn du lächelst. Mir gefällt der Klang. Aber ich würde es auch gern spüren. Darf ich?«, bat sie und sah dabei total süß aus.

Ich führte ihre Hände an meine Wangen und ließ meine Arme sinken.

»Lächelst du?«, fragte sie.

Mir wurde klar, dass ich das nicht tat. Nicht mehr. Aber sie lächelte mit leicht geöffneten rosigen Lippen, sodass ihre perlweißen Zähne zu sehen waren. Ihr Blick hing in der Ferne, die sie nie sehen würde. Ich tat ihr den Gefallen und lächelte sie an. Sofort tasteten ihre Hände sanft wie Schmetterlingsflügel über meine Lippen, und ihre Finger spürten den Grübchen in meinen Wangen nach. Ich nutzte diese Grübchen immer zu meinem Vorteil. Als ihr linker Daumen in die Kerbe in meinem Kinn fuhr, wurde ihr Lächeln noch breiter.

»Du hast Grübchen in den Wangen und im Kinn.«

»Meine Mutter hat mich als Kind öfter aufs Gesicht fallen lassen. Ich bin schwer zerbeult. Was soll ich sagen?«

»Aha, verstehe.« Ihre Finger tasteten über meinen Nasenrücken. »Bist du hier auch draufgefallen?«, fragte sie, als sie den Höcker spürte, den ich mir mit mehreren Nasenbrüchen erarbeitet hatte.

»Nein. Dafür kann meine Mutter nichts. Das ist das Ergebnis meiner Lieblingsfreizeitbeschäftigung.«

Mit beiden Händen umfasste sie mein Gesicht und ertastete die Form meiner Wangenknochen und meines Kinns. Als sie die Hände nach unten zog, berührten ihre Finger die Haare auf meinem Kragen und sie hielt inne. Nachdenklich spielte sie mit den Locken. Zwischen ihren dunklen Brauen bildete sich eine Falte.

»Ein Haarschnitt mit Henry morgen, was? Das ist lieb von dir. Aber schneid nicht alles ab, okay?«

»Dir gefällt also der Highlander-Look?« Ich bemühte mich um einen schottischen Akzent, was mir nicht gelang. Mein Herz trommelte wie verrückt. Am liebsten hätte ich die Augen geschlossen und mich in ihre Hände geschmiegt. Ihre Erkundung war unbeabsichtigt erotisch, aber mein Körper schien den Unterschied nicht zu kennen.

»Keine Ahnung. Vielleicht? Ich bin mir nicht sicher, wie so ein Highlander aussieht. Aber ich mag dein Gesicht. Es ist kantig … charaktervoll. Und die langen Haare passen zu dir.« Sie starrte in mein Gesicht und beschrieb mich, obwohl sie mich nicht sehen konnte. Ich blickte auf ihren Mund und fragte mich, was sie wohl tun würde, wenn ich meine Lippen jetzt auf ihre drückte. Würde sie erschrecken, oder würde sie das Gefühl sofort erkennen? War sie je geküsst worden? Sie war nicht schüchtern und wunderschön. Mit zweiundzwanzig sollte sie eigentlich schon einige romantische Erlebnisse gesammelt haben. Andererseits war sie blind und hatte einen von ihr abhängigen Bruder, und sie verbrachte ihre Freizeit damit, Männerchören und gluckernden Bächen zu lauschen. Mich beschlich die leise Ahnung, dass sie keine große Erfahrung mit Männern hatte. Sie ließ die Hände sinken und trat zurück, als hätte sie meine Gedanken gehört.

»Lass uns Eis holen«, schlug sie vor. Ich riss mich aus meinem Wachtraum, schob die Gedanken an Küsse zur Seite und hakte ihren Arm bei mir unter.

(Ende der Kassette)

Moses

»Ich wollte, dass er mich küsst. Aber er hat's nicht getan. Und ich war überzeugt, dass er mich eben nicht auf die Art mochte«, sagte Millie verlegen mit gerötetem Gesicht. Ich hatte damit gerechnet, dass sie den Kassettenrekorder ausschalten und uns hinauskomplimentieren würde. Taggs geheimste Gedanken und Gefühle zu hören, war mir enorm peinlich, und wenn er mir das nächste Mal unter die Augen kam, würde ich ihn ordentlich dafür büßen lassen.

Wir saßen bei Millie im Wohnzimmer, weil sie zu Hause sein wollte, wenn Henry aus der Schule kam. Vor achtundvierzig Stunden hatte Millie mich angerufen. Achtundvierzig

Stunden, in denen meine ganze Welt auf eine einzige Priorität geschrumpft war. Alles andere musste warten, wurde zur Seite geschoben oder auf einen anderen Zeitpunkt verlegt.

»Tagg ist mit dir zur Kirche gegangen?«, fragte Georgia verblüfft. Millie und ich hatten Georgia auf den neuesten Stand gebracht. Ihre Gegenwart beruhigte mich und erinnerte mich daran, dass sie mir zur Seite stand, egal, wie groß meine Angst um Tagg war und wie sehr sich meine Prioritäten im Moment verschoben hatten. Sie gehörte zu mir. Dieser Teil meiner Welt war intakt. Sie war gestern Abend mit Baby Kathleen angekommen, und wir hatten uns ein Hotelzimmer genommen. Ich wollte nicht in Taggs Apartment bleiben, obwohl ich einen Schlüssel hatte. Im Fenster stand ein verdammtes Zu-verkaufen-Schild. Ich verspürte keine Lust, in Taggs Bett zu liegen, wenn jeden Augenblick ein Immobilienmakler mit potenziellen Käufern im Schlepptau aufkreuzen konnte.

Der Gedanke machte mich wütend, obwohl Georgias Frage mich zum Lachen brachte. Tagg und Kirche – das passte so gar nicht zusammen. Die Vorstellung, dass er mit Jackett und zurückgegelten Haaren mit Millie irgendwelchen Hymnen lauschte, war fast zu unglaublich, um es sich überhaupt vorstellen zu können.

»Moses?« Georgias Lippen bebten, die Ernsthaftigkeit der Situation ließ sie zögern, mitzulachen.

»Ich musste seinen Hintern in Dutzende Kirchen in ganz Europa mit Gewalt schleifen. Ich glaub nicht, dass er jemals freiwillig mitgekommen ist, und wir haben uns nur die Decken und Skulpturen angesehen, keinem Gesang gelauscht.«

»Er liebt Musik. Habt ihr ihn je singen hören? Ich höre ihm so gern zu.« Millie lächelte. Dann verblasste das Lächeln, als wäre sie schlagartig in die Realität zurückgekehrt.

»Ich kann immer noch nicht fassen, dass er sich freiwillig die

Haare schneiden lassen wollte«, grinste Georgia und kicherte trotz ihrer Bemühungen, sich angemessen ernst zu verhalten.

»Tja …« Millie zögerte. »Das lief nicht so ganz nach Plan.«

Tagg

(Kassette)

Henry stieg in den Pick-up und schnallte sich mit der grimmigsten Miene an, die ich je gesehen hatte. Seine Haare standen in alle Richtungen ab, und seine Hände zitterten.

»Alles klar, Kumpel?«, fragte ich beschwichtigend.

»Möchtest du lieber zu Robin fahren? Sie schneidet dir gern die Haare, Henry.« Millie war ihm nach draußen gefolgt und tastete sich mit dem Stock den Weg entlang. Eine steile Sorgenfalte stand zwischen ihren dunklen Brauen, als sie sich an der Beifahrertür festhielt. Ich konnte ihr ansehen, dass sie am liebsten mitgefahren wäre, aber Henry wollte das anscheinend nicht.

»Es ist ein Männerausflug, richtig, Henry? Männer gehen zum Herrenfriseur, nicht in den Damensalon«, sagte ich.

Henry schnippte nervös mit den Fingern und sah weder nach links noch nach rechts.

»Drachensteigen ist in Thailand eine offizielle Sportart«, platzte er unvermittelt heraus.

Amelie biss sich auf die Lippe, trat aber vom Auto weg.

»Tschüss, Millie. Ich bring ihn wieder heil nach Hause. Keine Sorge«, rief ich ihr zu.

Sie nickte und setzte ein Lächeln auf. Ich fuhr los. Henrys Schnippen entwickelte sich zu einer Melodie. Klack, klack. Klick, klick. Es klang wie der Rhythmus, den Millie beim Laufen mit dem Stock machte.

»Henry?«

Keine Antwort. Nur das Fingerschnippen, auf dem ganzen Weg zum Friseur.

Ich hielt vor Leroys Laden und schob den Ganghebel in die Parkposition. Dann stieg ich aus und öffnete die Beifahrertür. Henry machte keinen Anstalten, auszusteigen.

»Henry, möchtest du das tun?«

Henry betrachtete eindringlich meine langen Haare und schnippte mit den Fingern.

»Ich brauche einen Haarschnitt. Und du auch. Wir sind Männer. Wir schaffen das.«

»Ben Askren, Roger Federer, Shaun White, Troy Polamalu, David Beckham. Triple H.«

»Triple H?« Ich lachte. Henry listete Sportler auf, die lange Haare hatten oder mal gehabt hatten. »Jetzt klingst du ziemlich verzweifelt, Henry.«

»Larry Fitzgerald? Tim Lincecum?«

»Tim Lincecum, was? Er spielt für die Giants, oder? Deine Lieblingsmannschaft, stimmt's?«

Henry antwortete nicht.

»Ach, was soll's. Scheiß drauf. Ich wollte mir die Haare eh nicht schneiden lassen. Ich glaube, deiner Schwester gefallen sie so.«

Das Schnippen verlangsamte sich.

»Willst du einen Drachen kaufen gehen? Wie ich höre, ist das ein offizieller Sport in Thailand«, sagte ich.

Henry lächelte ein hauchzartes Lächeln und nickte.

Wir fuhren zu *Toys R Us*. Dort gab es die größte Auswahl, und wir mussten nicht lange suchen. Henry nahm sich Zeit bei der Entscheidung und wählte schließlich einen Drachen mit dem Bild von LeBron James. Ich kaufte den einzigen roten Drachen, den ich finden konnte, einen Elmo-Drachen. Das fröhliche rote Monster aus der Sesamstraße grinste mich an. Sein Fellgesicht hatte die Form eines Diamanten. Henry fand das unglaublich witzig, was die Sache nur noch besser machte.

»Ich mag rot!«, erklärte ich und lachte, weil er lachte. »Wir sollten Millie auch einen besorgen. Welcher würde ihr gefallen, was meinst du?« Ich kam mir sofort ziemlich dumm vor. Ständig vergaß ich, dass sie ja nicht sehen konnte und es ihr wohl egal war, wie der Drachen aussah.

Henry hielt meine Frage jedoch nicht für dumm und nahm erneut alle Drachen unter die Lupe. Er zog einen glänzenden, leuchtend rosa Drachen vom Regal und gab ihn mir.

»Die Schiedsrichter in der National-Rugby-Liga tragen rosa Trikots«, sagte er ernst.

»Okay, ich versteh zwar nicht, was die National-Rugby-Liga mit Millie zu tun hat, aber das ist eine gute Wahl.«

Als wir eine Stunde später wieder vor Millies Haus hielten, schnappte sich Henry alle Drachen und stürmte schon aus dem Auto, ehe ich die Parkposition einlegen konnte. Er rannte den Weg zum Haus in einem Tempo hoch, als wäre er fünf statt fünfzehn. Ich folgte ihm etwas langsamer.

Als ich in die Küche kam, fuhr Millie mit den Händen durch Henrys Haare und hatte die Stirn in Falten gelegt. Ich hob eine ihrer Hände an und legte sie mir an die Stelle im Nacken, wo meine Haare über den Kragen fielen.

»Du hattest recht«, sagte ich. »Wir hängen viel zu sehr an unseren Haaren.«

Die Sorgenfalte verschwand, aber sie nahm die Hand nicht

weg. Sie krallte die Finger zusammen und zog leicht an meinen Haaren, wie um die Länge zu überprüfen, und ich musste mich schwer beherrschen, um nicht loszuschnurren. Henry beherrschte sich nicht. Er legte den Kopf auf ihre Schulter und schloss zahm wie ein Lamm die Augen.

»Schlaf mir ja nicht ein, Henry. Wir müssen die Drachen noch steigen lassen.«

Millie ließ ihre Hände sinken und lachte. »Oh, dieser Wink mit dem Zaunpfahl ist dir also nicht entgangen, was?«, kicherte sie.

»Nein. Das kam laut und deutlich an. Wir haben dir einen rosafarbenen mitgebracht. Henry hat ihn ausgesucht.«

»Er kennt mich gut. Rosa ist meine Lieblingsfarbe.«

»Ach ja? Warum?«

»Weil sie riecht. Sie hat einen ganz bestimmten Duft. Jedes Mal, wenn ich etwas Rosafarbenes esse, sehe ich die Farbe vor meinem inneren Auge. Sie überschwemmt einen Moment lang meine Erinnerung, bevor sie mir wieder entwischt.«

»Na so was. Ich dachte, du würdest mir jetzt antworten, dass dir rosa gefällt, weil du Rugby magst.«

»Ah, wegen der pinken Trikots?«, fragte Millie.

»Henry muss mehr raus an die frische Luft«, antwortete ich lachend.

»Kommt mit!«, rief Henry und rannte zur Tür, als ob er sich meinen Rat zu Herzen nahm.

Die Straße wurde von Bäumen gesäumt, der Garten war zu klein, und auf der Straße herrschte etwas zu viel Verkehr, weshalb wir die Drachen dort nicht steigen lassen konnten. Wir stiegen wieder in den Pick-up; Millie saß in der Mitte, die Beine rittlings über der Gangschaltung, und Henry an der Tür. Er hüpfte vor Begeisterung auf dem Sitz wie ein Flummi herum.

Moses mag meine durchgehende Fahrerbank nicht. Er behauptet, dass sie wegen der fehlenden Armlehne unbequem sei. Aber Mo ist manchmal nicht der Hellste. Nie war ich froher über die durchgehende Bank als in diesem Moment, als Millie sich an meine Seite presste und mein rechter Oberarm jedes Mal beim Schalten ihre Brüste streifte. Sie roch nach Obst. Erdbeeren oder Wassermelone. Sie roch … rosa. Der Gedanke brachte mich zum Lächeln. Sie fühlte sich auch rosa an. Rosa und weich und süß. Verflixt. Auf der Stelle wurde Rosa auch zu meiner Lieblingsfarbe.

Ich fuhr zum Liberty Park, südlich der Stadtmitte. Henry wusste genau, was zu tun war, und sein LeBron-James-Drachen stieg innerhalb weniger Minuten in die Luft.

»Das hat er wohl schon mal gemacht«, sagte ich überrascht.

»Seit einer Ewigkeit nicht mehr. An das letzte Mal kann ich mich kaum noch erinnern«, antwortete Millie. »Hat er's geschafft?«

»Hör mal«, sagte ich. »Hörst du's?« Ich lauschte mit ihr, versuchte angestrengt, ein Geräusch wahrzunehmen, das sie mit dem Bild verbinden konnte. Der Drachen kippte, fing den Wind wieder ein und stieg, wobei ein sanftes Wop-wop-Geräusch in der Luft entstand, wie das Flattern von Wäsche auf der Leine.

»Ich höre es!«

»Das ist Henrys Drachen. Er ist ein Naturtalent.«

»Hilfst du mir, meinen steigen zu lassen? Ich könnte ja loslaufen, damit er Wind abbekommt, aber womöglich geht das schief. Ich möchte ungern kopfüber im See landen. Hier ist doch ein See in der Nähe, oder?«

»Lauf einfach vom Quaken der Enten weg«, zog ich sie auf.

Es dauerte nicht lange, bis ich unsere Drachen in der Luft hatte. LeBron James, Elmo und Millies fröhliches rosa Dreieck schwebten über uns und belebten den bleichen Nachmittagshimmel.

»Lass ihm mehr Leine, Millie!«, rief ich, als ihr Drachen die Nase nach unten senkte und auf den Boden zuhielt. »Lass ihn fliegen!«

Millie gab einen erschreckten Laut von sich, aber sie folgte meinen Anweisungen, und ihr Drachen richtete sich wieder aufwärts, fing den Wind ein und stieg höher.

»Ich spür, wie er hochsteigt«, rief sie begeistert. Nicht nur Henry war ein Naturtalent. Den Drachen hinter sich herziehend rannte er auf dem Rasen hin und her, wobei ihm immer wieder die Haare in die Augen fielen. Seine Wangen waren von der frischen Februarsonne gerötet.

»Wenn du mit dem Drachen überall hinfliegen könntest, wohin würdest du wollen?«, fragte ich Millie, die Augen zum Himmel gerichtet, während ich an all die Orte dachte, an denen ich schon gewesen war. »Oder ist Reisen eine beängstigende Vorstellung für dich?«

»Nein. Nicht beängstigend. Nur unrealistisch. Es gibt viele Orte, die ich gern kennenlernen würde, obwohl ich sie mir nicht ansehen kann. Ich könnte aber immer noch meine Hände an die Mauern pressen und das Gefühl in mich aufsaugen. Gebäude saugen Geschichte in sich auf wie ein Schwamm, weißt du. Steine auch. Alles, was schon eine Weile auf der Welt ist.« Amelie wartete, ob ich darüber lachen oder diskutieren wollte. Aber mein bester Freund kann tote Leute sehen. Ich habe keinen Zweifel, dass es eine Menge auf dieser Welt gibt, was wir nicht verstehen. Das kann ich akzeptieren. Das ist auch einfacher, als wenn man für alles eine Erklärung sucht.

»Das stimmt wirklich!«, fügte Millie hinzu, obwohl ich keine Einwände erhoben hatte. »Als ich dreizehn war, ist meine Mom mit mir und Henry zur Alamo-Festung in San Antonio gefahren. Überall stehen Nicht-anfassen-Schilder rum, und das Gebäude ist mit Seilen abgespannt, sodass man es sich nur aus einem gewissen Abstand ansehen kann. Was ziemlich unfair ist, wenn du mich fragst. Ich schaue mit den Händen! Meine Mutter erhielt eine Ausnahmegenehmigung. Sie hat immer versucht, einen Weg zu finden, damit ich so viel wie möglich erleben konnte, auch wenn sie dafür jemanden auftreiben musste, der die Regeln für uns brach. Daher durfte ich direkt an der Mauer stehen. Ich hab Hände und Gesicht drangelegt und einfach nur gelauscht.«

»Was hast du gehört?«, fragte ich.

»Gar nichts. Aber ich hab was gespürt. Es ist schwer zu beschreiben. Es war wie eine Vibration. So ein Zittern, das man in den Beinen spürt, wenn ein Zug vorbeifährt. Weißt du, was ich meine?«

»Ja«, bestätigte ich.

»Auf unseren Reisen hat Mom immer dafür gesorgt, dass wir in Hotels mit Geschichte wohnten. In San Antonio gibt es das *Fairmount*. 1906 erbaut. Sobald wir es betraten, fühlte ich mich wie auf der Titanic. Ich hab das ganze Hotel tastend erkundet. Du hast gesagt, dass die Welt früher mal schöner war, erinnerst du dich?«

»Ja.« Ich war mir zu diesem Zeitpunkt dämlich vorgekommen, jetzt aber froh, dass ich die Bemerkung gemacht hatte.

»Das finde ich auch. Im *Fairmount* gibt es noch Originalmöbel. Der ganze Ort fühlt sich … gereift an.« Sie lachte über ihre Wortwahl. »Gereift ist irgendwie das einzige Wort, das passt. Als ob es an den Rändern vor lauter geschichtsträchtiger Vergangenheit und Energie aus den Nähten platzt. Es gibt so viel unter der Oberfläche, aber das kann niemand sehen. Weder ich noch sonst wer. Und da es auch sonst niemand sehen kann, fühle ich mich privilegiert, weil ich es wenigstens spüren kann.«

»Ich kenne das *Fairmount*. 1985 hat man das ganze Hotel ein Stück weiter die Straße hinunter verlegt. Meine Oma war eine dieser reichen alten Damen, die sich für Denkmalschutz einsetzt. So wie viele vermögende Familien. Sie war im Komitee zur Rettung des Hotels. Das war vor meiner Geburt, aber es gab einen großen Galaball im *Fairmount* zum hundertjährigen Bestehen, an dem wir alle teilgenommen haben. Es ist toll.«

»Ich hab es geliebt.« Millie seufzte. »Wo bist du noch gewesen?«

»Überall in der Welt. Ich hab in meinen sechsundzwanzig Jahren mehr gesehen als die meisten Leute in ihrem ganzen Leben. Eine Menge mehr.«

»Bist du mit deinen Eltern gereist?«, fragte sie.

»Nein.«

Sie wartete auf eine Erklärung, und ich überlegte, was ich ihr erzählen sollte. Die Geschichte war nicht gerade schön. Aber sehr zu meinem Erstaunen stellte ich fest, dass ich sie ihr erzählen wollte.

»Ich hatte nie vor zu reisen. Hab nicht mal davon geträumt. Ich hatte eigentlich keine Träume. Mit achtzehn war ich ein einsames, verirrtes, reiches Kind, das keine Ahnung hatte, wer es war und was es mit seinem Leben anfangen sollte.«

Millie schwieg. Abgesehen davon, dass sie keinen Blickkontakt herstellen konnte, war sie die beste Zuhörerin, die ich kannte. Sie erinnerte mich ein wenig an Moses. Wie er nahm sie alles in sich auf, und ihr entging nichts. Der Unterschied bestand lediglich darin, dass Moses nicht an jedem meiner Worte hing. Millie schon. Und ich war mir nicht sicher, was ich dabei empfand. Ich wollte nicht, dass sie mich falsch verstand und mich dann für etwas verantwortlich machte, das zwar aus meinem Mund gekommen war, das ich aber nicht so gemeint hatte. Ich sagte die Wahrheit, hübsch verpackt in einen Haufen

Schwachsinn mit Soße, damit's unterhaltsamer wird. Das war der Texaner in mir, Teil meines Charmes. Aber bei Millie funktionierte das nicht. Bei ihr musste ich mich immer klar ausdrücken. Woher ich wusste, dass ich die ungeschminkte Wahrheit sagte, war mir nicht so ganz klar, aber so war es. Und die Verantwortung lag mir schwer im Magen.

»Als ich sechzehn war, verschwand meine Schwester Molly. Sie ging gern auf Partys. Ich feierte auch gern. Wir waren beide wild. Aber wir standen uns nah. Und wir kümmerten uns immer umeinander. Sie war ein paar Jahre älter als ich, aber ich war der Mann. Sie ist bei einer Vierter-Juli-Feier verschwunden. Wir wussten nicht, was mit ihr passiert war. Zwei ganze Jahre lang nicht. Ich gab mir die Schuld. Ich hab sie gesucht, aber nicht gefunden. Daher hab ich meinen Frust im Alkohol ertränkt. Mein Vater hatte eine gut ausgestattete Bar im Haus, an der ich mich ziemlich oft bediente. Mit achtzehn konnte der Alkohol meine Rastlosigkeit, dieses Kribbeln unter der Haut, nicht länger betäuben. Ich hatte meine Schwester verloren und war seltsamerweise eifersüchtig auf ihr Verschwinden.« Ich überlegte, wie viel ich ihr erzählen sollte, und beschloss, ein bisschen was auszulassen, nicht, weil ich mich deswegen schämte, sondern weil das Thema viel zu heftig für einen fröhlichen Nachmittag beim Drachensteigen war.

»Dann habe ich Moses kennengelernt. Moses besaß nichts und wusste doch alles. Er bekämpfte seinen Kummer mit der Malerei. Auf diese Weise konnte er damit umgehen. Und er duldete mich in seiner Nähe. Er ließ mich an sich heran und half mir, den Durchblick zu bekommen. Wir hatten beide kein richtiges Zuhause mehr, aber ich besaß Geld. Meine Eltern waren froh, mich los zu sein. Sie waren erschöpft. Vom Kummer zermürbt. Sie drückten mir eine Kreditkarte in die Hand und ließen mich machen, was ich wollte.«

»Und du bist nach Europa gereist?« Ihre Stimme klang ehrfürchtig.

»Wir waren überall, dabei waren wir nur knapp volljährig. Eigentlich noch Kinder. Aber er konnte malen. Ich konnte mich aus fast jeder Situation herausreden. So kam es, dass Moses sich durch die Welt malte und ich dafür sorgte, dass die Leute seine Bilder kauften, statt uns wegen Vandalismus ins Gefängnis zu werfen. Er wollte die großen Kunstwerke sehen. Den Louvre, die Sixtinische Kapelle, die großen Bauwerke der Welt, die Chinesische Mauer. Das war sein Traum. Und den haben wir erfüllt. Wenn ich uns nicht mehr aus Schwierigkeiten herausreden konnte, haben wir uns den Weg freigekämpft. Das war mein Ziel, weißt du. Ich wollte mir in jedem Land einen Faustkampf liefern. Ein großer Schwede hat mir tüchtig den Hintern aufgerissen. Er arbeitet jetzt in meinem Fitnessklub, und ich hab es mir zur Aufgabe gemacht, ihm jeden Tag den Hintern aufzureißen.«

Millie lachte. Es war wie eine wundervolle Melodie, und ich überprüfte schnell, ob auch jedes meiner Worte stimmte. Beruhigt, dass mein Bericht auf den Punkt richtig war, entspannte ich mich und lachte mit ihr.

»Axel?«, riet sie.

»Axel«, bestätigte ich. »Andy habe ich in Irland kennengelernt und Paulo in Brasilien. Nach der Eröffnung des Fitnessklubs habe ich sie alle aufgespürt und sie gefragt, ob sie mit mir arbeiten wollen.«

»Du sammelst also Leute und Moses Kunst?«

»So in etwa.«

»Wie lange wart ihr auf Reisen?«

»Wir waren unterwegs, bis wir uns selbst gefunden hatten.«

»Was soll das heißen?«

»Moses hat mir mal gesagt, dass man vor sich selbst nicht

davonlaufen kann. Man kann weglaufen, sich verstecken oder sterben. Aber, wohin auch immer man geht, man kann sich selbst nicht entkommen. Ich hab mich ziemlich lange sehr leer gefühlt. Es hat eine Weile gedauert, bis ich rausgefunden habe, was mich erfüllt.«

»Das kann ich verstehen. Die Dunkelheit ist sehr leer. Und ich bin immer allein im Dunkeln.«

Ohne zu überlegen, ergriff ich ihre freie Hand. Die Geste war so spontan, dass ich ihre Finger schon umschlang, ehe ich merkte, was ich tat. Ich vergaß Elmo, die flatternden Drachenschwänze, die überschüssige Schnur. Und sie wohl auch. Für einen Augenblick waren wir in schmerzlichen Erinnerungen gefangen. Sie drückte meine Hand, sagte aber nichts. Offenbar wartete sie darauf, dass ich meine Geschichte beendete.

»Wir haben uns mehr als fünf Jahre herumgetrieben. Zogen von einem Ort zum nächsten. Vor ein paar Jahren sind wir hier gelandet, und irgendwie schien der rechte Zeitpunkt gekommen, um sesshaft zu werden. Hier hat unsere Reise angefangen. Und hier hat sie auch geendet.«

»Und hast du dich gefunden?«

»Ich bin immer noch auf der Suche. Aber an mir ist einfach nicht viel dran. Ich bin ein oberflächlicher Typ, flach wie ein Brett.«

Sie lachte. Ich löste meine Hand von ihrer, besorgt, dass ich einen falschen Eindruck vermittelt hatte. Sie ließ mich widerspruchslos gehen, aber ein Flackern huschte über ihr hübsches Gesicht, und ich fragte mich, ob ich wirklich ganz ehrlich gewesen war.

Plötzlich kam Henry rufend angelaufen und versuchte, mich zu warnen, aber es war schon zu spät. Millie hatte wohl die fehlende Spannung ihrer Leine bemerkt, denn sie quiekte auf und versuchte, die Leine zu straffen. Sie ging ein paar Schritte zur

Seite und wickelte die Schnur auf und wieder ab, in der Hoffnung, mit ein wenig Glück die Situation noch zu retten.

»S.O.S.!«, rief Henry. Gleich darauf fielen die Drachen in einem verwickelten Haufen zu Boden.

Meine Unaufmerksamkeit rächte sich; das kleine rote Monster über unseren Köpfen hatte sich in den Schwanz von Millies Drachen verheddert und war im Sturzflug nach unten geschossen, wobei es den pinken Drachen mit sich zog. Ich war zu dicht herangekommen, leichtsinnig geworden, und wir bezahlten beide dafür.

(Ende der Kassette)

Moses

»Wir waren in Irland. Dublin«, sagte ich, als Millie keine Anstalten machte, die Kassette zu wechseln. »Tagg kann einen Kampf auf hundert Meilen Entfernung riechen. Das ist seine geheime Superkraft.« Das und sein Talent, sich flachlegen zu lassen. Letzteres behielt ich jedoch für mich. Diese Fähigkeit würde Millie sicher nicht so sehr schätzen, obwohl ich vermutete, dass sie sich ein ziemlich gutes Bild von Tagg gemacht hatte, bis auf die kleinste Warze sozusagen. Vielleicht lag es daran, dass sie den wahren Tagg sehen konnte, weil sie sich nicht wie andere Frauen durch sein Äußeres blenden ließ. Interessant fand ich auch, dass sie ihn beharrlich bei seinem Taufnamen nannte statt bei dem Namen, mit dem er sich charmant durchs Leben mogelte.

»Tagg wollte unbedingt einen Boxkampf sehen, von dem er gehört hatte. Und zwar den zwischen Andy Gorman und Tommy Boyle. Tagg hatte zuvor ein kleines Gerangel mit Andy gehabt. Wir lernten ihn kennen, weil ich ein Porträt für Andys Mutter malen sollte. Andys Vater war im Jahr davor verstorben, und seine Mutter wollte durch das Bild Verbindung mit ihm aufnehmen. Andy hielt mich für einen Scharlatan – so seine Formulierung – und hat uns rausgeworfen. Als er mich verteidigen wollte, wurde Tagg wie üblich etwas ausfallend, und Andy brach ihm die Nase. Daher war ich nicht besonders begeistert, als Tagg mir erklärte, dass er zu dem Boxkampf gehen wollte. Andy hat übrigens gewonnen. Haushoch. Er hat Boyle gleich in der ersten Runde auf die Bretter geschickt. Darüber waren einige Leute nicht sonderlich froh. Sie wollten Andy zwar schon als Sieger sehen, aber er hätte den Kampf ein wenig mehr in die Länge ziehen sollen, um es spannender zu machen. Er schuldete mehreren Leuten Geld. Und als er nicht tat, was er sollte, trieben sie ihn in einer Gasse hinter der Arena in die Ecke und schlugen ihn zusammen. Und jetzt rate mal, wer sich mit Vollgas mitten ins Getümmel stürzte?«

Millie lächelte mit zittrigen Lippen.

»Er hatte einfach eine Nase dafür. Wenn sich irgendwer irgendwo prügelte, stürzte sich Tagg immer mitten hinein. Tagg ergriff Partei für Andy, als ob der sein bester Freund sei und nicht der Kerl, der ihm ein paar Wochen zuvor die Nase gebrochen hatte. Wir mussten Irland Hals über Kopf verlassen. So verdammt dämlich war seine Aktion. Und so gefährlich waren die Leute, die Tagg verärgert hatte. Aber über solche Sachen denkt er nie nach. Für ihn ist das nicht wichtig. Er sah nur fünf gegen einen und griff mit fliegenden Fäusten ein, um sich auf die Seite des Schwächeren zu stellen. Er und Andy Gorman kämpften Rücken an Rücken, weshalb mir nichts anderes übrig blieb, als mich ebenfalls einzumischen, damit sich Tagg nicht noch von diesen Blödmännern umbringen ließ. Lange Rede, kurzer Sinn. Andy Gorman und alle anderen im Fitnessklub sind Tagg was schuldig. Alle sind ihm gegenüber loyal, weil er sich zuerst loyal gezeigt hat und den Kopf für sie hingehalten hat. Nicht, weil sie darum gebeten hatten, sondern weil sie Hilfe brauchten. Anderen zu helfen, hat sich Tagg irgendwie zum Lebenszweck gemacht. Ich habe die Veränderung an ihm bemerkt und mitbekommen, wie er sich fürs Leben entschied und es willkommen hieß. Ich habe gesehen, wie er sich selbst gefunden hat.«

»Und nun hat er sich wieder verloren«, flüsterte Millie.

»Irgendwas ist passiert«, stellte ich fest.

»Er verabschiedet sich, Moses. Diese Kassetten, das ist so, als ob er seine Memoiren schreibt.«

Millie hatte recht. Die Kassetten wirkten wie ein Abschiedsbrief vor einem Selbstmord.

Tagg
(Kassette)

Ich fand eine Aushilfe für die Bar und wies Vince in die Geschäftsführung ein. In der Hoffnung, dass Morg irgendwann doch noch auftauchte, hielt ich weiterhin Ausschau nach ihm. Womöglich hatte er aber auch was Besseres gefunden. Ehrlich gesagt machte mich sein Verhalten ratlos. Doch es war seine Entscheidung. Ich schickte seinen Scheck an die in seiner Personalakte angegebene Adresse und tanzte so gut wie möglich auf allen Hochzeiten. Vier bis fünf Stunden täglich trainierte ich für den Kampf und kümmerte mich fast jeden Abend um die Bar. Und ich brachte Millie weiterhin nach Hause.

Sie wollte nie fahren. Ich auch nicht. Die Nächte waren kalt, aber nicht zu kalt, und ich freute mich jedes Mal schon darauf, dass sie meinen Arm umschlang und sich beim Laufen mit mir unterhielt. Ich brachte sie zum Lachen und sie mich auch. Sie beeindruckte mich, aber ich musste sie nicht beeindrucken.

Ich mochte sie sehr.

Es war ein seltsames Gefühl, ein Mädchen so sehr zu mögen, ohne sie ins Bett bekommen zu wollen. Ich weiß, das hört sich geschmacklos an, aber es gibt einen Grund, warum Männer so gestrickt sind, wie sie es sind. Und auch dafür, warum Frauen so aussehen, wie sie's tun. Alles reine Biologie. Die Grundgesetze der Natur. Aber ich wollte Millie nicht ins Bett bekommen. Ich hatte keinerlei Hintergedanken. Ich mochte sie einfach. Alles andere schob ich beiseite. Zum ersten Mal in meinem Leben ignorierte ich die Biologie.

Bei ihr war ich locker. Und ich stellte fest, dass ich ihr immer wieder Dinge erzählte, die ich niemand anderem anvertrauen würde. Eines Abends streifte ich mir nur eine Weste über statt wie sonst mein Jackett. Wie immer, wenn ich Thekendienst schob, hatte ich die Ärmel meines weißen Hemdes bis zu den Ellbogen hochgerollt. Zum allerersten Mal berührte Millie daher meine nackten Unterarme, als sie sich bei mir unterhakte, und entdeckte so meine Narbe.

»Was ist das, David?« Mit den Fingerspitzen fuhr sie über die wulstige Linie an meinem rechten Unterarm, die sich vom Handgelenk bis zum Ellbogen zog.

»Es gab mal eine Zeit, wo ich nicht so gerne leben wollte«, gestand ich. »Das ist lange her. Inzwischen liebe ich mich selbst. Keine Sorge.« Ich wollte sie zum Lachen bringen, aber sie lächelte nicht mal.

»Du hast dir selbst die Adern aufgeschnitten?« Ihre Stimme klang traurig. Nicht vorwurfsvoll. Nur traurig.

»Ja.«

»War es schwer?«

Die Frage überraschte mich. Die meisten Leute fragten nach dem Grund. Sie wollten nicht wissen, ob es schwer war, sich selbst zu verletzen.

»Das Leben war schwerer«, antwortete ich.

Sie füllte die Stille nicht mit Worten. Urplötzlich verspürte ich den Drang, eine Erklärung abzugeben. Nicht, um Millie zu beeindrucken. Ich wollte es ihr einfach nur erklären.

»Bei meinem ersten Selbstmordversuch habe ich mir eine

Pistole an den Kopf gehalten und von siebzehn rückwärts gezählt. Eine Zahl für jedes Jahr meines Lebens. Bei fünf kam meine Mutter herein. Meine Eltern schlossen die Waffen im Tresor ein und änderten die Zahlenkombination. Daher griff ich zum Taschenmesser. Es war scharf und glänzend. Sauber. Ich hatte keine Angst. Zum ersten Mal seit langer Zeit hatte ich überhaupt keine Angst.«

Ihre Finger strichen sanft über die Narbe, als wolle sie sie wegreiben. Also erzählte ich ihr auch noch den Rest.

»Das Schicksal kam mir allerdings erneut in die Quere. Sie fanden mich, bevor es zu spät war. Sie haben mich immer wieder gefunden und gerettet. Aber ich hatte meine Schwester nicht retten können, verstehst du? Ich fühlte mich so hilflos. Und hoffnungslos. Nach einer Woche im Krankenhaus kam ich in eine psychiatrische Klinik. Meine Mutter weinte, mein Dad machte ein steinernes Gesicht. Sie hatten schon ein Kind verloren, und dann kam ich und wollte mich umbringen. Sie hielten mich für egoistisch. Und das war ich auch. Aber ich wusste nicht, wie ich daran etwas ändern sollte. Sie haben mir alles gegeben, und doch war es nie genug. Und das machte mir Angst. Leere ist angsteinflößend.«

»Und in der Klinik hast du Moses getroffen.« Sie erinnerte sich an unser Gespräch im Park.

»Ja. Du solltest ihn bald mal kennenlernen. Und auch seine Frau Georgia. Sie sind meine Lieblingsmenschen auf der ganzen weiten Welt.«

»Das wäre schön.«

»Sie haben Pferde. Georgia arbeitet mit Kindern wie Henry. Therapeutisches Reiten nennt sie das. Henry wäre sicher Feuer und Flamme.« Ich stellte fest, dass mir die Idee immer besser gefiel. Henry machte mir alles leichter. Seinetwegen war es völlig in Ordnung, mehr Zeit mit Millie zu verbringen und mich nicht nur aufs Nachhausebringen zu beschränken. Er war der perfekte Puffer zwischen Biologie und Freundschaft.

Ehe ich mich versah, legte ich einen Termin fest, an dem Millie meinen besten Freund kennenlernen sollte. Und Henry selbstverständlich auch. Henry durfte auf keinen Fall fehlen.

Moses und Georgia hatten das alte Haus seiner Großmutter abgerissen und am selben Fleck ein weitläufiges zweistöckiges Gebäude mit einer riesigen umlaufenden Veranda und einem separaten Atelier gebaut. Auf diese Weise konnte Moses malen und seinem Geschäft nachgehen, ohne dass seine Familie seine Kunden zu Gesicht bekam und umgekehrt. Nichts erinnerte mehr an das traurige kleine Haus mit der tragischen Vergangenheit, das ich vor achtzehn Monaten zum ersten Mal mit Moses betreten hatte. Damals waren wir auf der Suche nach Antworten und auf der Jagd nach Dämonen gewesen. Einer Menge Dämonen. Ziemlich schnell wurde mir klar, dass ich nicht in Levan bleiben wollte. Und Moses hatte nicht lange gebraucht, um sich fürs Dortbleiben zu entscheiden. Ich wäre an seiner Stelle nicht geblieben. Ich hätte mir Georgia geschnappt und woanders neu angefangen. Aber manchmal ist die Vergangenheit wie ein Magnet, und Moses' und Georgias Vergangenheit – ihre gemeinsame – lag in dieser Stadt.

Außerdem war Moses nicht der Einzige, der ein Geschäft am Laufen halten musste. Georgia arbeitete mit Pferden; sie bildete sie aus und war Therapeutin. Mithilfe der Tiere baute sie eine Beziehung zu Kindern und Erwachsenen auf, die sich positiv auf Körper und Geist auswirkte. Die Farm, auf der sie aufgewachsen war, grenzte direkt an das Grundstück von Moses' Großmutter. Daher war der Entschluss, dortzubleiben und sich zu arrangieren, wohl schlicht logisch. Moses hat mir immer gesagt, dass man sich selbst nicht entkommen kann. Doch ich wollte meinen Freund gern beschützen, wollte, dass er gesund, glücklich und akzeptiert ist. Ich machte mir Sorgen, dass die Leute in dieser kleinen Stadt in Utah ihn bereits abgeschrieben hatten. Aber was wusste ich schon? Mein Freund war hier glücklich. Also behielt ich meine Bedenken lieber für mich.

Der Tag hätte nicht schöner sein können. Utah flirtete schamlos mit dem Frühling, und mit fünfzehn Grad war es eigentlich viel zu warm für die Jahreszeit. Ich hatte Moses und Georgia angerufen und auf uns vorbereitet. Bald schon standen Millie und Henry mit ihr im Longierrondell und streichelten ihr Palomino Sackett und ein pechschwarzes Pferd namens Lucky, das Georgia keinen Moment aus den Augen ließ und ihr mit seinen Blicken überallhin folgte. Sie hatte mir mal erzählt, dass sie ihn genau wie Moses gebändigt hatte, obwohl keiner von beiden das mitbekommen hätte.

Moses fühlte sich in der Nähe von Tieren immer noch nicht wohl. Sein ganzes Leben lang hatte er schon Probleme, seine nervöse Energie im Zaum zu halten, Tiere, vor allem Pferde, spiegelten seine Nervosität. Zwar hatte er sich mittlerweile schon weitaus besser im Griff, dennoch gingen wir den Mädels und Henry lieber aus dem Weg und blieben am Zaun gelehnt stehen, um zuzuschauen, wie Georgia ihre Magie anwandte. Ich hatte die kleine Kathleen im Arm, die ich beharrlich Tagglee nannte, nur um ihren Vater ein wenig zu ärgern, und schnitt Grimassen, um sie zum Lachen zu bringen. Als sie anfing, breit zu gähnen, nahm Moses sie mir ab und schmiegte sie an seine Schulter, wo sie prompt eindöste. Eine Weile lauschten wir ihren Babyatemzügen in freundschaftlichem Schweigen, bis mich Moses über Kathleens flaumigen Kopf hinweg mit zusammengekniffenen Augen musterte, während er mit einer Hand über ihren winzigen Rücken streichelte.

»Spuck's schon aus, Mo«, sagte ich schließlich, wohl wissend, was kam.

Georgia hatte Millie mit einem Handschlag und einem fröhlichen Hallo begrüßt und mir dabei immer wieder verschmitzte Blicke zugeworfen, als ob sie mich mit meiner neuen »Damenbekanntschaft« aufziehen wollte. Sie riss sich jedoch zusammen und hielt den Mund. Moses hingegen wollte mich nicht aufziehen. Er wollte offensichtlich Antworten.

»Was ist da los, Mann?« Moses redete nie um den heißen Brei herum und war echt sparsam mit Worten. Wenn man ihn kennenlernen wollte, musste man ihm aufmerksam zuhören, denn er rückte nicht viel von sich aus raus. Man musste sich ihm förmlich aufdrängen, um an ihn heranzukommen, und sich weigern zu gehen, wenn man von ihm weggestoßen wurde. Genauso hatte ich mich vor langer Zeit verhalten. Das war meine Gabe. Hartnäckig immer wieder rangehen, kämpfen, klammern, umschlingen, zermürben. Auch Georgia hatte hart um Moses gekämpft und dafür ihren Preis bezahlt. Der Preis für Moses' Liebe war sehr hoch gewesen. Aber sie hatte ihn bezahlt. Und dafür betete Moses sie an.

»Was meinst du?« Ich warf meinem besten Freund einen finsteren Blick zu.

»Millie ist anders als die Frauen, mit denen du gewöhnlich … zusammen bist.« Moses beendete den Satz mit einem viel milderen Wort als dem, das wir beide in Gedanken in der langen Pause eingesetzt hatten.

»Das liegt daran, dass ich nicht mit ihr … zusammen bin.«

»Nicht?«

»Nein. Sie ist eine Angestellte. Eine Freundin. Sie ist witzig, interessant. Und nicht unterzukriegen. Das gefällt mir. Ich mag auch Henry. Sie bringt ihn zu mir in den Klub. Ich trainiere mit ihm ein wenig. Sein Dad hat die Familie verlassen, als Henry noch klein war, und er saugt jegliche Aufmerksamkeit förmlich auf.«

»Rettest du mal wieder Leute, Tagg?«

»Ich rette keine Leute.«

»Blödsinn. Du sammelst hoffnungslose und hilfsbedürftige Fälle auf wie alte Frauen streunende Katzen. Du hast mich gerettet. Und auch Axel und Cory, sogar diesen Scheißkerl Morgan, der glaubt, er tut dir einen Gefallen, weil er deine Bar managt. Du nennst diese Leute Tagg-Team, aber genauso gut könnte man sie auch als Team der Gestrandeten bezeichnen. Du rettest einfach jeden. Du trägst einen unsichtbaren Superheldenumhang. Und das schon dein ganzes Leben lang.«

»Ich hab dich nicht gerettet.« Der Rest stimmte schon irgendwie, obwohl ich es noch nie so gesehen hatte.

»Doch, Tagg. Hast du.«

»Wir haben einander gerettet.«

»Nein, Mann. Ich hätte dich absaufen lassen. Das ist der Unterschied zwischen dir und mir. Zumindest der Unterschied zu dem Moses, der ich mal war. Ich hätte dich absaufen lassen, damit ich selbst den Kopf über Wasser halten kann. Mir ging es nur ums Überleben. Dir nicht. Du wärst eher gestorben, als mich untergehen zu lassen. Vielleicht hat es für uns beide am Ende funktioniert. Aber du hast uns gerettet, Tagg. Nicht ich.«

»Was ist mit all den Leuten, denen du mit deiner Kunst hilfst?«

»Ich bin nur ein Bote. Und du? Du bist ein Retter. Deshalb kämpfst du so hart. Du kennst es nicht anders und weißt nicht, was du sonst tun sollst. Aber dieses Mädchen will keinen Retter. Sie will einen Freund. Das sind zwei völlig verschiedene Sachen. Georgia ist mehr wie du. Deshalb funktioniert das mit uns beiden. Aber Millie? Ich glaub, sie ist eher wie ich. Sie beobachtet. Nimmt alles in sich auf.«

»Beobachtet?« Ich verzog sarkastisch den Mund.

»Beobachtet. Man muss nicht sehen können, um das zu tun. Ich garantiere dir, das Mädchen weiß bereits, was für eine Art Mann du bist. Und ihr gefällt, was sie beobachtet. Trotzdem will sie nicht gerettet werden. Ich wollte auch nicht gerettet werden, vor allem nicht von Georgia. Ich wollte Fügsamkeit.«

Moses' Blick klebte an seiner Frau, die Henry und Millie auf von ihr ausgebildeten Pferden herumführte. Sie hielt sich sehr gerade, ihre Stimme klang fest. Sie war eine große junge Frau mit schlanker, sportlicher Figur und von der Sonne gebleichtem blonden Haar, das ihr in einem dicken Zopf bis hinunter zur Hüfte reichte. Das Wort Fügsamkeit kam in ihrem Wortschatz nicht vor. Dann sah sie jedoch auf, und ich bemerkte, wie ihr Blick über mich hinweg zu Moses schweifte, der ihr schlafendes Kind im Arm hielt, und ich verstand, was Moses mir sagen wollte. Manchmal bedeutete Fügsamkeit, seinen Stolz herunterzuschlucken und jemand anderem die Zügel zu überlassen, jemandem seine Liebe und sein Leben anzuvertrauen, auch wenn derjenige es nicht zu verdienen schien. Georgia hatte das getan.

»Du willst Millie? Dann wirst du irgendwann deinen Umhang abnehmen und nachgeben müssen, Kleiner«, sagte Moses mit sanfter Stimme und noch sanfterem Blick. »Füg dich.«

»Wer sagt, dass ich sie will?«, widersprach ich.

»Oh Mann, hör mir bloß damit auf. Du sprichst mit einem Beobachter, schon vergessen? Ich kenn dich besser als du dich selbst. Also komm mir nicht mit diesem Mist.«

»Ich hab also einen besten Freund, der alles sieht, und ein Mädchen …« Ich brachte es nicht über mich, sie Freundin zu nennen. »… ein Mädchen, das gar nichts sieht.«

»Sie sieht sehr viel. Du bist der Blinde. Du bist blind vor Angst. Und du hast Angst, weil du weißt, dass es bereits zu spät ist. Und du solltest auch Angst haben, Mann. Es wird nicht einfach werden. Sie kommt mit Anhang. Sie und Henry. Aber was soll's, Tagg. Der einfache Weg liegt dir eh nicht. Ich bin so kompliziert, wie es nur geht, und du hast dich mir förmlich an den Hals geschmissen. Ich konnte dich einfach nicht abschütteln. Du magst Herausforderungen. Verflucht, du lebst förmlich dafür!«

»So weit bin ich noch nicht, Moses«, sagte ich nachdrücklich. »Dräng mich nicht.«

»Sagt der Mann, der gemeint hat, ich soll bei Georgia hart und schnell sein.«

»Wie's aussieht, hab ich damit richtig gelegen, oder?« Ich lachte, weil ich gern recht hatte.

»Ja, hast du. Ich lieg aber auch richtig. Du bist noch nicht bereit? Na schön. Aber tu ihr nicht weh.«

»Und warum sollte ich das tun, Mo?« Manchmal ging er mir wirklich auf den Zeiger.

»Weil du dich manchmal ziemlich dämlich verhältst.« Über den winzigen Kopf seiner Tochter hinweg grinste er mich an, und ich überlegte, wie und wohin ich ihm eine verpassen konnte, ohne dass er sie fallen ließ.

»Ihre Mutter ist tot.« Es war eine Feststellung, keine Frage. Moses stellte keine Fragen über so was. Musste er auch nicht. Sein Grinsen war verschwunden, und in seinen Augen stand dieser Blick, den er immer bekam, wenn er eine seiner Visionen hatte.

»Ja.« Ich nickte. »Vor einer Weile. Lungenkrebs. Ihr Dad hat sich ungefähr ein Jahr, nachdem Millie ihre Sehkraft verlor, aus dem Staub gemacht. Millie nimmt an, dass ein autistischer Sohn und eine blinde Tochter zu viel für ihn waren. Ich weiß nicht, ob das stimmt. Aber sie haben keinen Kontakt mehr zu ihm, außer finanziell. Wenigstens schickt er ihnen Geld.«

»Sie macht sich Sorgen um ihre Kinder. Sie zeigt mir immer wieder Amelies Stock und ein Buch. Ein Kinderbuch. Irgendwas über einen Riesen.«

»Sie kommen schon klar. Sie passen aufeinander auf«, beharrte ich.

»Hmm«, murmelte Moses. Ich verspürte ein ungutes, irgendwie öliges Gefühl im Bauch.

»Sie wartet doch nicht auf einen der beiden, Moses?« Moses hatte mir mal erzählt, dass sich die Geister in der Nähe geliebter Menschen aufhielten, die bald sterben würden, als ob sie sie begrüßen oder nach Hause bringen wollten.

»Nein. So fühlt es sich nicht an.« Moses sagte nichts mehr, und ich beharkte ihn nicht länger. Ich war an seine Macken gewohnt und kannte seine Fähigkeiten ebenso gut wie seinen Widerwillen, darüber zu reden.

(Ende der Kassette)

Moses

»Du hast meine Mutter gesehen, Moses?«, fragte Millie.

Ich nickte, dann fiel mir ein, dass sie mich ja nicht sehen konnte, und ich antwortete laut: »Ja.«

»Wie sah sie aus?« In ihrer Stimme hörte ich mehr Sehnsucht als Zweifel.

»Genau wie du. Braune Haare, blaue Augen, eine zierliche

Figur. Ich wusste sofort, wer sie war. Aber du warst mit Henry in diesem Augenblick auch genau vor meinen Augen. Da war es nicht schwer, die Verbindung herzustellen.«

Millie schüttelte heftig den Kopf, als müsse sie ihre Gedanken neu ordnen, alles neu sortieren, was sie zu glauben wusste. So war das immer. Es dauerte eine gewisse Zeit, bis die Leute das Unwahrscheinliche verarbeitet hatten.

»Das Buch über Riesen. Was ist das?«, fragte ich, um ihr etwas Greifbares zu liefern, bis ihr Herz und ihr Verstand sich auf eine Linie geeinigt hatten.

»Ich weiß es nicht …«, stammelte sie und legte die Hände an die Wangen.

»Riesen, die Verstecken spielen?«, lieferte ich ein weiteres Stichwort. Das Bild in meinem Kopf zeigte riesige Füße, die unter einem Bett herausragten.

»Sag mir, wo verstecken sich Riesen? Ich kenn keinen Ort, an dem sich auch ihre Füße verstecken ließen«, flüsterte Millie.

»Das ist es«, bestätigte ich.

»Unters Bett passen sie nicht rein, und auch ein Schrank ist für sie viel zu klein. Sie können nicht hinter einen Baum schlüpfen oder gar in eine Tasche hüpfen.« Dieses Mal zitierte Georgia den Text, und ich betrachtete meine Frau überrascht.

»Das Buch heißt ›Wo verstecken sich Riesen?‹. Ich hab es Eli früher oft vorgelesen. Er hat es geliebt. Wir haben es fast so oft gelesen wie ›Calico the Wonder Horse‹.«

Mich durchzuckte derselbe Schmerz, den ich beim Gedanken an meinen Sohn immer in meinem Bauch verspürte. Gleich darauf überkamen mich Frieden und die Gewissheit, dass Liebe unsterblich ist.

»Das Buch hab ich völlig vergessen! Henry hat es sehr gemocht. Meine Mom und ich haben es ihm vorgelesen, immer wieder. Ich kannte es auswendig. Selbst als meine Sehkraft nachließ und ich schließlich ganz erblindete, hab ich noch so getan, als ob ich vorlesen würde, während Henry die Seiten umblätterte.«

»Sie könnten sich hinter einem Berg verstecken, aber es dauert den ganzen Tag, ihn zu erklimmen. Sie könnten im Meer untertauchen, aber womöglich können sie nicht schwimmen«, zitierte Georgia.

»Sie könnten mit ihren Armen den Mond umfassen …«, fuhr Millie fort.

»Und hinter den Wolken verschwinden«, lieferte Georgia die nächste Zeile.

»Sie könnten sich hinter dich schleichen, doch sie sind zu laut, und du würdest sie sofort finden«, beendete Millie mit einem Lächeln. »In der Geschichte verstecken sich die Riesen ganz offen. Sie sind überall, wohin man schaut, aber durch Bäume und Gebäude getarnt. Auf einem Bild schaut man auf eine Bootswerft, und beim zweiten Hinsehen erkennt man, dass da ein Riese im Sand liegt. Auf einem anderen Bild hat der Riese die Form eines Flugzeugs. Er liegt auf dem Rücken, seine ausgestreckten Arme sind die Flügel. Seine Schuhe zeigen nach oben und bilden das Flugzeugheck. Es ist ein Suchbilderbuch. So wie ›Wo ist Walter?‹, nur dass man statt der winzigen Figur im rot-weiß gestreiften T-Shirt die gigantischen Riesen sucht. Sie sind jedoch so gut gezeichnet, dass sie sich fast unsichtbar in den Hintergrund einfügen.«

»Die Riesen verstecken sich an mancherlei Orten, doch ich darf dir nicht verraten, wo sie sind. Mach die Augen auf und schau einfach selbst, dann findest du sie ganz bestimmt«, zitierte Georgia. Sie lächelte, doch es war ein gequältes Lächeln, und ich griff nach ihrer Hand.

»Als ich blind wurde, war Henry erst vier. Er hielt meinen Stock für einen Riesenfinder und hat gedacht, dass ich damit nach Riesen suchen würde. Er lief oft mit geschlossenen Augen rum und schlug mit dem Stock an Gegenstände.«

»Warum hat mir deine Mutter das Buch gezeigt, was denkst du?«, fragte ich in Erinnerung an ihre Beharrlichkeit. »Sie hat mir immer wieder Seiten gezeigt, Bilder. Sie wollte mir etwas damit sagen.«

»Mein Dad ist gegangen«, meinte Millie gedankenverloren, als wüsste sie auch keine Antwort, war aber bereit, darüber laut nachzudenken. »Danach haben wir das Buch nie wieder gelesen. Er spielte für die San Francisco Giants. Für Henry war er deshalb auch ein Riese, weil Giant ja Riese bedeutet.« Sie zuckte mit den Schultern, als wollte sie sich selbst davon überzeugen, dass dieses Detail unwichtig war. »Wir wussten, wo sich alle Riesen im Buch verstecken. Wir haben sie Hunderte Male gefunden. Aber wir wussten nicht, wo dieser eine Riese war. Der verschwand völlig von der Bildfläche. Ich weiß noch, wie meine Mom das Buch Henry eines Abends vorlas, kurz nach der Trennung. Und sie hat angefangen zu weinen.«

Am liebsten hätte ich alles zurückgenommen. Ich wollte nicht mehr weiter darüber reden. Aber Millie fuhr fort.

»Dann begannen Henrys Albträume, und die sich versteckenden Riesen waren nicht mehr länger harmlos und drollig. Sie waren furchteinflößend. Er war sicher, unsere Betten wären verkleidete Riesen, die uns forttragen würden, wenn wir schliefen. Er hielt die Kühlschranktür für ein Riesenmaul und das Müllauto für einen lauten, hungrigen Riesen, der alles in Reichweite auffressen würde. Es wurde immer schlimmer, bis meine Mom das Buch ganz wegpackte. Dann war Schluss. Die Riesen verwandelten sich allmählich in Haushaltsgeräte zurück, und sein Bett war nur noch ein Bett. Müllautos mag er allerdings immer noch nicht.« Sie lächelte, während ich schmunzelte, obwohl nichts daran lustig war.

»Es ist seltsam«, fügte Millie hinzu. »Vor ungefähr einem Monat hat mich Henry gefragt, ob ich die Geschichte von David und Goliath kenne. Und obwohl ich darauf mit Ja antwortete, wollte er mir unbedingt erzählen, dass David Goliath getötet hat. Er war total begeistert, weil wir sozusagen unseren eigenen Riesenbezwinger hatten.«

Riesenbezwinger oder nicht, zum ersten Mal fragte ich mich, ob Millies Mutter mir mit den Bildern ihr Misstrauen gegenüber Tagg mitteilen wollte. Vielleicht hatte sie geahnt, dass er die Fliege machen würde, so wie ihr Mann damals. Vielleicht war sie der Ansicht, ihre Kinder hätten etwas Besseres verdient als ihn.

Tagg
(Kassette)

Für die Heimfahrt nach Salt Lake brauchten wir neunzig Minuten. Nach kaum fünf Minuten schlief Henry ein. Sein Kopf fiel auf Millies Schulter, und er machte sich auf der Bank breit, wodurch er seine Schwester gegen mich drängte. Und das gefiel mir zu gut. Ich genoss es, ihren Oberschenkel an meinem zu spüren, und auch, dass mein Arm beim Schalten zwischen ihren Knien ruhte und ich jedes Mal den Duft ihrer Haare einatmete, wenn ich sie anschaute. Das Gespräch mit Moses frustete mich jedoch ziemlich. Ich spürte Wut in mir aufsteigen, weil er meine Freundschaft zu Millie infrage gestellt und mich gezwungen hatte, mir Gedanken darüber zu machen. Das wollte ich nicht. Ich wollte unsere Beziehung bloß genießen.

Der Nachmittag verging mit angenehmem Geplauder in Gesellschaft der Tiere. Henry zeigte kaum Furcht vor den Pferden. Mich beschlich das vage Gefühl, dass er uns in den kommenden Tagen eine ganze Wagenladung von Statistiken und interessanten Fakten über Jockeys und Pferderennen auftischen würde. Georgia hatte behauptet, viele Profi-Jockeys seien genauso groß wie Henry, was ihn sichtlich freute, denn er lief mit stolzgeschwellter Brust herum. Er hatte bereits gefragt, wann wir die beiden wieder besuchen würden. Ich hatte es ihm für bald versprochen und Georgia und Moses einen finsteren Blick zugeworfen, als sie mit den Augenbrauen wackelten und grinsten. Sie hielten mit ihrer Begeisterung für Millie kaum hinterm Berg, aber es war auch unmöglich, nicht von ihr fasziniert zu sein. Auch sie hatte keinerlei Angst gezeigt, und ich konnte mich die ganze Zeit nur mit Mühe beherrschen, sie nicht unverhohlen anzustarren und damit die Neugier meiner Freunde noch mehr zu füttern.

»Was war das für ein Gefühl, auf einem Pferd zu sitzen?«, fragte ich Millie. Mein Blick schwenkte zwischen ihr und der Straße hin und her.

»Als hätte ich Augen. Das Pferd kannte den Weg und hat mich einfach mitgenommen, aber es war ein angenehmes Gefühl.«

»Hattest du denn gar keine Angst?«

»Doch, klar. Ich hab ständig Angst. Anfangs, als ich nichts mehr sehen konnte, habe ich mich nicht mal mehr aus meinem Zimmer getraut. Ich hab dort gesessen und Gitarre gespielt, bis mir schließlich klar wurde, dass ich auch genauso gut tot sein könnte, wenn ich mich wegen meiner Blindheit gar nichts mehr traue. Dieser Gedanke hat mir mehr Furcht eingejagt. Ich kann nichts mehr sehen, außer mich selbst, verstehst du? Das, was in mir vorgeht. Meine Gedanken, Gefühle, Ängste, Fehler. Das ist das Einzige, was ich klar erkennen kann. Der Rest ist ein Ratespiel. Blindheit zwingt einen dazu, mit sich selbst ins Reine zu kommen, denke ich.«

»Blinde-Mädchen-Bonus«, sagte ich, und sie lachte.

»Das sage ich wohl oft, was?«

»Ja. Und ich finde das verdammt cool von dir.«

»Tja, ich könnte auch den ganzen Blinde-Mädchen-Mist auflisten, aber dazu bräuchte ich den ganzen Tag.«

»Den Mist?«

»Ja. All die vielen Dinge, die am Blindsein Mist sind und mir stinken«, sagte sie sachlich.

»Verrat mir eins davon. Das Erste, was dir in den Kopf kommt«, beharrte ich.

Sie setzte zum Sprechen an, schüttelte dann aber den Kopf und biss sich auf die Lippe. »Nee.«

Ich stieß sie mit der Schulter an, wodurch ihr Kopf ein wenig ruckte. »Komm schon, heul dich aus, Baby. Jammer frei von der Leber weg.«

Ihre Wangen färbten sich rosig. »Nein.«

»Ich hab genau gesehen, dass dir was auf der Zunge lag und du dann deine Meinung geändert hast. Also, spuck's schon aus!«

»Okay. Genau das. Das stinkt mir.«

»Was?«

»Dass ich nicht sehen kann, was *du* denkst. Ich kann nicht in dein Gesicht schauen und erahnen, was in deinem Kopf vorgeht. Das ist so unfair. Ich würde dein Gesicht wirklich gern sehen. Nur einmal.«

Wir schwiegen einen Wimpernschlag lang, dann brach ich das unangenehme Schweigen.

»Verdammt. Das ist wirklich Mist. Dabei hab ich so ein wunderschönes Gesicht«, scherzte ich, doch meine Brust war wie zugeschnürt, meine Kehle brannte. Ich schnappte nach Luft und lachte, als sie mir ihren spitzen kleinen Ellbogen in die Rippen stieß.

»Weißt du, was noch Mist ist?«, fragte sie, offensichtlich ermutigt durch mein mangelndes Mitleid.

»Ich hab gesagt, du sollst mir eine Sache nennen. Wir wollen doch nicht die Schleusentore öffnen, Millie.«

Sie brummte unwillig und fuhr dann fort: »Ich kann nicht fahren. Ich kann nicht weglaufen. Ich kann gehen, aber das ist nicht dasselbe, wie wenn man sich hinters Lenkrad setzt und einfach losfährt. Stattdessen muss ich mich darauf verlassen, dass irgendwelche blöden Typen wie du mich durch die Gegend kutschieren. Das stinkt mir am meisten«, murrte sie.

Ohne Vorwarnung wechselte ich die Spur und nahm in ziemlich hohem Tempo die nächste Ausfahrt, kurz hinter der Kleinstadt Mona. Ich brauste unter der Straßenbrücke durch, fuhr auf die Nebenstraße und blieb mit quietschenden Reifen am Straßenrand stehen. Henry rutschte in seinem Gurt zur Seite und drehte sich ohne aufzuwachen um, wodurch Millies Schulter praktischerweise wieder frei war.

»Hey!«, rief Millie und krallte die Finger in meinen Oberschenkel. »Was machst du denn? Wir müssen doch noch ein Stück weiter, oder?«

»Ich werde dich fahren lassen.«

»Wa… was?«, stammelte sie und hielt sich am Armaturenbrett fest.

Ich stellte das Lenkrad höher, um ein wenig mehr Platz zu haben, schob den Sitz so weit wie möglich zurück, was angesichts meiner Größe nicht sehr weit war, und zog Millie auf meinen Schoß. Ich ignorierte die blinkenden Warnlampen in meinem Kopf und die leise Stimme, die rief: *Achtung, das ist zu nah. Zurück! Heiße Frau im Schoß. Grenzüberschreitung. Freundschaftsgrenze überschritten!*

»David!« Sie drückte sich gegen mich und krallte sich so heftig in meinen Armen fest, als hätte ich gesagt, wir würden gleich von einer Klippe springen.

»Hör auf zu zappeln!« Ich lachte, damit ich nicht aufstöhnte. Unvermittelt erstarrte sie.

»Ich hab dich, Millie. Ich halt dich fest. Das wird genauso viel Spaß machen wie der Ritt mit Georgia auf dem Pferd.«

»Okay«, quiekte sie und nickte heftig. Ihr Kopf schlug an

mein Kinn. Erneut lachte ich, wieder einmal beeindruckt von ihrem Mumm und ihrem Vertrauen.

Ich legte ihre Hände aufs Lenkrad, und sie strich darüber, als hätte sie so etwas noch nie angefasst. Vielleicht hatte sie das auch nicht. Sie drehte das Lenkrad nach links und rechts und kicherte nervös, ehe sie die Hände wieder an die Stelle legte, wohin ich sie geführt hatte.

»Alles klar?«

»Ja. Okay. Gut.«

»Ich sag dir genau, was du machen musst, und ich helf dir beim Lenken, wenn du fährst.«

Ich trat aufs Gaspedal und hob dann ihren Fuß darauf, damit sie dasselbe machte. Ich konnte ihr ansehen, dass sie am liebsten aus meinem Schoß geflüchtet wäre – ihr Körper vibrierte förmlich vor Nervosität –, aber sie blieb und hörte aufmerksam zu. Ich erklärte ihr kurz, was sie machen sollte, und half ihr dann, auf die Straße zu fahren, im Schneckentempo von ungefähr fünf Meilen pro Stunde. Sie nahm ihre Hände nicht aus der Zehn-vor-zwei-Stellung, und ich musste leicht rüberlenken, damit wir geradeaus fuhren. Dann wurden wir schneller, allerdings nur einen Hauch.

»Wie fühlt sich das an?«

»Wie fallen«, flüsterte sie. Ihr Körper war stocksteif, ihre Hände umklammerten das Lenkrad wie Fesseln.

»Entspann dich. Fallen geht leichter, wenn man nicht dagegen ankämpft.«

»Und fahren?«

»Das auch. Alles ist einfacher, wenn man nicht dagegen ankämpft.«

»Was, wenn uns jemand sieht?«

»Keine Sorge, ich sag dir Bescheid, wann du winken sollst.«

Sie kicherte und lehnte sich entspannt an meine Brust. Ich küsste sie auf die Schläfe, die an meiner Wange ruhte, und sie wurde sofort wieder steif wie ein Brett.

Mist. Ich hatte nicht nachgedacht. Nur reagiert.

»Ich hätte dir ja anerkennend auf die Schulter geklopft, aber deine Stirn war näher«, scherzte ich lahm. »Du machst das toll. Du fährst.«

»Wie schnell sind wir?«, fragte sie atemlos. Ich hoffte insgeheim, dass ihre Atemlosigkeit auf ihre Angst zurückzuführen war, nicht auf den Kuss.

»Oh, du fliegst förmlich, Baby. Acht Meilen die Stunde. In diesem Tempo erreichen wir Salt Lake in zwei Tagen. Meine Beine werden bis dahin taub sein, und Henry wird auch mal fahren wollen. Gib ein wenig Gas. Schauen wir mal, ob wir das Tempo auf zehn Meilen steigern können.«

Sie drückte den Fuß nach unten. Plötzlich schossen wir mit einem Satz nach vorn.

»Woah!«, rief ich und umfasste ihre Hände am Lenkrad. Aus dem Augenwinkel bemerkte ich, wie Henry sich regte.

»Danica Patrick hat als erste Frau bei der NASCAR-Sprint-Cup-Series die Poleposition erzielt«, meinte er hölzern, ehe er sich wieder zusammenrollte. Ich warf ihm einen schnellen Blick zu, aber seine Augen waren schon wieder geschlossen.

Millie hatte ihn offensichtlich gehört, denn sie trat das Gaspedal ein wenig fester durch.

»Henry hat dich gerade mit Danica Patrick verglichen. Offensichtlich beunruhigt es ihn kein bisschen, dass du fährst; er ist schon wieder eingeschlafen.«

»Henry weiß eben, wie cool ich bin.«

»Oh ja, die coole Silly Millie. *Goin' ninety miles an hour down a dead-end street*«, sang ich den Bob-Dylan-Klassiker passend zur Situation und hatte jede Menge Spaß dabei.

»Und Henry vertraut dir«, fügte Millie hinzu, mehr zu sich als zu mir, und ich musste gegen das Verlangen ankämpfen, sie erneut auf die Schläfe zu küssen. Plötzlich war mir nicht mehr nach Lachen oder Singen zumute, sondern nach Heulen.

(Ende der Kassette)

Moses

Der Geruch des Fitnessklubs hatte etwas Besonderes. Tagg liebte ihn. Er behauptete, der Trainingsraum rieche besser als frisch geschnittenes Gras, die Brüste einer Frau und Steak zusammen. Und das waren seine Lieblingsdinge. Taggs Klub roch nach Schweiß, Bleiche und einem Hauch Weichspüler. Ich wusste nicht so genau, warum der Duft nach Weichspüler so prägnant in der Luft hing, bis mir klar wurde, dass er, ausgelöst durch Wärme und Schweiß, von der Kleidung aufstieg. Es roch gesund – Schweiß, Seife und gute Absichten, gemischt mit einer ordentlichen Dosis Testosteron und übermäßigem Selbstvertrauen. Es roch nach Tagg.

Tagg ließ die ganze Zeit Musik laufen; seine Auswahl war jedoch bemerkenswert – ein wenig Merle Haggard, etwas mehr Metallica, dazwischen Songs von Michael Jackson, Neil Diamond und The Killers, um die Sache ein wenig aufzupeppen. Er hatte einen breit gefächerten Geschmack. Und eine kurze Aufmerksamkeitsspanne.

Ehe Georgia vor achtzehn Monaten in diesen Aufzug und damit zurück in mein Leben getreten war, hatte ich in einem

Apartment über dem Fitnessklub gewohnt und fast täglich mit Tagg trainiert. Mir gefiel es dort – die Leute, die Atmosphäre, einfach alles –, und als ich zur Tür hereinschlenderte, wurde ich von allen Seiten freudig und mit unverhohlener Neugier begrüßt, was ich mittlerweile schon gewohnt war.

Axel trainierte gerade eine Gruppe Kampfsportler, und Andy stand gut gepolstert im Oktagon und steckte Schläge ein. Während ich noch überlegte, wen ich zuerst unterbrechen sollte, dröhnte mein Name durch den Raum. Beide entschuldigten sich, um zu mir rüberzukommen. Mikey folgte Axel auf den Fersen. Die Krücke fest umschlungen, steuerte er so zielstrebig auf mich zu, als wolle er ebenfalls Antworten. Mikey trainierte selten mit Prothese und war ein einbeiniges Wunder in mehr als nur einer Hinsicht. Ein Junge namens Cory, der erst kurz vor meiner Hochzeit ins Team gekommen war, hängte sich ebenfalls an sie dran.

Die Frage in ihren Blicken und die Sorge in ihren Mienen ließ die Anspannung wieder aufsteigen, die ich so mühsam zu unterdrücken versuchte. Ich hatte keine Antworten. Deshalb war ich ja hier.

»Gibt's was Neues?«, fragte Mikey grußlos. Mir fiel auf, dass die Leute um uns herum alle aufmerksam auf meine Antwort warteten, aber ich wollte nicht mitten im Klub über Millie und Tagg reden. Axel fing meinen argwöhnischen Seitenblick auf und ging mir voran zu dem kleinen Büro, das ich zwei Tage zuvor auf der Suche nach Hinweisen über Taggs Verbleib durchstöbert hatte. Axel, Cory und Andy hängten sich ungebeten an uns dran, aber ich wies sie auch nicht zurück. Vielleicht fiel uns gemeinsam eine Lösung ein, was wir tun sollten. Axel wartete nicht darauf, dass ich diese Spontanbesprechung begann. Er deutete auf einen Terminkalender an der Wand, der für den ganzen nächsten Monat ausgefüllt war.

»Das ist Taggs Handschrift. Irgendwann letzte Woche muss er hier gewesen sein und hat ihn ausgefüllt. Niemand hat ihn gesehen. Ich hab mir nichts dabei gedacht, als wir das erste Mal über Taggs Verschwinden sprachen, Moses. Der Kalender wird immer einen Monat im Voraus auf den neuesten Stand gebracht. Mir ist vorher gar nicht in den Sinn gekommen, dass er deswegen extra herkommen musste.« Axel zuckte mit den Schultern. »Bei dem Gedanken ging's mir ein wenig besser. Zumindest wissen wir jetzt, dass er vermutlich nicht irgendwo im Straßengraben liegt.«

Ich nickte.

»Erzähl ihm von den Briefen, Axel«, sagte Andy.

Axel ging zum Aktenschrank, in dem Millie und ich die Kassetten gefunden hatten. Er zog ein paar Blätter heraus und reichte sie mir.

»Das hab ich heute Morgen bekommen. Notariell beurkundet. Sie sind von Taggs Anwalt.«

Ich überflog das Dokument und blickte dann Taggs Team entsetzt an. »Habt ihr alle eine Kopie bekommen?«

»Ich hab eine«, sagte Cory.

»Ich auch«, stimmten Mikey und Andy ein.

Bei den Briefen handelte es sich um notariell beglaubigte Dokumente, mit denen der Fitnessklub auf Axel Karlsson, Andrew Gorman, Michael Slade und Cory Magnum überschrieben wurde, die als Tagg-Team-Teilhaber auch die Merchandising- und Lizenzrechte der Marke erhielten.

»Ist das bereits wirksam?«, fragte ich ungläubig und suchte in dem Anwaltsjargon nach Daten und Einzelheiten noch Antworten.

»Nein. Das Schenkungsverfahren muss noch abgeschlossen werden. Und dazu muss ich erst den Bedingungen zustimmen. Wir alle. Aber die Grundlage ist gemacht«, antwortete

Axel. Seine Miene sagte alles. Er war nicht besonders euphorisch über das unverhoffte Geschenk, sondern am Boden zerstört.

»Was zum Henker ist hier los?«, knurrte Andy. Sein irischer Akzent klang ausgeprägter als sonst und verwischte die Worte, aber die Empfindung kam klar rüber.

»Niemand hat Tagg gesehen oder von ihm gehört?«, hakte ich nach, um mich noch mal zu vergewissern.

»Leo hat ihn als Letzter gesehen, aber das ist fast drei Wochen her«, sagte Axel. Das hatte er bereits erwähnt, aber es konnte nicht schaden, alle Fakten noch einmal zu rekapitulieren.

»Leo hat ihn ins Krankenhaus gebracht, weil er nach dem Rauswurf eines Rowdys in der Bar genäht werden musste«, fasste ich zusammen. »Danach hat ihn Leo auch nach Hause gebracht. Millie hat ihn anschließend noch zu Gesicht bekommen, weil er die Nacht bei ihr verbracht hat.«

Die Jungs tauschten Blicke aus.

»Was?«, wollte ich wissen.

»Nichts«, meinte Andy. »Wir mögen Millie einfach. Wir freuen uns für ihn.«

Ich nickte. Ich mochte sie auch. Und auch ich freute mich für ihn. Ich unterdrückte einen Fluch und konzentrierte mich wieder auf die Zusammenfassung der Fakten. »Auch die nächste Nacht hat er dort verbracht, sagt Millie. Sie meint, er sei guter Laune gewesen und schien sich gut zu fühlen. Offenbar hat er sich wegen des Schlags auf den Kopf keine allzu großen Sorgen gemacht.«

»Keine große Überraschung. Keiner steckt Schläge so gut weg wie Tagg«, sagte Cory bewundernd, fast wehmütig.

»Als sie aufgewacht ist, war er weg«, fügte ich hinzu. »Er hat ihr eine SMS-Nachricht geschickt. Sie solle sich keine Sorgen machen, er sei unterwegs, um seine Familie zu besuchen. Er habe sie viel zu lange nicht mehr gesehen.«

»Hast du seine Familie angerufen?«, fragte Mikey.

»Ja. Dort ist er nie aufgetaucht. Er hat sie auch gar nicht benachrichtigt, dass er kommen wollte, deshalb hat ihn auch niemand erwartet.«

»Wollte er mit dem Auto nach Dallas? Ganz schön lange Fahrt. Zwei Tage hin und zwei zurück. Mindestens. Da muss er ganz schön viele Meilen zurücklegen. Habt ihr die Highway Patrol schon angerufen?«, wollte Mikey wissen.

Ich nickte. »Ja, aber ich glaub nicht, dass er überhaupt nach Dallas wollte. Ich glaub, er wollte nur Zeit rausschinden. Die Dokumente sind laut Datum vor sechs Tagen ausgefertigt worden.«

»Wieso sollte er Zeit schinden wollen?«, warf Axel in den Raum.

»Um seinen Kram zu organisieren. Dafür zu sorgen, dass alles geregelt ist«, antwortete ich grimmig.

»Tagg hat Vince vor drei Wochen zum Manager ernannt. Auch Leo ist befördert worden. Aber Vince sagt, dass Taggs Name nirgendwo mehr auf dem Einsatzplan auftaucht. Er dachte, Tagg sei es leid, noch weiter so viele Stunden in der Bar zu schrubben. Seit Morgan weg ist, hat er ganz schön geackert«, erklärte Axel.

Cory stieß eine Reihe Schimpfwörter aus, worauf die anderen auf einen Krug mit der Aufschrift »HENRY« auf Taggs Schreibtisch deuteten, in dem sich schon reichlich Münzen befanden. Das Fluchglas offenbar.

»Dein kompletter Gehaltsscheck landet noch in dem Ding, Magnum«, sagte Mikey und seufzte, obwohl ich das Gefühl hatte, dass niemand Cory zum Bezahlen zwingen würde.

»Also ist Tagg in den letzten zwei Wochen von niemandem

mehr gesehen worden, und es hat auch niemand mehr mit ihm geredet. Millie hat ihn als Letzte gesehen«, fasste Axel zusammen und fuhr sich mit den Händen durch die Haare. Sein blonder Bürstenschnitt gab nicht nach.

»Sieht so aus, als hätte ihn sein Anwalt als Letzter gesehen«, meinte ich, immer noch erschüttert von den Dokumenten in meinen Händen.

»Wie geht es Millie?«, fragte Mikey. »Was sagt sie zu alldem?«

»Sie gibt sich gefasst, ist aber am Boden zerstört«, antwortete ich ehrlich. »Sie spricht es zwar nicht aus, aber ich bin mir ziemlich sicher, dass sie sich die Schuld an Taggs Verschwinden gibt.«

Cory stieß dieselben Schimpfwörter aus wie zuvor.

»Nein.« Axel schüttelte den Kopf. »Nein. Das ergibt keinen Sinn. Ich hab sein Gesicht gesehen, als Henry an jenem Abend in die Bar kam. Es war kurz vor Feierabend, und ich hab Tagg Gesellschaft geleistet und mir ein paar Bier genehmigt. Henry kam durch die Tür gestürmt, barfuß und ohne Mantel. Er ist den ganzen Weg gerannt und war mit den Nerven völlig am Ende.«

»Warum?«, fragte ich. Die Geschichte kannte ich noch nicht.

»Das wissen wir nicht. Du weißt ja, wie Henry ist. Er redet in Sportfakten. Es fällt verdammt schwer, sich mit ihm zu unterhalten. Aber er hat immer wieder Millies Namen gestammelt, und irgendwas hatte ihn sichtlich aus der Bahn geworfen. Ich hab Tagg noch nie so besorgt erlebt. Er hat Henry bei mir gelassen und war in zehn Sekunden aus der Tür. Ein Mädchen, das dich zu so einer Reaktion veranlasst, verlässt man doch nicht. Wir alle haben Tagg mit seinen Frauengeschichten ganz schön aufgezogen. Aber bei Millie ist das anders.«

»Millie ist anders«, stimmte Mikey nickend zu.

Cory fluchte wieder und raufte sich die Haare.

»Was zum Henker ist nur los?«, fragte Andy erneut. Dieses Mal klang er jedoch nicht wütend, sondern verloren – so, wie wir Tagg verloren hatten.

Tagg

(Kassette)

»Millie!« Das Haus war pechschwarz. Kein Licht auf der Veranda, kein Schein aus den Fenstern. Ich schaffte es nicht, das verdammte Tor zu öffnen, obwohl ich vorher noch nie Probleme damit gehabt hatte. Schließlich sprang ich darüber, war mit drei großen Schritten bei der Treppe und hechtete mit einem Satz über die Stufen. Die Tür war unverschlossen. Als ich hindurchstürmte, trommelte mein Herz so laut wie eine Bassdrum, und dazu schlug klirrend in meinem Kopf ein Becken.

Im Haus herrschte völlige Finsternis. Ich war mir sicher, wenn ich das Licht einschaltete, würde ich etwas vorfinden, was mir nicht gefiel.

»Millie!«

Ich tastete nach dem Lichtschalter und wischte dabei Millies Stock zu Boden. Wenn er an seinem angestammten Platz stand, konnte sie nicht weit sein. Ich fand den Schalter, das Licht flutete den Flur und beleuchtete die Blutspritzer, die sich vom Eingang die Treppe hinaufzogen und dabei eine Stufe ausließen, nur um auf der darauffolgenden ein noch dichteres Muster zu bilden.

Ohne zu wissen, wohin ich lief, stürmte ich die Treppe hoch und den oberen Flur entlang. In diesem Teil des Hauses war ich noch nie gewesen. Ich stieß Türen auf und schaltete Lampen ein, bis ich endlich in ein Zimmer gelangte, das wohl Millie gehören musste. An den Wänden hing nichts, der Boden war frei – keine herumliegenden Sachen oder Kleiderhaufen, über die sie stolpern konnte. Eine Blutspur führte zu einer geschlossenen Tür gegenüber des ordentlich gemachten Bettes.

»Millie?«, rief ich, meine Stimme war kaum mehr als ein Flüstern. Ich konnte nicht mehr brüllen. Ich hatte zu viel Angst. Ich lief zu der Tür und machte mich auf das Schlimmste gefasst. Als ich sie aufstieß, sah ich jedoch nur ein Bad, in dem es so dunkel war wie im Rest des Hauses. Das Licht vom Schlafzimmer fiel in den kleinen Raum, und mein Blick erfasste Millie. Sie saß auf dem Badewannenrand in Tanktop und Shorts, das Haar in einem Knoten auf dem Kopf zusammengefasst, als hätte sie baden wollen und nicht gewollt, dass es nass wird. Waschbecken und Fliesen waren übersät mit Blutspritzern, ein makabres Fingerfarbenbild. Ich tastete an der Wand neben der Tür nach dem Lichtschalter und drückte drauf, wodurch sich das burgunderrote Blut kirschrot verfärbte.

Millie hatte Kopfhörer in den Ohren und wippte mit dem Kopf, als ob sie nur chillen statt verbluten würde. Eine Hand hielt sie, in einen verschlissenen Waschlappen gewickelt, fest umklammert. Ihre Augen starrten offen ins Leere. Sie hatte nicht die leiseste Ahnung, dass ich da war.

Ich zog ihr die Stöpsel aus den Ohren, worauf sie erschrocken aufschrie.

»Amelie«, knurrte ich.

»David?« In ihrer Stimme schwang mehr Überraschung als Schmerz.

»Was zum Teufel machst du hier?«

»Was zum Teufel machst *du* hier?«, gab sie im selben schroffen Ton zurück.

»Im ganzen Haus ist es dunkel, über die Treppe zieht sich eine Blutspur, und hier sieht's aus, als hättest du einen Selbstmordversuch verübt. Aber du sitzt da und lauschst ganz vertieft deiner Musik …«

»Ich hab mich geschnitten. Ich glaub, es ist nicht so schlimm. Es pocht nur ein wenig, aber es hat ganz schön geblutet, deshalb versuche ich, die Blutung zu stoppen, damit ich ein Pflaster draufkleben kann.«

»Lass mich mal sehen.« Ich kniete mich vor sie und zog den Waschlappen von ihren Fingern. Sofort fing das Blut wieder an zu sprudeln, doch ich konnte vorher noch einen guten Blick auf die Wunde an ihrer Zeigefingerspitze erhaschen.

»Der Schnitt ist ziemlich tief, aber vermutlich reicht ein Pflaster aus, wenn du dich nicht vor einer kleinen Narbe fürchtest.« Ich wickelte den Finger wieder fest ein und wies sie an, ihn hochzuhalten. »Wo hast du das Verbandszeug?«

»Ich dachte, ich hätte noch Pflaster im Schrank über dem Waschbecken, aber ich konnte keine finden. Allerdings hab ich auch nicht lange gesucht. Ich wollte die Blutung erst stoppen, damit es keine zu große Sauerei wird. Henry kann den Anblick von Blut nicht ertragen, und ich wollte ihn nicht aufwecken.«

»Zu spät.«

»Was?«

»Du hast ihm einen gehörigen Schrecken eingejagt, Millie. Er kam im Schlafanzug in die Bar gerannt und hat was von Blut und der Anzahl der Nähte auf einem Baseball gefaselt. Er war völlig durch den Wind. Ich dachte, dir ist was Schreckliches passiert. Ich hatte keine Ahnung, was ich vorfinden würde.« Plötzlich fing sich der Raum an zu drehen, und ich sank auf den Toilettendeckel, damit ich nicht ohnmächtig wurde und einen neuen Notfall schuf.

»Das hat Henry getan?«, fragte sie verwirrt. »Ich dachte, er liegt im Bett und schläft! Ich hab ihn nicht gehört. Ich habe …«

»Musik gehört?«, blaffte ich.

»Ja! Das ist kein Verbrechen, Tagg. Ich bin in meinem Haus. Ich muss mich nicht vor dir rechtfertigen. Und in meinem Haus ist es immer dunkel, wenn Henry schläft. Ich bin blind, schon vergessen? Ich brauche kein Licht!« Ihre Unterlippe zitterte, und ich stöhnte auf.

»Verdammt, Amelie. Nicht weinen, Süße. Ich hatte Angst. Okay?« Angst war leicht untertrieben. Ich stand auf und öffnete den verspiegelten Schrank über dem Waschbecken. Die blutigen Fingerabdrücke auf den Gegenständen und Regalen verrieten mir, wo Amelie gesucht hatte. Drei lose Pflaster lagen auf dem obersten Brett. Erleichtert holte ich sie heraus. Ich schloss den Schrank mit dem stummen Versprechen, dass ich ihn sauber machen würde, sobald ich Millie verarztet hatte.

»Wo ist Henry jetzt?«, fragte sie leise.

»Axel war in der Bar. Er mag Axel, also hab ich ihn bei ihm gelassen. Ich wollte erst mal herausfinden, was passiert ist. Ehrlich gesagt hatte ich eine Heidenangst um dich, Amelie.« Ich schickte Axel eine SMS, damit er und Henry wussten, dass es Millie gut ging und ich Henry bald abholen würde.

»Nennst du mich Amelie, weil du wütend auf mich bist? Du musst mich nicht bemuttern, Tagg. Ich weiß, es sieht bestimmt schlimm aus, aber ich bin durchaus in der Lage, allein zurechtzukommen. Ich hab mich schon öfter geschnitten und sicher heute nicht zum letzten Mal.«

»Beruhig dich, Millie. Ich bin ja gar nicht wütend. Nur … ach, komm her.« Ich zog sie hoch und bugsierte sie vor mich ans Waschbecken, um ihr das Pflaster auf den Finger zu kleben. Blutschmieren zogen sich über ihre Arme und Beine. Ich spülte den Waschlappen aus, den sie zum Stillen der Blutung benutzt hatte, drückte ihn aus und wiederholte das Ganze, bis nur noch sauberes Wasser kam. Dann tupfte ich vorsichtig das Blut von ihren Händen und bemühte mich, die Gänsehaut zu ignorieren, die sich – meinen Bewegungen mit dem feuchten Tuch folgend – über ihre Arme ausbreitete. Auch die Flecken auf ihrer linken Schulter und am Kinn wischte ich sanft weg. Die Situation in dem kleinen Bad war sehr intim, und meine Angst und Wut verschwanden mit den Blutflecken. Anschließend spülte ich den Waschlappen mit warmem Wasser aus, damit er sich warm auf ihrer Haut anfühlte, und bückte mich. Sie legte stützend die Hände auf meine Schultern, als ich erst ihren rechten Fuß anhob und wusch, dann den linken. Ich spülte das Tuch erneut warm aus, ehe ich damit ein schlankes Bein hinauf- und das andere hinunterwischte. Sie krallte die Finger in mein T-Shirt, und Hitze stieg in mir auf. Ich wusch sie weiter, bis jeder Zentimeter ihrer nackten Haut von der Wärme des Tuches feucht und leicht gerötet war, und wünschte mir, ich könnte ewig so weitermachen. Das Blut auf ihrem schwarzen Tanktop und der heißen pinken Shorts, die perfekt zu dem Lack auf ihren Zehennägeln passte, konnte ich jedoch nicht wegwischen. Ich berührte eine Zehe mit dem Daumen.

»Wie machst du das?«

»Was? Die Nägel lackieren?«

»Ja.«

»Alles Übungssache.«

»Hast du den Nagellack farblich auf die Shorts abgestimmt?« Ich sah auf, um ihre Miene zu beobachten.

»Natürlich.« Sie lächelte, aber ihre Stimme war immer noch kaum lauter als ein Flüstern, als ob auch sie Angst hätte, das Knistern zwischen uns zu zerstören. Ich stand auf und war ihr so nah, dass nicht mal mehr ein Handtuch zwischen uns gepasst hätte.

»Warum?« Es schien so unwichtig, eine Banalität, die sie unglaublich viel Mühe gekostet haben musste. Dabei konnte sie das Resultat nicht mal sehen.

»Solche Nebensächlichkeiten sind wichtig. Hast du das nicht gelernt, Großer?« Sie sagte »Großer« so wie ich »Süße«.

»Wann ist deine Mutter gestorben, Millie?« Meine Stimme klang sanft, noch sanfter als meine Hände auf ihrem Körper gewesen waren.

»Als ich achtzehn war. Sie war zwei Jahre krank. Keiner hat geglaubt, dass sie so lange durchhalten würde. Aber sie wusste, dass sie es bis zu meinem Geburtstag schaffen musste. Nur wenn ich volljährig war, konnte ich die Vormundschaft für Henry übernehmen.«

»Und wer kümmert sich um Millie?«, raunte ich.

»Um mich muss man sich nicht kümmern, Tagg«, sagte sie ebenfalls flüsternd. »Das hab ich dir doch schon gesagt.«

»Müssen und wollen sind zwei verschiedene Paar Schuhe.« Ich schluckte und versuchte mir einzureden, dass ich gar nicht wollte, wonach ich mich sehnte. Als ich mich nicht rührte, schlang Millie vorsichtig die Arme um mich. Mein Herz wummerte heftig. Sie legte die Wange an meine Brust und lauschte. Vor ihr konnte ich mich nicht verstecken. Sie war blind und sah doch jede verdammte Kleinigkeit. Behutsam umarmte ich sie, locker, sanft. Meine großen Hände ruhten auf ihrem schmalen Rücken.

»Kann ich dich was fragen, Tagg?« Ihre Stimme klang nachdenklich und leise, als ob sie mit meinem Herzen sprach, das direkt unter ihren Lippen lag. Sein wildes Trommeln war wohl Antwort genug, denn sie redete gleich weiter: »Hast du Angst davor, mich zu küssen?«

»Warum sollte ich Angst davor haben?« Und ob ich verdammt noch mal Angst hatte.

»Weil ein blindes Mädchen zu küssen ungefähr so ist, als würde man einen Bettler bestehlen oder einen Pfarrer anlügen, weißt du das nicht? Als ob man ein Kind schlägt oder ein Kätzchen ertränkt. Eine der unverzeihlichen Sünden.«

Ich fluchte leise, halb versucht, über ihre Unverblümtheit zu lachen, aber auch ein wenig angepisst, dass sie so scharfsinnig war.

»Vielleicht findest du ja auch, es sei ungefähr so, als ob man an einem losen Faden zieht und dabei den ganzen Pulli aufrubbelt. Eines dieser Dinge, die harmlos erscheinen, aber furchtbare Konsequenzen haben.«

»Darum geht es nicht, Millie«, log ich.

»Doch, genau darum geht es, Tagg. Es ist kränkend, wenn du annimmst, ich bräuchte irgendeine Garantie von dir, nur weil ich nicht sehen kann. Jedem anderen Mädchen hättest du sicher längst die Klamotten vom Leib gerissen. Es ist nur ein Kuss, Tagg. Kein in Blut geschriebenes Versprechen. Nur ein Kuss.«

Als ich sie sanft von mir stieß und sie damit zwang, den Kopf von meiner Brust zu heben, zeichnete sich ein gequälter Ausdruck in ihrem Gesicht ab. Ihre Lider flatterten und schlossen sich, als ob sie schützen wollte, was bereits verloren war. Doch sie hatte mich falsch verstanden. Ich wollte keinen Abstand schaffen, sondern mehr Raum, um mich bewegen zu können. Ich umfing ihr Gesicht und küsste sie. Ein leises Keuchen entfuhr ihr, und ich nahm es von ihren Lippen auf, schluckte es hinunter und verfrachtete es zu der Furcht in meinem Bauch, die immer noch in mir summte.

Ihr Mund war weich und süß. Ein paar Sekunden lang nahm ich jedes noch so kleine Detail überdeutlich wahr – wie meine Bartstoppeln über ihre glatte weiche Wange rieben, als mein Mund über ihren strich. Die seidige Wärme ihres Atems, der sich vor Erwartung überschlug, eine Haarsträhne, die mich im Gesicht kitzelte, als ich den Druck ganz sanft verstärkte. Und dann schmiegte sie sich hungrig an mich, forderte mehr. Alle Einzelheiten verwischten zu dem berauschenden Erlebnis, zu begehren und begehrt zu werden.

Mein Magen schlug Purzelbäume. Ich umfing ihre Hüften und drückte sie noch fester an mich, verzweifelt bemüht, nicht die Beherrschung zu verlieren. Tapfer versuchte ich, emotional unbeteiligt zu bleiben, während mein Körper bereits die weiße Fahne schwenkte. Dann wurden meine Gedanken von Gefühlen überwältigt, und ich dachte gar nicht mehr.

Millie erwiderte meinen Kuss nicht nur; sie erforschte mich voller Leidenschaft und ließ jeglichen Widerstand in mir schwinden, während unsere Lippen verschmolzen und ihre Fingerspitzen sich in meine Haut krallten. Unsere Zungen tanzten miteinander. Ich keuchte auf und hob sie hoch. In dem Versuch, ihr noch näher zu sein, legte ich ihre Beine um mich, und sie hielt mich damit so fest umschlungen wie ich sie mit den Armen. Wie ein Kind, das ich beschützen wollte, trug ich sie aus dem Bad und küsste sie dabei so stürmisch wie eine Frau, auf die ich ganz versessen war. Als hätte man mir den Boden unter den Füßen weggezogen, fiel ich mit ihr aufs Bett, wild entschlossen, sie für mich zu haben.

Wie von selbst glitten meine Hände unter ihr Shirt und streichelten über die seidenweiche Haut, ehe ich ihr das blutige Shirt über den Kopf zog. Kurz löste ich meinen Mund von ihr und zog die Nadeln aus ihren Haaren, die ihr sogleich über die Schultern fielen und sich wie eine dunkle Pfütze auf der weißen Decke ergossen. Sie war so schön, dass mir die Luft wegblieb. Meine Hände verharrten, mein Herz vollführte einen Satz und schlug gleich darauf in doppeltem Tempo gegen meine Rippen.

Ich schob mich hoch und stützte mich auf, um sie zu bewundern. Braunes Haar, makellose Haut, volle Brüste. Ich schluckte schwer, die Kehle verengt von Gefühlen, die sich mehr nach Liebe als nach Lust anfühlten. Ihre Augen waren geschlossen, die Lippen leicht geöffnet; stumm wartete sie darauf, dass ich zu ihr zurückkam. Sie bedeckte sich nicht und griff auch nicht nach mir. Sie wartete einfach ab.

Unten schlug eine Tür zu.

»Tagg!«, brüllte Axel. Ruckartig fuhr Millie hoch. Im Nu war ich beim Schrank, zog die Schubladen raus und suchte nach einem sauberen Shirt, um das zu bedecken, was ich gerade ausgepackt hatte. Plötzlich stand sie neben mir, schob mich sanft zur Seite und fand, wonach ich gesucht hatte. In einer fließenden Bewegung zog sie sich das Shirt über den Kopf.

»Tagg!« Axel klang hektisch, und ich fragte mich, ob er versuchte, einen panischen Henry aufzuhalten.

»Henry muss wissen, dass es dir gut geht, Millie.« Aber sie war schon auf dem Weg zur Tür. Sie bewegte sich mit solcher Sicherheit, so zielstrebig, dass ich einen Moment wie in Trance stehen blieb, ehe ich mich selbst wachrüttelte und ihr aus dem Zimmer folgte.

Axel und Henry standen am Treppenabsatz. Axel hielt Henry am Ärmel fest und versuchte, ihn zu beruhigen. Als sie mich und Millie entdeckten, ließ Axel ihn los und fluchte erleichtert auf Schwedisch. Henry rannte die Treppe hinauf und warf sich seiner Schwester an den Hals, die ihn schon gehört hatte und die Arme ausbreitete, um ihn aufzufangen.

»Mir geht's gut, Henry. Alles gut. Ich hab mir nur in den Finger geschnitten. Du hättest mit mir reden sollen, ehe du so spät in der Nacht aus dem Haus rennst. Ich hab nicht mal gewusst, dass du wach bist. Du hättest mich das Ganze erklären lassen sollen.«

»Ein Baseball hat exakt einhundertacht Stiche«, flüsterte Henry und vergrub den Kopf an der Schulter seiner Schwester.

»Ich muss nicht genäht werden, Henry. Mir geht's gut. Versprochen.« Sie strich ihm durch das zerzauste Haar und drückte ihn fest an sich.

»Wenn alles okay ist, geh ich dann mal.« Axel machte einen Schritt zur Tür. Henrys Sorge hatte ihn wohl ziemlich mitgenommen. Ich ging zu ihm hinunter und streckte die Hand aus.

»Ja, Axel. Danke. Ich bin dir was schuldig, Mann.«

Axel nickte und schüttelte meine Hand. In seinem flüchtigen Lächeln schimmerte Erleichterung. »Ich konnte ihn nicht davon überzeugen, dass es Millie gut geht.«

»Schon okay. Das war ein Schock. Der arme Junge hat schon ziemlich viel durchgemacht, da ist es kein Wunder, wenn er das Schlimmste befürchtet«, sagte ich leise, damit nur Axel mich hören konnte. Axel nickte erneut und ließ meine Hand los. Bevor er ging, rief er Henry noch »Tschüss« zu. Henry hob die Hand, nahm aber nicht den Kopf von Millies Schulter.

Ich überließ Henry Millies tröstenden Händen und machte mich auf die Suche nach Tüchern und Desinfektionsmittel, um die Blutflecken und sämtliche damit verbundenen bösen Erinnerungen wegzuwischen. Gründlich putzte ich die Küche und räumte – wo ich schon mal dabei war – das saubere Geschirr aus dem Geschirrspüler und packte das dreckige hinein. Danach folgte ich mit dem Wischmopp der Blutspur die Treppe hinauf und den Flur entlang bis zu Millies Bad und versuchte, nicht daran zu denken, was passiert wäre, wenn Axel nicht mit Henry ins Haus geplatzt wäre. Ich konnte Millies Stimme hören, gemischt mit einem Sportkommentar von ESPN, der aus Henrys Tür drang, und sortierte meine durcheinanderpurzelnden Emotionen, während ich das Waschbecken schrubbte und mit einer alten Zahnbürste die Fliesenfugen bearbeitete. Ich nahm die Sachen aus dem Medizinschrank und prägte mir sorgsam ein, wo sie gelegen hatten, damit ich die Dinge genau an dieselbe Stelle zurückstellen konnte und Millie alles wiederfand, wenn ich fertig war. Zum Schluss reinigte ich die Toilette und die Dusche.

»Hier riecht's nach Pinienharz und Seife.« Millie stand lächelnd in der Tür.

»Ah. Mein Markenzeichen«, scherzte ich, obwohl der Witz nicht zündete. Ich hatte meinen Humor in der Bar vergessen, als Henry im Schlafanzug durch die Tür gestolpert war, und bisher noch keine Chance gehabt, ihn zu holen. Ich wusch mir die Hände, drehte mich aber nicht zu ihr um. Meine Finger waren rot vom Schrubben, meine Nerven lagen blank, und im Moment traute ich mir selbst nicht über den Weg, was Millie anging.

»Geht es Henry gut?«, fragte ich.

»Ja. Henry geht's gut. Und dir?« Ihre Stimme klang zaghaft. Ich antwortete nicht sofort, und sie wartete geduldig, während ich mir die Hände säuberte.

Schließlich drehte ich das Wasser ab. »Als meine Schwester verschwand, hab ich lange Zeit gehofft, dass ich eines Tages nach Hause komme und sie wieder da ist. Dass alles nur ein Missverständnis war. Ein böser Traum.« Ich suchte ihr Spiegelbild in dem kleinen ovalen Spiegel und heftete den Blick kurz auf ihr Gesicht, ehe ich mich zwang, wieder wegzusehen. An diesem Abend hatte ich mich wieder wie der alte Tagg gefühlt. Der sechzehnjährige Tagg, der seine Schwester verloren hatte und nicht retten konnte.

»Ich bin froh, dass es Henry gut geht.« Und auch, dass es Henrys Schwester gut ging. So unglaublich von ganzem Herzen erleichtert und froh.

Ich spürte, wie mir Millie zart mit der Hand über den Rücken tastete und dann die Arme um meine Hüften und den Kopf an mich legte.

»Danke, David. Ich weiß nicht, warum du so gut zu uns bist. Aber das bist du. Und ich werde nicht länger nach einem Grund dafür suchen. Ich bin einfach nur dankbar dafür.« Ich spürte ihren Körper an meinem Rücken, als sie mich kurz drückte. Dann trat sie zurück, gab mich frei, und plötzlich überwältigte mich das Verlangen, das schon die ganze Zeit in mir brannte wie eine Fackel. Fluchend drehte ich mich um, schlug die Tür zu und drückte Millie dagegen.

»Verdammt, Millie!«, stöhnte ich in ihre Haare. »Warum bist du nur so verteufelt süß?« Meine Lippen streiften über ihre Stirn, ihre Wangen, ihren Nacken, ehe sie ihren Mund fanden und ich nicht mehr daran dachte, sanft zu sein.

Sie erwiderte den Kuss ebenso leidenschaftlich und knabberte an meiner Unterlippe, bis ich mit der Zunge in ihren Mund glitt. Ich spürte, wie sie erschauerte. Am liebsten hätte ich sie auf den Boden gezogen und ihr die Kleider vom Leib gerissen, um ihre nackte Haut zu spüren. Doch ich kämpfte gegen das Verlangen an und stützte die Hände seitlich von ihrem Kopf an der Tür ab, damit ich nicht etwas anfing, das ich nicht zu Ende bringen durfte. Und ich würde es zu Ende bringen, wenn ich erst mal angefangen hatte. Wenn sie noch mal unter mir lag, umflossen von ihren Haaren, und ihre Hände nach mir ausstreckte, würde ich alle Grenzen überschreiten. Und das durfte ich nicht. Noch nicht. Vielleicht nie. Denn egal, was Millie sagte, ob Beleidigung oder nicht, Amelie Anderson – wunderschön, mutig und verdammt noch mal blind – war kein Mädchen für ein unverbindliches Abenteuer. Mit so einem Mädchen spielte man nicht herum. Ich hatte geflirtet. Das schon. Aber bisher hatte ich noch keinen Schaden angerichtet. Sie behauptete, dass sie keine Garantien brauchte, aber die brauchte sie verdammt noch mal ganz bestimmt. Und sie hatte sie auch verdient. So weit war ich aber noch nicht. Mein Körper allerdings schon. Der war schon mehrere Male so weit gewesen. Auch im Moment lief er wieder Amok und sehnte sich danach, das Programm fortzuführen.

Trotz der Erleichterung darüber, dass es ihr gut ging, war ich jedoch noch nicht bereit, die Grenze zu überschreiten.

Ich löste meinen Mund von ihrem und vergrub mein Gesicht in ihren Haaren.

»Bist du noch Jungfrau, Millie?« Meine Stimme klang rau, und ich stützte mich vorsichtshalber weiter an der Tür ab.

Sie erstarrte. Ihre Hände, die sie in mein Shirt gekrallt hatte, sanken plötzlich herab.

»Und du?«, fragte sie geziert.

Ich lachte und stöhnte zugleich über ihre Forschheit und küsste sie schließlich auf den Kopf. Das Lachen hatte die Knoten in meinem Magen gelöst. Ich stieß den Rest der Anspannung in einem langen Atemzug aus.

»Nein, Millie. Bin ich nicht. Schon lange nicht mehr. Und du?«, wiederholte ich die Frage.

»Nein.«

»Du lügst. Du hast eine kleine Falte zwischen den Augenbrauen und nagst an deiner Lippe. Verräterische Anzeichen.«

»Verräterische Anzeichen?«

»Ja. Spiel bloß niemals Poker, Süße.« Ich trat zurück und ließ die Arme sinken, imitierte ihre Haltung. Dann zog ich Millie nach vorn, damit ich die Badezimmertür öffnen konnte, an der sie immer noch lehnte. »Es ist fast zwei Uhr morgens. Ich muss nach Hause, bevor ich leichtsinnig werde. Ich verabschiede mich noch von Henry und gehe dann.«

Millies Rücken versteifte sich. Sie hob leicht das Kinn, ein weiteres verräterisches Zeichen, aber sie folgte mir wortlos aus dem Bad. Ich hatte sie in Verlegenheit gebracht, aber dagegen konnte ich nichts machen, also hielt ich meine Zunge und meine Hände im Zaum. Ich steckte den Kopf in Henrys Zimmer; er lag quer auf dem schmalen Bett und schlief. Der Lichtschein vom Fernseher auf der gegenüberliegenden Wand, in dem die Sportnachrichten liefen, flackerte über sein Gesicht.

»Die San Francisco Giants haben die World Series 2012 gewonnen! Die Giants haben in dieser Saison alles geholt, was zu holen war!«, verkündete der Sprecher. Henry hatte sich eine alte Aufnahme angesehen. Die Baseballsaison war längst vorbei. Ich fragte mich, ob Henry darauf hoffte, einen Blick auf seinen Dad zu erhaschen, den ehemaligen Star der Giants, einer der größten Sterne am Baseballhimmel. Zu schade, dass er ein Arschloch war. Zu schade, dass er Henry immer noch wichtig war.

Leise schloss ich die Tür und stieg die Treppe hinunter. Plötzlich fühlte ich mich total erschöpft. Meine Muskeln schmerzten, mein Nacken hatte sich versteift, und meine Gedanken waren in Aufruhr. »Er hat euch nie angerufen und nie den Kontakt gesucht? Nicht mal nach dem Tod eurer Mutter?«

Millie wusste, von wem ich sprach, obwohl ich es nicht ausdrücklich gesagt hatte. Sie zuckte mit den Schultern, als sei es ihr egal. »Nein. Sein Anwalt hat mal angerufen, um festzustellen, ob Henry und ich noch hier wohnen. Er wollte sich vergewissern, dass ich Henrys Vormund war und mich um ihn kümmerte. Danach hat sich der monatliche Unterhalt verdoppelt. Er schickt nur Geld. Monat für Monat erhalten wir einen Scheck. Vermutlich fühlt er sich dadurch besser. Manche Menschen kommen eben mit so was nicht zurecht. Die Enttäuschung, die Last, die Verantwortung, die man tragen muss, wenn man behinderte Kinder hat. Damit kam er nicht klar.« Millies Stimme klang kühl, ihre Haltung war stocksteif.

»Hm.« Ich beugte mich vor und küsste sie auf die Stirn. »Gute Nacht, Millie.« Ich war schon halb die Straße runter, als mir plötzlich aufging, dass Millie mich vermutlich für einen dieser Menschen hielt – Menschen, die mit so was nicht klarkamen.

Moses

Ich hab meinen Vater nie kennengelernt. Meine Mom übrigens auch nicht. Ich wusste jedoch, wer sie war. Ich kannte ihren Namen, ihr Leben, ihre Familie, ihre Schwächen. Ihr Name war Jennifer Wright, blond, blauäugig und drogensüchtig. Sie brachte mich auf die Welt, verließ mich und starb. Wir hatten eine dreitägige Beziehung, bei der keinerlei wichtige Informationen ausgetauscht wurden, und sie war die Einzige, die wusste, wer mein Dad ist. Er war dunkelhäutig gewesen – meine Hautfarbe hatte ich von ihm geerbt –, aber mehr hatte ich nicht als Ausgangsbasis.

Manchmal dachte ich über ihn nach. Wo er wohl ist, wer er ist, wie er ist. Ich fragte mich, ob er überhaupt wusste, dass er einen Sohn hatte. Ob er gerne Großvater sein würde. Ob er gerne malte. Ob ich ihm ähnlich sah. Ich machte mir Gedanken darüber. Vermutlich liegt das in der menschlichen Natur.

Millie kannte ihren Vater. Er wusste, wer sie ist. Wo sie ist. Aber er hatte sich entschieden, keinen Kontakt zu ihr und seinem Sohn zu halten, und ich fragte mich, ob das nicht viel schlimmer war, als seinen Vater gar nicht zu kennen. Mein Vater wusste vermutlich gar nichts von mir. Er hatte wohl nicht bewusst entschieden, mich im Stich zu lassen. Ich konnte ihm die Gunst des Zweifels erweisen. Henry und Millie war dieser Luxus nicht vergönnt.

Ich verließ das Zimmer, als Tagg beschrieb, wie er der Blutspur folgend durchs Haus gelaufen war. Meine Handflächen juckten, und mein Nacken glühte. Die Beschreibung seiner Gefühle erinnerte mich zu sehr an den Tag damals, als ich durch mein Haus gelaufen war und feststellen musste, dass sich eine Tragödie ereignet hatte. Außerdem war mir aufgefallen, dass Millie knallrot geworden war und ihre Finger über den Tasten des Kassettenrekorders schwebten, als würde sie sofort daraufdrücken, wenn die Sache zu persönlich wurde. Georgia war mir gefolgt. Obwohl Millie gehört haben musste, wie wir das Wohnzimmer verließen, hielt sie uns nicht auf.

Sogar Henry schloss sich uns an und folgte uns in die Küche. Er hatte nichts zu Taggs Abwesenheit gesagt und auch keine Fragen gestellt. Unwillkürlich überlegte ich, wie viel Millie ihm wohl anvertraut hatte. Er hörte sich Taggs Kassetten nicht an. Wenn er nicht in der Schule war, hatte er Kopfhörer in den Ohren, lauschte Podcasts, schaute YouTube-Videos oder daddelte in seinem Zimmer auf der X-Box und kapselte sich ab.

»Laut wissenschaftlicher Studien steigt der Anteil gesättigter Fettsäuren bei Sportfans um sechzehn Prozent an, wenn ihre Mannschaft ein wichtiges Spiel verliert«, verkündete Henry sachlich. Er öffnete die Kühlschranktür und begutachtete einen großen Behälter Schoko-Eiscreme mit Marshmallows und Nüssen. Ich war mir nicht sicher, ob er nur plaudern wollte, eine grundsätzliche Feststellung über Verluste machte oder einfach nur hungrig war.

»Willst du was essen? Wir könnten uns eine Pizza oder so bestellen«, schlug ich vor.

Henry neigte den Kopf zu dem Topf auf dem Herd. Erst jetzt fiel mir auf, dass in der Küche ein warmer, würziger Geruch hing.

»Amelie hat Chili gemacht. Viel Chili. Die Major-League-Baseballfans essen ungefähr zehn Millionen Chilidogs im Jahr.«

»Tja, Kathleen hat Hunger, aber Chilidogs stehen nicht auf ihrer Speisekarte.« Georgia stellte Kathleen in ihrer Babyschale auf den Tisch und wühlte in ihrer übervollen Tasche, die sie überall mitschleppte, nach etwas Essbarem für sie. Kathleen quengelte ungeduldig.

Henry schloss die Kühlschranktür und widerstand der Versuchung der Eiscreme. Er holte einen Stapel Schüsseln aus dem Schrank. Wir waren eindeutig zum Essen eingeladen. Er nahm Cracker, Sauerrahm und Käse aus dem Kühlschrank und stellte alles auf den Tisch. Immer wieder schweifte sein Blick dabei zu Kathleen, deren Gemecker immer lauter wurde.

»Kathleen sieht dir gar nicht ähnlich«, sagte Henry unvermittelt und starrte mich an.

»Äh, nein. Tut sie nicht. Nicht sehr«, stammelte ich, weil ich nicht wusste, was ich sagen sollte. Wortlos verließ Henry die Küche. Ich hörte ihn die Treppe hinauflaufen und musterte Georgia, die meinen Blick verwundert erwiderte.

»Hast du das gehört, Frau?«, sagte ich. »Henry findet, Kathleen sieht mir nicht ähnlich. Hast du mir vielleicht was zu sagen?«

Kathleen weinte wieder. Georgia war ihr mit dem Gläschen Bananenbrei viel zu langsam.

Grinsend streckte mir meine Frau die Zunge heraus. Im selben Moment brüllte Kathleen aus vollem Hals los. Hastig tauchte Georgia den winzigen Löffel in den gelblichen Brei und fing an, unser kleines Monster zu füttern.

»Sie sieht dir vielleicht nicht ähnlich, Moses, aber sie hat ganz eindeutig dein sonniges Gemüt«, frotzelte Georgia. Sie schmiegte sich an mich, als ich ihr einen Kuss auf die Lippen drückte. Es machte mir überhaupt nichts aus, dass mein kleines

Mädchen mit den Grübchen in den Wangen ihrer Mutter viel mehr ähnelte als mir.

Ich hörte Henry mit Schwung die Treppe hinunterstürmen und löste mich von den samtigen Lippen meiner Frau, kurz bevor er in die Küche stolzierte und erwartungsvoll neben mir stehen blieb.

»Siehst du?« Er wedelte mit einem Foto vor meiner Nase herum. »Ich seh meinem Dad auch nicht ähnlich.«

Ich nahm ihm das Foto aus der Hand und betrachtete es. Es war an den Ecken ausgefranst und hatte seinen Glanz verloren. Offenbar hatte Henry es oft in der Hand gehabt. Der Mann auf dem Bild kam mir bekannt vor, so wie man die Gesichter von Sportpromis eben kennt. Andre Anderson war ziemlich bekannt und beliebt. Er lachte mit einem sehr kleinen, etwa dreijährigen Henry auf dem Arm in die Kamera. Dabei sah er glücklich und entspannt aus. Die beiden trugen die gleichen Giants-Trikots und Basecaps.

»Du hast recht. Du und Millie seht eurer Mom ähnlicher«, stellte ich fest und gab ihm das Bild zurück. Ich mochte Fotos nicht besonders. Sie zeigten selten die Wahrheit. Sie waren wie eine Goldlackierung über Styropor, ließen alles hell und strahlend erscheinen und verbargen die Zerbrechlichkeit darunter. Bilder mochten mehr sagen als Worte, dennoch sagten sie nicht besonders viel aus.

»Das liegt daran, dass wir mehr Zeit mit ihr verbracht haben«, meinte Henry todernst, als ob das Allgemeinwissen wäre und Ähnlichkeiten zwischen Menschen auf der Häufigkeit des Zusammenseins oder der Ernährung beruhten statt auf Vererbung und der Natur. In gewisser Weise hatte er sogar recht. Eigenarten, Ticks, Stil. All diese Dinge konnte man sich angewöhnen und kopieren.

»Wenn ich viel Zeit mit Kathleen verbringe, glaubst du, sie

wird mir dann irgendwann ähnlicher sein?«, fragte ich, um das Gespräch von seinem Vater wegzulenken.

Zweifelnd blickte Henry von mir zu meiner grunzenden, bananenbreibärtigen Tochter und dann wieder zu mir.

»Hoffentlich«, meinte er.

Georgia kicherte. Lachend streckte ich die Hand in die Luft, damit Henry mit mir abklatschen konnte.

»Hast du das gehört, Georgia? Henry hofft es«, trumpfte ich auf. »Ich nehme an, das heißt, der Vater deines Kindes ist ein attraktiver Mann.«

Henry hatte seine Bemerkung offenbar nicht witzig gemeint, denn er ließ mich hängen. Georgia streckte sich, schlug gegen meine Hand und zwinkerte mir zu.

»Wenn sie so aussieht wie du, wird jeder wissen, dass du ihr Dad bist.« Henrys Stimme klang gelassen. In seinen Augen stand ein feierlicher Blick. »Und das wird sie glücklich machen.«

Ich nickte, und mein Lachen verebbte.

»Deshalb geh ich in den Fitnessklub. Ich will so aussehen wie Tagg«, fügte er hinzu. Er legte das Bild weg und füllte die vier Schüsseln mit Chili. Eine reichte er mir, die andere stellte er neben Georgia, außerhalb von Kathleens Reichweite. Die dritte Schüssel brachte er ins Wohnzimmer, und wir hörten, wie der Kassettenrekorder ausgeschaltet wurde und Millie ihrem Bruder dankte. Ohne Chili kam Henry zurück in die Küche und fing wortlos an zu essen. Schweigend hörten wir zu, wie Tagg seine Geschichte weitererzählte.

Tagg
(Kassette)

Menschen, die sehen können, bewegen ständig den Kopf. Das fiel mir allerdings erst auf, als ich mehr Zeit mit Millie verbrachte. Bewegung war direkt ans Sehvermögen gekoppelt, und während alle anderen ihre Köpfe drehten und ihre Körper ihren Blicken folgten, bewegte sich Millie vorsichtig und aufmerksam, mit geradem Rücken, erhobenem Kopf und gestrafften Schultern, um jeden verfügbaren Hinweis aufzunehmen. Sie beugte den Kopf nicht, wenn sie sich die Schnürsenkel zuband, und hob auch nicht den Kopf, wenn eine Ladenglocke über ihr läutete. Kopfbewegungen lieferten ihr keine zusätzlichen Informationen. Ihre daraus resultierende aufrechte Haltung verlieh ihr eine beherrschte, rätselhaft unnahbare Ausstrahlung. Sie wirkte majestätisch wie eine japanische Geisha, aber gleichzeitig auch einschüchternd.

Ich war ein rastloser Mensch, schon immer, und ihre Ruhe zog mich an. Durch ihre Konzentration auf Kleinigkeiten nahm ich mich selbst viel bewusster wahr, meine Größe, meinen Hang, Dinge kaputt zu machen. Ich war seit jeher ein körperbetonter Mensch. Mir war eine Umarmung lieber als Zurückhaltung, und ich redete genauso gern, wie ich den Körperkontakt suchte. Oft tat ich sogar beides gleichzeitig. Ich fragte mich, ob Millie ebenso beherrscht wäre, wenn sie sehen könnte, oder ob ihre Gelassenheit und Geduld ein Nebenprodukt ihrer Blindheit waren. Nur wenn sie tanzte, bewegte sie sich völlig hemmungslos. Die Hände fest um die Stange gelegt, wiegte sie hingebungsvoll Kopf und Körper im Rhythmus der Musik.

Ich nutzte jede Chance, sie tanzen zu sehen. Und das lag nicht etwa an ihrem knappen Outfit oder ihrer anmutigen Figur, dem flachen Bauch und den schimmernden Haaren, obwohl mir als Mann diese Dinge natürlich sofort ins Auge sprangen. Über die anderen Mädchen konnte man allerdings dasselbe sagen; sie alle hatten schöne, schlanke Körper und tanzten gut. Dennoch sah ich nur Millie zu, denn sie faszinierte mich. Sie schien einzigartig, eine berauschende Mischung aus Mädchen und Mysterium, vertraut und doch so fremd. Ich war noch nie zuvor jemandem wie ihr begegnet. Gleichzeitig kam es mir so vor, als würde ich sie schon ewig kennen. Seit jenem Moment, in dem ich sie angesehen und blitzartig diese Mischung aus »Freudeschöner Götterfunken« und »heilige Scheiße« verspürt hatte, verliebte ich mich immer mehr in sie. Ich konnte nichts dagegen tun. Ich war machtlos gegen dieses Gefühl, konnte den Blick einfach nicht von ihr lösen und keine kluge Entscheidung fällen. Und die klügste Entscheidung – die für sie beste– wäre gewesen, mich von ihr fernzuhalten. Allerdings hatte mich auch noch nie jemand als besonders klug bezeichnet.

Millie stand völlig reglos in der Mitte des überfüllten Raumes. Ihre geöffneten Augen sahen nichts. Um sie herum drängten sich die Menschen, doch ihre Reglosigkeit zog meinen Blick unwillkürlich an. In tadellos aufrechter Tänzerhaltung, das Kinn gereckt, die Hände locker an ihrer Seite, stand sie da. Sie wartete auf etwas. Vielleicht nahm sie auch nur die Atmosphäre in sich auf. Ich wusste es nicht, aber ich konnte den Blick nicht von ihr lösen. Viele Leute gingen an ihr vorüber, doch niemand nahm Kenntnis von ihr. Abgesehen von den wenigen, die sich an ihr vorbeiquetschten und sie genervt anblickten, bis sie feststellten, dass sie nicht »normal« war. Dann machten sie sich schnell aus dem Staub. Warum fiel sie mir als Allererstes auf, obwohl sie sonst niemand bemerkte? Ihr Kleid war blau. Ein helles Babyblau, das ihre himmelblauen Augen zum Leuchten brachte. Ihre Haare glänzten, ihre Lippen waren rot geschminkt. Sie umfasste ihren Stock wie die Poledancestange, wiegte sich im Takt der Musik, als wolle sie tanzen. An einer Klubnacht war sie noch nie in der Bar gewesen. Das wäre mir aufgefallen.

Seit dem Kuss war fast eine Woche vergangen. Millie kam zu ihren üblichen Schichten und war ihr gewohntes lächelndes Selbst, gelassen und gefasst, bescheiden, anspruchslos, unaufdringlich und eigenständig. Ich war mir sicher, dass ich ihr eine Erklärung liefern musste. Irgendetwas Beschwichtigendes. Aber Millie wirkte völlig ungerührt. Vielleicht hatte sie mich auch schlicht durchschaut. Ich wusste es nicht, war aber zugleich dankbar und gekränkt, dass sie keine Anstalten unternommen hatte, mich festzunageln. So wie schon ein Dutzend Mal zuvor brachte ich sie nach Hause, und wir unterhielten uns wie alte Freunde. Allerdings schaute ich sie länger an, und mein Blick schweifte viel öfter zu ihrem Mund. Und ich dachte auch noch an sie, wenn wir nicht zusammen waren. Die Zeit mit Millie verwöhnte mich ein wenig. Ich musste bei ihr nie auf meine Gefühle achten oder meine Miene im Zaum halten. Ich konnte sie ganz offen bewundernd ansehen wie ein Mann seine Traumfrau, ohne dass sie es bemerkte.

Sie hatte keine Ahnung, dass ich sie jetzt beobachtete, obwohl ich mir inständig wünschte, sie wäre wegen mir gekommen. Ich entschuldigte mich bei den Leuten, denen ich gerade um den Bart gegangen war, und schlenderte zu ihr. An der Art, wie sie ihr Kinn hob und sich ihre Nasenflügel leicht blähten, konnte ich erkennen, dass sie mich wahrnahm, obwohl sie den Kopf nicht in meine Richtung drehte. Ich nahm ihr den Stock ab und stellte ihn zur Seite. Dann legte ich eine Hand um ihre Hüften und ergriff mit der anderen ihre rechte Hand. Ich war schließlich ein Kind aus reichem Haus. Meine Mutter hatte mir lauter Reiche-Kinder-Sachen beigebracht. Tanzen, gute

Manieren, all solche Dinge, mit deren Hilfe ich mich aalglatt durchs Leben schlängeln konnte. Dinge, die mir das Vertrauen der Leute sicherten, in mir aber eine leichte Übelkeit auslösten. Aber Millie wollte tanzen, das war eindeutig, und niemand forderte sie auf. Zum Glück. Ich war mir nicht sicher, ob ich es ertragen könnte, wenn sie mit jemand anderem tanzte.

Ich zog sie an mich und spürte, wie sie nach Luft schnappte. Auch mir stockte der Atem. Trotz ihrer Gelassenheit konnte sie ihre Gefühle nicht ganz verbergen. Auch sie verspürte offenbar dieses Götterfunken-Kribbeln, und ich würde ganz bestimmt nicht in albernen Links-rechts-Schritten mit ihr übers Parkett schlurfen. Tatsächlich konnte ich ziemlich gut tanzen, und genau das würden wir auch tun.

»Kannst du Walzer tanzen, Süße?«

Sie hob abschätzig eine Augenbraue. »Wer ist hier die Tänzerin, David?«

»Ich wollte nur sichergehen, dass du mit mir mithalten kannst, Liebling«, neckte ich rau. Ich trug ziemlich dick auf und verkniff mir mühsam das Lachen, als sie schnaubte. Dann legte sie mir anmutig die linke Hand auf die Schulter und gab mir damit das Zeichen, dass sie bereit war.

»Werden wir nun tanzen, oder willst du dich einfach nur an mir festhalten?« Sie zappelte ungeduldig.

»Also schön, legen wir los.« Ich machte die ersten Schritte und zog sie dabei so eng an mich, dass sie auf den Zehenspitzen stand. Ihre Brüste schmiegten sich an mich, ihre Beine umschlossen mein rechtes Bein wie eine Schere. Sie folgte mühelos meinen Bewegungen, meinem Tempo, meinen Schritten, und wir flogen durch den Raum. Eins, zwei, drei, eins, zwei, drei, eins, zwei, drei im Walzerschritt, und alle sahen uns zu. Keiner tanzte mehr. Nur wir. Millie hatte die Augen geschlossen, die Lippen leicht geöffnet, und ihre Wangen waren gerötet.

Ray LaMontagne sang irgendetwas darüber, dass eine Frau ihn gerettet hatte. Und ich glaubte ihm jedes Wort.

»*She won't let me go*«, schmalzte er. Sie ließ mich nicht los.

Ich sang mit, die Lippen auf Millies Haare gedrückt. Sie hob den Kopf und lauschte, während wir uns im Gleichtakt bewegten. Ein Song ging in den nächsten über – wieder im Dreivierteltakt – und dann noch einer. Ich nahm mir vor, meinem DJ ein üppiges Trinkgeld zu geben. Der Junge wusste, was er tat. Und ich kannte alle Songs auswendig.

Um uns hatte sich mittlerweile ein großes Publikum geschart, was Millie jedoch nicht bemerkte. Eine Gruppe Frauen drängte sich am Rand der Tanzfläche, die Köpfe zusammengesteckt, die Blicke auf uns gerichtet. Mir wurde klar, dass ich mit ihnen allen geschlafen hatte, doch mit keiner hatte ich je getanzt. Kara, Brittney, Emma und Lauren. Du meine Güte. Waren sie etwa miteinander befreundet? Das war mir nie aufgefallen. Sie kamen in die Bar und trainierten im Fitnessklub. Als ich ihren Blick auffing, zwinkerte ich Brittney zu. Wir hatten uns einvernehmlich getrennt. Also fiel mir kein Grund ein, warum ich nicht freundlich zu ihr sein sollte. Tatsächlich hatte ich mit keiner der Frauen was Ernstes gehabt. Wenn ich allerdings ihre finsteren Gesichter betrachtete, hatten sie das womöglich anders gesehen.

Brittney löste sich von der Gruppe und stolzierte durch den Raum, als wäre sie auf dem Catwalk und ich ein Modefotograf. Ich hätte Millie wegdrehen sollen, aber die Tanzfläche war klein, und Brittney sah entschlossen aus.

»Tagg! Ich möchte abklatschen. Wer hätte gedacht, dass du tanzen kannst, Baby«, schnurrte sie, klebrig wie Honig und nach Vanille duftend. Sie schlängelte sich an meine Seite und packte mich am Arm, als würde ich nicht gerade mit einer anderen Frau tanzen.

Millie versteifte sich und wich einen Schritt zurück. Ich hielt sie an der Hand fest.

»Ich tanze gerade mit Millie. Beim nächsten Lied. Okay?«

Brittney zog einen Schmollmund, wie das manche Frauen tun, wenn sie am liebsten losgezetert hätten, aber trotzdem niedlich wirken wollten. Meinen Arm ließ sie nicht los.

»Komm schon, Tagg. Du blamierst mich. Gib mir keinen Korb.«

Millie entzog sich mir. »Zeig mir die Richtung zu meinem Stock, und sag mir, in wie viel Schritten Entfernung ich ihn finde. Zehn? Zwanzig? Ich komm schon zurecht. Mach dir um mich keine Sorgen.« Ihre Miene war ausdruckslos, die Schultern gestrafft.

»Hörst du, sie kommt zurecht, Tagg«, schnurrte Brittney. Millies Blindheit war ihr sicher nicht entgangen.

»Ich tanze jetzt mit Millie, Britt«, erwiderte ich nachdrücklich. Meine Stimme klang selbst in meinen Ohren frostig. Kurz warf ich einen Blick zu den anderen Frauen, die sich zusammengeschart hatten und neugierig das Drama vor ihren Augen beobachteten. Sie grinsten mich an, als sei das alles nur ein großer Witz.

»Von mir aus.« Brittney ließ meinen Arm los. Langsam drehte sie sich um und stolzierte davon.

Der Song endete. Einen Herzschlag lang herrschte Stille. Dann hörte ich ihre Stimme, laut und deutlich.

»Du bist so ein Aufreißer, Tagg. Das ist echt peinlich«, rief sie über die Schulter. Einige Leute lachten. »Mit wem schläfst du als Nächstes?«

»Ich hab mich nie für was anderes ausgegeben«, rief ich ihr nach und grinste die anderen Frauen an. Das Gelächter schwoll an, und ein Kerl neben mir hob die Hand zum Abklatschen. Millie lachte jedoch nicht. Mist.

Sie hielt immer noch meine Hand, aber unsere Körper standen nicht länger in Tanzhaltung. Ich wollte die Tanzfläche jedoch noch nicht verlassen. Das hätte so ausgesehen, als wäre der Zwischenfall mit Brittney von Bedeutung. Der DJ hatte sein Bestes gegeben und mir drei Schnulzensongs in Folge geschenkt. Womöglich wollte er mir jetzt wieder helfen, denn er spielte Justin Timberlake in voller Lautstärke. Bei den Klängen von *SexyBack* vibrierten meine Zähne. Mehrere Pärchen strömten zur Tanzfläche, die eine Art visuellen Puffer zwischen Millie und mir und unserem Publikum schufen, wenn auch keinen großen. Ich brauchte einen Vorwand, um Millie wieder an mich zu ziehen, aber ich war mir nicht sicher, ob sie bereit dazu war, die Art von sexy Tanzbewegungen auszuführen, die JTs Song verlangte.

Ich trat so nah an sie ran, dass sich unsere Körper berührten, und legte die Lippen an ihr Ohr, damit sie mich trotz der lauten Musik hören konnte.

»Hast du Lust, mit einem Aufreißer zu tanzen?«

»Das hängt davon ab. Schauen die Leute zu?« Ihr Mund streifte beim Sprechen über meine Wange.

Ich warf einen Blick in die Runde der teils neugierigen, teils mitleidigen Gesichter. »Ja. Tun sie.«

»Gut. Dann lass uns tanzen.« Sie schlang die Arme locker um meinen Nacken, hob den Kopf und lächelte mich an.

Erneut spürte ich die Götterfunken, so heftig, dass mir die Knie weich wurden.

Ich warf den Kopf in den Nacken und lachte ziemlich erstickt. Noch mehr Leute drehten sich zu uns um. Sollten sie ruhig gaffen.

»Ich mag dich echt sehr, Millie.«

»Weil du ein Aufreißer bist!«, neckte sie.

Und dann verblüffte sie mich erneut, denn Teufel noch mal,

das Mädchen hatte es drauf. Mit einer Hand berührte sie mich ununterbrochen, um sich selbst zu erden und zu ankern, und das war das Heißeste, was ich je in meinem Leben erlebt hatte. Dass sie nicht sehen konnte, wie ich tanzte, war ein befreiendes Gefühl, und ich vergaß einfach alles um mich herum. Sogar mich selbst.

Wir hörten erst auf, als wir beide völlig außer Atem waren und ihre braunen Haarsträhnen feucht an ihrer Stirn und ihren Wangen klebten. Ihr Gesicht glühte, ihr Lächeln strahlte. Ich schnappte nach Luft, was aber nicht daran lag, dass ich ausgepowert war, sondern an Millie. Sie schien unersättlich. Ich stand völlig in ihrem Bann und wollte sie plötzlich ganz für mich allein.

Ich schnappte mir zwei Flaschen Wasser von der Theke und vergewisserte mich, dass mein neuer Barkeeper alles im Griff hatte.

Millie wartete geduldig auf mich, den Stock in der Hand. Ich griff mir ihren Mantel, und wir schlüpften zur Hintertür hinaus und atmeten gierig die frische, kalte Luft ein. Sie hakte sich bei mir unter, während mein trommelndes Herz den Rhythmus der donnernden Bässe nachahmte.

Wir tranken schweigend, bis Millie seufzend die Flasche wegstellte. Sie hatte ihren Mantel nicht anziehen wollen und behauptet, die kühle Luft würde ihr guttun. Nun schob sie sich die Haare aus dem Nacken und beugte den Kopf leicht nach vorn. Erneut dankbar, dass ich meine bewundernden Blicke nicht verbergen musste, versank ich in dem reizenden Anblick.

»Es tut mir leid«, sagte ich schließlich.

»Was denn?«

»Ich bin tatsächlich ein Aufreißer.«

»Das weiß ich doch.«

»Und das macht dir nichts aus?«

»Bei mir bist du es ja nicht.«

Ich schluckte schwer. »Ach ja? Wie kommst du darauf?«

»Wenn ich mich nicht täusche, musste ich dich förmlich anbetteln, damit du mich küsst.« Millie ließ ihre Haare über ihre Schultern fallen und schlang die Arme um die Brust. Bei jedem anderen Mädchen hätte ich Absicht hinter der Aktion vermutet, um meinen Blick auf ihre Brust zu lenken, was auch passierte. Millie hingegen konnte gar nicht wissen, wie perfekt ihre Arme ihren Busen betonten oder dass das Mondlicht ihre Haut zum Schimmern brachte.

»Und wenn ich mich nicht täusche, bin ich deiner Bitte nur allzu gern nachgekommen«, sagte ich sanft.

Sie antwortete nicht, lächelte nicht, erhob keine Einwände. Ich war verwirrt und wusste nicht, was ich tun sollte.

»Es tut mir leid«, wiederholte ich.

»Was?«, fragte sie wieder.

»Brittney war unhöflich. Und das meinetwegen, nicht deinetwegen. Das verstehst du doch, oder?«

»Sie müssen alle ziemlich verwirrt sein.«

»Wer?«

»Die ganzen Frauen in deinem Leben.«

Ich lachte. »Warum?«

»Weil du Zeit mit mir verbringst. Du tanzt mit mir. Du bist mit mir weggegangen. Du bringst mich fast jeden Abend nach Hause.«

Ich schwieg.

»Ich gebe zu, ich bin auch verwirrt, David.« Ihre Stimme klang leise, aber nicht schüchtern. Millie war nicht schüchtern, das gefiel mir so an ihr.

»Du nennst mich immer David. Warum?«, wich ich ihrer unausgesprochenen Frage aus.

»Weil der Name perfekt zu dir passt«, sagte sie leichthin und duldete meinen Themenwechsel.

»Was soll das nun wieder heißen?«

»Namen haben eine Bedeutung. Viel zu viele Eltern wählen einen Namen einfach nur, weil er schön klingt oder geschrieben schön aussieht. Ich frage mich, wie oft sich Eltern auch die Zeit nehmen, um die Bedeutung eines Namens herauszufinden oder zumindest das, was er ihnen bedeutet. Ist es der Name eines geliebten Angehörigen? Ein Ort, der Erinnerungen weckt? Was? Oder hat man sich nur für die Schreibweise ›Aschleigh‹ statt Ashley entschieden, weil man besonders originell sein will? Die Leute in Utah sind so religiös und doch erste Klasse darin, geistlose, bedeutungslose Namen mit völlig absurder Schreibweise zu wählen.«

»Ah, deshalb wollten Moses und Georgia Kathleen also nicht Tagglee nennen. Das hat mich sehr gekränkt.«

Sie lachte und stöhnte auf, wie von mir beabsichtigt.

»Okay. Du behauptest, der Name David passt perfekt zu mir. Was bedeutet er denn?«

»Liebling. Der Geliebte.«

»Liebling? Der Geliebte? Du machst Witze!« Meine Stimme klang sarkastisch, und ich dehnte die Worte spöttisch.

»Du bist jedermanns Liebling. Alle lieben dich.«

»Hmm. Und warum tust du es dann nicht?« Verdammt. Ich musste damit aufhören.

»Weil mein Name Arbeit bedeutet«, erwiderte sie frech.

»Arbeit?«

»Ja. Das ist die Bedeutung von Amelie. Die Tüchtige.«

»Oh, das ist ja ein Ding«, sagte ich gedehnt.

»Genau. Und Henry bedeutet ›Herr des Hauses‹. Was ihm sehr gefällt, und er nimmt es sehr wörtlich.«

»Kann ich mir vorstellen.« Ich lachte.

»Da wir gerade von Henry sprechen, ich muss los.« Amelie seufzte.

»Ich fahr dich.«

»Nein. Geh wieder rein. Ich möchte laufen.«

»Amelie …«, setzte ich an, weil ich keine Zeit hatte, mit ihr zu Fuß hin- und wieder zurückzulaufen. Ich musste tatsächlich wieder rein, um zu sehen und gesehen zu werden. Ich musste Hände schütteln und Leute bearbeiten und hatte meine Gastgeberpflichten schon viel zu lange vernachlässigt.

»Das ist zu gefährlich, Amelie«, sagte ich nachdrücklich.

»Du bist nicht für mich verantwortlich, David«, erwiderte sie sanft. »Ich will laufen. Das macht mir Spaß. Ich bin auch schon nach Hause gelaufen, bevor wir uns kennenlernten, und ich werde noch nach Hause laufen, wenn du wieder weg bist.«

Ich unterdrückte einen Fluch.

»Rufst du mich an oder sagst Henry, er soll mich anrufen, damit ich weiß, dass du gut nach Hause gekommen bist? Bitte«, erwiderte ich schroff.

»Klar.« Sie nickte. Dann schlüpfte sie in den Mantel und hob die Haare über den Kragen. Ich beobachtete sie dabei, und mein Magen rumorte. Mir schmeckte es nicht, dass sie um elf Uhr abends allein nach Hause lief. Sie streckte den Stock aus und hielt mir die leere Wasserflasche hin, die ich offenbar nehmen sollte. Als ich es tat, streifte meine Hand über ihre. Wir zuckten beide zusammen, als hätten wir nicht die vergangene Stunde damit verbracht, eng aneinandergeschmiegt zu tanzen.

»Weißt du was, David? Du hast dich getäuscht.«

»Bei was?«

»Bei der Sache mit meinen verräterischen Anzeichen.«

»Deinen verräterischen Anzeichen?« Ich hatte keine Ahnung, was sie meinte.

»Es gab mal jemanden«, sagte sie ruhig.

Verwirrt blickte ich sie an, bis mich die Erkenntnis wie ein Blitz traf. Ihre Anzeichen. Die Nacht, in der ich sie geküsst hatte. Die Nacht, in der ich sie gefragt hatte, ob sie noch Jungfrau war, und behauptet hatte, dass sie log, als sie dies verneinte.

Sie ging mit klapperndem Stock weg und rief mir ein Tschüss über die Schulter zu.

Ich sah ihr nach. Ihr Gang war beschwingt, als ob sie immer noch Ray LaMontagne in den Ohren hatte. Fluchend lief ich zu meinem Pick-up. Von mir aus konnte sie laufen. Aber ich würde dafür sorgen, dass sie gut zu Hause ankam. Ich folgte ihr in gebührendem Abstand, beobachtete, wie sie an der Ecke in ihre Straße einbog, und fuhr im Schneckentempo weiter, bis ich sah, wie sie das Tor öffnete. Dann wendete ich und raste zurück zur Bar. Ich war echt erbärmlich.

Wenige Sekunden später simste mir Henry, wie Millie es versprochen hatte, und teilte mir mit, dass sie zu Hause war.

Henry: **Amelie ist zu Hause. Sie macht ein trauriges Gesicht. Muhammad Ali lebte bis zu sechs Wochen vor seinen Kämpfen abstinent.**

Ich lachte und fluchte gleichzeitig. Offenbar hielt mich jeder für einen Aufreißer.

Tagg

(Kassette)

Am Samstagnachmittag tauchte Henry ohne Millie im Fitnessklub auf. Das überraschte mich und hartnäckig versuchte ich, den Stich der Enttäuschung zu ignorieren. Ihre Bemerkung ging mir durch den Sinn. *Es gab mal jemanden.* Ich befürchtete insgeheim, es könnte wieder jemanden geben, vielleicht von der Schule, an der sie dienstags arbeitete, oder womöglich hatte Robin sie wieder verkuppelt. Millie hatte zwar behauptet, das sei ihr verhasst, aber Ausnahmen bestätigten die Regel.

Ob aus Enttäuschung oder Gewohnheit konnte ich nicht genau sagen, unterhielt mich aber ein wenig länger mit den weiblichen Kunden und ließ mich von Deanna sogar herzlich umarmen. Ich hatte die niedliche Rothaarige ein- oder zweimal zum Dinner ausgeführt. Während ich neben den Frauen an den Butterflygeräten stand und den guten Fitnessklubbetreiber mimte, warf mir Henry immer wieder finstere Blicke zu, während er mit Cory auf den Matten trainierte.

Da ich vermutete, er fühle sich vernachlässigt, nahm ich Corys Platz ein. Ich rief Henry Anweisungen zu, doch seine Miene war angespannt, und seine Bewegungen kamen ruckartig wie bei einem Roboter. Als ich seine schreckliche Haltung kritisierte, stiegen ihm Tränen in die Augen.

»Henry! Was ist denn los, Mann? Wir wollen hier doch nur ein paar Griffe lernen und gut für die Mädels aussehen. Mach dich locker«, neckte ich sanft und wuschelte ihm durch die Haare.

Henry schob meine Hand weg und warf sich plötzlich auf mich. Eine Faust traf mich im Magen, die andere wischte über mein Kinn.

»Wow!«, sagte ich halb lachend, holte ihn mit einer gezielten Bewegung von den Beinen und warf ihn mir in Wrestlingmanier über die Schulter. Ich richtete mich auf und brüllte, als wäre ich Hulk Hogan oder der Undertaker, und drehte mich mit dem auf mich einprügelnden Henry im Kreis, bis mir klar wurde, dass es für ihn kein Spiel war. Ich setzte ihn sofort ab und legte die Hände auf seine Schultern, um ihm Halt zu geben, falls ihm schwindelig war. Mir selbst drehte sich ein wenig der Kopf, doch Henry schlug weiter um sich.

Sein Gesicht war gerötet, seine Arme wirbelten umher wie ein Windrad. Ich legte ihm eine Hand an die Stirn, so wie es mein Dad immer gemacht hatte, und hielt ihn auf Armlänge von mir weg.

»Henry! Kumpel, das war doch nur Spaß. Entspann dich.«

Das tat er jedoch nicht, sondern verdoppelte bloß seine Anstrengungen, mich mit seinen dünnen Ärmchen und spitzen Knien von den Beinen zu holen.

»Henry, ich bin gut fünfzig Kilo schwerer als du. Gegen mich kommst du nicht an, Junge!«

»Manute Bol war zwei Meter einunddreißig groß!«, brüllte er. Die Leute drehten sich nach uns um. Axel und Mikey unterbrachen ihr Training auf den Matten in der Nähe und beobachteten uns schwer atmend. Schließlich stand Axel auf und kam zu uns herüber.

»Was zum …« Ich verstummte sofort. Jedes Mal, wenn ich

fluchte, wirkte Henry erschrocken. Die Jungs und ich benutzten ziemlich oft und gedankenlos Schimpfwörter; ich hatte sie bereits darauf angesprochen, und nun stand im Büro ein großer Wasserkrug, in den für jedes Schimpfwort eine Strafe zu zahlen war. In dem Krug befanden sich schon reichlich Münzen.

»Das musst du mir erklären, Henry.« Ich nahm meine Hand von seiner Stirn. Sofort ging er wieder auf mich los. Als er auf meine Brust hämmerte, umfing ich seine Arme und hielt ihn fest. Er stieß mit dem Kopf nach mir, obwohl er mir kaum bis zum Kinn reichte. Ich wich aus und klemmte mir seinen Kopf zwischen Gesicht und Schulter, so wie ein Boxer, der Zeit schinden will, um kurz durchzuatmen. Ich versuchte beides, also Zeit zu schinden und durchzuatmen, während ich angestrengt überlegte, warum Henry so wütend auf einen zwei Meter einunddreißig großen Basketballspieler war.

»Henry!«, raunte ich in seinen Haarmopp. »Ich hab keine Ahnung, was du mir sagen willst!«

»Manute Bols Großvater hatte vierzig Frauen.« Seine Stimme hatte sich leicht gesenkt, aber seine Wut war ebenso unverkennbar zu spüren wie die dahinter lauernden Tränen. Er wehrte sich immer noch gegen mich.

»Ernsthaft?« Ich lachte in dem Versuch, ihn zu beschwichtigen. »Der Glückliche.«

Ruckartig zuckte Henry hoch, bekam seinen Kopf frei und erwischte dabei meinen Mund.

Ich ließ ihn los und spuckte Blut und Flüche aus. Nachher würde ich locker zehn Dollar ins Wasserglas berappen müssen.

»Er hat kein Glück!«, brüllte Henry mich an, drehte sich um und stampfte ans andere Ende der Matte. Dort schnappte er sich seine Sporttasche und sein Sweatshirt und machte sich auf den Weg zur Tür. Völlig baff schaute ich ihm nach.

»Er ist sauer auf dich«, kommentierte Axel, als ob ich das noch nicht selbst gemerkt hätte.

»Ja. Das ist er. Wusstest du, dass Manute Bols Großvater vierzig Frauen hatte?« Fast hätte ich gelacht. Henry teilte sich auf höchst frustrierende Weise mit.

»Wer ist Manute Bol?« Axel zog die Stirn in Falten.

»Ein Basketballspieler – einer der größten, die je in der NBA gespielt haben. Aus dem Sudan, glaube ich.«

»Hmm. Vielleicht gefällt es Henry nicht, dass du vierzig Freundinnen hast, Großer.« Axels Verwendung von Millies Spitznamen brachte mich ins Grübeln.

»Was? Ich hab nicht …«

»Doch, Tagg. Hast du.« Axel grinste mich an, als sei er stolz auf mich.

»Henry!« Ich rannte dem Jungen hinterher, doch er wartete nicht auf mich und ging so schnell, dass ich ihn erst nach einem halben Block einholen konnte.

»Henry, die Mädels im Klub und in der Bar sind nicht meine Freundinnen.« Na ja, schon irgendwie. Aber nicht so, wie Axel und Henry annahmen. Ich mochte die Frauen. Sie mochten mich. Aber das war nichts Ernstes. Sie waren bloß Freunde. Und zufällig weiblich.

»Amelie?«, fragte er, ohne stehen zu bleiben.

»Millie ist auch nicht meine Freundin«, sagte ich sanft.

»Verpiss dich, Tagg«, sagte Henry so deutlich und schlicht, dass ich ihm für seine direkte, unmissverständliche Erwiderung beinahe applaudiert hätte. Doch das Lob erstarb mir in der Kehle, als mir aufging, was er gesagt hatte und mit welcher Endgültigkeit. Henry lief weiter. Ich ließ ihn gehen.

Am Sonntag klopfte ich um kurz nach sieben bei den Andersons an, doch niemand machte mir auf. Beharrlich klopfte ich weiter und stand schon kurz davor, aufzugeben, als Henry plötzlich die Tür aufriss. Er musterte mich unsicher, als wüsste er nicht, ob er mich begrüßen sollte oder nicht.

»Hallo, Kumpel. Wie läuft's?«

Er zuckte mit den Schultern.

»Kann ich reinkommen?«

Henry wich zur Seite, den Blick auf den Boden geheftet. Hinter mir schloss er die Tür, suchte aber keinen Augenkontakt. Ich konnte ihm ansehen, dass er immer noch sauer auf mich war.

»Henry?« Ich boxte ihn sanft, der sanfteste Schlag meines Lebens. Sofort ballte er die Fäuste. Ja. Eindeutig immer noch sauer.

»Vor 1900 dauerten Boxkämpfe bis zu hundert Runden«, sagte er hölzern.

»In welcher Runde sind wir, Kumpel? Ich glaub, hundert Runden mit dir steh ich nicht durch. Ich geb auf. Du hast gewonnen.«

»Aufgeben ist nicht drin«, sagte Henry mit finsterer Miene. Er wiederholte eine Bemerkung, die ich mal im Fitnessklub gemacht hatte.

»Aufgeben ist nicht drin. Außer, wenn man falsch liegt. Und ich lag falsch. Es tut mir leid, Henry.«

»Amelie?«, fragte er. Am liebsten hätte ich ihn umarmt. Er wollte keine Entschuldigungen, sondern Antworten, und das respektierte ich.

»Amelie ist was Besonderes. Sie ist nicht wie andere Mädchen. Sie ist ganz anders als alle Mädchen, die ich bisher mochte. Und ich mag sie, Henry. Sehr sogar. Aber man trägt noch mehr Verantwortung, wenn man jemanden liebt, der einen braucht und sich auf einen verlässt. Ich muss mir erst sicher sein, dass ich dieser Verantwortung gewachsen bin. Verstehst du das?«

»Früher wurden Rugbybälle aus Schweineblasen gemacht«, sagte Henry leise.

»Bezeichnest du mich etwa als Schwein, Henry?«

Sein Blick flog zu mir, ehe er kichernd grunzte.

»Echt jetzt!« Ich lachte mit ihm. »Das ist das erste Mal, dass du einen Witz mit mir reißt!« Ich wollte ihm den Arm um den Nacken legen, aber er tauchte drunter durch und packte meine Beine, wie Cory es ihm gezeigt hatte. Ich stieß einen Schlachtruf aus, legte die Arme um seinen schmalen Rücken und hob seine Beine vom Boden. Er hatte die Arme immer noch um meine Oberschenkel geschlungen, weshalb er nun kopfüber in der Luft hing.

»Der beste Kampfsportler im Universum! Sag es, Henry. Sag: Tagg, du bist der beste Kampfsportler im Universum!«, verlangte ich lachend.

»Georges St. Pierre ist der beste Kampfsportler im Universum!«, quiekte er und ließ meine Oberschenkel los.

»St. Pierre!«, schnauzte ich und hob ihn höher. »Sag: Tagg Taggert ist der beste Kampfsportler im Universum.«

»Chuck Liddell ist der beste Kampfsportler im Universum!«, rief er röchelnd.

»Was? Der ist doch Schnee von gestern!«, protestierte ich, obwohl ich alles dafür geben würde, Liddell in meinen Klub zu bekommen.

»Tagg Taggert ist der schlechteste Kampfsportler im Universum!« Henry lachte aus vollem Hals. Sein Gesicht war inzwischen so rot wie seine Haare. Ich stellte ihn aufrecht hin. Er schwankte leicht, immer noch lachend. Ich stützte ihn und schenkte ihm einen gespielt finsteren Blick.

»Der Beste. Der beste Kampfsportler im Universum. Hast du verstanden?«

»Ronda Rousey ist der beste Kampfsportler im Universum«, keuchte er, immer noch kichernd und nicht bereit, nachzugeben.

Ich johlte und warf die Hände hoch. »Okay, du hast mich überzeugt, Junge. Da wir gerade von hübschen, taffen Frauen sprechen, wo ist Silly Millie?«

Henry erstarrte, lauschte und deutete dann auf den Fußboden. Jetzt, wo ich nicht mehr so viel Lärm machte, hörte ich das dumpfe Dröhnen der Bässe aus dem Keller.

»Unten? Zeigst du mir den Weg?«

Henry schlurfte durch den Flur und die Küche ins Wohnzimmer und dann in eine große Waschküche. Wie im Rest des Hauses war alles ordentlich aufgeräumt. Mir fielen Millies Punktschrift-Aufkleber an dem großen weißen und noch größeren roten Wäschekorb ins Auge. In diesem Teil des Hauses war ich noch nicht gewesen. Henry zeigte auf eine Tür und machte sich aus dem Staub. Offenbar interessierte ihn nicht, was Millie da unten so trieb.

Die Tür führte zu einer schmalen Treppe, die mir einen Schauder über den Rücken jagte. Der Gedanke, dass Millie sie allein hinauf- und hinunterstieg, ließ sofort Bilder durch meinen Kopf schwirren, wie sie kopfüber hinunterstürzte. Rasch unterdrückte ich diese Horrorvorstellung, wenn auch mit etwas Mühe. Millie war in diesem Haus aufgewachsen und die Treppe vermutlich schon eine Million Mal hinauf- und hinuntergegangen. Und ganz sicher würde es ihr nicht gefallen, wenn ich deswegen den Höhlenmenschen rauskehrte. Vorsichtig, die Hand auf dem Geländer, schritt ich die schmalen Stufen hinab und wunderte mich über mein plötzliches Schwindelgefühl. Die Musik war so laut, dass Millie mich nicht hören würde, doch als ich unten ankam, verstummte der Song, und jemand klatschte und pfiff. Überrascht blieb ich hinter einer Ecke stehen.

»Seh ich lächerlich aus?«, hörte ich Millie fragen. »Kann ich das so machen?«

»Ich weiß nicht, was du meinst, Amelie«, antwortete eine weibliche Stimme, die ich als die von Robin erkannte. Ich hatte sie in der Bar kennengelernt, als sie Henry abholen kam. Sie hatte diesen oberflächlichen Valley-Girl-obere-Mittelschicht-Ton in der Stimme, den so viele Frauen schick zu finden schienen. Ich dagegen konnte ihn nicht ausstehen. Robin hatte jedoch einen netten Eindruck erweckt.

»Du machst das doch schon!«, fuhr Robin fort. »Mehrere Abende in der Woche sogar!«

»Aber den Move habe ich noch nie probiert. Ich weiß nicht, ob das gut aussieht. Es fühlt sich gut und richtig an, aber …« Millies Stimme verebbte.

Von Neugier gepackt lugte ich um die Ecke. Mir gegenüber stand Amelie an eine Poledancestange gelehnt. Sie trug knappe schwarze Tagg-Team-Shorts, ein Tanktop und war barfuß. Die Haare hatte sie hoch auf dem Kopf zu einem Knoten zusammengefasst. Zum Glück wandte mir Robin den Rücken zu. Ich beobachtete, wie sie Millies Hände auf sich legte und die Finger über ihre weich gerundete Hüfte, ihren Bauch und ihre schmale Taille führte.

»Oh Mann, das ist mehr Action, als ich seit Monaten hatte. Wie erbärmlich«, sagte Robin sarkastisch und ließ Millies Hände los. Ich lächelte und mochte sie gleich noch ein wenig mehr.

»Und jetzt fühl deinen Körper, Amelie«, meinte sie und trat einen Schritt zurück. Amelie gehorchte und fuhr sich mit den Händen über die Brust, hinunter zu ihrem flachen Bauch und hielt an ihren leicht geschwungenen Hüften inne. Dann packte sie ihren Po mit beiden Händen und kicherte. »Deinen Hintern habe ich noch nicht angefasst, Robin. Komm her.«

»Haha. Behalt deine Hände bei dir, Grapschi.« Robin lachte. »Irgendwo muss ich ja eine Grenze ziehen. Aber du hast den Unterschied gefühlt, oder? Ich hab Röllchen. Du hast Kurven. Ich bin wabbelig, du bist fest. Du siehst so aus, wie du dich fühlst, Amelie. Du hast eine fantastische Figur, und wenn du tanzt, ist es egal, was für einen Move du machst. Wenn es sich für dich gut anfühlt, dann garantier ich dir, dass es auch gut aussieht.«

Robin stieg eine weitere Stufe in meiner Achtung.

»Ehrlich?«, fragte Millie.

»Ehrlich«, antwortete Robin.

Amelie schwang sich gedankenverloren ein paar Mal um die Stange. Ihr Pferdeschwanz wippte, als sie sich hochzog und einen perfekten Spagat in der Luft machte, ehe sie beide Beine um die Stange schlang und sich kopfüber daranhängte. Sie kam mit dem Kopfstand weitaus besser klar als Henry. Sie hob die Arme über den Kopf, ertastete den Betonboden unter ihren Handflächen und ließ die Stange los, wobei sie die Beine wie eine Schere zusammenklappte und so sicher in den Stand kam, als ob sie die Übung im Schlaf beherrschte.

»Ich wünschte, ich könnte Tagg so berühren. Ich wünschte, es wäre in Ordnung, ihn um so was zu bitten. Also, ich hab gespürt, dass er gelächelt hat … aber ich will auch den Rest von ihm spüren«, platzte Millie heraus, als ob sie das Geständnis nicht länger für sich behalten konnte.

Ich biss mir auf die Zunge, um keinen Laut zu machen, und fragte mich, wie zum Teufel ich aus dieser Situation wieder rauskommen sollte, ohne uns alle in Verlegenheit zu bringen.

»Amelie! Du schlimmes Mädchen«, quiekte Robin.

»Du verstehst mich falsch, Robin. Ich weiß, dass er starke

Arme hat. Ich weiß, dass er Grübchen in den Wangen und eins im Kinn hat. Und seine Nase leicht schief ist. Ich weiß, dass sein Körper muskulös und hart ist und seine Lippen weich sind. Und ich weiß, dass er große, schwielige Hände hat.«

»Hör auf! Das macht mich an und deprimiert mich zugleich.« Robin stöhnte auf. »Amelie … so, wie es für mich aussieht, ist Tagg Taggert ein Frauenheld. Er flirtet gern. Punkt, aus. Und du bist hübsch, also wird er sicher auch gern mit dir flirten. Aber … er ist nicht die Sorte Mann, die dich langfristig glücklich machen wird.«

»Nein.« Amelie schüttelte den Kopf und stritt Robins zugegebenermaßen zutreffende Meinung über mich energisch ab. »Nein. So oberflächlich ist er nicht. Er ist etwas Besonderes und gibt mir das Gefühl, dass ich etwas Besonderes bin. Manchmal glaube ich, zwischen uns knistert was. Ich kann es spüren. Mir bleibt immer die Luft weg, wenn er in der Nähe ist. Und ich spüre es auch im Bauch. Der schlägt Purzelbäume, wenn er meinen Namen ausspricht. Und am meisten spür ich es, wenn er sich mit Henry unterhält. Er ist einfühlsam. Und lieb.«

Millie zuckte mit den Schultern. »Und dann denk ich wieder, dass er einfach nur ein fürsorglicher Mensch ist. Er ist wirklich gut darin, sich um Leute zu kümmern. Und Henry und ich, wir … brauchen jemanden, der sich um uns kümmert.«

Wir waren nur zwanzig Schritte voneinander entfernt. Millie hatte keine Ahnung, dass ich im Schatten des langen Flurs bei der Treppe stand und hörte, wie sie ihre Gefühle für mich eingestand. Ich überlegte, ob ich mich wieder nach oben schleichen sollte. Aber die Treppe war alt, und ich befürchtete, dass sie knarzen würde wie die Gelenke eines alten Mannes. Ich war hin- und hergerissen. Einerseits wollte ich unbedingt Millies Geheimnisse erfahren, andererseits hätte ich mir am liebsten die Ohren zugehalten.

»Ich frage mich, ob ihm Berührungen ebenso gut gefallen wie mir«, sinnierte Millie. »Ich möchte von ihm berührt werden und möchte ihn berühren. Aber ich will auch, dass er mich so mag wie ich ihn. Er soll nicht nur meine hübschen Seiten mögen. Sondern alles. Meine blinden Augen, knubbeligen Knie, die großen Ohren, das spitze Kinn. Alles an mir. Ich möchte, dass unsere Berührungen wundervoll sind und kein merkwürdiges Gefühl auslösen.«

Ich wünschte mir sehnlichst, dass Robin in diesem Moment nicht zwischen uns stehen würde. Dass ich einfach zu Millie hinübergehen und sie in den Arm nehmen könnte, um sie auf das spitze Kinn zu küssen und ihr Liebkosungen in die Ohren zu murmeln, die tatsächlich ein klein wenig zu groß geraten waren, wie mir jetzt erst auffiel. Leise wich ich zurück und setzte mich auf die unterste Treppenstufe, den Kopf in die Hände gestützt.

Sie hatte ihr Herz ausgeschüttet. Und ich hatte das Glück – oder Pech – gehabt, es zu hören. Glück, weil Amelie Anderson sich in mich verliebt hatte. Pech, weil ich nicht so tun konnte, als ob ich das nicht wüsste. Ich hatte mich geweigert, auf Moses zu hören, als er die Sache am vergangenen Samstag angesprochen hatte. Ich hatte mich geweigert, über den Kuss im Bad nachzudenken oder darüber, die Grenze der Freundschaft längst überschritten zu haben, als ich mit Millie auf dem Bett gelegen hatte. Das Bild tauchte jedes Mal auf, wenn ich die Augen schloss.

Aber jetzt, wo ich hier war und Millies Geständnis gehört hatte, konnte ich es nicht länger ignorieren. Das ging einfach nicht. Ich konnte mir nicht einreden, noch Zeit zu haben. Die Zeit war abgelaufen, und ich musste eine Entscheidung treffen.

Ich hinterfragte meine Gefühle nicht. Die waren von Anfang an da gewesen. Vom ersten Tag an. Als sie wie eine Schäferin mit Stock in der Dunkelheit vor mir gestanden hatte, den Kopf in den Nacken gelegt und mit der Zunge die Schneeflocken auffing, hatte ich einen Ruck in mir gespürt. Drei Tage später hatte ich ihr ins Gesicht geblickt und die Götterfunken verspürt, ein Gefühl, das kein anderes Mädchen zuvor in mir ausgelöst hatte. Und von da an war es mir klar gewesen. Seit diesem Tag hatte ich immer wieder Dinge gesagt, Dinge gefühlt, Dinge getan, die ich nie zuvor getan hatte. Millie war mein Lieblingsanblick geworden, mein Lieblingsduft, mein Lieblingsgeschmack, mein Lieblingsklang. Mein Lieblingsmensch. Aber darum ging es gar nicht.

Es ging um mich.

Millie hatte es mir bereits in der Nacht gesagt, als ich ihr das Blut von der Haut gewischt und sie besinnungslos geküsst hatte. Silly Millie. Sie war aber nicht einfältig und verrückt. Sie wusste Bescheid und wartete auf meine Entscheidung, ob ich Manns genug war, ein blindes Mädchen zu lieben.

Ein blindes Mädchen zu küssen ist eine unverzeihliche Sünde, hatte sie gespottet. Aber da täuschte sie sich. Ein blindes Mädchen zu küssen war nicht unverzeihlich. Ebenso wenig wie, sie zu lieben. Aber sie zu lieben und im Stich zu lassen … das war unverzeihlich. Unentschuldbar. Und genau damit hatte ich ein Problem.

Die Musik ertönte erneut; dieses Mal war der Song langsamer, trauriger. Ein Song, dem man eher lauschte, als dazu zu tanzen. Damien Rice sang *The Blower's Daughter*, und ich freute mich, weil Millie das Lied auch kannte. Die Entdeckung gab mir Hoffnung in einer Wenn-wir-dieselbe-Musik-lieben-passen-wir-auch-zusammen-Art-und-Weise. Ich stand auf, froh, dass die Musik meine Schritte übertönen würde, doch Robin bog um die Ecke, noch ehe ich auch nur eine Stufe hinaufsteigen konnte.

Als sie mich entdeckte, schrie sie auf. Ich hielt mir einen Finger an die Lippen und schüttelte heftig den Kopf. Millie sollte nichts von meiner Lauscherei erfahren.

Wortlos drehte ich mich um und stieg die Treppe hinauf, in der Hoffnung, dass Robin mir folgte und Millie nicht.

Mit Robin auf den Fersen ging ich in die Waschküche. Leise schloss ich die Tür hinter ihr und schob die Hände in die Jeanstaschen, um mich ihrem erstaunten Blick zu stellen.

»Ich möchte, dass du die Treppe hinunterbrüllst und mich ankündigst. Sag Millie, dass ich runterkomme«, verlangte ich.

»Aber … du … wie lange hast du schon bei der Treppe gestanden?«, fragte sie.

Ich schwieg, und Robins Gesicht versteinerte.

»Du hast übrigens recht, was mich angeht«, sagte ich schließlich und beantwortete damit indirekt auch ihre Frage. »Ich flirte gern. Sehr gern sogar. Vor allem mit schönen Frauen. Und ja, ich bin ein Frauenheld. Bisher hab ich mich nie nur auf eine Frau konzentriert. Ich hatte noch nie eine feste Freundin. Kein Mädchen hat mich bisher ernsthaft interessiert. Bis jetzt.«

Sofort verschwand Robins grimmige Miene, und auf ihren zusammengekniffenen Lippen erschien ein Lächeln. Wortlos drehte sie sich um, öffnete die Tür und brüllte: »Amelie, du hast Besuch!«

Ich drückte mich an Robin vorbei und zwinkerte ihr zu, ehe ich mich auf den Weg nach unten machte.

»Vermassel es nicht!«, zischte sie mir zu. »Sie hat schon viel zu viel Mist in ihrem Leben erlebt. Davon braucht sie nicht noch mehr, Tagg Taggert. Sonnenschein. Rosen, Küsse. Bewunderung. Dafür zu sorgen, das ist dein Job! Jeglicher Mist verboten!«

Ich konnte jedoch keine rosige Zukunft versprechen. Ich konnte ihr nicht mal versprechen, dass ich keinen Mist bauen würde. Meine Gene ließen sich schließlich nicht austauschen, und ich war sicher, dass ein paar dieser Erbinformationen in Scheiße getunkt waren. Aber ich war entschlossen, Millie vor so viel Mist wie nur möglich zu bewahren. Ich blickte über meine Schulter und nickte Millies fürsorglicher Cousine zu, als Bestätigung, dass ich sie gehört hatte. Robin schloss die Tür und gab uns die Privatsphäre, die ich den beiden verwehrt hatte.

Millie stand wartend unten am Fuß der Treppe, ihre Miene ein einziges Fragezeichen. Sie hatte den Gummi aus dem Pferdeschwanz gezogen. Die Haare fielen ihr unordentlich über die Schultern, aber sie glättete sie nicht und zupfte auch nicht an ihren Kleidern herum. Sie wirkte majestätisch gefasst in ihrer Reglosigkeit, so selbstsicher. Offensichtlich machte sie sich keine Gedanken um Dinge, die sie ohnehin nicht ändern konnte. Damien Rice sang davon, dass er den Blick nicht abwenden konnte. Ich stimmte ihm aus ganzem Herzen zu, als ich mich Millie näherte.

»David?«, fragte sie leise. Dass sie mich erkannte, erfüllte mich erneut mit einem Schwindelgefühl.

»Bin ich etwa der einzige Kerl, der so viel Lärm macht, wenn er die Treppe runterkommt?« Beim zweiten Mal hatte ich absichtlich viel Krach gemacht.

»Nein. Du solltest Henry mal hören. Du bist nur der … einzige Kerl«, gab sie süß zu. Ihre Wangen färbten sich rosa, und ich spürte Hitze in mir aufwallen

Vor Erleichterung fiel mir ein ganzes Gebirge von der Brust. Ich war der einzige Kerl. Zum Glück.

Einen Schritt vor ihr blieb ich stehen und ergriff ihre Hand. »Gefällt dir der Song?«, fragte ich. Eine dämliche Frage, denn das war offensichtlich.

»Ich liebe diesen Song.«

»Ich auch«, flüsterte ich und griff nach ihrer anderen Hand.

»Accidental Babies.«

»Was?« Ich umfasste sanft ihre Hände, und sie kam einen Schritt näher. Ich war ihr so nahe, dass ihr Kopf eine prima Ablage für mein Kinn ergab. Damiens Song wurde von meinem Herzschlag übertönt.

»Das ist ein anderer Song von ihm. Den mag ich noch viel lieber«, flüsterte sie.

»Aber der ist so traurig«, raunte ich und drückte die Wange an ihre Haare.

»Deshalb ist er ja so schön. Er ist herzzerreißend. Ich mag herzzerreißende Songs, die mich umhauen.« Ihre Stimme klang erstickt, als hätte sie Probleme zu atmen.

»Ah, die süße Qual der Liebe.« Ich ließ ihre Hände los und schlang die Arme um ihre Taille.

»Die beste Qual.« Ihre Stimme brach, als sich unsere Körper aneinanderschmiegten.

»Ich leide schon eine ganze Weile, Millie.«

»Tatsächlich?«, fragte sie erstaunt.

»Seit ich dich zum ersten Mal gesehen habe. Dein Anblick war herzzerreißend und hat mich umgehauen. Und ich mag herzzerreißende Mädchen, die mich umhauen.« Ich benutzte ihren Ausdruck, aber in Wahrheit hatte mir bisher nur meine Schwester das Herz zerrissen – und das war keine süße Qual gewesen.

»Ich habe noch nie jemanden umgehauen«, sagte Millie schwach. Freudige Verwunderung färbte ihre Worte. Ihre Arme hingen immer noch schlaff herab, als ob sie nicht glauben konnte, was passierte. Aber ihre Lippen schwebten dicht über meinem Kinn. Sie schien das Knistern dieser Fast-Berührung zu genießen.

»Oh, ich bin sicher, du hast eine Spur der Verwüstung hinterlassen und schon viele Herzen gebrochen«, murmelte ich. »Du weißt es bloß nicht.«

»Ich kann meine Verwüstungsspur ja nicht sehen. Blinde-Mädchen-Bonus.« Ich konnte das Lächeln in ihrer Stimme hören, aber mir war nicht nach Lachen zumute. Ich stand in Flammen, die Hitze wurde allmählich unerträglich.

Endlich, als könnte sie sich nicht länger beherrschen, legte sie die Hände auf meine Hüften. Ihre Finger zitterten. Mit der flachen Hand strich sie über meinen Bauch und meine Brust, hinauf zu meinen Schultern, ganz langsam, als ob sie sich jeden Zentimeter einprägen wollte. Sie berührte mein Gesicht, und ihre Daumen fanden das Grübchen in meinem Kinn. Wie beim ersten Mal fuhr sie mein Lächeln nach. Dann zog sie mich zögernd an sich. Einen Herzschlag, bevor sich unsere Lippen trafen, sprach sie, und die sanften Worte flatterten gegen meine Lippen.

»Wirst du mich umhauen und mir das Herz zerreißen, David?«, fragte sie.

»Gott, ich hoffe nicht«, betete ich laut.

Voller Verlangen schloss ich die kleine Lücke zwischen uns und presste meine begierigen Lippen auf ihren suchenden Mund. Wir verschmolzen miteinander. Die Finger ineinander verflochten, die Körper erregt, wiegten wir uns zu der dröhnenden Musik und gaben uns der süßen Qual hin.

»Zu spät …«, glaubte ich sie flüstern zu hören.

Moses

Ich saß mit Kathleen auf Millies Veranda und schaukelte in einer schmiedeeisernen Schaukel hin und her, die vermutlich schon seit dem Bau des Hauses, also mehr als hundert Jahre, dort stand. Ich wollte die Kassetten nicht länger anhören. Tagg hielt mit nichts hinterm Berg. Er packte alles aus, jede Kleinigkeit, jeden Gedanken, jedes Gefühl. Er machte sich nackt. Und ich mochte keine nackten Männer. Also hatte ich Georgia mit Millie allein gelassen und war mit Kathleen auf die Veranda geflüchtet. Ich hatte ihr ein flauschiges Mützchen aufgesetzt und sie in eine noch flauschigere Decke gewickelt. Nun schlief sie auf meiner Brust und bildete einen Puffer gegen die kühle Frühlingsluft. Sie saugte sozusagen Daddyzeit in sich auf, damit sie mir ähnlicher werden würde und wusste, dass sie meine Tochter war, wie Henry es ausdrückte.

Henry hatte sich in sein Zimmer verkrochen. Es war spät, und wir waren alle müde. Millie wollte sich jedoch unbedingt alle Kassetten anhören, was ich ihr nicht verdenken konnte. Die Anspannung wuchs. So gerne ich vorgespult und einfach die letzte Kassette in den Rekorder eingeschoben hätte, hatte ich kein Recht dazu. Und so, wie ich Tagg kannte, würde das, was uns am Schluss erwartete, sicher nicht so einfach zu verdauen sein.

Als ob die Emotionen immer schwerer auf dem Zimmer

lasten würden, öffnete Georgia plötzlich ein Fenster, wodurch jedes Wort zu mir hinaus auf die Veranda drang. Unvermittelt hörte ich, wie mein Freund sich damit abmühte, das in Worte zu fassen, was ich nur mit Farben beschreiben konnte.

Ich hatte Georgia mal gesagt, dass ich sie, wenn ich könnte, in allen Farben malen würde. Blautöne und Gold und Weiß und Rottöne. Pfirsich und Sahne und Bronze und Schwarz. Schwarz für mich, weil ich etwas von mir auf ihr hinterlassen wollte. So, als hätte ich ihr meinen Stempel aufgedrückt. Und das hatte ich wohl auch, wenn auch nicht immer in der beabsichtigten Weise. Meine Gedanken wanderten zu meinem Sohn, der mir ziemlich ähnlich gewesen war, was ich Henry aber verschweigen würde. Ich hatte keinen einzigen Tag mit meinem Sohn verbracht, und dennoch sah er mir ähnlich.

»Hey, kleiner Mann«, flüsterte ich und fragte mich, ob er mich hören konnte. »Ich vermisse dich.« Ich schmeckte denselben bittersüßen Geschmack auf der Zunge wie immer, wenn ich seinen Namen aussprach, doch das hielt mich nicht davon ab. »Halt Ausschau nach Tagg, Eli. Er gibt sich taff, aber ich glaube, er hat eine Scheißangst.«

»Ich will nicht gehen«, hörte ich Taggs Stimme hinter mir.

Ich zuckte zusammen und fluchte laut, worauf Kathleen in meinen Armen zu wimmern anfing.

Dann wurde mir plötzlich klar, dass Millie die Kassette gewechselt hatte. Es war nur Taggs Stimme, die durchs Fenster drang, nichts weiter, und ich fluchte erneut.

Tagg

(Kassette)

»Ich will nicht gehen«, brummte ich. Wir standen auf der Veranda. Es war kalt, aber ich war noch nicht bereit, nach Hause zu gehen. Ich wusste nicht, ob ich jemals dafür bereit sein würde.

»Dann lass es bleiben«, sagte Millie nachdrücklich. Wir hatten die ganze Nacht ineinander verschlungen verbracht. Ihre Nähe ließ meine Willenskraft schwinden. In zehn Tagen war der Santos-Kampf. Trotzdem verschwendete ich kaum einen Gedanken daran. Ich musste nach Hause. Schlafen. Früh aufstehen und trainieren. Aber ich wollte nicht gehen.

»Ich hab Angst vor der Dunkelheit, also werde ich wohl bis morgen früh bleiben müssen«, murmelte ich. Ich wollte sie zum Lachen bringen, doch irgendwie klangen die Worte wahr, und ich verzog das Gesicht, froh, dass sie es nicht sehen konnte. Natürlich war sie es gewohnt, jede noch so kleine Nuance in Stimmen wahrzunehmen. So entging ihr auch nicht das, was in meiner Stimme mitschwang. Sie versteifte sich leicht. Ich spürte das leichte Zucken ihrer Hände, die auf meiner Brust lagen.

»Hast du wirklich Angst vor der Dunkelheit?«, fragte sie, und wieder ließ ich mich gerne ablenken.

»Nein, eigentlich nicht. Eher vor engen Räumen. Dunkelheit, enge Räume. Ich hatte als Kind Asthma. Ich glaub, meine Angst rührt von dem Gefühl, keine Luft mehr zu bekommen und sich hilflos zu fühlen. In der Falle zu sitzen.«

»Verstehe. Dann zwing ich dich wohl besser nicht dazu, mit mir in meinem Sarg zu schlafen.«

»Stimmt ja, du bist ein Vampir. Hatte ich völlig vergessen.« Ich lächelte. Offenbar hatte sie das Schmunzeln in meiner Stimme gehört, denn sie lächelte auch.

»Die Dunkelheit ist unendlich. Davor brauchst du keine Angst zu haben. Wenn du jemals das Gefühl hast, in der Falle zu sitzen oder hilflos zu sein, schließ einfach die Augen, und schon hast du mehr Platz, als du je brauchen wirst.«

Ich nickte und küsste sie auf die Stirn, weil sie so niedlich ernst wirkte.

»Schließ die Augen. Komm schon, mach sie zu«, befahl sie.

Ich tat es. Sofort wurde mir schwindelig, und ich fühlte mich orientierungslos, weshalb ich mich an ihr festhielt. Ich kam in letzter Zeit öfter aus dem Gleichgewicht, was ich auf die Lustgefühle schob.

»Keine Angst.« Ich hörte das Schmunzeln in ihrer Stimme. »Ich bin hier. Ich halt dich, du bist in Sicherheit.« Ganz eindeutig machte ihr dieses Spielchen Spaß.

»Geh weiter runter.«

»Was?«

»Deine Hände liegen auf meiner Brust«, erklärte ich.

»Ja, stimmt.«

»Zieh sie weiter runter, bis ich ›stopp‹ sage«, verlangte ich.

Sie brach in Gelächter aus, als ihr dämmerte, worauf ich hinauswollte. »Du hast ja keine Ahnung, wie oft ich meine Blindheit als Vorwand benutzt habe, um ›versehentlich‹ jemanden zu begrapschen.«

»Ernsthaft?« Das überraschte mich.

»Nein. Eigentlich nicht. Und jetzt sei still«, befahl sie. »Ich will dich ein Weilchen betrachten.«

Ich schluckte schwer, als ihre Hände über meine Brust strichen, hinunter zu meinem Bauch, und all die Erhebungen und Vertiefungen abtasteten, aus denen mein muskulöser Oberkörper bestand. Ich fühlte mich nackter und verletzlicher als je zuvor mit einer Frau, obwohl ich gar nicht nackt war. Dass sie mich nicht sehen konnte, machte mir umso deutlicher, welche

Aufmerksamkeit sie jedem kleinen Detail widmete. Sie schob die Hände unter mein Shirt, und ich lächelte. Ihre Haare kitzelten mich, und die Berührung machte mich an.

»Deine Haut ist glatt und trotzdem hubbelig. Ich liebe Hubbel übrigens.«

Ich lachte und dachte an die Punktschrift überall im Haus mit all ihren »Hubbeln«, die ihr bei der Orientierung halfen. Ich unterdrückte ein Stöhnen, als sie mit den Fingern über die Wölbungen meiner Rückenmuskeln fuhr, den Kopf auf meine Brust legte und mich an sich zog. Ich küsste sie auf die seidigen Haare.

»Ich werde dich ziemlich oft berühren«, sagte sie ernst.

»Damit hab ich überhaupt kein Problem«, antwortete ich großzügig.

»Aber was ich nicht anfassen kann, musst du mir beschreiben.«

»Okay.«

»Deine Augen … welche Farbe haben sie?«, fragte sie.

»Grün.«

»Wie Gras?«

»Ja, vielleicht ein wenig heller.«

»Und deine Haare?«

»Dunkel und hell. Eine Mischung aus beidem. Du hast schokoladenbraune Haare, meine sind …« Ich überlegte eine Weile und suchte nach einer passenden Beschreibung. »Muss ich sie wirklich beschreiben? Du kannst sie doch fühlen.« Als sie mit den Fingern durch meine Haare fuhr, unterdrückte ich ein Schnurren.

Sie griff nach meinen Händen und zog sie an ihr Gesicht.

»Jetzt betrachte mich so wie ich dich eben.«

Ich fuhr mit den Fingern über ihre Wangenknochen und schloss die Augen, um auf dieselbe Weise zu sehen wie Millie.

»Deine Wangenknochen sind hoch und ausgeprägt, dein

Gesicht ist leicht herzförmig«, verkündete ich, obwohl ich ihr Gesicht deutlich im Kopf hatte, während ich mit den Händen darüber fuhr.

»Ich hab eine breite Stirn«, unterbrach sie.

»Und ein spitzes Kinn«, fügte ich hinzu.

Ich ertastete ihr seidenweiches Haar und schob es ihr hinter die Ohren.

»Und große Ohren«, stellte sie fest.

Ich fuhr sie mit den Fingerspitzen nach. »Du hast hübsche Ohren«, widersprach ich. Was auch stimmte. Unter meinen Fingerspitzen fühlten sie sich zierlich und zart an, kleine Verwirbelungen weicher Haut in der Form eines Fragezeichens, immer auf eine Antwort wartend.

»Was magst du an meinem Gesicht am liebsten?«, fragte Millie, nachdem ich sie eine Weile erforscht hatte.

Ich berührte ihren Mund, drückte meine Daumen in die Mitte ihrer vollen Unterlippe und strich dann nach oben, um ihre Lippen leicht zu öffnen.

»Das hier. Deinen Mund mag ich am liebsten.«

»Weil du mich küssen willst?« Ah, mein Mädchen verstand es, zu flirten. Das gefiel mir.

»Ja«, sagte ich. Und tat es auch. Ich küsste sie sanft und liebevoll. Und dann gleich noch mal. Ich küsste sie immer wieder, mehrere lange Minuten, bis unsere Lippen wund waren und ich wusste, dass ich aufhören sollte. Doch ich konnte es nicht und verschmolz wieder mit ihr, schob meine Zunge zwischen ihre glatten Zähne und rieb sie an ihrer Zunge, weil sich das so gut anfühlte und ein Feuer in meinem Bauch entfachte.

»Ich will nicht gehen«, sagte ich erneut. Ich wusste nicht, ob ich je dazu bereit sein würde.

Millie versuchte, mich dazu zu überreden, noch mal mit ihr zur Kirche zu gehen, aber ich hatte eine besondere Überraschung für sie vorbereitet. Unsere Stadt konnte mit einem der berühmtesten Chöre der Welt aufwarten, und wir würden ihn singen hören. Ich hatte ein paar Anrufe gemacht und die Erlaubnis bekommen, bei der Probe zuzuhören. Ich wollte nicht zu einem offiziellen Konzert gehen. Dann würde Millie automatisch eine Vorführung erwarten. Ohne Publikum würde Millie eine viel größere Überraschung erleben, wenn ich sie bis zur ersten Reihe des Salt-Lake-Tabernakels führte. Ohne Publikum war die Überraschung perfekt.

Sie war aufgeregt. Ihre Wangen waren gerötet. Sie strahlte und krallte die Finger in meinen Arm wie ein zappeliges Kind.

»Sind wir in einer Kirche?«, wisperte sie.

»Sozusagen.«

»Es klingt nicht so, als wären viele Leute hier. Sind noch andere Leute hier?«

»Sozusagen.«

Sie wölbte die Augenbrauen und zwickte mich. »Wie können denn sozusagen Leute hier sein. Entweder sie sind da oder nicht.«

»Es sind andere Leute hier, aber es findet kein Gottesdienst statt.«

»Oookay«, meinte Millie argwöhnisch. Ich merkte, dass sie noch zappeliger wurde.

Der gesamte hintere Raum wurde von der Orgel eingenommen. So etwas hatte ich noch nie gesehen. Als der Organist zu spielen anfing, spürte ich die Vibration bis in die Backenzähne, und meine Nackenhärchen stellten sich auf. Neben mir schnappte Millie nach Luft. Ich griff nach ihrer Hand und schloss die Augen, um die Musik so wahrzunehmen wie sie. Dann setzte der Chor ein. Eine Klangwelle schwappte über uns hinweg und riss uns mit sich. Die Kraft und Präzision der Stimmen grub sich in unsere Haut und rieselte unseren Rücken hinunter, sank hinab bis zu unseren Fußsohlen.

Ich vergaß meinen Vorsatz, die Augen nicht zu öffnen, und starrte Millie an. Sie hatte das Kinn angehoben und badete in der Musik, als ob sie Sonnenlicht wäre, das ihre Haut wärmte. Ihre Augen geschlossen, die Lippen leicht geöffnet, sah es fast so aus, als ob sie auf einen Kuss wartete. Der Chor sang eine Osterhymne und verkündete freudig die Auferstehung des Herrn. Darauf folgten jubilierende Hallelujas in triumphierenden Harmonien.

»So klingt das Paradies, meinst du nicht?«, hauchte Millie. Ich schwieg, weil ich den Moment nicht mit meiner Meinung über paradiesische Klänge ruinieren wollte. In meiner beschränkten Vorstellungswelt bestand das Paradies aus völliger Stille, die so viel Gewicht hatte, dass sie erdrückend war. In dieser Stille schwangen Traurigkeit und Schuldgefühle, Bedauern und Reue und Verlustgefühle. Ein Bedauern über das, was gewesen sein könnte und nie sein würde, der Verlust der Liebe, des Lebens, der Entscheidungsfreiheit. All diese Dinge hatte ich empfunden, als ich das Röhrchen Aspirintabletten schluckte und mir die Handgelenke aufschlitzte. Ich hatte das Bewusstsein verloren und nach dem Aufwachen alles nur noch bewusster wahrgenommen, noch eindringlicher. Die Stille war ohrenbetäubend gewesen. Und nicht dunkel, sondern hell. So hell, dass man gar keine andere Wahl hatte, als in dem Licht jede einzelne Faser und Seite von sich wahrzunehmen. Und was ich sah, hatte mir nicht gefallen.

Obwohl ich mich dagegen wehrte, aus dem Paradies – oder auch der Hölle – rausgeworfen und wieder auf die Erde geholt zu werden, war ich dennoch dankbar dafür. Diese Dankbarkeit erfüllte mich aber auch mit Schuldgefühlen. Erst als ich Moses kennenlernte, hatte sich meine Vorstellung vom Paradies verändert. Moses konnte Leute sehen, die längst gestorben waren. Für ihn herrschte im Paradies keine Stille. Für ihn war es voller Erinnerungen, voller Farbe. Er brachte die Toten ins Leben zurück, indem er sie malte. Moses wollte nichts davon sehen, aber es blieb ihm keine Wahl. Er musste sich damit abfinden. Und während er das versuchte, hatte ich mich wie eine Klette an ihn gehängt. Anfangs nur, weil er meine Schwester sehen konnte, die ich nie wiedersehen würde, und er Antworten hatte, die keiner sonst hatte. Auch wenn diese Antworten den Tod manchmal noch verlockender machten. Zumindest bedeutete der Tod nicht das Ende. Dessen war ich mir sicher.

Für Millie mochte das Paradies ein Ort sein, der einem engelsgleichen Chor mit Orgelmusik glich, denn in dieser Umgebung fühlte sie sich lebendig. Bei Millie drehte sich alles um Klänge und Geräusche, nicht um das, was man sah. Für sie war das Paradies nicht voller Farben wie für Moses. Für mich sah das Paradies noch mal anders aus. In meiner Vorstellung klang es wie die Glocke zu Beginn einer Runde, es schmeckte nach Adrenalin und brannte wie das Feuer in meinem Bauch und der Schweiß, der mir in die Augen tropfte. Für mich bestand es aus einer johlenden Menge und einem Gegner, der mich bluten sehen wollte. Für mich war das Oktagon das Paradies.

»Du weißt, dass ich am Dienstag gegen Santos kämpfe, oder?« Es war wohl weder der rechte Ort noch die rechte Zeit für dieses Gespräch. Ein Lied folgte auf das andere. Die Härchen auf meinen Armen hatten sich seit einer halben Stunde nicht mehr gelegt. Der Chor sang nun *Beautiful Savior*, und bei Millies Anblick schoss mir durch den Kopf, dass sie meine wunderschöne Retterin war. Wenn das Paradies ein Oktagon war, dann war Millie mein Engel im Zentrum. Das Mädchen mit der Macht, mich umzuhauen und wieder aufzurichten. Das

Mädchen, für das ich kämpfen wollte, das ich für mich beanspruchen wollte.

»Ja?« Ihre Lippen waren meinem Ohr zugewandt, damit unser Gespräch die Probe nicht störte. Ich antwortete nicht sofort, sondern wartete, bis sich das bewegende Lied dem Ende näherte. Mit einer Geste brachte der Dirigent Chor und Orgel zum Verstummen. Ich ergriff Millies Hand, und wir schlüpften auf demselben Weg hinaus, auf dem wir hereingekommen waren. Vorher warf ich meinem Freund im Tabernacle-Chor, der das alles ermöglicht hatte, noch schnell ein wortloses Danke zu. Er zwinkerte mir zu und streckte die Daumen nach oben.

Millie hielt sich an meinem Arm fest, bis wir draußen standen. Erst dann lockerte sie ihren Griff und legte den Kopf in den Nacken, um die wärmenden Sonnenstrahlen zu genießen, wodurch sie mir einen wundervollen Blick auf ihren schönen Hals bot.

»Ich will nicht, dass du am Dienstag im Publikum sitzt, Millie«, platzte ich heraus.

»Nein?« Sie senkte das Kinn, der Sonnenschein war vergessen.

»Nein, Baby«, antwortete ich sanft.

»Warum nicht?« Ihre Stimme klang traurig.

»Weil ich mich dann nicht auf den Kampf konzentrieren könnte. Ich würde mir die ganze Zeit Sorgen um dich machen.«

Sie stieß einen heftigen Atemzug aus.

»Sobald ich gewonnen habe, komme ich zu dir«, versprach ich.

»Bist du dir so sicher, dass du gewinnen wirst?«

»Ja. Ich werde gewinnen. Ich werde meine Arme in die Luft strecken und rufen: Jo, Millie, wir haben's geschafft!«

»So Rocky-Balboa-mäßig.« Sie grinste.

»Genau. Und dann renne ich aus der Arena und flitze durch die Straßen bis zu deinem Haus. Ich hämmere an deine Tür, bis du aufmachst, damit du mir auf die Art gratulieren kannst, die du für angemessen hältst. Sieh zu, dass Henry bei Robin übernachtet.«

Sie lachte, aber es klang gezwungen. Während wir in Richtung Auto schlenderten, breitete sich Schweigen aus. Das Gelände um den Salt-Lake-Tabernakel war makellos gepflegt und ideal für einen Spaziergang, auch wenn Millie die Landschaft nicht genießen konnte.

»Ich bin nicht aus Zuckerguss, David«, sagte sie leise.

»Ich weiß.«

»Wirklich? Wenn ich sehen könnte, hättest du vermutlich nichts dagegen, dass ich zu deinem Kampf komme.«

»Mag sein«, gab ich zu und nickte. »Aber du kannst nun mal nicht sehen. Und es erscheint mir unnötig grausam, dass du im Publikum womöglich von allen Seiten geschubst und gestoßen wirst und dabei nicht weißt, ob ich gerade gewinne oder verliere. Ich will dich nicht quälen. Du wirst Angst um mich haben und ich um dich. Und wenn ich Angst um dich habe, lenkt mich das ab, und ich bin in Gedanken nicht dort, wo ich sein sollte.«

»Aber Tagg, so funktioniert das nun mal. Ich sorge mich um dich und du dich um mich. Das nennt man Beziehung.« Ihre Stimme klang frustriert. Mir fiel auf, dass sie mich immer Tagg nannte, wenn sie genervt von mir war.

»Ich beschütze dich, du beschützt mich«, beharrte ich. »So funktioniert das. Und du beschützt mich am besten, wenn du während des Kampfes an einem sicheren Ort bist, damit ich nicht abgelenkt werde. Und ich beschütze dich, indem ich darauf bestehe.«

Als sie aufstöhnte, blieb ich stehen und drehte sie zu mir.

Sanft strich ich mit den Fingerspitzen über ihre Stirn, wischte die Sorgenfalten zwischen ihren Augen weg, berührte ihre ernsten Lippen und zog die Mundwinkel hoch, um sie zum Lächeln zu bringen.

Sie packte meine Hände, zog sie an ihren Mund und knabberte daran, allerdings ein wenig fester als liebevoll, um mir ihren Frust zu zeigen.

»Der Kampf wird im Fernsehen übertragen. Auf Fightnet und auch auf FOX Sports, aber dort vermutlich erst später. Auf Fightnet kannst du ihn jedoch live erleben und von zu Hause aus zuhören. Mikey macht den Kommentator bei Tagg-Team-Kämpfen. Er ist ziemlich gut. Ich werde ihm sagen, dass du zuhörst, damit er ein wenig ausführlicher kommentiert als sonst. So weißt du genau, was passiert, wenn es passiert.«

Unwillig schüttelte sie den Kopf.

»Bitte, Millie«, flehte ich leise.

»Ich möchte nicht, dass du dich alleingelassen fühlst. Es kommt mir falsch vor, nicht bei dir zu sein«, protestierte sie.

»Jeder kämpft für sich allein, Millie. Dabei kannst du mir nicht helfen.«

»Okay«, flüsterte sie.

»Okay?«, hakte ich nach.

»Okay«, stimmte sie zu.

Erleichtert küsste ich sie, fast verzweifelt, und sie erwiderte den Kuss. Dennoch spürte ich, dass ich sie gekränkt hatte, schmeckte ihre Vorbehalte.

Als ich sie zu Hause absetzte, begleitete ich sie nicht hinein, was sie widerspruchslos und ohne Schmollen akzeptierte. Ich vibrierte förmlich vor angestauter Energie, Nervosität und Erwartung. Ich hatte noch achtundvierzig Stunden, um mich mental auf den Kampf vorzubereiten, und ich brauchte einen klaren Kopf, keine Ablenkungen. Nicht mal schöne.

»Du kommst am Dienstag her, egal wie spät es ist?«, fragte sie, eine Hand auf dem Griff der Beifahrertür, in der anderen ihren Stock.

»Versprochen«, antwortete ich. Blutig, geschlagen, voller blauer Flecken, egal wie, ich würde da sein.

»Ich werde zuhören, dir zujubeln und auf dich warten«, sagte sie schlicht. Sie öffnete die Autotür und stieg aus. Ich sah ihr nach, als sie ins Haus ging und sorgsam die Tür hinter sich schloss.

(Ende der Kassette)

Moses

Millie war beim Kampf nicht in der Arena gewesen. Das fiel mir erst jetzt auf. Am Kampfabend hatte ich vor lauter angestauter Energie und dem Hype um die Riesenveranstaltung gar nicht mitbekommen, dass eine bestimmte Frau fehlte.

Auch Georgia war nicht dabei gewesen. Sie hatte mir einen Kuss gegeben und mir erklärt, Babys und Prügeleien passten nicht zusammen, und ich solle ohne sie gehen. Sie wollte mit Kathleen zu Hause bleiben und Mädelssachen machen. Ich wusste, »Mädelssachen« war ihre Umschreibung dafür, Kathleen zu füttern, zu baden und in den Schlaf zu schaukeln, um dann ebenfalls früh zu Bett zu gehen, aber ich ließ mich überreden und ging allein.

Ich saß in der ersten Reihe mit ein paar Jungs aus dem

Tagg-Team, die nicht in Taggs Ecke gebraucht wurden. Tagg stolzierte zu einem Waylon-Jennings-Song über Cowboys, die schwer zu lieben und noch schwerer zu halten sind, in die Arena. Die Menge jubelte und sang mit, und Tagg feuerte sie noch an. Das brachte mich zum Lachen. Ich war so nervös, dass ich praktisch doppelt sah, und er führte sich auf wie ein Gorilla und alberte in dem vollgepackten Saal herum, lächelte strahlend und ließ seine dicken Muskelpakete spielen. Er wirkte überhaupt nicht nervös. Als er meinen Blick auffing, trommelte er sich grinsend auf die Brust.

Bruno Santos dagegen betrat die Arena in einem schimmernden weißen Seidenmantel. Die Kapuze hatte er so tief ins Gesicht gezogen, dass man nur sein Kinn erkennen konnte. Sein Einlaufsong bestand vor allem aus Bässen, die so laut dröhnten, dass ich den Text nicht verstand, aber ich fing die Worte »Zerstörung« und »Vernichtung« auf. Er hüpfte auf den Fußballen herum, verrenkte die Schultern und drehte den Kopf im Nacken. Plötzlich wünschte ich mir, ich wäre zu Hause bei Georgia geblieben. Mir Sorgen um Freunde machen zu müssen ging mir auf den Senkel. Tagg beim Kämpfen zuzusehen noch mehr. Mein Magen spielte verrückt, und ich starrte meinen Freund finster an. Stumm bat ich ihn, mich schnellstmöglich aus meinem Elend zu erlösen.

Was er natürlich nicht tat. Aber er kämpfte. Hart und hässlich. Er steckte so viele Schläge ein, wie er austeilte, und wie üblich schien er besser zu werden, nachdem er ein paar Treffer ins Gesicht bekommen hatte. Dem Text seines Einlaufsongs entsprechend war er schwer festzuhalten. Aber es war definitiv nicht schwer, ihn zu lieben. Das Publikum stand eindeutig auf seiner Seite. Die Menge tobte, als er nach einem harten Treffer in der vierten Runde wieder auf die Beine kam und erneut einem Armhebel auswich, dessen Anblick allein mir schon Magenschmerzen bereitete und mir Tränen in die Augen schießen ließ.

Und dann, als es schon so aussah, als würde der Herausforderer den Kampf verlieren – wie so oft –, erwischte Tagg Santos mit einem krachenden Roundhouse-Kick an der Schläfe, der die Menge in Verblüffung versetzte und seinen Gegner ins Stolpern brachte. Santos wankte, und Tagg stürzte sich mit fliegenden Fäusten auf ihn. Santos hob die Hände schützend vor den Kopf und schlug nicht zurück. Und mit einem Mal war es vorbei. Sieg für Taggert durch technischen K.o. Das Publikum war völlig aus dem Häuschen, und auch ich sprang vom Sitz auf, schrie mir die Kehle aus dem Leib und hüpfte mit dem Rest des Teams herum, schwindelig vor Erleichterung und überglücklich für Tagg.

Seltsam, dass mir Millies Abwesenheit gar nicht aufgefallen war, aber ich hatte durchaus bemerkt, dass Tagg nach dem Kampf nicht mehr lange in der Arena geblieben war. Er gab ganz den Geschäftsmann, erfüllte Interviewwünsche und nahm Glückwünsche entgegen, schüttelte Hände und schmeichelte sich ein. Wir gingen jedoch zur selben Zeit. Ich begleitete ihn zu seinem Pick-up, und die Party fand ohne uns statt. Ich fuhr nach Hause zu meiner Frau, und er ganz eindeutig nach Hause zu Millie.

Tagg

(Kassette)

Nach dem Kampf brauchte ich noch zwei Stunden, bis ich mein Versprechen einlöste. Ich gab ein Interview, duschte, hatte eine Massage und dann noch ein paar Interviews, ehe ich mich losreißen und zu Millie fahren konnte. Mein ganzer Körper schmerzte. Ich hatte mir Schmerztabletten eingeworfen, doch ich war immer noch im Adrenalinrausch und wollte mein Mädchen unbedingt sehen.

Offenbar hatten die beiden Ausschau nach mir gehalten, denn noch ehe ich ganz ausgestiegen war, schoss Henry schon aus der Tür und hibbelte um mich herum. Millie wartete, den Stock in der Hand, auf der Veranda.

»Tagg!« Henry schnippte wieder mit den Fingern vor Aufregung. »Vierzig Prozent der Kämpfe im Halbschwergewicht enden mit einem technischen K.o. oder K.o.«, stellte er fest. Ich fand's cool, dass er den Fachjargon so gut draufhatte, legte ihm einen Arm um die Schultern und zog ihn mit mir zum Haus.

»Amelie hat den ganzen Kampf über geweint. Dann hab ich ihr gesagt, dass deine Nase blutet, und sie hat sich die Ohren zugehalten.«

»Henry«, seufzte Amelie tadelnd. Sie streckte mir die Hand

entgegen. Ich ergriff sie, ließ Henry los und zog sie unter meinen rechten Arm, ganz eng an meine Seite, während wir gemeinsam ins Haus gingen.

»Der Schiedsrichter hat den Kampf beendet. Hat er das getan, weil du Santos sonst getötet hättest? Warst du wütend, weil er dir die Nase blutig geschlagen hat?« Henry hüpfte Schatten boxend durch den Flur.

»Nein, die blutige Nase hat nur dazu geführt, dass ich mich noch mehr angestrengt habe.« Henrys atemlose Zusammenfassung brachte mich zum Lachen.

»Alle haben Tagg-Team gebrüllt! Ich auch! Die ganzen Leute hatten Tagg-Team-Shirts an!« Henry war dermaßen aus dem Häuschen, dass er praktisch schwebte. Mir fiel das Shirt in meiner rechten Hand wieder ein.

»Apropos Shirt. Ich hab dir eins mitgebracht.« Ich warf es ihm zu, und er fing es auf und zog es über sein Kobe-Bryant-Trikot. Das Shirt brachte ihn einen Moment zum Schweigen, während er sich selbst in dem verschnörkelten Spiegel neben der Treppe bewunderte.

»Dir hab ich auch eins mitgebracht, Millie«, murmelte ich. »Es ist noch im Pick-up. In deiner Lieblingsfarbe.«

»Steht drauf ›Mein Freund hat gegen Santos gekämpft, und ich hab nur dieses lausige T-Shirt bekommen‹?«, fragte sie trocken, mit einem Lächeln auf den Lippen.

»Oh wow, ganz schön frech!«, sagte ich lässig, aber ich schlang die Arme um sie und küsste sie zärtlich. Sie schmiegte sich an mich und vergrub das Gesicht an meiner Brust.

»Ich verzeihe dir«, wisperte sie. »Aber ich werde nie wieder zu Hause bleiben, wenn du einen Kampf hast. Das war das Schlimmste, was ich in meinem Leben durchgemacht habe.«

»Ich hab dir doch gesagt, dass ich gewinnen und danach herkommen würde. Und hier bin ich.« Mit dem Mund streifte ich über ihre Haare.

»Wirst du uns heiraten, Tagg?«, mischte sich Henry ins Gespräch ein.

»Was?« Ich war mir nicht sicher, ob ich ihn richtig verstanden hatte.

»Wirst du Millie heiraten und mit mir verwandt sein?«, wiederholte er seine Frage mit todernster Miene. Er machte keine Scherze. »Wir wollen Teil des Tagg-Teams sein.«

Lachend sah ich Millie an. Mit versteinertem Gesicht befreite sie sich aus meinen Armen. Dann griff sie nach ihrem Stock an der Wand, als suche sie Halt.

»Statistisch gesehen haben Athleten mit einer intakten Familie mehr Durchhaltevermögen, sind zielgerichteter, mental gesünder und bringen eine insgesamt bessere Leistung als geschiedene oder unverheiratete Athleten«, ratterte Henry roboterhaft herunter, und ich löste meinen Blick von Millies geschocktem Gesicht.

»Hast du dir das ausgedacht, Henry?« Ich grinste.

Henry blickte mich verwirrt an, als sei es schier unmöglich, dass er sich irgendwelche Sportfakten ausdachte, um seine Argumente zu unterstützen. Vielleicht war in Henrys Welt, wo die Linien klar gezogen, die Fakten deutlich geschrieben standen, eine Lüge tatsächlich unmöglich.

»Du bist doch schon Teil des Tagg-Teams, Henry«, sagte ich sanft. »Das Shirt ist der Beweis. Ich besorg dir so viele, wie du willst, in jeder Farbe, und du kannst immer in meiner Ecke stehen.«

Mit schräg gelegtem Kopf dachte Henry über mein Angebot nach, aber die Enttäuschung stand ihm ins Gesicht geschrieben. Millie wandte sich ab, tastete nach dem Türgriff und verließ eilig das Haus.

»Millie!«, rief ich ihr nach, aber sie blieb nicht stehen. Ich hörte, wie ihr Stock auf dem Gehweg klapperte.

»Ach, Henry. Jetzt hast du's geschafft.« Zu meiner eigenen Überraschung lachte ich. Auch meine so gut wie gar nicht vorhandene Schreckreaktion auf das H-Wort verwunderte mich. Wenn eine Frau Anspielungen auf eine feste Beziehung fallen ließ, machte ich gewöhnlich Schluss. Immer. Ich war großartig im fliegenden Wechsel. Keiner war es bisher gelungen, mich an sich zu fesseln.

Dabei schloss ich nicht aus, irgendwann mal zu heiraten. Später. Wenn ich achtzig war. Doch als Henry mir nun den Antrag machte, ging ich nicht gleich in Abwehrstellung. Im Gegenteil. Die Vorstellung, Millie zu heiraten, beschleunigte meinen Puls. Meine Hände kribbelten, und mein Herz grinste so breit, dass mir die Ecken dieses Grinsens bis in die Rippen stießen. Entweder das, oder ich spürte allmählich die schmerzhaften Schläge, die mir Santos verpasst hatte.

»Im Zweiten Weltkrieg haben die Pittsburgh Steelers und die Philadelphia Eagles viele Spieler verloren und sich deshalb in der Saison 1943 als Steagles zusammengetan«, erklärte Henry.

»Was? Als Steagles?« Mein Blick flog zu Henry, aber ich musste Millie schnellstens nachlaufen.

Henry nickte mit ungerührter Miene. »Das könnten wir doch auch. Uns zusammentun. Wir könnten die Taggersons sein.«

»Eine sehr interessante Idee, Henry.« Ich nickte und biss mir auf die Lippe, damit ich nicht laut losprustete. »Aber erst muss ich Millie davon überzeugen. Vielleicht will sie keine Taggerson sein.«

»Andert?«, bot Henry eine andere Kombination an. Er krauste die Nase und schüttelte den Kopf, als gefiele ihm die Variante nicht so gut.

»Gib mir eine Minute, um herauszufinden, was Millie davon hält. Okay?«

Feierlich streckte Henry beide Daumen hoch und setzte sich auf die unterste Stufe, um das Urteil abzuwarten.

Ich rannte auf die Straße hinaus und schaute nach links und rechts, in der Hoffnung, dass Millie noch nicht außer Sichtweite war. Und tatsächlich entdeckte ich sie einen halben Block entfernt.

»Millie!« Offenbar wollte sie zur Kirche. Ich lief ihr schnell hinterher, wobei ich jeden einzelnen Schlag spürte, den ich an diesem Abend eingesteckt hatte.

»Millie! Warte, Süße. Du bringst mich sonst noch um.« Sie blieb stehen, drehte sich aber nicht um. Sie hielt sich so gerade wie ein Brett. Den Stock hatte sie nach vorn gestreckt. Wie bei unserer ersten Begegnung vor der Bar erinnerte sie mich auch jetzt an eine stumme Schäferin.

»Millie.« Als ich sie erreichte, umfasste ich ihre Hand auf dem Stock. Wir beide klammerten uns daran wie an die Haltestange in der U-Bahn. Sanft zog ich ihr den Stock aus den Händen, weil ich hoffte, dass sie sich dann an mir festhalten würde.

»Warum läufst du weg?«

»Die Frage sollte wohl eher lauten, warum tust du das nicht?«, sagte sie und biss sich auf die Lippe.

»Möchtest du eine Taggerson sein, Millie?«, murmelte ich, befreite ihre Lippe mit meinen Zähnen und küsste sie.

»Eine was?«, fragte sie atemlos, als ich sie wieder freigab.

»Oder vielleicht lieber eine Andert?« Erneut ließ ich meinen Mund mit ihrem verschmelzen. Sie öffnete leicht die Lippen, damit ich den Kuss vertiefen konnte.

»Henry findet, wir sollten unsere Namen zusammenwerfen«, erklärte ich.

Millie stöhnte auf. Die Scham strömte in Wellen aus ihr heraus.

»Henry sollte wirklich damit aufhören, erwachsenen Männern Heiratsanträge zu machen«, schimpfte sie.

»Ja, er ist noch ein wenig zu jung für diese Art von Beziehung.« Ich drückte ihr einen weiteren Kuss auf die Oberlippe, dann auf die Unterlippe, um sie zu beruhigen. Einige lange Minuten schwiegen wir.

»David?«, flüsterte sie schließlich, als ich sie endlich zu Atem kommen ließ.

»Ja?« Ich küsste sie erneut, konnte nicht anders. Sie schmeckte wie kaltes Wasser und warme Wünsche. Ich ertrank und badete zugleich in diesem Gefühl und vergaß den Kampf, die Blutergüsse und die schmerzenden Rippen.

»Ich liebe dich«, gestand Millie sanft. Ich spürte ihre Worte auf meinen Lippen und ihre Bedeutung in meinem Kopf. Völlig reglos standen wir da und ließen uns von ihrer Wärme einhüllen. Die Luft schien plötzlich zu vibrieren wie ein gewaltiges Feuerwerk aus Farben und Geräuschen. Die Welt war magisch und ich ihr König.

»Ich liebe dich auch«, sagte ich, ohne zu zögern. Die Worte kamen mir so leicht über die Lippen, wie das nur bei der Wahrheit der Fall ist.

Heilige Scheiße.

Ich liebte Amelie Anderson. Das blinde Mädchen. Das wurde mir schlagartig bewusst.

Millie lehnte sich zurück. Ihr Lächeln war so strahlend und bezaubernd, dass ich ebenfalls lachen musste.

»Heißt das, du wirst mein T-Shirt tragen?«, fragte ich.

»Voller Stolz«, antwortete sie.

Wir standen mitten auf dem Gehweg, der Schein der Straßenlampen bildete eine weiße Pfütze um uns. Voller Leidenschaft küsste ich Millie und wollte sie nie wieder loslassen. Niemals.

Dann brachte ich sie nach Hause, und wir sprachen den ganzen Abend nicht mehr über Taggersons oder Anderts. Millie erklärte Henry in ernstem Ton, dass er noch zu jung für eine Ehe sei und sich mit dem T-Shirt begnügen musste. Er wirkte ziemlich enttäuscht darüber. Ich zuckte mit den Schultern, als sei das nicht meine Schuld. Ich versicherte ihm, dass ich ihm ein T-Shirt für jeden Wochentag besorgen würde und auch eins für Ayumi, was ihn etwas beschwichtigte.

Aber die Saat war gesät.

Ich kannte Millie erst seit zwei Monaten, dennoch war ich mir meiner Sache noch nie so sicher gewesen. Ich war schon auf halbem Weg zum Altar und wartete nur darauf, dass sie mich einholte.

In den Tagen nach dem Santos-Kampf nahm die Hektik zu, statt nachzulassen, und der ganze Aufruhr fraß meine Energiereserven auf. Meine Batterien waren leer. Zum ersten Mal im Leben war ich müde. Ein ziemlich seltsames Gefühl. Ich wollte eigentlich nur mit Millie und Henry zusammensein und verbrachte mehr Zeit bei ihnen als bei mir zu Hause. Tatsächlich fühlte ich mich bei ihnen wie zu Hause. Ich fühlte mich dort so wohl, dass ich eines Abends bei einem Spiel, das ich mir mit Henry anschaute, sogar auf dem Sofa einschlief und zu Musik aufwachte.

Millie saß im Schneidersitz mitten im Wohnzimmer auf dem Boden, den Rücken mir zugekehrt und ihre Gitarre in ihrem Schoß. Das Spiel war eindeutig schon vorbei. Henry hatte mich offensichtlich aufgegeben und war ins Bett gegangen. Ich hatte also was bei ihm gutzumachen, obwohl es mir nichts ausmachte, das Spiel verpasst zu haben. Die Zuschauerrolle hatte mir noch nie wirklich gelegen. Ich zog es doch eher vor, selbst zu spielen.

Den Kopf schräg gelegt, zupfte Millie mehrere Songs auf der Gitarre, die sie aufrecht wie ein Cello hielt, und ich lauschte schweigend und ließ sie im Glauben, dass ich noch schlief. Sie überraschte mich immer wieder. Ich wusste, dass sie Gitarre spielen konnte, aber ich hatte keine Ahnung gehabt, wie verdammt gut sie war.

»Warum hast du nicht schon früher mal für mich gespielt?«, fragte ich schließlich mit schläfriger, zufriedener Stimme.

»Du bist ja wach«, sagte sie. Ich konnte das Lächeln in ihren Worten hören.

»Ich bin wach, du bist schön und musst jetzt unbedingt herkommen.«

Sie ignorierte mich und strich weiter über die Saiten. »Wenn du ein Akkord wärst, David, welcher wärst du dann wohl?«, sinnierte sie.

Ich hörte zu, während sie experimentierte.

»Oh, der hier ist gut, schön traurig«, meinte sie und schlug sanft die Saiten an.

»Wirke ich denn traurig?«, fragte ich.

»Nein. Eindeutig nicht. Das ist nicht dein Akkord. Keine schwachen Moll-Akkorde für dich.«

»Ganz bestimmt nicht. Ich bin eindeutig ein kräftiger Dur-Akkord. Ein kräftiger Akkord und Hengst.« Sie lachte, und ich seufzte. Ich wusste nicht, wie spät es war, aber das goldgelbe Licht der Lampe und der warme Klang der Saiten machten meine Lider schwer und mein Herz leicht.

»Das ist Henrys Akkord.« Millie spielte eine seltsam misstönende Klangkombination. Ich lachte laut, weil er wirklich gut zu ihm passte. »Bei dir muss es aber was Tieferes sein«, fügte sie hinzu.

»Weil ich so sexy bin«, sagte ich lässig.

»Ja. Weil du sexy bist. Und der Klang muss an ein kleines Näseln erinnern.«

»Weil ich ein sexy Texaner bin.«

»Ein sexy Utah-Texaner.« Sie versuchte noch ein paar weitere Akkorde, lachte und krauste schließlich die Nase. »Hm, liebevoll sollte er auch klingen.«

»Liebevoll, kräftig und stürmisch?«, fragte ich.

»Sexy, näselnd, liebevoll, kräftig und stürmisch. Das könnte schwieriger werden als gedacht«, meinte sie immer noch schmunzelnd.

Sie schlug ein paar volle, knarzende Töne an, ließ jede Saite erklingen und dann alle zusammen. »Das ist er, hörst du das? Das ist Tagg.«

»Gefällt mir«, meinte ich erfreut.

Sie spreizte die Hand, ließ aber den kleinen Finger auf der untersten Seite liegen. Der Klang änderte sich leicht, gab eine weitere Schicht preis, als ob sich der Akkord nicht recht entschließen könnte, wie er klingen sollte. »Und das ist David.«

Ich setzte mich hinter sie auf den Boden, umfasste ihre Hüfte und zog sie an mich. Nun hielt ich sie in den Armen wie sie die Gitarre. Sie lehnte sich an mich und schmiegte den Kopf an mein Kinn, während sie weiter die Akkorde zupfte, die sie nach mir benannt hatte.

»Lass mich deinen Song hören, Millie.«

»Du meinst meinen Akkord?«

»Nein, deinen Song. Du bist eine Frau. Frauen haben nicht nur einen Akkord.«

Sie lachte leise und traf mich mit dem Gitarrenhals leicht

am Kopf. »Ich bin froh, dass du das weißt, aber eigentlich wäre es mir lieber, wenn du dich nicht so gut mit Frauen auskennen würdest. Da frag ich mich immer, wie du dir dieses Wissen erworben hast, und dann werde ich ein wenig eifersüchtig.«

»Ich bin mit drei Schwestern und einer sehr willensstarken, temperamentvollen Mutter aufgewachsen. Ich hab schon früh gelernt, wie Frauen ticken.«

»Gute Antwort, Großer.«

»Es ist die Wahrheit, Süße. Also spiel ihn mir vor. Deinen Song.«

»Den hab ich noch nicht geschrieben.«

»Wird mein Akkord in deinem Song vorkommen?«

»Warum klingt das jetzt so zweideutig?« Sie lächelte, doch ihre Stimme klang sehnsüchtig.

»Weil ich ein sexy Mann bin.«

»Ich werde deinen Akkord in meinen Song schreiben. Beide, Tagg und David. Und auch Henrys.«

»Was ist mit deiner Mom? Hatte sie auch einen Akkord?«

Sofort strich Millie über die Saiten und spielte eine warme, weiche Tonfolge, die fröhlich und nachdenklich zugleich klang. »Das ist meine Mom, dieser Akkord. Erkennst du ihn?«

Ich überlegte einen Moment. »Ist er Teil ihres Songs?«

»Er ist Teil eines alten Countrysongs. Der erste Akkord von *Blue Eyes Crying in the Rain*.«

Ich sang ein paar Zeilen des Liedes, das ich auswendig kannte.

»Genau. Ich liebe diesen Song. Meine Mom hatte blaue Augen wie ich und Henry. Sie hat zum Glück nicht oft geweint. Sie hat ihr Leben mit Liebe gefüllt statt mit Tränen. Aber auch sie hatte Wünsche. Sie wollte uns beschützen und uns vor Kummer bewahren, uns all die Dinge zurückgeben, die uns genommen oder verweigert wurden. Das wünschte sie sich. Aber obwohl sie uns so sehr liebte, konnte sie uns nicht alle unschönen Erfahrungen ersparen.«

»Ich glaube, das kann niemand.«

»Nein. Da hast du recht. Vor ihrem Tod hat Mom etwas gesagt, das mir immer durch den Kopf geht, wenn ich eine harte Zeit habe. Sie meinte, dass sie uns ihr ganzes Leben lang vor Kummer beschützen wollte. Das sei ihre Aufgabe als Mutter, aber dennoch haben wir einiges durchgemacht.« Millie hielt inne, als ob sie das Gespräch in ihrem Gedächtnis hörte. In mir stieg der Wunsch auf, ihre leicht bebende Unterlippe zu küssen. Doch ich gab ihr bloß einen flüchtigen Kuss auf die Wange, weil ich befürchtete, sonst nie das Ende der Geschichte zu hören.

»Und dann sagte sie: ›Ich wollte dich und Henry vor Kummer bewahren, aber dann ist mir klar geworden, dass euer Kummer euch zu besseren Menschen gemacht hat.‹ Sie lag im Sterben und musste dabei zusehen, wie wir uns bemühten, die unabwendbare Tatsache ihres bevorstehenden Todes zu akzeptieren.«

»Und was denkst du? Macht uns durchlebter Kummer zu besseren Menschen?«

»Ich glaube, das hängt von dem jeweiligen Menschen ab«, grübelte sie.

»Vielleicht auch davon, wie groß der Kummer ist«, fügte ich hinzu und spielte mit ihren Haaren.

»Und ob man Menschen an seiner Seite hat, die einem Halt geben und Sorgen und Kummer mit einem teilen.« Sie schmiegte sich in meine Hand.

»Hattest du die, Millie?«, fragte ich leise.

»Ja. Meine Mom konnte mich vielleicht nicht vor Kummer bewahren und ich sie ganz sicherlich auch nicht, ganz zu schweigen von Henry. Aber wir haben uns geliebt, und das machte den Kummer erträglich.«

»Ich möchte so jemand für dich sein, Millie. Ich möchte dein Halt sein. Ich möchte alles mit dir teilen«, sagte ich und sang ihr einen Rolling-Stones-Song ins Ohr, wobei ich den Text ein klein wenig abänderte.

»*Let me be your beast of burden, my back is broad to ease your hurtin'*.« Lass mich dein Lastesel sein, mein Rücken ist breit genug, um deinen Kummer mitzutragen. Ich küsste sie aufs Ohrläppchen. Ich wollte sie lieben und beschützen und schwor mir in diesem Augenblick, das Unmögliche möglich zu machen. Amelie Anderson sollte nie wieder traurig sein. Ich würde ihr den ganzen Mist abnehmen.

Sie ließ mich an ihrem Hals knabbern und summte vor sich hin.

»Der Text geht aber noch weiter, David. In der nächsten Zeile fragt er, ob er ihr genug ist. Und jetzt frage ich dich, Tagg. Bin ich dir genug? Denn ich bin nicht so blind, dass ich gar nichts mitkriege.«

Die betreffende Zeile aus dem Liedtext über das Zu-blind-sein hallte mir durch den Kopf. Ich staunte über mich selbst, dass ich sie total vergessen hatte.

»*Am I tough enough? Am I hard enough?*«, sang ich, ziemlich erregt. Bin ich taff genug? Bin ich hart genug?

»Also, wirst du mir auch alles geben, Großer? Das Gute, das Schlechte und das Hässliche? Denn ich will alles von dir.« Ich lächelte über ihre Ernsthaftigkeit, ihre von Herzen kommende Forderung und versuchte, nicht über die sexuelle Anspielung zu lachen. Sie war ja so süß und ahnungslos, weshalb ich mich zusammenreißen wollte.

Ich nahm ihr die Gitarre aus den Händen und legte sie auf den Boden.

»Du bist mehr als genug, Silly Millie.«

Sie drehte sich in meinem Armen um und ertastete mein

Gesicht, ehe sie die Lippen auf meine drückte. Ich küsste sie, während Mick Jagger in meinem Hinterkopf die Zeile über das Vorhang-zuziehen und Süße-Liebe-machen grölte.

(Ende der Kassette)

Moses

»Hallo, Doc? Moses Wright hier.«

»Moses! Wie schön, von dir zu hören.« Dr Andelins Stimme klang tief und butterweich, so wie immer, und ich bewunderte seine Fähigkeit, den Leuten sofort ein besseres Gefühl zu geben. Ein Gefühl der Sicherheit und Gewissheit, dass man ihnen zuhörte. Als ich ihn in Montlake kennenlernte, war er ein frischgebackener Psychologe mit Fistelstimme gewesen – vielleicht sechsundzwanzig oder siebenundzwanzig Jahre alt –, aber auch damals schon vermittelte er den Eindruck, seine Seele habe schon eine Million Leben gelebt. Er war weise und freundlich. Tagg und ich mochten ihn sehr. Aber ich wollte mich nicht mit Nettigkeiten aufhalten, was Tagg ohnehin viel besser beherrschte als ich, und unterbrach Noah Andelin, obwohl ich wusste, wie unhöflich das war. Vermutlich würde er denken, ich hätte die Bodenhaftung wieder verloren, die ich mir als grimmiger Achtzehnjähriger in seiner Obhut in Montlake mühsam erarbeitet hatte.

»Dr Andelin, ich weiß, dass Tagg Sie ziemlich regelmäßig besucht hat, seit wir wieder in Utah sind. Und ich weiß, dass Sie mir eigentlich nicht sagen dürfen, worüber Sie geredet haben.

Das alles ist mir klar. Arztgeheimnis und so. Ich will auch gar nicht wissen, was Tagg zu Ihnen oder Sie zu ihm gesagt haben. Aber er ist verschwunden, Doc. Von einem Tag auf den anderen, ohne Vorwarnung. Er war glücklich mit einem großartigen Mädchen, das ihn ebenso sehr liebt wie er sie. In letzter Zeit sehe ich immer wieder seine Schwester, und ich muss Ihnen ja nicht erklären, warum mir das eine Heidenangst einjagt.«

Meine Gedankengänge waren recht unzusammenhängend. Ich konnte mich nicht gut ausdrücken, aber das scharfe Einatmen am anderen Ende der Leitung bestätigte mir, dass Noah Andelin mich verstand.

»Könnte er sich, Ihrer fachkundigen Meinung nach, etwas antun? Also, selbstmordgefährdet ist er eigentlich nicht.« Ich brach abrupt an, weil mir plötzlich klar wurde, dass ich gar nicht wusste, ob das stimmte. Wenn ich Tagg auf den Kassetten zuhörte, hatte ich keine Ahnung, ob er sich emotional wieder in den Fluren von Montlake befand und vor sich selbst flüchten wollte. Ich korrigierte meine Bemerkung. »Ich meine, er ist nicht mehr so stark selbstmordgefährdet wie früher. In gewisser Weise ist Tagg der gesündeste Mann, den ich kenne. Aber er hat eine verrückte Ader und ist großartig darin, alle anderen zu retten, aber er achtet nicht immer gut genug auf sich selbst. Und jetzt ist er aus heiterem Himmel verschwunden. Wo ist er wohl, was glauben Sie? Haben Sie irgendeinen Rat, der mir helfen könnte, ihn zu finden?«

Dr Andelin antwortete nicht sofort. Ich konnte ihn förmlich vor mir sehen, wie er die Hand ans Gesicht drückte, den Kopf schräg legte und nachdachte.

»Woher weißt du, dass er nicht einfach … eine Pause braucht?«, fragte Dr Andelin schließlich verlegen, wie um wenigstens eine brauchbare Alternative anzubieten.

»Er hat uns ein paar Kassetten dagelassen. Seine Freundin

ist blind. Für sie hat er die Bänder aufgenommen und redet quasi mit ihr.«

»Amelie«, sagte Dr Andelin. Mir wurde bewusst, dass Tagg ihn offenbar bei etwas um Rat gefragt hatte.

»Sie wissen also über sie Bescheid.«

»Ja, er war vor einem Monat bei mir. Er war …« Dr Andelin brach ab, als wäge er sorgfältig ab, ob die Herausgabe dieser Information ein Bruch des Arztgeheimnisses war. »Er schien glücklicher, als ich ihn je erlebt habe. Dass er weg ist, kommt … unerwartet.«

»Wäre es eine Hilfe, wenn Sie sich die Kassetten mal anhören?« Ich war verzweifelt und konnte nur hoffen, dass Millie keine Einwände haben würde.

»Hat er dir irgendeinen Grund gegeben, der dich glauben lässt, dass du irgendwas tun kannst?«, fragte Dr Andelin ruhig.

»Was?« Eine Welle der Wut schwappte über mich hinweg. Am liebsten hätte ich das Telefon gegen die Wand gepfeffert.

»Wann ist er zum letzten Mal gesehen worden?« Dr Andelins Stimme war unerträglich sanft.

»Vor über zwei Wochen«, wisperte ich.

Tagg

(Kassette)

»Tagg?« Lisa wirkte leicht gestresst. Ihre Augen waren weit aufgerissen, ihre Hände zitterten. »Äh, ich glaube, wir haben ein Problem. Morgan … Morgan ist in der Lounge. Er hat in den letzten Stunden wohl ein paar Gläser zu viel gekippt und fängt an, rumzulästern. Ich will ihm keinen Ärger machen. Morg ist mein Freund. Ich weiß nicht, warum er seinen Job verloren hat, aber, na ja …«

Ich kam hinter der Bar hervor, rief Vince Anweisungen zu und ging den Flur hinunter zur Lounge, mit Lisa im Schlepptau, die allerlei Entschuldigungen für Morgan vorbrachte.

Aus den Lautsprechern dröhnten hämmernde Bässe zu kehligem, erdigem Gesang. Amelie stand im Oktagon und drehte sich um die lange Stange. Ihr Lächeln saß wie angetackert im Gesicht. Im Gegensatz zu sonst, wenn ich sie tanzen sah, standen ihre Augen offen, und Amelies Bewegungen wirkten steif. Ganz eindeutig hatte sie keinen Spaß.

»Mir gefällt nicht, was ich sehe«, schnauzte jemand. »Gefällt dir, was du siehst, Prinzessin?« Gelächter. »Schickt Danielle wieder auf die Bühne!«

Die anderen Gäste hatten ihre Blicke von Amelie abgewandt und gafften zur Nische in der hinteren Ecke. Durch das dämmrige Licht konnte man Morgan kaum erkennen, und der laute Bass übertönte seinen Spott zum Großteil, aber er tat sein Bestes, um gehört zu werden. Die aufgeladene Stimmung im Raum hatte nichts mit sexueller Erregung zu tun, ausgelöst durch die knapp bekleidete Tänzerin und ihre verführerische Vorstellung im Scheinwerferlicht.

Er war so versessen darauf, Amelie mit seinen Zwischenrufen fertigzumachen, dass er mich nicht kommen sah. Als ich über den Rand der Nische griff und ihn am Kragen hochzog, kam er mit einem überraschten Japsen auf die Füße.

Lady Gaga sang davon, ein Pokerface zu machen, und ich bemerkte, dass Amelie ihren Rat offenbar beherzigte. Sie tanzte wie eine Aufziehpuppe. Zum Glück konnte sie den Grund für das Drama nicht sehen. Dafür war ich extrem dankbar. Lisa schrie auf, und Morgan brüllte, als ich ihn über den Tisch zog, wobei er mit seinem Körper leere Flaschen vom Tisch wischte und an einem anderen, unbesetzten Tisch zwei Stühle umstieß.

Ein paar Gäste klatschten und pfiffen, als ich den Arm um Morgans Kopf legte und ihn im Schwitzkasten zum Notausgang schleifte. Zu den letzten Takten von Amelies Nummer stieß ich ihn aus der Bar. Ich wartete nicht, bis das Scheinwerferlicht auf der Bühne ausging und das Licht in der Lounge heller gedreht wurde, wie immer, wenn eine neue Tänzerin ihren Platz einnahm. Ich wollte Morgan außer Sicht- und Hörweite schaffen, ehe ich ihn verdrosch. Als wir jedoch durch die Tür in die kalte Nacht hinausstürzten, beide schwer atmend und stinksauer, schlug Morgan, der sich mit einer Hand an meinem Arm um seinen Hals festklammerte, mit der freien Hand zu. Ein Verzweiflungsschlag, aber blöderweise hielt er eine Bierflasche in der Hand und knallte sie mit üblem Krachen gegen meine Stirn.

Der Schlag traf mich unvorbereitet. Ich ging in die Knie und zog Morgan mit mir herunter. Blut tropfte mir in die Augen, und eine unbändige Wut benebelte meine Sinne.

»Was soll das, Morg? Sag mir sofort, was du hier willst!«

Mit einem Arm wischte ich mir das Blut von der Stirn und drückte Morgans Kopf mit der anderen zu Boden.

»Ich will meinen Job ... ich will meinen Job zurück«, winselte er und versuchte, meine Hand wegzustoßen. »Ich wollte mir nur ein bisschen Mut antrinken und dich dann fragen. Ich hab Danielle und Crysti zugesehen und dabei noch ein paar Gläser mehr gekippt. Und dann kam sie raus. Ich war so sauer, weil sie immer noch ihren Job hat und ich nicht. Wo ist deine Loyalität geblieben, Tagg? Ich kapier das nicht, Mann.«

Meine Sicht verschwamm, und in meinem Kopf dröhnte es, als hätte Morg mir mit Thors Hammer eine verpasst statt mit einer Bierflasche. Irgendjemand stürmte durch den Ausgang. Ich stand auf und ließ Morgan los. Zwar schwankte ich leicht, war aber wild entschlossen, nicht zu Boden zu gehen. Bewusstlos werden hieß in Kämpferkreisen Gehirnerschütterung. Gehirnerschütterung bedeutete Zwangspause und Untersuchungen. Dafür hatte ich keine Zeit. Plötzlich tauchten Vince und Leo neben mir auf und blickten auf Morgan herab, der immer noch vor mir auf dem Boden lag, als ob er nichts mit sich anzufangen wüsste. Entsetzen trat in seine Augen, als er meine Wunde bemerkte. Ich zog mir das T-Shirt aus, wischte mir damit das Blut aus den Augen und drückte es anschließend auf die Schnittwunde auf meiner Stirn. Als ich sie abtastete, erschien sie mir so groß wie der Grand Canyon, und mein Magen rebellierte.

»Lass dich hier nicht mehr blicken, Morg. Ich hätte dir gern eine zweite Chance gegeben. Aber das, was du dir heute geleistet hast, war echt das Letzte. Das war deine zweite Chance, und du hast denselben Fehler noch mal gemacht. Du hast mir dein wahres Gesicht gezeigt, und dieses Gesicht gefällt mir nicht. Ich will dich hier nicht mehr sehen.«

Ein Abend in der Notaufnahme war genau das, was mir gerade noch gefehlt hatte. Der Arzt pulte mir Glasscherben aus der Stirn, was weher tat als der eigentliche Schlag auf den Kopf. Auch die Novocainspritze war kein Picknick. Aber ich schaffte es, die Augen offen und meinen Mund in Bewegung zu halten, während der Notarzt mich zusammenflickte.

»Sie werden aussehen wie Frankenstein«, scherzte er. »Ich hab die Stirnwunde mit dreißig Stichen genäht. Aber die Naht ist am Haaransatz und die Narbe dadurch gut versteckt. Ihre Gehirnerschütterung macht mir mehr Sorgen. Ihr Kopf ist ganz schön geschwollen, und Ihre Pupillen sind immer noch geweitet. Ich weiß, Sie glauben, Sie könnten mich mit Ihrem Gerede zum Narren halten, aber Sie lallen beim Sprechen und sind ganz schön wackelig auf den Beinen. Wir machen besser noch ein MRT, nur um sicherzugehen. Das heißt im Klartext, eher lasse ich Sie hier nicht raus.«

»Was Sie für Lallen halten, Doc, ist mein texanischer Akzent. So klinge ich nun mal. Außerdem bin ich müde. Ich bin seit achtzehn Stunden auf den Beinen, und so ein MRT ist keine schnelle Sache, oder?« Ich hatte mal ein MRT in der Highschool machen müssen, als ein Bulle namens Ginger, auf dem ich mich die geforderten acht Sekunden halten wollte, schon ein paar Sekunden, nachdem mein Hintern seinen Rücken berührte, Weitwurf mit mir gespielt und mich in einen Zaun geworfen hat. Nicht mal acht Sekunden hatten eine ewig lange Untersuchung nach sich gezogen. Dabei war mir bewusst geworden, dass ich Platzangst hatte. Danach war ich nicht mehr so scharf aufs Bullenreiten gewesen.

Außerdem ging's mir gut, und ich wollte Amelie sehen. Sie würde sich schon wundern, wo ich war. Leo hatte mich ins

Krankenhaus gebracht, während Vince wieder reinging und der neue Barkeeper Chuck dafür sorgte, dass Morgan nach Hause ging. Ich hatte alle strengstens angewiesen, die Klappe zu halten. Millie sollte sich keine Sorgen machen, weil ich eins auf die Birne bekommen hatte. Sie wusste lediglich, dass jemand Ärger gemacht hatte und rausgeworfen worden war. Mehr sollten sie ihr auch nicht erzählen. Ich wollte ihr später selbst eine Kurzfassung der Ereignisse liefern, ohne Morgans Namen zu erwähnen. Ihre Schicht war jedoch schon seit Stunden zu Ende. Zum ersten Mal, seit wir uns kannten, hatte ich sie nicht nach Hause bringen können. Ich schrieb ihr eine SMS, in der ich versprach, so bald wie möglich zu ihr zu kommen. Sie hatte eine App auf dem Handy, mit der sie sich die Nachrichten vorlesen lassen konnte. Ich schrieb ihr absichtlich die lächerlichsten Nachrichten, weil ich es so lustig fand, wie die Stimme aus der Dose sie wiedergab. Sie antwortete mit einer Liedzeile, in der es hieß, dass sie aufgeweckt werden wollte, worauf ich sie bat, ins Bett zu gehen.

»Ich lass Sie nach Hause, sobald Sie fertig sind. Aber die nächste Stunde hätte ich Sie gern noch unter Beobachtung. Tun Sie mir den Gefallen, Tagg. Bei Ihrem Beruf und den täglichen Trainingskämpfen ist mit einer Kopfverletzung nicht zu spaßen.«

Brummig erhob ich Einwände, doch der Arzt ließ sich nicht abwimmeln. Schließlich entschied ich, dass es wohl schneller ging, einfach nachzugeben, als weiter mit ihm herumzudiskutieren.

Wenig später wurde der Arzt zu einem weiteren Notfall gerufen, und ein Pfleger schob mich zum MRT. Ich bemühte mich grausame fünfundvierzig Minuten lang, nicht auszuflippen, während die Röhre Bilder von meinem Gehirn machte. Es war drei Uhr morgens, als ich endlich aus dem Krankenhaus trat. Der Pfleger versprach mir, ein Radiologe würde sich die Bilder anschauen und mich anrufen. Ich winkte ab. Abgesehen von den dumpfen Kopfschmerzen und dem sehnlichen Wunsch nach einer Dusche ging es mir gut. Eine Krankenschwester reichte mir das Formular, in dem ich bestätigte, dass ich das Krankenhaus auf eigene Gefahr verließ. Sie fragte, ob ich jemanden hätte, der bei mir blieb und mich regelmäßig aufweckte, nur um sicherzugehen.

Leo war im Wartezimmer eingeschlafen, und ich wollte seine Gutmütigkeit nicht länger strapazieren. Außerdem war Millie die Einzige, mit der ich die Nacht verbringen wollte. Es waren ohnehin nur noch wenige Stunden davon übrig. Leo setzte mich zu Hause ab. Dort nahm ich ein Bad und wusch mir sorgfältig das Blut aus den Haaren. Um vier Uhr morgens war ich endlich bei Millie.

Vielleicht hätte ich nicht fahren sollen, aber es ging mir ja gut, und ich wollte nicht noch mehr Zeit vertrödeln. Ich wusste, wo Millie den Ersatzschlüssel aufbewahrte. Henry hatte mir das Versteck mit all der Ernsthaftigkeit eines Mannes gezeigt, der ein wichtiges Geheimnis bewahrte. Der Schlüssel lag in einem Schnörkel von dem Rankgitter gegenüber der Haustür. In der Dunkelheit tastete ich danach, fand ihn schnell und dankte Henry stumm für sein Vertrauen.

Ich schloss auf und legte den Schlüssel zurück ins Versteck, ehe ich in den dunklen Flur glitt und auf Zehenspitzen die Treppe hochschlich.

In Millies Zimmer schaltete ich das Licht ein, definitiv ein Ich-liebe-ein-blindes-Mädchen-Bonus, und fand sie im Bett liegend, das Handy neben dem Kopf, die Arme um ein Kissen geschlungen. Ich schaltete das Licht wieder aus, schlüpfte aus den Schuhen und schlich im Dunkeln zu ihr. Nachdem ich mich neben sie gelegt hatte, nahm ich ihr das Kissen aus den

Armen und stopfte es mir unter den Kopf. Dann zog ich sie zu mir und bettete sie zum Ausgleich für den Kissendiebstahl auf meine Brust.

»Hey«, sagte sie schläfrig, aber die Freude in ihrer Stimme wärmte mich.

»Hey. Schlaf weiter. Ich wollte dich nicht wecken. Ich wollte dich nur sehen.«

»Ich will dich auch sehen«, murmelte sie. Ihre Hände gingen auf Erkundungstour, und meine Müdigkeit verflog. Zum ersten Mal lagen wir nebeneinander im Bett. Mehr würde auch nicht passieren, obwohl ihre schläfrigen Seufzer und tastenden Hände mich stark in Versuchung führten. Ich hätte wissen sollen, dass sie meinen Verband sofort entdecken würde.

»Was ist das?«, fragte sie und umschloss mit den Fingern meinen Kopf.

»Nur ein paar Stiche, weil mir ein besoffener Unruhestifter eine Bierflasche an die Stirn geknallt hat.«

Sie fuhr hoch. »Etwa der besoffene Unruhestifter bei meinem Auftritt?«, fragte sie ungläubig.

Ich antwortete nicht.

»Du warst also im Krankenhaus. Warum hat mir das niemand gesagt? Warum hast du es mir nicht gesagt?«

»Ich wollte nicht, dass du dir Sorgen machst.«

»Aber … aber … ich bin deine Freundin, oder? Das ist mein Job. Das tun Leute nun mal, wenn sie einander wichtig sind. Sie machen sich Sorgen!« Ihre Stimme wurde immer lauter. Ich bat sie, leiser zu sprechen, während ich die Finger durch ihre Haare gleiten ließ. Diese Diskussion hatten wir schon mal geführt.

»Menschen, die einander wichtig sind, sorgen dafür, dass der andere sich keine unnötigen Sorgen macht. Mir geht's gut. Ich bin hier. Und ich werde eine hübsche Narbe bekommen, die du abtasten kannst, wenn alles verheilt ist.«

Millie stieß meine Hand weg und stand auf. Wortlos ging sie ins Bad und schloss die Tür etwas fester als notwendig. Ich verkniff mir ein Lachen. Wenn es darum ging, ihrem Ärger Luft zu machen, war Millie typisch Frau. Sie war nicht erfreut darüber, dass ich ihr den Vorfall verschwiegen hatte. Ich hörte die Toilettenspülung und lauschte, wie sie ein paar Minuten im Bad rumorte. Als sie schließlich wieder herauskam und sich neben mich legte, tat ich so, als ob ich schlafen würde, nur um zu sehen, wie sie reagieren würde. Sie lag eine Weile stocksteif neben mir, ehe sie die Arme um mich schlang.

»Ich weiß, dass du nicht schläfst«, wisperte sie.

»Woher?«

»Du bist zu still und lauschst zu angestrengt.«

»Du kannst hören, wie ich lausche?«

»Die Leute atmen sehr flach oder gar nicht, wenn sie angestrengt die Ohren spitzen.«

»Ich versuche, deine Gedanken zu hören.«

»Ich bin wütend auf dich.«

»So wütend kannst du nicht sein. Du hast dir die Zähne geputzt, obwohl das nicht notwendig war. Was bedeutet, dass du mich küssen willst. Und das bedeutet, dass du mir vergeben willst.«

»Ich bin wütend, weil ich dich wirklich gern hab. Und ich will dich küssen, weil ich dich wirklich gern hab.«

»Du bist wütend, weil du mich gern hast?«

»Ich bin wütend, weil ich dich liebe«, gestand sie mit einem Seufzen. »Und du hast mir nicht gesagt, dass du verletzt bist.«

»Also, ich liebe dich auch, Millie. Und ich werde immer versuchen, dich zu beschützen. So bin ich nun mal. Das ist meine Art. Wenn du gewusst hättest, dass ich genäht werden muss, hättest du nicht geschlafen und dabei so süß ausgesehen, dass ich dich am liebsten aufgefressen hätte. Du hättest an deiner

Lippe gekaut und dir Sorgen gemacht, statt von mir zu träumen.« Ich beugte mich vor und knabberte an ihrer Unterlippe. Dann küsste ich sie auf den Schmollmund und spürte, wie ihr Ärger verrauchte, als ich meine Zunge zwischen ihre Lippen schob.

Unser Atem beschleunigte sich, unsere Körper wurden rastloser. Doch plötzlich entzog sich Millie mir. Offenbar war sie nicht bereit, diese Nacht der ersten Male um ein weiteres erstes Mal zu ergänzen. Ich schloss die Augen und versuchte, mein rasendes Herz zu beruhigen, als sie mir durch die Haare streichelte und dabei den Schmerz linderte, der immer noch hinter meiner Stirn pochte.

»David?«, flüsterte sie.

»Ja?«

»Sing für mich.«

»Was soll ich denn singen, Baby?«

»Ein Liebeslied.

»Millie, Millie, du bist so *silly*, ich bin so froh, denn du heißt nicht Willy«, sang ich mit breitestem Country-Akzent.

»Willy?«

»Okay, ich texte es um.« Ich räusperte mich und fing von vorne an. »Millie, Millie, du bist so *silly*, ich bin so froh, denn zum Glück hast du keinen Willy.«

»Das ist kein Liebeslied«, kicherte sie.

»Okay. Wie wär's damit? Ich liebe deine Beine, ich liebe deine Brust, und deinen Bauch, den lieb ich auch.« Ich kitzelte sie am Bauch, und sie zappelte unter mir.

»Sing weiter!«, befahl sie und schlug meine Hand weg.

»Ich liebe dein Kinn, dein Lachen, deine Haare, und auf alle Fälle, lieb ich diese Stelle.« Ich kitzelte sie an der rechten Seite. Lachend packte sie meine Hand.

»Gefällt mir. Zweite Strophe, bitte.«

»Ich lieb es, wie du den Hintern schwenkst durch die Luft, ich liebe deinen Körper mit seinem fruchtigen Duft. Ich liebe dich, denn nur du nennst mich David ... lalala, nichts reimt sich auf David.«

»Wunderschön«, kicherte sie. »Wie heißt der Song?«

»Er heißt ›Nichts reimt sich auf David‹.«

»›Nichts reimt sich auf David‹?« Ihre Stimme klang verwundert. Sie schwieg einen Moment, als ob sie einen Reim auf David finden wollte, nur um mir zu beweisen, dass ich mich geirrt hatte. Dann strich sie mir übers Gesicht, fuhr mit den Fingern meine Kinnlinie nach, und als sie sprach, klang ihre Stimme so ernst und nachdrücklich, wie ihre Berührung sich anfühlte.

»Wenn ich dir zuhöre, fühle ich mich dir ganz nah.«

»Willst du mich deshalb immer singen hören? Ich dachte, dir gefällt meine honigsüße Stimme«, scherzte ich, aber meine Kehle war plötzlich eng geworden, zu eng zum Singen.

»Es ist mehr als das. Einen Song kann man nicht sehen. Man spürt ihn, man hört ihn, man bewegt sich dazu. So, wie ich dich nicht sehen kann, aber ich kann dich spüren und mich auf dich zubewegen. Wenn du bei mir bist, hab ich das Gefühl, ich bin mit einem David zusammen, von dem sonst niemand etwas ahnt. Das ist der David-Song, den niemand außer mir hören kann.«

Mein Herz bebte und schwoll zu doppelter Größe an. Ich hatte buchstäblich das Gefühl, als würde ich gleich aus allen Nähten platzen wie Hulk. Rasch umschlang ich Millie und vergrub mein Gesicht an ihrem Hals.

»Nein. Das bin nicht ich. Das sind die Götterfunken, Millie. Ich spür das auch, jedes Mal, wenn du bei mir bist.«

»Die Götterfunken, ja? So nennst du das also?«

»So nenn ich das.«

»Ich glaub, ich bleib beim David-Song. Das gefällt mir am besten.« Die Worte strichen über meine Wange.

»Wenn ich singen soll, musst du tanzen«, wisperte ich, und mein Mund fand ihren. Die Musik zwischen uns wurde zu einem drängenden Summen, das sich zu einem rhythmischen Pulsieren steigerte, bis die Erschöpfung unseren Song immer leiser und langsamer werden ließ und der Schlaf uns sanft übermannte.

(Ende der Kassette)

Moses

Abrupt stand Millie auf, hob den Kassettenrekorder über den Kopf und warf ihn zu Boden, als ob sie kein weiteres Wort mehr ertragen konnte. Beim Aufprall sprang die Abdeckung auf der Rückseite ab, und die dicken Batterien fielen heraus wie verwundete Soldaten aus einem zerbombten Panzer.

Georgia und ich beobachteten sie stumm und fanden keine Worte. Millie zitterte vor Wut. In ihren Augen glänzten Tränen.

»Ich weiß nicht mehr, was ich denken soll. Ich weiß nicht, was ich tun soll! Wir sitzen hier herum und hören zu, wie er uns eine Geschichte erzählt, von der ich vor zwei Wochen noch jedes Wort bedingungslos geglaubt hätte. Aber er ist weg. Und ich bin … blamiert. Mir ist das alles so peinlich. Ich hab euch angerufen, euch aus eurem Alltag gerissen und eine große Sache daraus gemacht, dass er weg ist. Aber ganz offensichtlich hat er sich das reiflich überlegt!« Millie atmete mehrmals tief ein und aus, dann sank ihr Kinn auf die Brust, und die Wut schien ebenso schnell verraucht, wie sie gekommen war.

»Das Schlimmste ist … Ich hoffe, dass er nur deshalb abgehauen ist, weil er nicht weiß, wie er mir sagen soll, dass er seine Meinung geändert hat. Ich hoffe tatsächlich, dass er aufgewacht ist und festgestellt hat, dass er mich doch nicht liebt. Ich hoffe, das ist der Grund für sein Verschwinden. Denn jede andere Möglichkeit wäre hundertmal schlimmer. Und lieber verlier ich ihn, als ihn zu verlieren.«

Ich wusste genau, was sie meinte.

Gnädigerweise klingelte mein Handy. Georgia bückte sich, um die Batterien wieder in den Rekorder zu stecken, während ich mich entschuldigte und das Gespräch annahm.

»Mikey«, grüßte ich und schlüpfte durch die Haustür nach draußen.

»Moses«, antwortete er. »Ich hab Neuigkeiten.«

Mein Herz schlug einen Purzelbaum.

»Tagg hat morgen in Vegas einen Kampf. Im MGM. Zufällig hat Cory das Wiegen heute Morgen aufgenommen. Offenbar ist Tagg in letzter Minute eingesprungen. Es ist ein großer Kampf, Moses. Ein richtig großer Kampf. Terry Shaw gegen Jordan Jones. Nur heißt es jetzt Terry Shaw gegen Tagg Taggert.«

Mein Mund stand offen. Ich nahm das Handy vom Ohr und betrachtete es einen Moment fassungslos, als ob Mikey nicht Mikey wäre und mein Handy gar kein Handy.

»Dieser Mistkerl«, zischte ich und drückte das Handy wieder ans Ohr.

»Hab ich auch gesagt. Wir sind alle stinkig. Keiner weiß, was er davon halten soll, Mann. Er hat einen Kampf und keiner von uns wusste davon. Wir sind sein Team. Was zum Teufel ist da los, Moses?«

»Ich hab keine Ahnung, Mikey«, seufzte ich. Ich fühlte mich schwindelig vor Erleichterung, weil wir ihn gefunden hatten, und krank vor Sorge, was als Nächstes kommen würde.

»Sollen wir nach Vegas fahren und ihn zur Rede stellen?«

Ich konnte Mikey anhören, dass er stocksauer war. Und verwirrt.

»Wie schwierig ist es, im MGM an ihn ranzukommen, wenn man keinen Backstagepass hat und nicht registriert ist?«, fragte ich zweifelnd.

Mikey fluchte, und ich nickte. Das würde nicht funktionieren. Wenn Tagg sein Team nicht bei sich haben wollte, würden wir nicht bis zu ihm vordringen.

»Sind die Jungs alle bei dir im Fitnessklub, Mikey?«, fragte ich.

»Ja, alle außer Paulo. Wir anderen sind hier, Moses.«

»Okay. Ich bin in fünf Minuten bei euch.«

Ich rief Georgia zu, dass ich eine Weile weg musste. Noch wollte ich Millie nicht sagen, was ich erfahren hatte. Erst musste ich mehr wissen. Ihrem Anfall mit dem Kassettenrekorder nach zu urteilen, hatte sie einen emotionalen Tiefpunkt erreicht. Dennoch lief das Gerät wieder, offenbar war es nicht so leicht kaputt zu kriegen. Ich konnte Taggs Stimme hören, als sei er nie weg gewesen, und meine Wut wallte wieder auf.

Vier Minuten später trat ich durch die Tür im Fitnessklub und ging zum Büro. Wie von Mikey versprochen, waren die Jungs versammelt, und die Videoaufnahme wartete abspielbereit. Es herrschte großer Presserummel, wie immer beim Wiegen. Die Waage stand in der Mitte, und die Kämpfer stellten sich nacheinander darauf und posierten.

Tagg zog sich ohne sein gewohntes Grinsen und Herumgealbere aus. Steinerne und ernste Miene. Keine Lachgrübchen, kein Gorillagehabe mit Brustgetrommel, keine Scherze.

Bekleidet nur mit einer Tagg-Team-Basecap und einer Shorts mit gelbem Tagg-Team-Schriftzug auf dem Hintern, stieg er auf die Waage. Er stand still, als sein Gewicht verkündet wurde, und wölbte dann seinen Bizeps für die Fotos. Er sah muskulös und schmal aus – dünn fast –, was aber auch daran liegen konnte, dass er ein paar Pfund abgenommen hatte, um das Maximalgewicht nicht zu überschreiten.

»Er sieht mager aus«, bestätigte Axel meine Gedanken, obwohl mager relativ war. Tagg war groß und muskulös, unfassbar muskulös, aber seine Wangen und Hüften wirkten irgendwie eingefallen und ausgemergelt. »Normalerweise wiegt er um die hundert Kilo, jetzt ist er auf zweiundneunzig runter. Was denkt er sich dabei, noch mal ein ganzes Kilo unter dem Maximum der Gewichtsklasse zu bleiben?«

»Er hat drei Wochen nicht trainiert, deshalb!«, erklärte Cory.

»Und er kämpft gegen den verdammten Terry Shaw. Das könnte ein Blutbad werden«, brummte Mikey, während wir zusahen, wie Shotgun Terry Shaw auf die Waage stieg und dabei so grimmig, fies und großspurig auftrat wie der Teufel höchstpersönlich. Er warf Tagg einen verächtlichen Blick zu. Tagg ignorierte ihn jedoch komplett.

»Nein.« Andy schüttelte störrisch den Kopf. »Tagg weiß, was er tut.« Er verschränkte die Arme und starrte uns nieder. »Bloß wir wissen nicht, was er tut. Aber eines ist klar. Ich werde in Vegas dabei sein.«

»Ich auch«, sagte Cory.

»Ich bin auch dabei«, stimmte Mikey zu.

»Ich fahr uns.« Axel zog sein Handy aus der Tasche, als wolle er gleich die nötigen Hotelreservierungen machen.

»Ich muss Millie Bescheid geben«, seufzte ich.

»Was willst du ihr sagen, Moses?«, fragte Andy.

»Vielleicht sollten wir erst mal runterfahren und sehen, was los ist, bevor du ihr was sagst«, schlug Axel vor. In seinem Gesicht zeichneten sich Sorgenfalten ab, die muskulösen Arme hatte er vor der Brust verschränkt. Mir war schon aufgefallen, dass Axel Millie genauso fürsorglich behandelte wie Henry. Ich ahnte, dass die Jungs denselben Gedanken hatten wie ich: Tagg hatte Millie sitzen gelassen. Aus welchem Grund auch immer hatte er sich von ihr getrennt, und das musste ich ihr jetzt beibringen.

Langsam schüttelte ich den Kopf. »Nein, das kann ich nicht machen. Ich muss ihr sagen, dass wir ihn gefunden haben.«

Axel schüttelte heftig den Kopf, als ob er nichts davon wissen wollte. Die anderen hielten den Blick starr auf den Boden gesenkt.

Mein Handy piepte und verkündete den Eingang einer SMS. Ich schaute aufs Display.

Georgia: Ruf mich an.

»Entschuldigt mich kurz, Jungs«, sagte ich. Georgia ging gleich beim ersten Klingeln ran.

»Moses?« Ihre Stimme klang angespannt.

»Ja?«

»Ich glaube, wir wissen, warum er weg ist. Komm zu Millie. Das musst du dir selbst anhören.«

Tagg

(Kassette)

Ich wachte mit mörderischen Kopfschmerzen und einem wohligen Gefühl auf, das die Schmerzen Lügen strafte. Millie war schon vor Stunden mit Henry aufgestanden, der zur Schule musste, doch sie hatte mich ausschlafen lassen. Sie hatte einfach abgewartet, bis ich aus dem Bett kroch. Mir gefiel es, in Millies Bett aufzuwachen und sie im Haus werkeln zu hören. Ich dachte an den Ring in meinem Handschuhfach und fragte mich, ob der heutige Tag nicht ebenso gut wie jeder andere dazu geeignet war, sie offiziell zu bitten, Teil des Tagg-Teams zu werden.

Ich schlurfte ins Bad und überlegte, wie ich ihr die Frage stellen sollte. Nach einem Blick auf mein Spiegelbild – beide Augen mit blaugrünen Veilchen umrandet, das Gesicht verquollen, die wulstige Naht auf meiner Stirn hässlich stachelig und gerötet – beschloss ich, lieber zu warten, bis ich mich besser fühlte.

Nach ein paar Küssen, ein paar Schmerztabletten und einer Portion luftigem, leckerem Rührei, das Millie zubereitet hatte, war ich für den Beginn meines Arbeitstages gewappnet, obwohl es genau genommen fast Mittag war. Auch Millie hatte einen vollen Terminkalender. Wir trennten uns vor der Tür –

Millie ging in die eine Richtung, ich in die andere. Sie wollte nicht, dass ich sie zum Blindenzentrum fuhr, sondern laufen. Welche Überraschung. Also sah ich ihr nach und genoss den Anblick.

Millie zog ihren Stock nicht von Seite zu Seite, wenn sie lief. Sie klopfte mit ihm wie mit einem Trommelschlägel auf den Asphalt. Linker Fuß nach vorne, Stock nach rechts. Rechter Fuß nach vorne, Stock nach links. Klick, klack, klick, klack. Vielleicht war das die Tänzerin in ihr, jedenfalls mochte sie das rhythmische Geräusch. Manchmal wackelte sie mit dem Kopf und den Hüften dazu, auch wenn sich jeder, der das mitbekam, wundern würde, warum das blinde Mädchen ihren Hintern im Takt ihres Blindenstocks schwang. Sie meinte jedoch, es sei ihr egal, was andere Leute dachten, außerdem könne sie ihr Starren oder Grinsen sowieso nicht sehen. Blinde-Mädchen-Bonus.

»Hey, Silly Millie!«, rief ich ihr nach.

Sie drehte sich um. »Ja, Großer?«

»Zu welchem Song tanzt du?«

»Der ist neu. Vielleicht hast du ihn schon mal gehört. Er heißt ›Nichts reimt sich auf David‹.«

Lachend warf ich den Kopf in den Nacken und grölte das Lied, das ich vergangene Nacht komponiert hatte, während sie weiterging. »Ich lieb es, wie du den Hintern schwenkst durch die Luft, ich lieb deinen Körper mit seinem fruchtigen Duft!«

»Genau der!«, rief sie und wackelte noch ein wenig mehr mit dem Po. Mein Handy vibrierte in meiner hinteren Hosentasche. Immer noch über mein Mädchen lachend, ging ich ran.

»Mr Taggert. Hier spricht Dr Stein vom LDS-Krankenhaus. Ich hab mir Ihre MRT-Aufnahmen angesehen …«

»Sagen Sie nichts. Mein Gehirn ist ungewöhnlich klein«,

frotzelte ich. Immer noch sah ich Millie hinterher. Es fiel mir schwer, mich auf etwas anderes als sie zu konzentrieren.

Der Arzt lachte jedoch nicht. Das hätte mir ein erster Hinweis sein sollen. Das und die Tatsache, dass ich das Krankenhaus vor nicht mal acht Stunden verlassen hatte und er mich nun persönlich anrief. Aber in diesem Moment, ehe mir der Doktor die Nachricht verkündete und mein Blick von Millie wegrutschte, war ich unglaublich glücklich. Das Leben ist nicht perfekt, die Menschen sind nicht perfekt, aber es gibt perfekte Momente. Und das war einer davon. Der Augenblick war wie ein leuchtend roter Ballon, voller Vorfreude auf das, was das Leben noch bringen würde, auf meine Zukunft mit Millie und einer Million gemeinsamer Tage. Doch dann war alles urplötzlich aus. Der Ballon platzte mit lautem Knall, und die Gummireste meines perfekten Moments lagen zerfetzt zu meinen Füßen.

»Ich würde gern noch eine weitere Untersuchung durchführen lassen. Es gab einige Auffälligkeiten, genauer gesagt einen Schatten, der kontrolliert werden sollte. Das ist nicht mein Fachgebiet, deshalb habe ich mich mit einem Spezialisten beraten. Er hat heute Nachmittag für Sie Zeit. Können Sie in einer Stunde vorbeikommen?«

Ich hatte Platzangst. Aus demselben Grund, aus dem ich Angst vor der Dunkelheit empfand. Bisher hatte ich das auf das Asthma in meiner Kindheit geschoben. Mitten in der Nacht nach Luft schnappend aufzuwachen, weil man das Gefühl hat, gleich zu ersticken, ist nicht angenehm. Man weiß, dass man atmen muss, wenn man nicht sterben will, doch man bekommt keine Luft. Platzangst war nur ein anderes Wort für Hilflosigkeit. Und ich hasste es, mich hilflos zu fühlen.

Ich durfte mich nicht bewegen und lag völlig reglos, aber ich hielt den Atem an, weshalb der erste Versuch abgebrochen wurde, damit ich mich wieder in den Griff bekommen konnte.

»Sollen wir jemanden für Sie anrufen, Mr Taggert, der bei Ihnen bleibt?«

Ich schüttelte den Kopf. Nein, ich wollte auf keinen Fall, dass irgendjemand von der Untersuchung erfuhr. Alle hielten mich für topfit. Ich hatte beharrlich behauptet, dass es mir gut ging. Was hatte Millie über ihre Blindheit gesagt? Das Bild in meinem Kopf ist das einzige, was zählt? Ich übernahm ihre Einstellung. Mir ging es gut. Allein auf meine Meinung kam es an.

»Nein. Es geht schon. Mir geht's gut. Bringen wir es hinter uns.« Ich zwinkerte der hübschen Krankenschwester aus Gewohnheit zu und zog meine Show ab, so wie immer. Um mich abzulenken. Sie zwinkerte zurück. Ich wusste, dass sie mich mochte. Ich wusste immer, wann ein Mädchen mich attraktiv fand. Das erkannte ich an der Art, wie sie die Lippen schürzten, die Augenbrauen hoben, ihre Blicke wanderten. An all diesen kleinen Hinweisen und Signalen, die ich von Millie nie erhalten hatte. Und doch liebte Millie mich. Millie liebte mich, und ich liebte sie.

Wann immer du dich in der Falle oder hilflos fühlst, schließ einfach die Augen, und schon hast du mehr Platz, als du je brauchen wirst.

Das hatte Millie gesagt. Ich versuchte, ihren Rat zu beherzigen, schloss die Augen und ließ mir von der Dunkelheit beim Atmen helfen. Ich musste gesund sein. Wenn nicht, würde ich Millie Kummer bereiten. Ich hatte mir so große Mühe gegeben, es langsam anzugehen, sie nicht zu bedrängen, uns Zeit zu geben. Ich wollte mir ganz sicher sein. Zum ersten Mal im Leben war ich vorsichtig gewesen. Äußerst vorsichtig. Behutsam. Und trotzdem würde ich ihr wehtun. Panik stieg in mir auf. Irgendwer sagte, ich solle durchatmen und mich beruhigen.

»Sie machen das gut, Mr Taggert. Sie sind so gut wie fertig. Sie haben's fast hinter sich.«

»Oh Gott«, betete ich. »Ich möchte noch nicht alles hinter mir haben. Bitte sorg dafür, dass das nicht mein Ende ist. Bitte sorg dafür, dass das nicht mein Ende ist.« So betete ich die ganze Zeit. Damit war ich aufgewachsen. Ein Gespräch mit Gott fühlte sich an wie ein Gespräch mit meinem inneren Selbst. Ich hab immer gedacht, dass Gott dieses innere Selbst erschaffen hat, daher war Beten so was wie ein Vieraugengespräch mit mir selbst. Nein, ich habe keinen Gotteskomplex. Ich finde nur, dass die meisten Leute eine zu große Sache aus Gott machen, Kriege in seinem Namen führen oder Proteste anzetteln, um ihn zu verleugnen. Für mich ist er einfach ein guter Typ, und ich unterhalte mich gern mit ihm.

Ich geh beim Beten gewöhnlich auch nicht auf die Knie, obwohl ich das getan hatte, als Moses fast gestorben wäre. Damals hatte ich alle möglichen Versprechen abgegeben. Normalerweise schließ ich keine Händel mit Gott ab – dafür kenne ich mich zu gut. Ich bitte ihn lediglich um was oder danke ihm – ganz unverbindlich, ohne Gegenversprechen –, damit sich keine große Rechnung ansammelt, die ich irgendwann begleichen muss. Ich dachte mir, wenn Gott mir hilft und mir gibt, was ich brauche, dann macht er das freiwillig oder weil ich es verdient habe. Also schulde ich ihm auch nichts. Für Moses hatte ich meine Regel jedoch gebrochen. Vermutlich tut man so was für Leute, die einem am Herzen liegen. Man bricht die Regeln. Moses hatte für Georgia alle seine dämlichen Regeln in den Wind geschossen. Und auch ich hatte meine Regeln gebrochen. Nicht nur für Moses, sondern auch für Millie. Ich hatte mich an eine Frau gebunden und brach die Regeln erneut, indem ich Gott inständig bat, die aufgelaufene Rechnung zu vergessen. Ich hatte mit ihm wegen Moses einen Deal geschlossen und meinen Teil des Handels nicht erfüllt. Vielleicht forderte Gott nun das ein, was ihm zustand.

»Auf Ihrem Frontallappen ist eine riesige Wucherung.«

Der Doc redete nicht lange um den heißen Brei. In sachlichem Ton erklärte er mir die Bilder von meinem Gehirn. Ich konnte den schwarzen Wulst, den er umriss, ganz deutlich erkennen.

»Hatten Sie in letzter Zeit Schwierigkeiten beim Schreiben oder Sprechen? Gab es Sehstörungen oder Beeinträchtigungen auf der rechten Seite?«, fragte er. »Die Wucherung sitzt auf der linken Seite des Gehirns, daher beeinflusst sie die rechte Körperhälfte. Hatten Sie irgendwelche dieser Symptome?«

Ich wollte zu gern Nein sagen, aber die Symptome waren da gewesen. Ich hatte sie bloß ignoriert. »Wenn ich müde bin, sehe ich Flecken, und mir ist aufgefallen, dass auf der rechten Seite meine Kraft schneller nachlässt und die Muskeln mehr schmerzen. Da ich Linkshänder bin, hat mich das allerdings nicht so stark beeinträchtigt. Ich habe hart trainiert und dachte, ich sei bloß dehydriert. Ich hab das alles auf den Stress geschoben.«

»Sie haben bei einer Auseinandersetzung einen Schlag auf den Kopf erhalten?«

»Ja, auf die Stirn. Es hat nicht mal wehgetan, aber ich war danach ein wenig benommen. Zum Glück hat er nicht weiter auf mich eingeschlagen, denn ich konnte verdammte zehn Sekunden lang nichts sehen. Ich stand einfach da, während er auf dem Boden lag und seinen Kopf schützte. Nachdem ich mir das Blut vom Gesicht gewischt hatte, konnte ich auch wieder sehen. Vermutlich war es gut, dass der Typ betrunken und dämlich war.«

»Vermutlich.« Die Mundwinkel des Docs zuckten. Ich war froh, dass er mir keine Predigt darüber hielt, wie ernst die Sache war. Das hatte ich schon verstanden.

»Und was machen wir jetzt?«, fragte ich.

»Wir müssen zu der Wucherung vordringen, sie genauer untersuchen und so viel wie möglich davon entfernen.« Er nannte es nicht Tumor. Er nannte es Wucherung. Aber ich war ja nicht doof.

»Vordringen?«

»Mit einer Kraniotomie. Wir bohren ein Loch in Ihren Schädel, tragen so viel wie möglich von der Geschwulst ab, nehmen eine Gewebeprobe und nähen Sie wieder zu. Das klingt wie bei Frankenstein, aber Sie können schon nach ein, zwei Tagen wieder nach Hause. In der Regel erholt man sich von einem solchen Eingriff recht schnell.«

»Es ist also keine große Sache?«

»Das würde ich nun auch wieder nicht sagen. Immerhin geht es um Ihr Gehirn.«

»Welche Risiken gibt es? Was, wenn ich nicht möchte, dass Sie mir ein Loch in den Kopf bohren?«

»Nun ja, wenn Sie auf weitere Untersuchungen verzichten und die Wucherung nicht behandelt wird, kann das fatale Folgen haben. Falls es sich tatsächlich um ein malignes Tumorgeschwür handelt, werden Sie ohne weitere Behandlung ganz sicher sterben. Aber natürlich geht auch mit jeder Gehirnoperation ein gewisses Risiko einher. Beispielsweise Gedächtnisverlust, Verlust der Sehkraft, Motorikstörungen … Immerhin reden wir von Ihrem Gehirn«, sagte er.

Ich weiß nicht, was ich tun soll. Ich weiß nicht, was ich tun soll. Ich weiß nicht, was ich tun soll.

Ichweißnichtwasichtunsoll. Die Worte verschmolzen ineinander bis zur Unkenntlichkeit. Dennoch konnte ich sie nicht aus meinem Gehirn verbannen. Der Arzt drängte mich zu einer raschen Entscheidung. Er meinte, wir dürften keine Zeit verlieren, ein schnelles Eingreifen sei »von höchster Wichtigkeit« … Unwillkürlich schüttelte ich den Kopf.

»Nein«, sagte ich. »Nein.«

»David. Es ist die einzige Möglichkeit. Wir müssen schnellstmöglich operieren.«

Millie war die Einzige, die mich David nannte.

»Tagg. Sagen Sie Tagg zu mir«, meinte ich wie betäubt.

»Tagg.« Er nickte mit freundlicher Miene. »Reden Sie mit Ihrer Familie. Erzählen Sie, was los ist. Sie brauchen Unterstützung. Und dann müssen wir herausfinden, womit wir es zu tun haben.«

»Wie stehen die Chancen?«

»Was meinen Sie?«

»Diese Wucherung. Das ist doch ein Tumor, oder?«

»Ja. Wir wissen noch nicht, ob er bösartig ist, aber auch ein gutartiger Tumor sollte entfernt werden.«

»Wie stehen die Chancen?«

»Dass er bösartig ist?«

»Ja.«

»Ich würde lügen, wenn ich behaupten würde, dass ich ihn für gutartig halte.«

»Haben Sie je einen Gehirntumor gesehen, der nicht bösartig ist?«

»Nein, persönlich nicht.«

Nein. Nein. Nein. Nein. In meinen Ohren dröhnte ein seltsames Klingeln. Plötzlich konnte ich nicht mehr still sitzen.

Ich stand auf und ging zur Tür.

»Tagg?«

»Ich muss nachdenken, Doc.«

»Gut. Aber bitte denken Sie nicht zu lange nach. Sie haben ja meine Nummer.«

Ich ruckte meinen Kopf in einer Imitation eines Nickens, verließ sein Büro und trat in den langen sterilen Flur hinaus.

Ich kann mich nicht erinnern, wie ich aus dem Krankenhaus gekommen bin. Ich weiß auch nicht mehr, ob die Sonne geschienen hat oder es regnete, als ich über den Parkplatz lief. Ich weiß nur noch, dass ich den Gurt über meine Brust zog und eine Weile auf das silberne Ende starrte, ehe ich es sorgfältig in die Halterung reinsteckte, als ob mich der Gurt vor der eben erhaltenen Nachricht beschützen könnte. Ich schob den Schlüssel ins Zündschloss und wollte gerade losfahren, als mein Handy klingelte. Jetzt konnte ich nicht reden, denn ich würde meine Angst nicht verbergen können. Dennoch drückte ich auf den Lautsprecher, in dem verzweifelten Wunsch, nicht weiter nachdenken zu müssen. Ich schaute nicht aufs Display, doch egal, wer mich anrief, das Gespräch würde mir eine Weile Aufschub verschaffen.

»Tagg hier«, blaffte ich und erschrak über meine Lautstärke. Das Klingeln in meinen Ohren blieb. Ich rieb mir über die Schläfe, als ob ich damit das Hallen in meinem Kopf wegrubbeln könnte.

»Tagg, ich bin's, Moses.« Als seine Stimme aus dem Lautsprecher drang, war es fast so, als würde er neben mir im Auto sitzen. Ich wünschte, es wäre so, und spürte gleichzeitig Erleichterung, dass er nicht bei mir war.

»Was läuft, Mann?«, gab ich zurück und erschrak erneut über mich selbst, weil ich so ein Poser war.

»Alles in Ordnung?« Es war eine Sag-mir-sofort-was-los-ist-Frage, keine höfliche Erkundigung nach meinem Wohlbefinden, und das brachte mich aus der Fassung. Sofort schaltete ich auf Abwehr. Woher zum Teufel wusste er, dass mit mir nicht alles in Ordnung war?

»Ja. Klar. Warum fragst du?«

»Ich hab Molly gesehen.« Moses war eine Niete in höflicher Konversation.

Meine Gedanken überschlugen sich. »Was?«

»Ich hab Molly seit Jahren nicht mehr gesehen ... seit Montlake nicht mehr. Vergangene Nacht hab ich jedoch urplötzlich den Drang verspürt, ein Bild von David und Goliath zu malen statt meiner eigentlichen Auftragsarbeit. Es sieht aus wie eine Szene aus einer Sonntagsschulgeschichte. Und jetzt bin ich mit meiner Arbeit im Rückstand. Und daran gebe ich dir die Schuld.«

»Mir?« Ich hörte nur mit halbem Ohr zu, weil ich aus der Parklücke zurücksetzte und vom Parkplatz runterfuhr. Ich hatte keine Ahnung, wohin ich wollte.

»Ja. Dir. Der David in meinem Gemälde sieht dir verdächtig ähnlich. Deine tote Schwester versucht also offensichtlich, mir was zu sagen. Entweder das oder ihr gefällt dein Beruf nicht.«

»David hat Goliath den Arsch aufgerissen, weißt du das nicht? Du musst dir also keine Sorgen machen.« Ich antwortete ganz automatisch, obwohl ich mich total abwesend fühlte und meine Gedanken in tausend verschiedene Richtungen sprangen.

»Ich glaub nicht, dass Goliaths Arsch in der Geschichte vorkam«, brummte Moses. »Wenn ich mich nicht irre, hat er eins auf den Kopf bekommen. Goliath hat einen Schlag zwischen die Augen abgekriegt.«

»Ja ... Stimmt. Das muss es sein. Ich hab gestern mit einer Bierflasche eins zwischen die Augen bekommen.« War das erst gestern Abend gewesen? »Der Typ hat mir die Stirn aufgeschlitzt. Ich musste genäht werden. Ich bin beeindruckt, Mo. Bist du jetzt auch Hellseher?«

»Ist mit dir wirklich alles okay?« Da war sie wieder. Die Aufforderung, ihm alles zu erzählen.

»Ja. Man hat mich wieder zusammengeflickt; es tut nicht mal weh.« Das war nicht gelogen. Allerdings umschiffte ich die Wahrheit geschickt. Mit mir war gar nichts okay. Kein Stück.

»Tja, das überrascht mich nicht. Du hast einen ziemlich harten Dickschädel. Was ist passiert?«

»Jemand hat Millie bei ihrem Auftritt fiese Dinge an den Kopf geworfen. Ich wollte ihn rauswerfen, und er hat mir eins übergezogen.« Ich hatte keine Lust, dass Mo mir sagte, er hätte es mir ja gleich gesagt. Er hatte Morgan nie leiden können. Daher erwähnte ich Morgan nicht.

»Millie?«, fragte er.

»Millie«, antwortete ich.

Einen Herzschlag lang schwieg er. Ich wartete ab und fragte mich, worüber er brütete.

»Bist du schon so weit, Tagg?«, fragte er.

»Wie weit?«

Ein tiefes Seufzen drang durch die Leitung.

»Bist du schon so weit?«, fragte er erneut, lauter und jedes Wort deutlich betont. Verdammt lästig.

»Ja. Ich bin so weit. Ich liebe sie. Willst du das von mir hören?« Meine Hände zitterten. Plötzlich konnte ich die Straße vor mir nicht mehr erkennen. Als jemand hupte, stellte ich fest, dass ich auf die Gegenfahrbahn geraten war.

Ich riss das Lenkrad herum und wischte mir über die Augen. Umbringen wollte ich mich nicht. Noch nicht.

»Mir egal, was du sagst. Ich hab es eh schon gewusst. Ich freue mich für dich, Mann. Sie ist wie ein Wunder«, drang Moses' Stimme an mein Ohr.

»Ja. Das ist sie.« Tränen strömten mir über die Wangen, und ich umklammerte mit beiden Händen das Lenkrad etwas fester.

»Ich war mir nicht sicher, ob du so ein Wunder bekommen würdest … nicht mal, ob du eins brauchen würdest. Aber so war's. Bei uns beiden. Wie zum Teufel ist das bloß passiert?« Nach meinem Geständnis klang er deutlich entspannter, und ich hörte das Schmunzeln in seiner Stimme.

»Glaubst du wirklich an Wunder, Mo?« Ich schmunzelte nicht, sondern suchte nach Antworten.

»Ich hab keine andere Wahl. Ich hab zu viel gesehen.«

»Glaubst du, dass ich mehr als eins erleben kann?« Nur mit Mühe brachte ich die Worte heraus.

»Mehr als ein Wunder? Warum? Ist Millie denn nicht genug?« Er lachte mich aus, aber ich hörte auch Verwunderung in seiner Stimme.

Millie war mehr als genug. Und ich war nicht gierig. Ich wollte nur lange genug da sein, um mein Wunder genießen zu können.

Moses

Tagg hatte das Gespräch zu schnell beendet. Mir hätte auffallen müssen, dass etwas nicht stimmt. Da er jedoch im Auto unterwegs war, ließ ich ihn protestlos auflegen. Seine Stimme klang zwar irgendwie seltsam, aber er hatte mich auf Lautsprecher gestellt, und da klingen Stimmen ja immer ein wenig anders. Darum hab ich mir nichts weiter dabei gedacht. Ich redete mir ein, dass nichts weiter dahintersteckte. Und irgendwann, wann genau weiß ich nicht, fing ich an, meine eigenen Lügen zu glauben.

Ich hatte mich an die Toten gewöhnt. Ich malte sie in hübsche Bilder, und sie verfolgten mich nicht mehr so hartnäckig wie früher. Sie waren keine Vorboten der Zerstörung mehr und auch keine Zombies, die in den Fluren meines Hauses herumspukten. Ich kam mit ihnen klar. Das Leben war schön und angenehm geworden. Das hatte Georgia für mich bewirkt. Sie hatte mich geerdet und meine Kanten geglättet. Vielleicht war ich durch den Verlust meiner Ecken und Kanten nicht mehr ganz so scharfsinnig wie früher.

Als ich Molly Taggert wie eine Luftspiegelung aus dem Augenwinkel wahrnahm, unterdrückte ich mein Misstrauen. Wie lange war das nun her? Acht oder neun Jahre. Jedenfalls hatte sie seit einer Ewigkeit nicht mehr meine Aufmerksamkeit eingefordert. Ich steckte gerade mitten in einer anderen Sache und versuchte, mit den toten Angehörigen eines wohlhabenden Klienten zu kommunizieren, die nicht besonders scharf darauf waren, Kontakt mit den Lebenden zu halten. Daher konzentrierte ich mich und versuchte, mich so weit wie möglich zu öffnen, um Inspiration zu finden. Oder zumindest irgendetwas, mit dem ich arbeiten konnte und das es wert war, mit dem Pinsel festgehalten zu werden. Die Toten zeigten mir jedoch bisher nur den Stinkefinger, und ein solches Bild hätte meinem Kunden ganz sicher nicht gefallen.

Ich redete mir ein, Molly nur zufällig gesehen zu haben. Als alte Geisterbekannte wusste sie, wie sie meinen Schutzwall überwinden konnte, und als ich mich so weit öffnete, hatte sie das wohl als Einladung aufgefasst. Sie hatte meinen Kopf mit Farben gefüllt, Streifen roter Angst und blauer Verzweiflung, gesprenkelt mit purpurner Leidenschaft und grünem Bedauern, alles mit Weiß überspült und in Schwarz getaucht. Und ganz plötzlich malte ich etwas völlig Irrationales, das so gar nicht zu dem Mädchen passte, das wir vor mehreren Jahren beerdigt hatten.

Zwei Stunden später trat ich von der Leinwand zurück und betrachtete verblüfft mein Werk. Es hätte einem der Bücher meiner Oma Kathleen entsprungen sein können, die sie aus der Kirchenbibliothek entfernt hatte, weil sie einen Hauch zu erotisch und verstörend für die Gemeinde gewesen waren. Das Gemälde zeigte den Kampf zwischen David und Goliath in all seiner Brutalität und mit besorgniserregenden Details, die sehr konkret waren, und doch hatte ich sie ignoriert und drüber weggesehen.

Ich rief ihn an. Und hab mir von ihm erzählen lassen, was ich hören wollte. Was ich hören musste. Er hatte mir von dem Schlag auf den Kopf berichtet, den er kassiert hatte. Eine saubere, schlichte Erklärung, die alle relevanten Einzelheiten ausließ. Alle brutalen Einzelheiten. Die Details waren besorgniserregend, sie waren konkret, und ich hatte sie schlichtweg ignoriert und drüber weggesehen.

Georgias Bitte folgend fuhr ich direkt zu ihr und Millie. Wortlos schaltete meine Frau den Kassettenrekorder ein und ich vernahm, wie mein Freund von unserem Gespräch erzählte. Ich hörte all die Dinge, die er mir verschwiegen hatte. Die Angst rumorte in meinem Bauch. Rastlos lief ich im Zimmer auf und ab. Millie hatte bei meiner Rückkehr gestanden, als hätte Taggs Enthüllung sie aus dem Sessel geschleudert. Ihr Gesicht wie versteinert – die verschiedenen Stadien des Schocks in ihre Züge eingemeißelt. Am Ende der Kassette, als Taggs Stimme stockte, brach Millie mit ihm zusammen. Sie beugte den Kopf, tastete nach dem Sessel und sank hinein. Henry saß in ihrer Nähe. Zum ersten Mal schien auch ihm bewusst zu werden, das etwas ganz und gar nicht stimmte.

»Er wollte dich an diesem Tag besuchen, Moses. Weißt du noch? Du warst nicht da, und er ist nicht lange geblieben.« Georgias Stimme zitterte; sie drückte Kathleen an die Brust und wiegte sich mit ihr vor und zurück. Das tat sie sogar, wenn sie das Baby nicht in den Armen hielt. Es war zu einer Angewohnheit geworden, mit der ich sie gern neckte. Bleib in Bewegung, dann weint das Baby nicht. Bleib in Bewegung, dann wacht das Baby nicht auf. Ich wünschte mir, sie würde auch mich festhalten und in ihren Armen wiegen, damit ich nicht aufwachte und nicht weinte. Im Schlaf könnte ich der grausamen Realität entkommen. Doch ich schlief nicht. Und alles war nur allzu real.

Tagg

(Kassette)

Ich fuhr planlos umher. Die Sonne schien von einem wolkenlosen Himmel, die Luft war frisch und kühl, also fuhr ich immer weiter und dachte nach. Am späten Nachmittag bog ich in Moses' und Georgias Hof. Der Himmel strahlte so leuchtend blau über den aufragenden Hügeln im Westen der Stadt, dass ich nach dem Aussteigen einen Moment innehielt und den Anblick auf mich wirken ließ. Die Schönheit der Landschaft machte mich traurig. *Was soll ich bloß tun? Was soll ich bloß tun? Was soll ich bloß tun?*, dröhnte die Stimme in meinem Kopf.

Niemand machte mir die Tür auf. Also lief ich zur Rückseite des Hauses, um nachzusehen, ob sie vielleicht bei den Pferden waren. Moses fühlte sich in der Gesellschaft der Tiere allmählich wohler, doch Georgia war eine echte Pferdenärrin. Sie hatte Moses oft genug bearbeitet und in den Sattel gelockt. Inzwischen machte ihm das Reiten sogar Spaß, obwohl er immer murrte und ein finsteres Gesicht zog, wenn ich ihn darauf ansprach.

Georgia stand im Longierrondell und ließ einen glänzenden Rotfuchs im Kreis laufen. Das Pferd arbeitete gut mit, und Georgia konzentrierte sich ganz auf das Tier. Sie redete beschwichtigend auf es ein, wandte Druck an und ließ wieder locker, wenn das Pferd in die gewünschte Richtung lief. Sie war ganz anders als Moses. Und sie war perfekt für ihn. Das hatte ich gleich bei unserer ersten Begegnung gewusst, als sie mich mit offenem Blick begrüßt und meine Hand geschüttelt hatte.

»Hey, George.« Ich rief sie absichtlich George, weil Moses diesen Spitznamen hasste.

»Hallo, Tagg! Wie geht's dir, mein Hübscher?« Georgias

Gesicht leuchtete mit einem so strahlenden Lächeln auf, dass der Schmerz in meiner Brust sich bis zu meinem Magen ausbreitete. Ich vermisste sie schon jetzt. Ich wollte sie nicht vermissen. *Was soll ich bloß tun? Was zum Teufel soll ich bloß tun?* Sie kam zum Zaun, stellte sich auf die unterste Latte und zog mich in eine feste Umarmung.

Die hatte ich gebraucht. Dringend. Doch ich wusste auch, wenn ich dem Drang nachgab, sie länger festzuhalten als gewöhnlich, würde sie meinen inneren Aufruhr spüren und wissen, dass etwas nicht stimmte. Also drückte ich sie bloß kurz an mich und ließ sie dann los. Ich zwang mich zu einem Lächeln und vertraute auf meine von Gott gegebene Gabe, Phrasen zu dreschen. Dieses Talent hatte mir in meinem Leben schon gute Dienste geleistet.

»Hey, Schätzchen. Wo ist Mo?« Ja. Ich hatte es noch drauf. Meine Stimme klang samtig, und meine Hände waren ruhig, als ich ihr den Hut vom Kopf zog und auf meinen draufsetzte. Immer am Flirten, sogar mit der Frau meines besten Freundes, sogar wenn ich emotional am seidenen Faden hing. Das war eben meine Art. Und Georgia wusste das. Sie schnappte sich ihren Hut zurück und duckte sich zwischen den Latten durch zu mir auf die andere Seite. Wiehernd beschwerte sich das Pferd über den Aufmerksamkeitsentzug. Georgia lachte darüber.

»Ach ja, jetzt soll ich bleiben, Mädchen? Vor einer Minute bist du noch vor mir weggerannt!«

»Oh, aber Fangen spielen macht doch Spaß, George. Das weißt du doch«, sagte ich und lachte mit ihr, den Blick auf den enttäuschten Rotfuchs gerichtet. »Sobald du dich wegdrehst, bettelt sie darum, dass du zurückkommst.«

»Wohl wahr.« Georgia grinste. »Aber jetzt bin ich an der Reihe, die schwer Erreichbare zu spielen. Apropos schwer erreichbar, du hast Moses gerade verpasst. Er hat heute Abend einen Termin in Salt Lake. Ich glaube, er wollte sogar bei dir vorbeischauen. Aber da du hier bist, wird das wohl nicht klappen. Hast du Millie nicht mitgebracht?«

Unwillkürlich zuckte ich zusammen und verdrängte jeglichen Gedanken an Millie. Ich durfte nicht an sie denken. Nicht jetzt.

»Tagg?« Georgia war mein Zusammenzucken nicht entgangen. Sie betrachtete mich eindringlich, eine Sorgenfalte zwischen den Augen.

»Nein. Ich hab sie nicht mitgebracht. Ich bin ganz spontan hergefahren. Moses hat angerufen und erzählt, dass er mich gestern Abend gemalt hat, und ich war neugierig. Das ist alles. Außerdem vermisse ich mein Patenbaby. Ich würde sie gern mal drücken. Wo ist die kleine Tagglee?«

»Bei meiner Mom.« Georgia presste die Lippen zusammen und verengte die Augen. »Moses hat mir gar nicht gesagt, dass er dich gemalt hat. Lass uns schnüffeln gehen, ja?«

Mir war das Gemälde eigentlich egal – mir war bloß auf die Schnelle keine andere Ausrede eingefallen. Dennoch schlurfte ich hinter Georgia her und sprudelte stetig irgendwelche Banalitäten hervor, damit sie nichts merkte.

Das Bild zeigte David und Goliath, beide spärlich bekleidet, als hätte die biblische Konfrontation zwischen einem Schäfer und einem Soldaten im Garten Eden stattgefunden statt auf dem Schlachtfeld. Die kräftigen Farben gaben der Szene eine sehr reale, opulente Wirkung.

Moses' David war klein und jung. Eigentlich noch ein Junge, etwa zehn oder elf Jahre alt. Jedenfalls jünger als in der Bibelerzählung, wenn ich mich nicht irrte. Und in dem Jungengesicht erkannte ich mich. Das strubbelige Haar, die grünen Augen, die stolze Haltung. Mit elf hatte ich so nicht ausgesehen.

Ich war rundlicher gewesen, weicher. Und groß und kräftig für mein Alter. Das hatte mich zur Zielscheibe gemacht, wie das beim Anderssein eben ist.

Goliath war dagegen riesig. Er ragte hoch über dem Jungen auf, als gehöre er einer ganz anderen Spezies an. Seine Oberarme und Oberschenkel wölbten sich mit Muskeln, seine Waden waren unnatürlich dick und seine Schultern so breit wie der Junge groß. Er hatte den Kopf in den Nacken geworfen, den Mund weit aufgerissen, eine brüllende Bestie, deren geballte Fäuste größer als der Kopf des Jungen waren. Der junge David schaute stoisch zu Goliath auf, die Schleuder in der Hand, ein ernster Blick in den Augen. Ich beugte mich näher heran und bemerkte den Mangel an Furcht in dem Gesicht des Jungen. Danach betrachtete ich Goliath genauer, suchte Ähnlichkeiten und Unterschiede, und plötzlich stockte mir der Atem. Ich erkannte mich nicht nur in David. Ich sah mich auch in Goliath.

David war ich. Und Goliath war ich auch. Sie hatten beide mein Gesicht. Ich war der Junge und der Riese. Rasch machte ich einen Schritt zurück, um Abstand zwischen mich und das plötzlich beunruhigende Bild zu bringen.

»Georgia, bilde ich mir das nur ein oder hat Moses mein Gesicht beiden verpasst, David und Goliath?«

»Na, das ist ja ein Ding.« Sie klang eindeutig überrascht. Aber sie sah es auch. Nicht nur ich.

»Was hat das zu bedeuten?«, wollte ich wissen.

»Wenn ich das nur wüsste, Tagg. Ich verstehe nicht mal die Hälfte von dem, was Moses malt. Er versteht es ja meist selbst nicht. Er malt ganz intuitiv. Das weißt du doch.«

»Aber es hat immer was zu bedeuten.« Und er hatte Molly gesehen. Sie hatte ihn zu diesem Gemälde inspiriert.

»Vielleicht heißt es, dass du selbst dein schlimmster Feind

bist«, meinte Georgia fröhlich und zwinkerte mir zu. Ich schluckte und betrachtete erneut das Bild.

»Also, wer bist du? David oder Goliath?«

»Keiner von beiden«, antwortete ich leise. Eine Erinnerung stieg schnell und klar vor meinem inneren Auge auf und riss mich mit sich.

»Kämpfen, kämpfen, kämpfen, kämpfen!« Das Gebrüll dröhnte mir in den Ohren. Die Tatsache, dass es Kinderstimmen waren, machte die spöttischen Anfeuerungsrufe nicht weniger einschüchternd. Sie beschwichtigten auch nicht meinen Drang, die Fäuste zu schwingen und der Neugier nachzugeben, wie es sich wohl anfühlen würde, jemanden zu schlagen. Noch nie hatte es mir so sehr in den Fingern gejuckt, jemanden zu verdreschen. »Kämpfen, kämpfen, kämpfen, kämpfen!«

»Er ist ein Feigling. Ein Baby. Du bist ein Baby, stimmt's, Baby Cammie?«

Cameron Keller hatte sich zusammengerollt und die Knie an die Brust gedrückt. Cameron war mein Freund. Er war klein und schwächlich, ich dagegen groß und kräftig. Cameron war still und ich der Klassenclown. Aber wir waren beide Außenseiter, er an einem Ende der Skala, ich am anderen. Die Beschreibung »normal« und »akzeptiert« lag irgendwo dazwischen, jedenfalls außerhalb unserer Reichweite. Ich drängte mich durch die Menge, was mir durch meine Größe leicht fiel. Die anderen machten mir Platz, wenn auch eher aus Überraschung als aus Respekt. Noch nie hatte ich mich mit jemandem geprügelt.

Lyle Coulson beugte sich über den zitternden Cameron und ließ einen langen, schleimigen Spuckefaden auf Camerons Haare tropfen.

Mit einem Brüllen stieß ich Lyle zu Boden und drückte sein spöttisches Gesicht in den Schmutz.

Jemand stieß mir in den Rücken und warf mich zur Seite. Fluchend und Fäuste schwingend sprang Lyle auf. Ein anderer packte mich an den Armen, damit ich nicht auf Lyle eindreschen konnte, ehe er mir eine verpasste. Meine Ohren rauschten. Ob das Rauschen durch mein wild trommelndes Herz ausgelöst wurde oder durch eine Adrenalinwoge, die meine Sinne betäubte, wusste ich nicht. Aber was es auch war, es gefiel mir. Wie ein Echo des Rauschens spürte ich, wie die Wut in meinem Bauch vibrierte. So fühlte es sich also an, wenn man sich endlich wehrte. Ein harter Schlag traf mich in den Rücken, vielleicht war es auch ein Tritt. Wild um mich schlagend wirbelte ich herum. Meine Arme pumpten wie Kolben auf und ab. Ich landete ein paar Treffer, kassierte weitere, bis die Kinder plötzlich wie die flüchtenden Gnus in der Sendung, die ich am Samstag mit Molly angeschaut hatte, auseinanderstoben. Dieses Mal war ich der Löwe. Das Raubtier. Cameron lief jedoch nicht weg. Er blieb zusammengekauert am Boden hocken wie ein verwundetes Kalb.

»Cameron?« Ich kniete neben meinem Freund nieder. »Alles okay, Kumpel?«

Cameron lugte unter dem Arm hervor, mit dem er seinen Kopf schützte. »Tagg? Sind sie weg?«

»Ja, Kumpel. Sie sind alle weggerannt.« Meine Brust schwoll vor Stolz. Verwundert blickte ich auf meine Hände. Ich hatte meine Fäuste benutzt. Ein Knöchel war blutig und aufgerissen, doch der Schmerz wirkte wohltuend.

»Du hast sie in die Flucht geschlagen, Tagg?« Cameron war darüber ebenso überrascht wie ich. Ich hatte mich bisher nie gewehrt. Ich war ein fettes Kind, das alle zum Lachen bringen wollte. Ich kämpfte nicht.

»Ja, Cam. Hab ich. Ich hab die Scheiße aus ihnen rausgeprügelt.«

Mein erster Faustkampf. Vermutlich konnte man ihn eher als ungeschicktes Gerangel zwischen tapsigen Welpen bezeichnen, aber zum allerersten Mal beendete ich etwas als Sieger. Damals war ich David gewesen. Und auch Goliath, nahm ich an. Der Junge, der sich wehrt, und der Riese, vor dem alle ängstlich davonlaufen. Und jetzt? Jetzt wusste ich nicht, ob David immer noch existierte oder ob Goliath je existiert hatte, und das Gemälde beunruhigte mich. Moses offensichtlich auch, sonst hätte er nicht angerufen.

»Alles okay, Tagg?«, fragte Georgia sanft. Ich wandte mich von dem Bild ab und stellte mich ihrem ernsten Blick.

Mit einem kurzen Rucken des Kopfes deutete ich ein Nicken an, und Georgia hakte nach.

»Na los, erzähl mir mehr von Millie. Moses hält sie für etwas Besonderes. Ist sie das?«

»Das ist sie.«

»Besonders genug, um den wilden Mann in dir zu bändigen?« Georgia zog mich auf, ein Versuch, mich aus der trüben Stimmung zu holen, die sie mir offenbar anmerkte. Vielleicht war sie auch einfach nur ein Mädchen auf der Suche nach romantischem Klatsch. Meine Schwestern waren genauso oder es zumindest gewesen, als wir noch Kontakt hatten.

Ich legte ihr einen Arm um die Schultern und drehte uns von der biblischen Pattsituation weg. »Wildheit ist angeboren. Manche Pferde lassen sich nicht zähmen«, sagte ich in meiner besten Clint-Eastwood-Imitation.

»Na schön. Dann sollte die Frage wohl eher lauten: Bist du besonders genug, um dich auf ein blindes Mädchen einzulassen?«

»Das ist bereits passiert. Ich will nur vermeiden, dass sie an mir zerbricht.« Meine Stimme klang brüchig. Ich nahm den Arm von Georgias Schultern und steckte die Hände in die Taschen. Schnell ging ich ein paar Schritte von ihr weg, damit sie mein Zittern nicht bemerkte, ganz zu schweigen von der Panik, die mir aus jeder Pore strömte. Ich war ungemein froh, dass Moses nicht hier war. Keine Ahnung, was ich mir dabei gedacht hatte, zu ihm zu fahren. Ich war noch nicht bereit für ihn.

»Ich muss los, George. Gib Tagglee einen Kuss von mir. Moses auch. Er liebt meine Küsse.« Georgia lachte, aber das Lachen verbarg ihre Sorge nicht. Ich verhielt mich seltsam, und sie fragte sich wohl, was zum Teufel mit mir los war.

»Lass dich bald mal wieder blicken, Tagg. Wir haben dich vermisst«, rief Georgia mir nach, als ich zum Auto ging.

»Ich werde euch auch vermissen, George. Jeden verfluchten Tag.«

Vielleicht lag es daran, dass Moses Molly erwähnt hatte, jedenfalls bog ich hinter Levan spontan vom Freeway ab und fuhr zu dem Truckerimbiss in Nephi, in dessen Nähe man die Leiche meiner Schwester gefunden hatte. Die Hunde hatten sie aufgespürt, und damit das geschafft, was ich nicht konnte. Ich hatte verzweifelt nach ihr gesucht und mich beinah selbst davon überzeugt, dass sie niemals aufgespürt werden würde. Wenn sie nicht gefunden werden konnte, hatte ich nicht völlig versagt.

Ihr Grab war ein simples Erdloch, von Steppenläufern markiert und von Wüstensalbei umringt. Fast zwei Jahre hatten wir nach ihr gesucht, dabei hatte sie die ganze Zeit in einem von Abfall übersäten Feld in der Nähe einer unbedeutenden Straßenbrücke vor einer Kleinstadt gewartet, die jeder falsch aussprach. Einer Stadt, die dem Mädchen, das sie unfreiwillig zu ihrer letzten Ruhestätte machte, nichts bedeutete. Nephi. »Niefei«. Als ich den Namen zum ersten Mal ausgesprochen hörte, musste ich an den Riesen in dem Märchen »Hans und die Bohnenranke« denken, der von seinem Schloss im Himmel aus ruft: »Fi, fei, fo, fam, ich riech das Blut von 'nem kleinen Mann.« Fi fei reimt sich auf Nephi.

Nee phi fo fam, ich riech das Blut, das von Vermissten stammt.

Die Hunde hatten sie gerochen. Aber es gab kein Blut mehr. Nicht mehr. Als sie Molly fanden, waren nur noch Knochen, Stoffreste und mehrere lange blonde Haarsträhnen von ihr übrig. Drogengeschirr war mit ihr begraben worden und bezichtigte sie als Süchtige, die ihr Schicksal verdient hatte. Plötzlich galt sie nicht länger als vermisst. Aber sie war immer noch weg. Und jahrelang wussten wir nicht, wer sie sich genommen hatte.

Nee phi fo fam, ich riech das Blut, das von Vermissten stammt.

Es heißt, dass die meisten Morde von Angehörigen begangen werden. Von geliebten Menschen. Doch der Mann, der meine Schwester umgebracht hatte, kannte sie gar nicht. Und er liebte sie auch nicht. Wie sich herausstellte, hatte er eine Menge Mädchen ermordet. So viele Mädchen in so vielen Jahren. Alle vermisst. Alle gegangen.

Nee phi fo fam, bereit oder nicht, jetzt komme ich. Und gekommen war er. Ich hatte ihm eine Kugel in den Kopf gejagt und damit die Vermissten gerächt, alle Vermissten.

Nee phi fo fam, fällt der Schuss, dann ist mit dir Schluss.

Oh Gott! Ich wollte nicht, dass mit mir Schluss ist. Ich saß in meinem Auto und dachte an Molly, den Blick auf jene Stelle in dem Feld gerichtet, an der ihre Leiche gefunden worden war. Eine Weile unterhielt ich mich mit ihr, fragte, was zum Teufel ich bloß machen sollte. Ich fragte mich auch, ob sie Moses erschienen war, weil meine Zeit ablief, und ob sie sich nur deshalb hier rumtrieb, weil sie auf mich wartete. Falls meine Zeit tatsächlich abgelaufen sein sollte, würde ich schon irgendwie damit klarkommen. Die Erkenntnis kam ganz plötzlich. Und überraschte mich. Aber ich würde damit klarkommen, mich damit abfinden. Moses hatte mir mal gesagt, dass man vor sich selbst nicht flüchten kann. Früher wäre ich nur zu gern vor mir selbst geflüchtet. Jetzt nicht mehr. Ich war mit mir ins Reine gekommen. Ich mochte mich. Mein Leben. Zum Teufel, ich liebte mein Leben.

Ich würde jedoch auf gar keinen Fall die mir noch verbleibene Zeit im Krankenbett verbringen.

Ich war nie gut in halben Sachen. So ein Mittelding lag mir nicht. Alles oder nichts. So war ich. Ganz oder gar nicht. Tot oder lebendig. Nicht sterbend. Nicht krank. Tot oder lebendig, alles oder nichts. Ganz oder gar nicht.

Nachdem ich eine Entscheidung gefällt hatte, rief ich den Arzt an. Ich hörte die Erleichterung in seiner Stimme, als ich ihm sagte, ich sei bereit für den nächsten Schritt. Seine Erleichterung jagte mir Angst ein. Er machte Platz in seinem Terminkalender für mich, und schon hatte ich gleich für den nächsten Tag einen Termin für eine Kraniotomie.

Ich fuhr zurück auf den Highway und ließ den Schatten meiner Schwester im Rückspiegel zurück. Dann machte ich mich auf den Weg nach Hause, zurück zu Millie, und konnte es plötzlich gar nicht mehr erwarten, sie zu sehen.

Tagg

(Kassette)

Millie öffnete mir die Tür, ein Lächeln und meinen Namen auf den Lippen, aber ich wartete nicht, bis sie ihn ausgesprochen hatte. Ich wollte, dass sie ihn bewahrte, auskostete und für immer festhielt. Ich brauchte das Gefühl, dass mein Name in ihr blieb, damit ich mich nicht in Luft auflöste wie ein ausgesprochenes Wort. Deshalb verschloss ich ihren Mund mit meinem und hob sie in meine Arme, wie man das in Filmen immer sieht, und mein Name wurde zu einem Seufzen, das nur ich hören konnte.

Ich kam mir leicht durchgeknallt vor, als ich sie fieberhaft küsste und mit ihr in den Armen die Treppe hochstürmte. Meine Beine schwankten nicht. In meinem Kopf herrschte völlige Klarheit, als ob auch mein Körper mit seiner ganzen Kraft gegen den Krebs rebellierte. Am liebsten hätte ich losgebrüllt und mir gorillamäßig auf die Brust getrommelt. Ich wollte die Fäuste gen Himmel strecken, aber mehr als alles in der Welt wollte ich Millie. Ich wollte keine Zeit mehr vergeuden.

Dann waren wir in ihrem Zimmer; die weiße Tagesdecke war so glatt und makellos wie Millies Haut im Mondschein. Ich legte sie drauf und ließ mich neben sie fallen, angespannt und ausgehungert. Ich wollte sie spüren und Geborgenheit und Vergessen in ihrer verheißungsvollen Nähe suchen. Ich wollte nehmen. Ich wollte mich in ihr Gedächtnis einbrennen und meinen Stempel auf ihr hinterlassen. Ich brauchte das. Ich brauchte sie. Sie kam mir mit gleicher Leidenschaft entgegen, als würde sie mein Bedürfnis verstehen. Doch sie verstand es nicht. Konnte sie gar nicht. Aber sie bremste mich auch nicht aus und verlangte auch keine Zusicherungen von mir.

Meine Hände verfingen sich in ihren Haaren. Mit den Fingern zeichnete ich ihre Augen und ihren Mund nach. In der Kuhle an ihrem Hals hielt ich inne. Ich wollte jeden Zentimeter von ihr berühren. Aber selbst, als ich mich in dem Gefühl ihrer seidenweichen Haut verlor, stieg Angst in mir auf und schimmerte unter der Oberfläche hindurch. Dieses eine Mal wäre mir nicht genug. Es würde mir nicht reichen, das wusste ich mit absoluter Gewissheit, als ich die Augen schloss und versuchte, mir einzureden, dass es das tun würde. Ich bekam keine Luft mehr, mein Herz raste. Einen Moment lang stand ich kurz davor, ihr alles zu erzählen.

Sie hatte meine Angst wohl als Zögern missverstanden, das Stocken meines Atems für etwas anderes gehalten, denn sie umfing mein Gesicht und drückte ihre Stirn gegen meine. Und dann wisperte sie meinen Namen.

»David, David, David.« Es klang wie ein Lied. Sie küsste mich sanft auf den Mund.

»David, David, David.« Sie wiederholte meinen Namen voller Staunen, als ob es ihr gefiel, wie er sich in ihrem Mund anfühlte.

»Mir gefällt es, wie du David aussprichst«, sagte ich und erinnerte mich an die Zeile aus meinem albernen Liedchen, die Zeile ohne Reim.

»Mir gefällt es, dass du mir gehörst«, hauchte sie, und die Furcht verließ mich für eine Weile. Auf Zehenspitzen schlich sie davon und machte der Liebe Platz. Liebe und Geborgenheit und dem Schaffen von Erinnerungen, die mir niemand nehmen konnte. Millie hatte gesagt, dass sie fühlen musste, um zu sehen, und sie sah mich ganz. Ihre Finger spürten den Konturen meines Rückens nach, als ob sie eine Landkarte lesen würde und mit dem Finger einem Fluss zum Meer folgte, über Täler und Berge hinweg. Sie war gewissenhaft und aufmerksam. Ihr Mund folgte ihren Fingern, und ihre Zunge kostete die Stellen, die mehr Aufmerksamkeit benötigten. Wenn Millie Liebe machte, machte sie das im wahrsten Sinne des Wortes. Sie erzeugte sie, zeichnete sie, lockte sie ins Dasein. Ich konnte die Umschreibung »Liebe machen« noch nie leiden. Mir war ein bodenständigerer Ausdruck lieber, weil sich das ehrlicher anfühlte. Aber bei Millie passte keine andere Bezeichnung. Und sie machte nicht nur Liebe, sie schaffte es auch, dass ich lieben konnte. Sie schaffte es, dass ich zuhörte. Gefühle verspürte. Sie sorgte dafür, dass ich mir Zeit nahm und aufmerksam war. Ich überstürzte nichts und nahm nicht. Ich drängte nicht und erzwang nichts. Ich schloss die Augen und liebte sie auf dieselbe Weise wie sie mich, mit den Fingerspitzen und den Handflächen, und dabei sah ich sie so deutlich vor mir, dass meine Augen hinter den geschlossenen Lidern brannten.

Sie war selbstbewusst auf eine ungewöhnliche Weise und strahlte eine Zuversicht aus, die aus der Gewissheit stammte, dass sie geliebt wurde, und darin schwelgte ich. Sie war kein Mädchen in sexy Dessous, das sich fragte, wie sie ihren Körper am besten in Szene setzte. Sie war eine Frau, die aufrichtig liebte und sich ganz in dieser Erfahrung verlor. Sie fragte nicht, was mir gefiel oder was ich wollte. Sie zögerte nicht und hielt sich nicht zurück. Sie bat auch nicht um Komplimente oder Liebesbezeugungen.

Doch die gab ich ihr trotzdem.

Sie sprudelten mir ganz von selbst aus dem Mund, weil ich sie wissen lassen wollte, wie sehr ich sie liebte, wie perfekt ich sie fand, wie kostbar dieser Moment war. Und sie erwiderte jede geraunte Liebkosung mit einem Wort der Zuneigung, bis uns der Atem dafür fehlte und Worte ohnehin unzureichend gewesen wären, um unsere Gefühle auszudrücken. Als sie den Höhepunkt erreichte, riss sie mich mit sich, und ich wünschte mir, wir könnten ewig im freien Fall schweben und nie wieder auf dem Boden ankommen. Ein freier Fall war wie Fliegen, wenn er kein Ende nahm. Die Landung war jedoch sanft, und ich zog sie fest an mich, während sich unser Atem verlangsamte und die Welt sich wieder in ihre Angeln hob. Oder ganz aus den Fugen geriet. Was es nun war, konnte ich nicht so genau sagen. Millie lag anschmiegsam und schläfrig in meinen Armen.

»Ich liebe dich, Millie. Weißt du das?«, fragte ich.

»Ja.« Das Wort kam als langes, zufriedenes Seufzen heraus.

»Ich hab jetzt übrigens auch Lieblingsklänge wie du. Ich liebe es, wenn ich dich näher kommen höre, ohne dich zu sehen. Ich liebe das Geräusch deines Stocks. Wenn ich das Klackern höre, muss ich immer lächeln. Ich liebe deine Stimme und wie du aus ganzem Herzen lachst. Das ist mir als Erstes an dir aufgefallen. Dieses Lachen.« Ich spürte ihr Lächeln. Ihre Lippen bewegten sich leicht an meinem Hals.

»Ich liebe dein leises Aufkeuchen, wenn ich dich hier berühre.« Ich drückte meine Hand auf ihren unteren Rücken und presste sie fest an mich. Wie aufs Stichwort verfing sich ihr Atem. »Genau das. Das ist das Geräusch.«

Millie küsste mich auf die Brust, sagte aber nichts. Ich zählte langsam bis sechzig, dann fuhr ich fort. Ich senkte meine Stimme zu einem Raunen, damit sie ganz sicher einschlafen würde.

»Und ich liebe es, wenn du summst. Du summst, wenn du glücklich bist. Du summst, wenn du mit den Fingern durch meine Haare fährst und kurz bevor du einschläfst. So wie jetzt.«

Stille füllte den Raum und verriet mir, dass sie weggedriftet war. So, wie ich es beabsichtigt hatte. Ich hatte absichtlich gewartet, bis sie eingeschlafen war, ehe ich ihr das sagte, was mir am meisten auf dem Herzen brannte.

»Ich möchte dieses Geräusch jede Nacht meines Lebens hören.« Panik schnürte mir die Kehle zu, weil ich nicht wusste, wie viele Nächte mir noch blieben und ich nicht an den Tod denken wollte, wenn ich sie in den Armen hielt … Mit der Panik kamen die Tränen, leckten aus meinen Augenwinkeln heraus und tropften mir in die Ohren.

»Ich liebe dich, Millie. Und das ist das fantastischste Gefühl, das Unglaublichste, was ich je erlebt habe. Ich kann dieses Gefühl nicht in mir festhalten. Es strömt aus mir raus, wann immer du in der Nähe bist. Es sprudelt aus meinem Mund, meinen Augen, meinen Ohren. Es dringt aus meinen Fingerspitzen und beschleunigt meine Schritte und lässt mich lauter reden, und ich fühle mich lebendiger. Fühlst du das auch, Millie? Fühlst du dich in meiner Nähe auch lebendiger?«

Zur Antwort erhielt ich nur das Geräusch ihrer tiefen, gleichmäßigen Atemzüge, und ich küsste sie auf den Kopf.

»Wie kann es sein, dass ich sterbe, wenn ich mich lebendiger fühle als je zuvor?«

Als der Morgen dämmerte, schlich ich mich in Henrys Zimmer. Ich wollte ihn sehen, nur für den Fall, dass es das letzte Mal sein würde. Nur für den Fall, dass ich schlechte Nachrichten erhielt und nicht mehr zurückkam. Ich wollte mich verabschieden, auch wenn er mich nicht hören konnte. Er sah groß in dem schmalen Bett aus. Seine langen Füße und knubbeligen Knie ragten unter der Decke hervor. Er brauchte ein neues Bett. Ich nahm mir vor, mit Millie darüber zu reden, und überlegte es mir gleich darauf wieder anders. Was hatte Millie gesagt? Sie war gut zurechtgekommen, bevor sie mich kannte, und sie und Henry würden auch gut zurechtkommen, wenn ich weg war. Sie kümmerten sich umeinander.

Ich wollte ihn nicht aufwecken und wandte mich zum Gehen. Dabei fiel mein Blick auf seinen Schreibtisch und das Buch über Riesen, das ihm früher Angst eingejagt hatte. Moses hatte Millies verstorbene Mutter und das Buch erwähnt. Der Gedanke daran hatte eine Woche lang an mir genagt, während ich mir überlegte, wie ich das Thema anschneiden sollte, ohne Millie in Panik zu versetzen. Ich hatte ihr zwar von Moses' Fähigkeiten erzählt, aber es war schon ein Unterschied, ob man erfuhr, dass jemand Tote sehen konnte oder ob dieser jemand tote Angehörige sah. Das wusste ich aus erster Hand. Die Sache hatte mich jedoch so sehr beunruhigt, dass ich Henry schließlich danach gefragt hatte.

»Du hast nicht zufällig ein Buch über Riesen, oder, Henry?«, hatte ich zögernd angefangen. Das war nicht sehr subtil, aber Subtilität war bei Henry ohnehin unnötig. Er wusste sofort, welches Buch ich meinte. Er wusste auch, wo es sich befand. Er stapfte die Treppe hinunter zu den ordentlich aufgestapelten und beschrifteten Aufbewahrungskisten und kehrte nach wenigen Minuten mit einer Handvoll alter Schätze zurück. Darunter befand sich auch eine reichlich zerfledderte und scheinbar oft gelesene Ausgabe des Kinderbuches »Wo verstecken sich Riesen?«. Henry hatte mir die Bilder gezeigt und mich aufgefordert, jeden Riesen zu finden, ehe er umblätterte.

»Mein Dad heißt Andre«, sagte er unvermittelt.

»Ja. Ich weiß.«

»Wie André the Giant«, fügte er hinzu.

Ich nickte. Der eine André war ein gigantischer Riese, der andere Andre spielte für die Giants. Interessant. Ich hatte den Zusammenhang nicht hergestellt, Henry offenbar schon.

»André the Giant war über zwei Meter groß und wog über zweihundert Kilo«, fuhr Henry fort, als wir umblätterten, die Augen auf den Bilderbuch-Riesen gerichtet, der als Baum getarnt war. Er hatte eine riesige, blättrige Afrofrisur, seine Haut war wettergegerbt und gebräunt.

»Er war Profi-Wrestler. Ich hab alte Aufnahmen von ihm gesehen, wie er gegen Hulk Hogan kämpft«, sagte ich.

»Wer hat gewonnen?«, fragte er und blickte vom Buch auf.

Ich lachte. »Oh, daran erinnere ich mich nicht mehr. Ich weiß nur noch, dass ich darüber staunte, wie groß André ist, und ich wollte lange Haare und einen breiten goldenen Gürtel wie Hulk Hogan.«

»Vor dem Buch hatte ich mal Angst.«

»Jetzt nicht mehr?«

Henry schüttelte den Kopf. »Nein. Aber ich halte manchmal immer noch nach Riesen Ausschau.«

»Nach Riesen? Oder einem Giant?«, fragte ich leise. Ich dachte, ich hätte rausgefunden, warum Millies Mutter Moses das Buch gezeigt hatte.

»André the Giant ist tot«, erwiderte Henry nüchtern. »Nach ihm halte ich nicht mehr Ausschau.«

Ich hatte das Gefühl, dass Henry genau wusste, von wem ich eigentlich sprach, doch ich ließ das Thema auf sich beruhen.

Als ich jetzt das Buch auf Henrys Schreibtisch betrachtete, klangen die Worte des Arztes wieder in meinem Kopf.

Auf Ihrem Frontallappen ist eine riesige Wucherung.

Ein versteckter Riese, den keiner gesehen hatte. Bis jetzt.

Riesen sind keine guten Freunde.

Henry hatte recht. Vor Riesen musste man Angst haben.

»Wo verstecken sich Riesen?«, las ich den Titel erneut, und Henry drehte sich um und murmelte im Schlaf. Ich legte das Buch wieder auf den Tisch und bemerkte dabei den alten Kassettenrekorder, den Henry mit dem Buch zusammen ausgegraben hatte. Ein Schuhkarton mit Kassetten stand daneben, einige bespielt, andere noch verpackt. Offenbar hatte Henry sie früher benutzt, um seine Sportkommentare aufzunehmen. Inzwischen besaß er einen Digitalrekorder, aber der Fund seiner alten Sammlung hatte ihn begeistert.

Die Kassetten und der Rekorder brachten mich auf eine Idee, und ich spürte einen Hauch von Erleichterung. Eine Art Rettungsleine, an die ich mich klammern konnte. Ich würde Millie mithilfe der Kassetten eine Nachricht hinterlassen. Leise nahm ich sie vom Schreibtisch und schlich mich mit nun vollen Händen aus dem Zimmer. Ich würde alles wieder zurückgeben. Das versprach ich Henry stumm.

(Ende der Kassette)

Moses

Am nächsten Morgen brachen wir in aller Frühe nach Las Vegas auf. Georgia blieb mit Kathleen zu Hause, Millie wollte unbedingt mitfahren. Sie entschuldigte sich zwar dafür, bestand aber darauf. Henry konnte allerdings nicht allein zu Hause bleiben. Deshalb drängten wir uns zu dritt in die Fahrerkabine meines Pick-ups, mit Angstknoten im Magen und jeder in seine Gedanken versunken. Das Schweigen hätte peinlich sein können, aber das war es nicht. Sämtliche Peinlichkeiten hatten wir längst hinter uns gelassen. Inzwischen waren wir auf dem besten Weg, Freunde zu werden.

Taggs Team brach ungefähr zur selben Zeit auf, aber wir hatten keinen Treffpunkt ausgemacht. Aufteilen und Vorstoßen hieß unser nur grob ausgearbeiteter Plan. Ich wollte möglichst schnell nach Las Vegas kommen und mich in den Kampf stürzen. Über alles andere konnte ich mir später noch Gedanken machen.

In meinem Auto gab es keinen Kassettenrekorder. Die hatten längst ausgedient und wurden nicht mehr hergestellt. Millie hatte den Rekorder und die Schachtel mit den Kassetten jedoch mitgenommen. Sie hielt alles auf dem Schoß fest, als könne sie es nicht ertragen, sich auch nur eine Sekunde davon zu trennen. Die Kassetten waren wie eine Rettungsleine, die sie mit Tagg verband. Seit der Enthüllung der MRT-Ergebnisse hatte Millie weder mit mir noch mit Georgia über den Inhalt der noch verbliebenen Kassetten gesprochen. Ich hatte auch nicht darum gebeten, sie mir anhören zu dürfen. Das wollte ich nicht. Das Gespräch war zu persönlich geworden, die Liebesgeschichte zu ausgereift, die Gefühle zu verletzlich. Was Tagg sonst noch zu sagen hatte, war nur für Millies Ohren bestimmt. Ich wusste nicht, ob sie sich den Rest noch angehört hatte, nachdem wir gegangen waren, aber ich vermutete es.

Etwa auf halber Strecke zog sie eine Kassette heraus und steckte sich Kopfhörer in die Ohren. Ich war überrascht, dass der Rekorder überhaupt einen Kopfhöreranschluss besaß. Sie drehte sich leicht weg, zog die Knie an die Brust und verlor sich in Taggs Stimme.

Ungefähr eine halbe Stunde später fing sie an zu weinen. Die ganze Zeit war sie so stark gewesen, so gefasst. Doch damit war es jetzt vorbei. Irgendwas auf der Kassette hatte sie die Selbstbeherrschung verlieren lassen. Tränen strömten ihr übers Gesicht, und sie drückte die Lider fest zu, um den Tränenfluss zu stoppen.

Unwillkürlich wünschte ich mir Georgia herbei. Ich wusste nicht, was ich tun sollte. Und Henry wusste es ganz sicher auch nicht. Als er die Tränen seiner Schwester bemerkte, zog er an seinem Gurt, streckte die Hände nach Millie aus und zog sie gleich wieder zurück.

»Lou Gehrig, Jimmie Foxx, Hank Greenberg, Eddie Murray, Buck Leonard …«, murmelte Henry und wiegte sich vor und zurück. »Mark McGwire, Harmon Killebrew, Roger Connor, Jeff Bagwell …«

»Millie!« Ich hob die Stimme, damit sie mich trotz der Kopfhörer vernahmen.

Millie zog sich die Knöpfe aus den Ohren, und als sie bemerkte, was los war, legte sie den Rekorder auf den Boden und kletterte ohne zu zögern über den Sitz nach hinten zu Henry. Mit einer Hand wischte sie sich über das feuchte Gesicht, mit der anderen umarmte sie Henry.

»Es tut mir leid, Henry. Mir geht es gut.«

»Cap Anson, Bill Terry, Johnny Mize«, murmelte Henry.

»Baseballspieler?« Ein paar der Namen kannte ich.

»First Basemen«, erklärte Millie, die Lippen zu einem schmalen Strich gepresst. Offenbar bemühte sie sich, den Kummer zu unterdrücken, der diese Situation überhaupt erst ausgelöst hatte. Henry vergrub seinen Kopf an ihrer Schulter.

»Andre Anderson«, sagte er, doch er zählte keine weiteren Namen auf.

Ich brauchte einen Moment, bis ich mir einen Reim darauf machen konnte. Baseball. First Basemen. Andre Anderson. Henrys und Millies Vater.

»Rookie of the Year, Gold-Glove- und Silver-Slugger-Preisträger.« Henry löste sich aus Millies Armen und legte eine Hand an ihre Wange. Mir wurde schwindelig, weil mein Blick zwischen der Straße und dem Rückspiegel hin und her flog, in dem ich das Drama auf der Rückbank beobachtete.

»Rookie of the Year, Gold-Glove- und Silver-Slugger-Preisträger und lausiger Vater«, sagte Millie nachdrücklich. »Ich weine nicht wegen Dad, Henry.«

»Tagg Taggert, Halbschwergewicht, neunzehn Siege, zwei Niederlagen, elf K. o., lausiger Freund?«, fragte Henry.

Am liebsten hätte ich aufgelacht. Und geweint. Ich ließ beides. Meine Kehle schmerzte jedoch von der Anstrengung, nichts von beidem zu tun. Millie lachte, doch ein schneller Blick in den Rückspiegel bestätigte mir, dass ihre Tränen erneut flossen. Es war tragikomisch.

»Nein, Henry. Das ist nicht dasselbe. Überhaupt nicht. Tagg hat uns nicht verlassen. Es geht hier nicht um uns, Henry. Es geht um Tagg.«

Eine Welle der Bewunderung für Millie Anderson erfüllte mich. So leicht ließ ich mich gewöhnlich nicht beeindrucken. Ich konnte an einer Hand die Leute abzählen, die meine Erwartungen übertroffen hatten, doch Millie war gerade in diese Liga aufgestiegen.

»Er ist trotzdem weg«, beharrte Henry. Die Bemerkung versetzte mir einen Stich. Millie schwieg. Und ich fuhr weiter.

Moses

Die Arena war in helles Scheinwerfer- und flackerndes Stroboskoplicht getaucht. Ich hatte Sitze auf der linken Seite des Oktagons neben dem Kommentatorentisch ergattert. Aus zuverlässiger Quelle wusste ich, dass wir von dort aus Taggs Ecke sehen würden und auch er uns sehen konnte, wenn ich es schaffte, ihn auf uns aufmerksam zu machen. Ich würde eine meiner Lungenflügel verkaufen müssen, um den Preis für die Tickets wieder reinzukriegen, aber wir waren drin. Auch Axel, Mikey und der Rest der Jungs hatten sich Karten für den Kampf besorgt, doch ihre Plätze waren nicht in unserer Nähe, und ich hatte sie bisher noch nicht entdeckt.

Henrys Miene wirkte unbeteiligt, doch sein Blick flog wild hin und her und saugte die anwesenden Promis, die erwartungsvolle Energie, die Sprecher und die Ringmädchen, die zu dröhnender Musik Stimmung machten, in sich auf. Millie hatte ein Pokerface aufgesetzt und hielt Henrys Hand fest umschlungen, um sich von ihm durch die Menge führen zu lassen. Ich machte mir jedoch Sorgen, dass wir im Trubel getrennt werden könnten, und ergriff ihre andere Hand. Nun hielten wir drei uns wie Kindergartenkinder, die einen Zebrastreifen überqueren.

Selbst mich machte das Gedränge nervös, obwohl meine Sicht nicht beeinträchtigt war. Wie musste sich das alles erst für Millie anfühlen, die sich in völliger Dunkelheit ihren Weg durch die Menge bahnte, mit völlig überfrachteten Sinnen, die eine Orientierung unmöglich machten. Sie drückte meine Hand und schenkte mir ein flüchtiges Lächeln, als wir uns zu unseren Sitzen durchschlängelten. Laut Programm kam Tagg erst zum Schluss an die Reihe, direkt vor dem Hauptkampf des Abends. Davor standen noch zwei weitere Kämpfe an.

Er ging immer noch nicht an sein Handy. Inzwischen bekam man gleich die Ansage, dass die Mailbox voll war. Wir hatten ihn aufgespürt, und nun blieb uns nichts anderes übrig als abzuwarten.

Millie war auf der Fahrt nach Las Vegas sehr still gewesen, ihr Gesicht von Kummer beschattet. Sie hatte sich um Henry gekümmert und sich ab und zu leise mit mir unterhalten. Abgesehen von dem Tränenausbruch behielt sie ihre Gefühle unter Verschluss. Und ich? Ich war stinkwütend. Falls Tagg bei diesem Kampf nicht ordentlich den Hintern versohlt bekam, würde ich ihn mir vorknöpfen. Die Wut unterdrückte meine Angst. So gut kannte ich mich, dass ich mir darüber im Klaren war. Ich konnte jedoch überhaupt nicht nachvollziehen, was Tagg sich bei dieser Aktion gedacht hatte. Nicht ganz zumindest. Ich begriff nicht, warum er uns ausschloss und sich so einfach aus dem Staub gemacht hatte. Ich hatte mal einen Dokumentarfilm gesehen, in dem Native Americans ihr Volk zum Sterben verließen. Aber Tagg war erst sechsundzwanzig. Außerdem war er kein Native American. Und ich weigerte mich zu glauben, dass er sterben würde. Wieder stieg die Wut in mir auf, und ich schob den Gedanken rasch beiseite.

Henry hatte sich dem Kommentatorentisch zugewandt. Er interessierte sich mehr für die Sprecher als für die Kämpfe. Das weckte mein Interesse. Sie sprachen nun über Tagg, und ich spürte, wie Millie sich neben mir versteifte.

»Falls Sie gerade erst eingeschaltet haben sollten, Tagg Taggert war eigentlich nicht für den Kampf heute Abend vorgesehen. Da Jordan Jones jedoch in letzter Minute wegen einer Schulterverletzung ausfiel, hat Organisator Cliff Cordova Tagg Taggert gebeten, für Jones einzuspringen. Taggert ist definitiv ein aufgehender Stern am Ultimate-Fighting-Himmel. Erst vor einem Monat hat er Bruno Santos mit einem technischen K. o. in der fünften Runde besiegt. Zum zweiten Mal hat er damit seinen Außenseiterstatus Lügen gestraft und gegen einen hoch favorisierten Gegner gewonnen.

Eben betritt David Taggert in seiner typischen Tagg-Team-Kluft die Arena. Nanu, er ist ganz allein. Nur zwei Männer von der Hallensecurity begleiten ihn. Keine Sekundanten für die Ecke, kein Trainer, kein Team. So was hab ich bei ihm noch nie erlebt. Schon merkwürdig, denn mit seiner Tagg-Team-Marke, in deren Aufbau er viel Arbeit gesteckt hat, hatte er Teamarbeit bisher immer großgeschrieben.«

»Tagg! Tagg!« Henry hüpfte schreiend auf und ab, um Taggs Aufmerksamkeit zu erregen. Millie zitterte so heftig, dass ich die Zähne zusammenbiss und beruhigend ihre Hand drückte. Tagg entdeckte erst Henry, dann mich und schließlich Millie. Seine Miene gefror. Erschrocken riss er die Augen auf. Er blieb fast stehen, bis er sich zu erinnern schien, wo er war. Er machte einen Schritt auf uns zu, und Henry rief erneut heftig winkend seinen Namen. Taggs Blick flog zu mir. Er deutete auf mich, dann auf Millie, wie um zu sagen »Pass auf sie auf«. Ich starrte reglos zurück.

Nachdem ihm einer der Securitymänner einen Stoß mit dem Ellbogen verpasst hatte, lief er weiter auf das Oktagon zu und zog seine üblichen Tagg-Team-Aufwärmübungen ab. Er schlüpfte aus den Schuhen, steckte sich den Mundschutz über die Zähne und wartete darauf, dass ihn der Schiedsrichter zu sich rief. Er schenkte uns keinen Blick mehr, aber mir fiel auf, dass seine Schultern ziemlich angespannt wirkten und er das Kinn gereckt hatte. Diesen Tagg hatte ich öfter gesehen, als ich zählen konnte. Es war Spielzeit, doch leider war das hier kein Spiel.

»Was passiert, Moses?«, fragte Millie. Die Furcht in ihrer Stimme durchschnitt das laute Stimmengewirr. Ich beugte mich zu ihr, denn ich hatte nicht mehr genug Luft in den Lungen, um laut zu sprechen.

»Er wird es tun. Er wird kämpfen.«

»So ein Mist, dass ich ihn nicht sehen kann.« Ihr Gesicht war kalkweiß, ihre Lippen bebten. Zum millionsten Mal bewunderte ich ihren Mut. Wie fühlte es sich wohl an, in ständiger Dunkelheit durchs Leben zu gehen, sich in die Menge zu begeben und zu hoffen, dass man von der Welt gesehen wurde, selbst wenn man sie nicht sehen konnte? Ich sah mehr, als ich sehen wollte, was ich die meiste Zeit meines Lebens gehasst hatte. Ich hatte gehasst, was ich sehen konnte. Aber das war immer noch besser, als gar nichts zu sehen.

»Er hat dich bemerkt, Millie. Er weiß, dass du da bist. Er weiß, dass wir hier sind.«

»Wie sieht er aus?«

»Bereit.« Das war die einzig mögliche Antwort.

»Warum tut er das?« Die Frage kam als Schluchzen heraus. Erneut ergriff ich ihre Hand. Darauf hatte auch ich keine Antwort.

Der Sprecher begann mit der Einleitung. Zuerst stellte er Tagg vor. Henry murmelte fast Wort für Wort mit, als der Kommentator Taggs Siege und Niederlagen aufzählte und schließlich unter dem Johlen der Menge und dem Aufschrei meines Gewissens mit der Verkündung seines Namens endete: David »Tagg« Taggert.

Tagg war so ein Idiot. Dieser Kampf war genau wie der zwischen David und Goliath. Hilflos sah ich zu, wie Terry »Shotgun« Shaw angekündigt wurde und der Schiedsrichter anschließend die beiden Kontrahenten in die Mitte des Rings beorderte. Henry kannte Shotguns Kampfbilanz ebenfalls.

Millie lauschte aufmerksam den beiden Kommentatoren, die miteinander plauderten und ihr die fehlenden visuellen Informationen lieferten. Der Schiedsrichter sprach derweil in der Mitte des Rings mit Tagg und Shotgun, die sich Brust an Brust, Auge in Auge gegenüberstanden und sich noch vor Ertönen des Gongs durch Blicke auseinanderzunehmen versuchten. Tagg hatte mir mal erklärt, dass diese kurzen Sekunden der mentalen Einschüchterung unschätzbar wertvoll waren.

»Shotguns Team war nicht sehr erfreut über den neuen Gegner. Sein Management ist der Ansicht, dass Taggert es sich noch nicht verdient hat, mit Shotgun im Oktagon zu stehen. Sie wollten einen Kampf mit Jones, aber Jordan Jones fällt wegen einer Verletzung aus, und nach Taggerts unglaublichem Sieg gegen Santos im vergangenen Monat war er meiner Meinung nach auch die offensichtliche Wahl. Er ist ein aufgehender Stern, beliebt bei den Fans und den anderen MMA-Athleten und ein hervorragender Vertreter dieses Sports. Er hat einen harten Schlag und ist ziemlich stark im Grappling, auch seine Wrestlingmoves haben sich inzwischen enorm verbessert. Zu Highschoolzeiten war er Bullenreiter, doch er hat erwähnt, dass er nach einigen Knochenbrüchen schnell davon überzeugt gewesen sei, die Bullen lieber in Ruhe zu lassen. Er ist also definitiv ein Adrenalinjunkie. Vor allem aber genießt er den Sport. Er liebt es, im Oktagon zu stehen und Mann gegen Mann zu kämpfen, und seiner Meinung nach ist das auch der Grund dafür, warum er so gut ist. Er liebt den Kampf und hat ein ziemlich markantes Kinn.«

Der Gong ertönte, und die Kommentatoren schwiegen genau fünf Sekunden lang. Tagg und Shotgun umkreisten sich.

Schließlich konnten sich die Sprecher nicht länger zurückhalten und mussten ihren Senf dazugeben.

»Genau, Joe. Bei seinem Kampf gegen Bruno Santos gab es mehrere Momente, in denen es schlecht für Taggert aussah. Santos hat ein paar brutale Treffer gelandet, doch Taggert stieß immer wieder vor. Er hat Santos zermürbt und ihn letztendlich im richtigen Augenblick erwischt und auf die Matte geschickt und die Sportwelt eindeutig verblüfft. Santos war klarer Favorit, so wie Shotgun heute. Aber man sollte Tagg Taggert nicht unterschätzen, denn er ist immer für eine Überraschung gut.«

Mein Herz hüpfte wie ein Flummi in meiner Brust herum, Schweiß tröpfelte mir den Rücken herunter. Tagg versuchte einen Take-down und fing sich mehrere herbe Faustschläge ein.

»Oh, Shotgun hat eine solide Trefferkombination gelandet! Doch Tagg Taggert lächelt darüber nur. Er grinst von einem Ohr zum anderen.«

»Ist das Teil seiner Strategie? Den Schmerz einfach weglächeln?«

»Kann sein, aber wir haben mehrere seiner Kämpfe gesehen, und ehrlich gesagt glaube ich, es macht ihm einfach Spaß. Er fängt an zu lächeln, wenn die Fäuste fliegen, und hört bis zum Schluss nicht mehr damit auf.«

Ich musste die Kommentatoren ausblenden. Sie machten mich nervös. Aber sie hatten recht. Je härter Shotgun auf ihn einschlug, desto breiter wurde Taggs Grinsen. Sein Grübchenlächeln sorgte auch dafür, dass die Frauen in der Arena nach der zweiten Runde einvernehmlich auf seiner Seite standen. Das hatte ich früher schon erlebt. Tagg lächelte, während ihm Blut aus Nase und Mund strömte. Der Mann war ein Wahnsinniger.

Er sah jedoch nicht krank aus und verhielt sich auch nicht wie ein Kranker. Eine Welle der Erleichterung spülte über mich hinweg, weil Tagg ganz offensichtlich nicht versuchte, sich umzubringen. Noch nicht. Gegen Ende der ersten Runde prallte Shotguns Faust an Taggs Stirn. Einen Moment lang versteiften sich dessen Beine. Als Shotgun bemerkte, dass Tagg schwankte, stürzte er sich mit fliegenden Fäusten auf ihn, doch Tagg nutzte seinen Schwung gegen ihn aus und holte ihn mit einem perfekten Move von den Beinen. Er schlang die Arme um Shotguns Knie, worauf dieser sauber auf den Rücken fiel.

Die Menge spielte verrückt, die Kommentatoren überschlugen sich vor Begeisterung. Millie reckte sich, um sie über den Lärm der Zuschauer hinweg zu verstehen. Mit einer Hand griff sie nach mir, mit der anderen nach Henry.

»Tagg hat ihn zu Boden geworfen«, rief ich ihr zu, aber mein Blick blieb auf Tagg gerichtet, der sich an Shotguns Abwehr vorbeizumogeln versuchte.

»*Ground and pound*!«, schrie Henry die Bezeichnung des Moves.

Dann ertönte der Rundengong, und Tagg war gezwungen, Shotgun freizugeben. Tagg sprang mühelos auf und ging in seine Ecke, aber er setzte sich nicht auf den Schemel, der dort für ihn bereitstand. Er schnappte sich ein Handtuch, spülte den Mund mit Wasser aus, nahm noch einen Schluck und suchte in der Menge nach Millie. Die Finger im Netz des Oktagonkäfigs verhakt stand er da und schaute weder mich noch jemand anderen an. Sein Blick war einzig auf Millie gerichtet, lange genug, dass die Kommentatoren die Köpfe drehten, um festzustellen, wer seine Aufmerksamkeit gefangen nahm.

»Ich hab's geschafft, Millie!«, brüllte er plötzlich. »Ich hab's geschafft! Ich pack das, Baby!«

»Hast du ihn gehört, Millie?«, rief ich ihr zu, den Blick so fest auf Tagg gerichtet, wie seiner auf Millie haftete. Sie nickte heftig. »Er will dich wissen lassen, dass es ihm gut geht.«

Alle starrten sie nun an, während die Sprecher allerlei Spekulationen anstellten, ehe der Gong ertönte und Tagg sich wieder abwandte.

Dasselbe wiederholte sich in den folgenden vier Runden. Wenn der Gong ertönte, ging Tagg in seine Ecke und versicherte Millie, alles sei in Ordnung, immer mit denselben Worten. »Ich hab's geschafft, Millie. Ich pack das.«

Und die Menge glaubte ihm allmählich. Von Henry in Gang gesetzt, riefen sie seinen Namen im Chor.

»Tagg-Team! Tagg-Team! Tagg-Team!«, hatte er unaufhörlich gebrüllt. Es dauerte nicht lange, bis andere einstimmten und die Rufe sich allmählich in der ganzen Arena ausbreiteten und anschwollen, bis Shotgun Tagg wieder an der Stirn erwischte und ihn ins Taumeln brachte. Tagg stützte sich auf einem Knie ab, schoss aber gleich darauf wieder hoch und verpasste Shotgun einen krachenden Kinnhaken. Shotguns Kopf flog wie eine Peitsche zurück, und er brach zusammen.

Mit einem Mal herrschte totale Stille, als ob die gesamte Halle vor Verblüffung gleichzeitig tief einatmete. Gleich darauf brach die Hölle los. Der Schiedsrichter schlidderte förmlich zu dem reglosen Shotgun und winkte hektisch mit den Armen über dem Kopf, um das Ende des Kampfes anzuzeigen. Tagg hatte gesiegt.

»Es ist vorbei!«, schrie ich. »Er hat es geschafft!«

»Tagg!«, jubelte Henry. »Tagg!«

Millie zitterte am ganzen Körper, als sie aufstand. Ihre Augen waren trocken, aber ihre Hände schweißnass. Vielleicht stammte der Schweiß aber auch von meiner Hand. Wir hatten uns alle drei aneinandergeklammert und ließen uns von der kreischenden Menge mitreißen. Die Menge johlte, Leute klatschten, sprangen auf und ab, rempelten uns an, klopften uns auf den Rücken, gratulierten uns. Alle hatten gesehen, wie Tagg sich immer wieder auf Millie konzentriert hatte. Nun konzentrierten sich alle auf sie.

Tagg ging in seine Ecke und hob die Arme in Siegerpose über den Kopf, während sein Blick zu Millie schweifte und sich auf sie heftete. Mit einem Mal knickte sein rechtes Bein ein. Hektisch suchte er mit den Händen nach Halt. Er schwankte heftig, und die ganze Arena keuchte auf. Ich sprang auf und streckte die Arme aus, als ob ich ihn hätte auffangen können.

Seine Finger verfingen sich im Käfignetz, seine Augen rollten weg, und er brach zuckend im Oktagon zusammen. Das Zucken hörte nicht auf.

Ich rannte zum Oktagon und kletterte über den Käfig, noch ehe mich jemand aufhalten konnte.

In der Halle herrschte totale Stille. Seltsamerweise stellte mich auch niemand zur Rede oder versperrte mir den Weg. Ich kniete mich neben Tagg und versuchte, ihn festzuhalten. Ich wusste nicht, was ich sonst tun sollte. Der Schiedsrichter war sofort neben mir. Auch ein Betreuer aus Shotguns Ecke kam angelaufen.

»Er hat einen Krampfanfall!«, rief der Schiedsrichter. Irgendwer schob Tagg den Mundschutz zwischen die Zähne, damit er sich nicht auf die Zunge biss, während ich einen Arm in seinen Nacken schob, damit sein Kopf nicht auf dem Boden aufschlug.

Shotgun richtete sich triefäugig auf. Die Sanitäter, die ihn versorgt hatten, kamen angerannt, um sich um den neuen Notfall zu kümmern. Aus dem Augenwinkel nahm ich Molly wahr. Blonde Haare, blaue Augen, stummes Warten. Ich unterdrückte einen Fluch und errichtete meine Schutzmauern, denn ich wollte sie auf keinen Fall sehen.

Im Fernseher im Wartezimmer der Notaufnahme lief ein Lokalsender. Millie, Henry und ich saßen in betäubtem Schweigen davor und hörten zu, wie die Reporterin aus Las Vegas die Nachrichten des Tages verkündete. Axel, Mikey, Cory, Andy und Paulo leisteten uns Gesellschaft, die Mienen genauso grimmig und niedergeschlagen, wie ich mich fühlte. Als Taggs Name fiel, schauten wir zum Bildschirm. Die Reporterin stand vor dem MGM, aus dem immer noch Leute rein- und rausströmten. In der Hand hielt sie ein flauschiges blaues Mikrofon und machte ein ernstes und zugleich aufgeregtes Gesicht, während sie über Taggs Kampf berichtete, was wir schon wussten, und nichts darüber, was wir wissen wollten.

»Der Hauptkampf der großen MMA-Kampfveranstaltung heute Abend im MGM wurde lange mit Hochspannung erwartet, doch Hauptgesprächsthema unter den Fans ist ein Kampf aus dem Vorprogramm, bei dem in letzter Minute ein anderer MMA-Athlet eingesprungen ist. Erst vor drei Tagen wurde David Taggert gebeten, Jordan Jones' Platz einzunehmen. Jones sollte gegen den langjährigen UFC-Favoriten und Ex-Halbschwergewichtschampion Terry Shaw antreten, doch er zog sich eine Verletzung zu. David Taggert, der im April einen erstaunlichen Sieg gegen Bruno Santos erzielte, nahm seinen Platz ein. Und die Fans bekamen eine Menge für ihr Geld geboten, denn Taggert und Shaw lieferten sich erbitterte vier Runden, ehe Shaw K. o. ging. Nach dem Kampf herrschte helle Aufregung, denn Taggert erlitt offenbar einen Krampfanfall. Shaw war am Boden, der Kampf zu Ende. Der Schiedsrichter hob Taggerts Hand, Tagg Taggert wandte sich der Menge zu, streckte die Arme in die Luft und brach zusammen. Er wurde in ein nahe gelegenes Krankenhaus gebracht. Sein Zustand ist kritisch. Wie wir erfahren haben, hatte Tagg Taggert kurz nach dem Kampf gegen Bruno Santos eine Auseinandersetzung mit einem ehemaligen Angestellten in seiner Bar in Salt Lake City. Taggert erhielt dabei

einen Schlag auf den Kopf und erlitt eine schwere Kopfverletzung. Es heißt zwar, dass er noch in derselben Nacht nach Behandlung der Wunde wieder aus dem Krankenhaus entlassen wurde, doch in den darauffolgenden Wochen zog er sich aus der Öffentlichkeit zurück. Die Spekulationen überschlagen sich inzwischen. Wir halten sie über Taggerts Zustand und die weiteren Entwicklungen auf dem Laufenden.«

Man sagte uns, Tagg hätte im Rettungswagen kurz das Bewusstsein wiedererlangt. Er erkundigte sich nach dem Kampf und erfuhr, dass er einen epileptischen Anfall erlitten hatte. Dann wurde er wieder ohnmächtig. Vorher hatte er jedoch noch die Frechheit, nachzuhaken, ob er auch wirklich der Sieger wäre. Fast hätte ich darüber gelacht. Ich hätte gelacht, wenn ich nicht so wütend gewesen wäre. Ungefähr eine Stunde nach Ankunft in der Notaufnahme wurde Tagg operiert.

Der Arzt, der etwa drei Stunden nach unserer Ankunft ins Wartezimmer kam, erklärte uns, dass Tagg vermutlich bereits während des Kampfs eine Hirnblutung erlitten habe und sein Gehirn angeschwollen sei. Ich erinnerte mich an den Schlag an die Stirn, den er gegen Ende der ersten Runde kassiert hatte, als er kurz schwankte und wir alle dachten, er würde fallen. Er hatte drei weitere Runden durchgestanden, ehe er einen weiteren Schlag auf dieselbe Stelle erhielt, kurz vor Ende des Kampfs. Die Schwellung erzeugte Druck, was den Anfall ausgelöst hatte, der wiederum dazu führte, dass die Ärzte die Hirnblutung feststellten. Offensichtlich sollten Leute, die eine Kraniotomie hinter sich haben, bei der ein Tumor aus dem Gehirn entfernt wurde, mindestens drei Wochen lang nach der OP nicht ins Oktagon steigen.

Ich konnte nicht im Rettungswagen mitfahren, weil ich bei Millie und Henry bleiben musste. Wir hatten uns so schnell wie möglich unseren Weg durch die Menge gebahnt, was nicht leicht gewesen war, und waren zum Krankenhaus gerast. Gut zwanzig Minuten, nachdem man Tagg durch die Türen der Notaufnahme geschoben hatte, kamen wir dort an. Ich erzählte der Schwester am Empfang alles, was ich durch die Kassetten über Taggs Krankheit erfahren hatte, und bat sie, jeden darüber zu informieren, der es wissen mussten. Über den Rand ihrer Brille hinweg musterte sie mich mit einem Blick, der besagte, dass sie mich für drogenabhängig und gefährlich hielt. Doch dann drückte sie das Kinn an die Brust, stand auf und ging durch die Schwingtüren hindurch in jenen Bereich, in den Millie, Henry und ich ihr nicht folgen durften.

Ich konnte mir die verblüfften Reaktionen der Krankenschwestern und Ärzte gut vorstellen, als sie Taggs Krankengeschichte erfuhren und ein MRT machten. Sein zotteliges Haar hatte er für den Kampf zu einem Pferdeschwanz zusammengefasst und so die rasierten Stellen von der OP geschickt verdeckt. Aber solche Dinge blieben nicht ewig verborgen. Als ich ihn im Oktagon in den Armen hielt, hatten sich seine Haare aus dem Band gelöst und waren ihm ins Gesicht gefallen. Ich hatte den Beweis gesehen, und die Ärzte würden ihn auch entdecken.

Als die mollige Empfangsschwester endlich auf ihren Posten zurückkehrte, schüttelte sie den Kopf und beäugte uns weiterhin, als seien wir aus einem Zoo entlaufen. Ich war schon öfter auf diese Weise gemustert worden und starrte ebenso unverschämt zurück. Millie nahm das Misstrauen der Krankenschwester gar nicht wahr, und Henry war ein zappeliges, Sportfakten heraussprudelndes Häufchen Elend. Millie hielt seine Hand, streichelte ihm durchs Haar und kommentierte seine zusammenhanglosen Fakten, als ob er das schlaueste Kind im Universum sei. Wenig später aß er einigermaßen beruhigt Schokoerdnüsse und trank eine Dose Sprite aus einem der Automaten. Nur noch ab und zu murmelte er irgendwelche Sportstatistiken vor sich hin.

»Er hat die Operation gut überstanden. Wir konnten die Blutung stoppen«, sagte der Arzt ernst. Er schaute von mir zu Millie. Seine Augen weiteten sich, und er sah mich wieder an. Offenbar hatte er gemerkt, dass er nur mit einem von uns Blickkontakt aufnehmen konnte. Zu seinen Gunsten muss ich ihm anrechnen, dass er ohne merkliches Zögern einfach weiterredete.

»Im Moment ist er noch bewusstlos, und wir wollen ihn in diesem Zustand belassen. Die Schwellung wird voraussichtlich in den kommenden zwölf Stunden zurückgehen. Dann wird er vermutlich auch wieder zu sich kommen. Allerdings muss er in den nächsten Tagen unter Beobachtung bleiben. Wir gehen jedoch im Moment davon aus, dass alles gut verläuft. Die Gehirnaktivität sieht gut aus, die Vitalwerte sind in Ordnung. Ich hab mich mit Dr Stein und Dr Shumway vom LDS-Krankenhaus beraten. Dr Shumway hat die Kraniotomie durchgeführt. Zwar darf ich Ihnen nicht viel dazu sagen, aber Mr Taggert stehen einige schwere Entscheidungen bevor. Ich denke, es ist gut, dass Sie hier sind. Sie sollten mit ihm besprechen, was er getan hat und was er noch tun muss. Dieser Kampf heute Abend war ein unglaublicher Leichtsinn. Er kann von Glück sagen, dass er noch lebt.«

Moses

Wie vom Arzt vorhergesagt, wachte Tagg nach einigen Stunden auf, aber man ließ uns erst zu ihm, als er von der Intensivstation verlegt worden war, also erst volle vierundzwanzig Stunden, nachdem er das Bewusstsein wiedererlangt hatte. Wir pendelten zwischen dem Krankenhaus und einem nahe gelegenen Hotel hin und her, standen Todesängste aus und bekamen wenig Schlaf. Zwei Tage nach Beginn unserer Krankenwache kehrten wir wieder mal kurz zum Duschen und Umziehen ins Hotel zurück. Plötzlich legte sich Henry ins Bett und weigerte sich, wieder aufzustehen. Millie traute sich nicht, ihn allein zu lassen, daher blieb sie bei ihm, und ich fuhr allein ins Krankenhaus zurück.

Zu meinem Erstaunen saß Tagg aufrecht im Bett, als ich das Zimmer betrat. Seine Augen waren von dunklen Ringen umschattet, seine Wangen mit Bartstoppeln übersät, sein zerzaustes Haar umrahmte schlaff sein Gesicht. Die kahlen Stellen und wulstigen Nähte waren nun deutlich sichtbar. Er kratzte sich so heftig am Kopf, als ob ihn die nackte Haut wahnsinnig machte.

»Es ist jetzt gut drei Wochen her. Es ist fast verheilt und juckt höllisch«, beschwerte er sich mit einem Lächeln, als hätte er sich nur einen Ausschlag oder eine Abschürfung eingefangen – nichts Ernstes jedenfalls. »Ich hab eine der Schwestern überredet, mir die Haare komplett abzurasieren. Wir werden Zwillinge sein, Mo«, sagte er und spielte damit auf meinen Standard-Stoppelschnitt an.

Mir fehlten die Worte. In belanglosem Small Talk und scherzhaften Plaudereien war ich eben nicht so gut wie Tagg. Eigentlich war ich darin die totale Niete, weshalb ich es auch gar nicht erst versuchte. Ich starrte meinen Freund nur an und schob die Hände in die Taschen, um der Versuchung zu widerstehen, ihn zu malen … oder umzubringen.

»Ich glaub, Millie wird die Glatze gefallen …« Abrupt hielt er inne und rieb sich übers Kinn. Er war sichtlich aufgeregt. »Ist sie hier, Mo? Bei dir?«

»Sie ist mit Henry im Hotel. Er war total erschöpft, und sie wollte ihn nicht allein lassen.«

Tagg nickte und schloss, ebenfalls erschöpft, die Augen. »Gut. Das ist gut.«

Eine Krankenschwester kam herein, sah mich und zögerte. Ich hätte fast aufgelacht. Vermutlich wollte sie Tagg lieber für sich allein haben, während sie ihn umsorgte. Typisch. Vermutlich hatte er das gesamte Krankenhauspersonal längst um den kleinen Finger gewickelt. Er war wahrscheinlich der am besten versorgte Patient in der Geschichte der Klinik.

Ich sah zu, wie sie ihn gewissenhaft mit einem Laken abdeckte und dann behutsam anfing, ihm die Haare mit einem Rasierapparat abzuschneiden. Eine lange Strähne nach der anderen fiel, bis er mit kahlem Kopf und vernarbt vor mir saß und dabei völlig fremd und niedergeschlagen wirkte. Unwillkürlich öffnete und schloss ich die Hände, um ein wenig von meiner Wut abzureagieren.

Die Krankenschwester meinte, dass er sich jetzt »sicher sehr viel besser fühlen würde« und wischte das geschorene Haar mit einem Tuch weg. Dann half sie ihm in ein frisches Krankenhaushemd, wobei sie den Venenzugang und die Anschlüsse der Monitore geschickt umging. Ich suchte Taggs Blick, als sie sorgsam die Schnüre auf seinem Rücken zu Schleifen band, und hob eine Augenbraue. Er schenkte mir ein Grinsen. Womöglich hatte er sich doch nicht so sehr verändert.

Als die Schwester das Zimmer verlassen hatte, schloss er kurz die Augen und ruhte sich aus. Wieder stieg Angst in mir auf.

»Du siehst ziemlich beschissen aus, Tagg«, stellte ich fest.

»Du auch, Mo«, gab er zurück, ohne die Augen zu öffnen.

»Daran bist du schuld«, erwiderte ich.

Er seufzte. »Ich weiß.«

Ich gab keinen Kommentar dazu ab, weil ich ihn schlafen lassen wollte.

Nach einigen langen Atemzügen öffnete er erneut die Augen und suchte meinen Blick. »Es tut mir leid, Moses.«

»Du hättest nicht einfach so abhauen dürfen. Du hast uns alle durch die Hölle geschickt.« So, wie es aussah, waren wir alle immer noch mittendrin.

»Mir ist keine bessere Lösung eingefallen.«

»Mir fällt zumindest eine ein«, erwiderte ich bissig. Als er darauf nicht antwortete, atmete ich tief aus und drückte die Handflächen auf die müden Augen.

»Manchmal kommt es mir so vor, als wäre zu sterben das Einzige, was ich noch nicht erlebt habe«, meinte Tagg. »Und selbst das hab ich schon ein paar Mal versucht. Das Problem mit dem Tod ist, dass er eine Einbahnstraße ist, wie Sex und eine Geburt. Wenn's passiert ist, gibt's kein Zurück.«

Seine Überlegungen waren offenbar rhetorisch, daher wartete ich stumm, bis er weitersprach.

»Die Sache ist die, Mo. Ich komm damit klar. Wenn ich als dein bester Freund eines aus den Beobachtungen von deinem Umgang mit den Toten gelernt habe, dann, dass der Tod nichts ist, wovor ich Angst haben muss. Ich bin nicht perfekt. Aber ich halte mich für einen guten Menschen. Ich habe ein tolles Leben hinter mir, trotz Kummer und allem. Millie hat mir mal gesagt, ein schöner Song ist herzzerreißend. Vielleicht macht das unser Leben auch erst schön. Diese Fähigkeit, daran zu zerbrechen. Vielleicht erkennen wir daran, dass wir gelebt und wahrhaft geliebt haben.«

»Die Fähigkeit, daran zu zerbrechen«, wiederholte ich. Und meine Stimme kippte. Wenn das nicht eine perfekte Beschreibung der Qualen der Liebe war. Ich hatte dieses Zerbrechen erlebt. Ich hatte es überlebt, aber ich wollte es nie wieder durchmachen müssen.

»Ich liebe sie, Mo. Ich liebe sie so sehr, verdammt. Das ist das, was mich am meisten anpisst. Mit dem Krebs komm ich klar. Auch mit dem Tod. Aber ich werde Millie vermissen. Ich vermiss sie jetzt schon.« Er schluckte schwer, seine Kehle arbeitete heftig gegen die Emotionen an, die uns beide zu ersticken drohten. »Dich würde ich auch vermissen, Mo, aber du kannst tote Leute sehen, deshalb kann ich dir hinterherspuken.«

Ich lachte, aber es kam als Stöhnen heraus, und ich stand auf, um der Situation zu entfliehen. Kummer konnte ich nur schwer ertragen, kämpfte gegen seine Sinnlosigkeit an und spürte ihn dennoch. Tagg beobachtete, wie ich im Zimmer auf und ab lief. Als ich mich schließlich wieder setzte und ihm damit bedeutete, dass ich bereit war, sprach er weiter.

»Ich komm klar mit dem Gedanken an den Tod, Mo. Ich hab mich damit abgefunden«, sagte Tagg sachlich. »Aber das Sterben … mit dem Sterben ist es anders. Ich hab Angst vorm Sterben. Ich hab Angst davor, nicht stark sein zu können für die Menschen, die mich lieben. Ich hab Angst vor dem Leid, das ich auslösen werde. Angst vor der Hilflosigkeit, die ich verspüren werde, wenn ich nichts daran ändern kann. Ich möchte nicht Tag für Tag in einem Krankenhausbett liegen. Ich will nicht, dass Millie versucht, mich zu pflegen, und dass Henry miterlebt, wie ich vom Riesen zum Schatten verblasse. Kannst du das verstehen, Mo?«

Ich nickte bedächtig, obwohl mir dabei übel wurde. Irgendwie kam es mir so vor, als würde ich damit billigen, dass er einfach so abgehauen war.

»Nachdem der Arzt mir gesagt hat, was mir bevorsteht, hab ich die ganze Nacht wach im Bett gelegen. Er hat mir die Risiken genannt, voraussichtliche Prognosen über die mir noch verbleibende Lebenserwartung abgegeben, und er hat mir den Bestfall und den schlimmsten Fall geschildert. Am Morgen bin ich zu dem Entschluss gekommen, dass ich das nicht mitmachen will. Ich hab meinem Arzt gesagt, vielen Dank, aber ich gehe jetzt.«

»Und du wolltest niemandem Bescheid geben?«

»Nein.« Tagg schüttelte den Kopf, den Blick auf meine Augen geheftet. »Nein.«

»Aber …« Ich kapierte es nicht. Ich stand vor einem Rätsel.

»Ich hab meine Angelegenheiten geregelt, mich mit meinem Anwalt getroffen und alles Nötige erledigt. Ich hab mein Testament gemacht und ein paar Dinge verkauft. Ich musste mir jetzt nur noch überlegen, wie ich die Schulden bei meinem Dad begleichen sollte. Natürlich hätte ich alles verkaufen können – die Bar, den Fitnessklub, die Bekleidungsmarke. Damit hätte ich sicher mehr als genug Geld aufgebracht, aber ich wollte nicht verkaufen. Ich wollte den Fitnessklub den Jungs hinterlassen und die Bar Millie und Henry, damit Millie um diese verdammte Stange tanzen kann, bis sie zweiundachtzig ist und es ihr niemand verbieten kann. Und damit Henry über Sport reden kann und immer jemanden hat, der ihn dabei zuhört. Er ist so gern in der Bar. Ich wollte dir natürlich auch was hinterlassen, aber ich wusste, dass dir das nicht gefallen würde.«

Damit hatte er recht. Mit allem anderen lag er zwar falsch, aber damit, dass ich nichts von ihm erben wollte, hatte er absolut recht.

»Obwohl ich die Apartments verkauft und bis auf meinen Pick-up so gut wie alles flüssig gemacht habe, schulde ich meinem Dad immer noch fünfzigtausend Kröten«, fuhr Tagg fort.

»War das Geld nicht eine Anzahlung auf dein Erbe?«

»Ich will nichts erben. Ich will auf eigenen Füßen stehen«, entgegnete Tagg. »Ich hab ihm versprochen, dass ich ihm die volle Summe noch vor meinem dreißigsten Geburtstag zurückzahlen werde. Die dreißig wird jedoch für mich nicht mehr kommen, Mo. Deshalb musste ich einen Weg finden, um ihm das Geld vorher zurückzuzahlen.«

»Der Kampf.«

»Ja.« Tagg nickte. »Der Kampf. Wie es der Zufall wollte, wurde mir ein Titelkampf angeboten, der mir bei einem Sieg fünfzig große Scheine einbringen würde. Und ich hatte absolut nichts zu verlieren.«

»Und nach dem Kampf?«

»Wollte ich nach Dallas, meine Mom und meine Schwestern besuchen und meinem Dad das Geld zurückgeben. Ich hab meine Familie schon länger nicht gesehen. Und dann … wollte ich in die Berge in der Nähe der Straßenbrücke in Nephi wandern.«

»Wo Molly beerdigt war?«

»Wo Molly beerdigt war«, bestätigte er. »Ich wollte hoch auf den Berg, eine Pille schlucken, den Sonnenuntergang bewundern und dann einschlafen.«

»Und das wär's gewesen?«, fragte ich, bemüht, meine Wut zu zügeln.

»Das wär's gewesen«, antwortete er völlig emotionslos.

Wieder flutete Zorn meine Brust und sorgte für ein Rauschen in meinen Ohren, weil er es offenbar nicht für nötig hielt, sich von mir zu verabschieden. Doch ich ließ mir nichts anmerken. »Du hast die Kassetten dagelassen. Warum?«

»Das war meine Art, mich zu verabschieden. Ich wollte, dass Millie über meine Gefühle Bescheid weiß. Über jeden einzelnen Schritt auf dem Weg, wie ich mich in sie verliebt habe. Sie sollte sich meiner sicher sein und erfahren, dass alles echt war, einfach perfekt, und dass ihre Liebe das schönste Geschenk war, das ich je erhalten habe.«

»Und das dankst du ihr, indem du das Geschenk annimmst und darauf rumtrampelst?«

Tagg schwieg und starrte mich an. Seine Gefühle spiegelten sich in seinem Gesicht, eine Mischung aus Mitgefühl und Liebe, die ihm auch aus den Augenwinkeln tropfte.

»Ich liebe dich, Mo. Das weißt du doch, oder?«, sagte er sanft. Und ja, ich wusste es. Daran hatte ich nie gezweifelt, aber er hatte eine verdammt komische Art, seine Liebe zu zeigen.

»Verdammt, Tagg!«, zischte ich. »Ich weiß, was du von mir willst. Ich weiß, du willst von mir hören, dass ich deine Entscheidung unterstütze. Aber so selbstlos bin ich nicht. Ich bin dein Freund. Ich will nicht, dass du leidest. Wirklich nicht. Ich würde diese Last mit dir teilen, wenn ich könnte. Ich würde an den schlimmsten Tagen für dich einspringen, wenn das möglich wäre, weil ich weiß, du würdest dasselbe ohne zu zögern auch für mich tun. Aber lieber sehe ich dich leiden, als mich von dir zu verabschieden. Tut mir leid. Wenn mich das zum Arschloch macht, dann ändere ich eben meinen Namen. Schreib mir ein Namensschild, und ich trag es. Es ist mir scheißegal. Seit wann hast du Angst vor Schmerzen?«

»Das ist es nicht, Mo.«

»Blödsinn!«, schnauzte ich. »Du bist es den Menschen, die dich lieben, schuldig, zu kämpfen. Das schuldest du uns!«

»Die Schmerzen sind echt meine geringste Sorge, Mann«, sagte er so leise, dass ich ihn kaum hörte.

»Wo ist deine Wut geblieben? Wo ist dieses Monster geblieben, das mich umbringen wollte, nur weil ich den Namen seiner Schwester erwähnt habe? Wo ist der Kerl geblieben, der in Spanien den Bullen bei den Hörnern gepackt hat, nur um zu sehen, ob er das schafft? Wo ist der Mann, der einen anderen erschossen hat, um mein Leben zu retten? Der Mann, der sich für mich in die Schusslinie geworfen hat? Lass mich das mal zusammenfassen, Tagg. Du würdest sterben, um mein Leben zu retten, aber du willst nicht mal versuchen, dein eigenes zu retten?«

»Nicht, wenn ich damit andere Menschen durch die Hölle jage.«

»Zieh dein Superheldencape aus, Bro. Weg damit! Oder ich werde die Scheiße aus dir rausprügeln und dich in eine Zwangsjacke stopfen und dich eigenhändig mit der Chemo vollpumpen. Wart's nur ab.«

»Ich liebe dich, Mo.«

»Hör auf, das immer wieder zu sagen, Tagg!«

»Ich liebe dich, Mo.«

Ich spürte ein splitterndes Gefühl in meiner Brust und wusste, ich musste hier raus, ehe ich die Beherrschung verlor. Ich weinte nur selten, aber ich neigte dazu, meinen Kummer einzulagern, steckte ihn in verborgene Schubladen in meinem Inneren, stapelte ihn auf und sortierte ihn ein. Ich sammelte meinen Kummer. Doch nun stand mein Lager kurz davor, aus den

Nähten zu platzen, und ich konnte den Gefühlen, die sich seit Millies Anruf in mir aufgestaut hatten, nicht länger entkommen. Sie drohten endgültig, mich unter sich zu begraben. Ich brach auseinander. Und ich musste schleunigst weg.

Tagg

(Kassette)

Es hatte mehrere Tage gedauert, die Kassetten zu besprechen. Anfangs hatte ich mich damit nur verabschieden wollen. Es war ein Mittel, meine Gefühle auszudrücken, meine Liebe für Millie in Worte zu fassen. Und während ich unsere Geschichte erzählte, wurde mir klar, was für ein Wunder unsere Beziehung war. Moses hatte recht. Ich hatte mein eigenes Wunder. Und mit jedem Wort, jeder Kassette war ich überzeugter davon. Allerdings wusste ich nicht, wie ich aufhören sollte. Ich wollte kein Ende finden. Ich schaffte es nicht, mich endgültig zu verabschieden.

Nach dem Anruf aus Las Vegas stellte ich die fertigen Kassetten und den von Henry geliehenen Rekorder in den Aktenschrank im Büro im Fitnessklub und steckte den Schlüssel in einen Umschlag, den ich mit Millies Namen beschriftete. Aber ich hatte immer noch so viel zu sagen. Immerzu fiel mir noch etwas ein, das ich vergessen hatte und ihr unbedingt noch mitteilen wollte, und mehr als einmal überkam mich der Drang, sie anzurufen. Doch dann erinnerte ich mich daran, was der Arzt gesagt hatte – Glioblastom Grad vier –, und dachte an all die schrecklichen Dinge, die ich über meine Diagnose gelesen und recherchiert hatte. Ich dachte an die Bilder und rief mir die Überlebensrate in Erinnerung. Ich dachte daran, wie ich sterben würde, wie ich leiden würde, wie die mir nahestehenden Menschen meinetwegen leiden würden. Und ich verbot mir, sie anzurufen. Ich beschloss, mir einen eigenen Rekorder zu besorgen, damit ich weitere Kassetten besprechen konnte.

Am nächsten Tag, als ich eigentlich schon auf dem Weg nach Las Vegas hätte sein sollen, klapperte ich die Pfandleihen ab. Erst im fünften Laden wurde ich fündig. Eine ältere Frau verkaufte mir ein verstaubtes Diktafon, das sie aus ihrem Hinterzimmer holte, zusammen mit einem ungeöffneten Päckchen unbespielter Kassetten, alles zusammen für hundert Mäuse. Sie behauptete mit ungerührter Miene, das sei ein Schnäppchen. Womöglich hatte sie recht. Ich hätte ihr auch zweihundert gezahlt.

Der Befund meiner Biopsie kam recht zügig. Nach der Kraniotomie lag ich nur zwei Tage im Krankenhaus. Nicht sehr lange, wenn man bedenkt, dass sie mir ein Loch in den Schädel gebohrt und einen dicken Brocken Gehirngewebe entnommen hatten. Fünfundneunzig Prozent des Tumors konnten entfernt werden. Das war die gute Nachricht. Auch dass die Biopsiebefunde viel früher kamen als erwartet, war gut. Meine Ärzte hatten frühestens sechs Tage nach der OP damit gerechnet. Ich hatte Glück. Bei mir dauerte es nur vier. Ich Glückspilz.

Auf dem Weg zum Krankenhaus schloss ich einen Handel mit mir selbst. Wenn der Befund negativ war, also kein Krebs, würde ich Moses und Millie anrufen und ihnen von dem kleinen Schrecken erzählen, den ich gehabt hatte. Ich wollte ihnen sagen, dass ich nicht früher angerufen hatte, weil sie sich keine Sorgen machen sollte und hey, ist ja keine große Sache. Mir ging's gut. Ich würde Millie mit mir schimpfen lassen. Dann würde ich ihren Ärger wegküssen und sie dazu bringen, mich zu heiraten. Warum warten? Was hatte ich gesagt? Wenn du etwas liebst, gibst du ihm deinen Namen. Das hatte ich mit meiner Bar getan und wollte es auch mit meinem Mädchen tun. Und zum Teufel, wenn Henry meinen Namen wollte, würde ich ihn eben adoptieren. Mir fiel kein Grund ein, der dagegen sprach. Wir würden alle Taggerts sein. Diesen Handel hatte ich mit mir geschlossen.

Und wenn die Nachricht nicht gut ausfallen würde? Falls ich eine schlechte Diagnose bekam? In dem Fall wollte ich niemanden anrufen.

Und genau das hatte ich getan. Ich hatte mir ein Taxi bestellt, das mich nach der Kraniotomie abholte. Die Schwester hatte darauf bestanden, jemanden anzurufen, und ich hatte darauf beharrt, mich schon um mich selbst kümmern zu können. Mir ging's gut. Mein Kopf tat natürlich noch weh, aber sonst ging's mir gut. Dieses Mantra wiederholte ich immer wieder, weil es stimmte. Meinem Körper ging's gut. Nur mein Herz schmerzte. Ein ziemlich beschissenes Gefühl. Aber mir ging's gut. Ich fuhr nach Hause und schlief zwei Tage durch. Ich wachte nur auf, um einen Schluck Wasser zu trinken oder zur Toilette zu gehen, und schlief danach weiter. Dann erhielt ich die Nachricht vom Eintreffen des Befundes und fuhr wieder ins Krankenhaus, um zu erfahren, dass ich noch eine Lebenserwartung von sechs Monaten bis zu einem Jahr hätte.

Ich fuhr wieder nach Hause.

Ich rief weder Moses noch Millie noch Axel an. Auch Mikey wollte ich keine Sorgen machen. Daher ließ ich alle im Glauben, dass ich meine Familie in Dallas besuchen wollte, und verständigte meinen Anwalt. Ich brachte die Dinge ins Rollen. Während dieser Zeit ignorierte ich alle Anrufe. Ich las keine E-Mails und keine SMS-Nachrichten. Ich brachte es einfach nicht fertig. Ich durfte sie nicht lesen, wenn ich stark bleiben wollte. Ich war gerade dabei, eine weitere Kassette für Millie zu besprechen, als das Klingeln meines Telefons meinen Redefluss unterbrach. Ich schnappte es mir, nur um es zum Schweigen zu bringen, und las Cliff Cordovas Namen im Display. Instinktiv nahm ich ab.

Er hatte einen Kampf für mich. Am Samstagabend in Vegas – in sechs Tagen also – gegen Terry Shaw. Fünfzigtausend Dollar, wenn ich siegte, zehntausend einfach nur fürs Kommen. Ich sagte ihm, dass ich es nur für fünfzigtausend mache, egal, ob ich gewinne oder nicht, aber ich versprach ihm, zu gewinnen. Er war einverstanden und bot zwanzigtausend Dollar zusätzlich für das Tagg-Team bei einem Sieg, vorausgesetzt, ich tauchte innerhalb der nächsten achtundvierzig Stunden in Las Vegas auf.

Das brachte meine Pläne durcheinander. Mein Team würde ganz sicher von dem Kampf erfahren. Und die Jungs wären beleidigt, weil ich ohne sie gefahren war. Die Nachricht würde sich zu Millie rumsprechen, und auch sie würde gekränkt sein. Moses würde mich im Leben nach dem Tod aufspüren und mir einen Tritt in den Hintern verpassen. Aber was für ein verdammt genialer Abgang.

Ich dachte, ich würde stark bleiben. Ich würde das fürs Team tun. Ich dachte, dass ich mit Glanz und Gloria abtreten würde. Kämpfen und sterben. Ein starker Abgang. Aber sie fanden mich vorher. Und als ich Millie in der Menge entdeckte, mit Henry an ihrer Seite, und Moses, der ihre Hand hielt und mich ansah, als würde er mich am liebsten erwürgen, geriet meine Entschlossenheit ins Wanken, und meine Knie wurden weich.

Deswegen war ich ganz schön angepisst.

Ich wollte mich nicht zu einer seichten Tränenpfütze auflösen, damit Terry Shaw mit mir gleich in der ersten Runde den Boden aufwischen konnte. Ich wollte meine erbrachten Opfer und Pläne nicht in den Wind schießen, weil mein Mädchen im Publikum saß und mein bester Freund sauer auf mich war. Ich würde nicht zulassen, dass das dumpfe Hämmern in meinem Kopf, das mich verfolgte, seit ich mit zwanzig Klammern im Schädel aufgewacht war, mich langsam und unaufmerksam machte. Ich würde den Krebs nicht gewinnen lassen. Jedenfalls nicht in dieser Runde.

Ich kämpfte härter als je zuvor. Alles tat mir weh, meine Energiereserven waren angegriffen, was eher daran lag, dass ich zwei Wochen nicht mehr trainiert hatte, als an der Operation. Am Tag von Cordovas Anruf war ich noch drei Meilen gejoggt. Am nächsten lief ich fünf. Am Tag vor dem Kampf ging ich in einen Fitnessklub in Vegas und brachte mich durch Boxen und Kicks gegen einen Sandsack ins Schwitzen. Ich schwitze mir die Narkosereste aus dem Körper und fühlte mich verdammt stark. Immer wieder erinnerte ich mich daran, dass ich nichts zu verlieren hatte. Merkwürdigerweise war ich nicht mal nervös.

Diese Ruhe hatte angehalten, bis ich Millie entdeckte. Dann hatte mich die Nervosität wie ein Guss aus einem Feuerwehrschlauch kalt erwischt. Ich hatte Angst, Millie im Stich zu lassen. Diese Angst war sogar noch schlimmer als die Angst davor, dass Shotgun mir den Arsch aufreißen würde und sie dabei sein musste. Nach der ersten Runde hatte ich ihr Gesicht gesehen. Sie sah elend aus. Und ich hatte ihr zugerufen. Ich konnte einfach nicht anders. Ich musste ihr versichern, dass es mir gut ging. Das hatte ich auch nach der nächsten Runde getan. Und der nächsten. Und dann hatte ich gewonnen. Auf ihrem Gesicht war das schönste Lächeln erschienen, und Henry hatte meinen Namen gebrüllt. Moses hingegen sah immer noch angesäuert aus.

Plötzlich drehte sich alles um mich. Ein schreiendes Gesicht verwischte zum nächsten wie auf einem Karussell. Das Oktagon wirbelte um mich herum. Ich hätte das nie für möglich gehalten. Musste ein neuer Gag sein. Schlagartig wurde mir jedoch klar, dass nicht das Oktagon, sondern ich mich drehte. Und ich fiel. Erst prallte mein Körper auf den Boden, einen halben Herzschlag später mein Kopf, wie das Tüpfelchen auf dem i, der Punkt beim Ausrufezeichen. Und die Menge brüllte. Ich hob nicht die Hände, um mich abzufangen oder mein Gesicht zu schützen. Der Kampf war vorbei, oder? Der Gong war ertönt. Stattdessen fing mein verschwommener Blick Moses ein. Sein verwischtes Gesicht wirkte durch das Gitternetz des Käfigs noch verzerrter. Moses sah nicht mehr wütend aus. Er wirkte erschrocken und lief auf mich zu. Er sprang über das Gitter und lief zu mir herüber. Ich kam mir vor wie im Nebel und konnte meinen rechten Arm nicht mehr kontrollieren. Ein Ruck durchlief meine Glieder. Plötzlich zuckten meine Muskeln, als wollten sie aus meiner Haut springen. Und dann begann das Dröhnen. Es hörte sich an wie ein großer Sattelschlepper, der auf mich zuraste, als stünde ich am Straßenrand, unter der Straßenbrücke, nicht weit entfernt von der Stelle, an der man die Leiche meiner Schwester gefunden hatte.

»Tagg, kannst du mich hören? Verdammt. Ich glaub, er hat einen Krampfanfall!«

Moses redete mit mir, aber seine Stimme klang komisch, wie aus weiter Ferne. Als käme seine Stimme von der anderen Seite des Feldes, in dem Molly beerdigt war, von weit hinter dem Truckerimbiss, der eine nachlässige Wache über ein totes Mädchen hielt. Das Dröhnen der Sattelschlepper hielt an, wie ein Taifun rauschte die Lkw-Karawane an mir vorbei.

»Er beißt sich seine Zunge durch! Steck den Mundschutz rein! Tagg, Tagg, komm schon, Mann!«

Der Schmerz in meinem Kopf war plötzlich so stark, dass ich meine Augen nicht mehr öffnen konnte. Vielleicht war ich derjenige mit der Kugel im Kopf. Vielleicht hatte der Mörder meiner Schwester mich auch ermordet. Nein. Das war nicht richtig. Mollys Mörder war tot. Ich hatte ihn umgebracht. Ich hatte ihn aufgespürt und umgebracht. Und die Hunde hatten Molly gefunden.

»Mr Taggert, wenn Sie mich hören, öffnen Sie bitte die Augen.«

Ich versuchte es. Ich wollte meine Augen öffnen. Doch der Schmerz spielte in meinem Kopf Pingpong und dröhnte so laut wie ein Schuss, der aus meiner Erinnerung in die Gegenwart hallte. Nein. Das war's nicht. Da war keine Kugel in meinem Gehirn. Mit meinem Gehirn gab's ein anderes Problem.

Einmal hatte mich meine Schwester Molly herausgefordert, eine Handvoll Sand zu essen. Sie behauptete, dass ich das nicht schaffen würde. Natürlich hatte ich es getan. Es war nicht mal nasser Sand. Er war körnig und rau und so trocken, dass er mir in der Kehle stecken blieb und ich noch drei Tage später Sand hustete. Jetzt fühlte sich mein Mund wieder so an. Ich konnte nicht schlucken, meine Zunge war riesig und fühlte sich fremd hinter meinen aufgerissenen Lippen an. Meine Kehle brannte.

Vielleicht war ich wieder mit Molly am Strand, der Himmel über mir ein endloses Blau, die Stille nur durch ein tieffliegendes Flugzeug unterbrochen, das ein Banner mit dem Schriftzug einer Autoversicherung hinter sich herzog. Aber das Geräusch und das Licht kamen nicht von dem hellblauen Himmel über einem langen Sandstrand, und meine Kehle war nicht voller Sand. Helle Lichter statt Flugzeuge umkreisten meinen Kopf. Das Dröhnen verwandelte sich in piepende Geräte und besorgte Stimmen.

»Mr Taggert?«

»Nennen Sie mich Tagg«, sagte ich rau.

»Tagg, wissen Sie, wo Sie sind?«

»In der psychiatrischen Klinik Montlake«, flüsterte ich. Ich konnte sogar das Bleichmittel riechen.

»Mr Taggert?« Moses nannte mich nicht Mr Taggert. Niemand in Montlake nannte mich Mr Taggert. Nicht mal Dr Andelin. Vielleicht war ich nicht in Montlake. Aber ich war in einem Krankenhaus. Dessen war ich mir sicher.

»Sie hatten einen Kampf, Mr Taggert. Erinnern Sie sich daran?«

»Habe ich gewonnen?«, wisperte ich und versuchte die Hände zu heben, um meine Knöchel zu betrachten. Wenn ich wegen eines Kampfes im Krankenhaus lag, hatte ich vermutlich nicht gewonnen. Mein Dad würde so enttäuscht sein. Ich schloss die Augen, um das Licht und die Stimmen auszublenden, und versuchte mich daran zu erinnern, wie ich verloren hatte.

»Ich bin stolz auf dich, David.« Ich war elf, und mein Vater hatte mir noch nie zuvor gesagt, dass er stolz auf mich war. Aber jetzt war er stolz auf mich.

»Ach ja?« Meine Stimme klang vor Staunen krächzend.

»Ja. Manchmal muss man hart durchgreifen, um sich Respekt zu verschaffen. Es ist nichts Falsches daran, sich selbst zu verteidigen. Heutzutage ist das jedoch nicht mehr sehr beliebt. Es gilt als ein Zeichen von Aufgeklärtheit, Schwäche zu zeigen. Aber das stimmt nicht ganz. Es gibt eine Zeit für Worte und eine Zeit für Taten.«

Ich nickte. Ich mochte Worte. Aber den Worten Taten folgen zu lassen, hatte sich fantastisch angefühlt.

»Worte haben noch mehr Gewicht, wenn dein Gesprächspartner weiß, dass du dich auch noch mit anderen Mitteln zur Wehr setzen

kannst, falls die Worte versagen. Wie lange hast du schon versucht, mit diesem Kind zu reden und dich mit ihm anzufreunden?« Mein Dad schaute rüber zu mir und dann wieder auf die Straße.

»Ziemlich lange.«

»Dachte ich mir.«

»Ich glaub, ich hab ihm die Nase gebrochen.« Ich versuchte, darüber nicht so froh zu klingen, wie ich mich fühlte.

»Ja. Kann sein. Aber jetzt, wo er weiß, dass du dazu in der Lage bist, wird er sich nicht mehr so schnell mit dir anlegen, oder?«

»Nee.« Ich schwieg ein paar Minuten, bis ich mich zu einem Geständnis durchrang. »Dad?«

»Ja, mein Sohn?«

»Mir hat das gefallen, das Kämpfen. Das will ich wieder tun.«

»Ich will eine Revanche. Ich habe gedacht, ich hätte gewonnen. Ich habe gedacht, ich hätte den Kerl besiegt. Der Gong kam doch.« Ich versuchte, die Worte zu formen, aber sie kamen verwaschen und lallend heraus, und ich war mir nicht sicher, ob mich jemand verstanden hatte. Das lag an dem Sand in meinem Mund und an meiner wunden Zunge. Verdammt, tat mir der Mund weh.

»Sie haben den Kampf gewonnen, Mr Taggert. Es ist alles vorbei. Aber Sie hatten einen epileptischen Anfall, und wir müssen herausfinden, warum.«

Und dann fielen mir die Augen zu, und die Welt wurde dunkel, dunkler als je zuvor. Das ist das Letzte, woran ich mich erinnere. Und jetzt lag ich hier. Im Krankenhaus. Dem Ort, an den ich mir geschworen hatte, nie wieder zurückzukehren. Und ich konnte nicht mehr weglaufen. Was sollte ich jetzt bloß machen? Wo sollte ich von hier aus hin? Ich wusste es nicht.

Ichweißnichtwasichtunsollichweißnichtwasichtunsoll – der alte Refrain hallte wieder in meinem Kopf, ein Ohrwurm, der sich weigerte, sich in eine Lösung zu verwandeln. Also sprach ich mit dem Kassettenrekorder. Erneut.

Irgendwer auf Cordovas Lohnliste hatte meinen Pick-up auf dem Krankenhausparkplatz abgestellt, mitsamt meinen anderen Sachen. Eine Schwester half mir auf. Ich fühlte mich immer noch ziemlich schwach. Mir war schwindelig, aber es ging. Ich stellte den Rekorder in Kopfhöhe auf den Tisch neben meinem Bett, damit ich ihn mir nicht vors Gesicht halten musste. Lange würden sie mich nicht mehr hierbehalten. In ein oder zwei Tagen würden wir nach Utah zurückkehren. Axel wollte mein Auto nach Hause fahren. Als ich meinte, ich würde das schon schaffen, schnitt mir Millie sofort das Wort ab, die Schwester lachte.

In den vergangenen Tagen war ich noch kein einziges Mal allein mit Millie gewesen. Sie blieb in meiner Nähe, die Hand auf meinen Arm gelegt. Sie berührte mich immer, aber wir hatten nie Zeit für uns allein. Ich wollte keine Wiederholung der Szene mit Moses und hatte keine Ahnung, was ich ihr sagen sollte. Der Krampfanfall hatte mich erschöpft, der Schlaf war eine Erlösung. Als ich aufwachte und sie an meinem Bett entdeckte, fehlten mir die Worte. Sprachlos umklammerte ich ihre Hand und versuchte, ihre Gedanken zu lesen und ihre Gefühle zu erahnen. Ich glaubte zu wissen, was sie dachte. Ihr Kummer weckte in mir nur erneut den Wunsch, wieder einzuschlafen. Einmal versuchte ich, ihr zu sagen, wie leid es mir tat, und sie nickte nur und sagte: »Ich weiß, Großer. Ich weiß.« Aber ihre Augen hatten sich mit Tränen gefüllt, und sie hatte die Stirn auf meine Brust gelegt, um sie vor mir zu verstecken. Ich hatte ihr übers Haar gestrichen, bis der Schlaf mich in seine Tiefen zog.

Die Jungs – Axel, Cory, Mikey, Paulo und Andy – kamen und gingen. Sie wollten nicht ohne mich nach Hause fahren.

Ich hatte das Gefühl, dass sie sich mit der Wache an meinem Bett abwechselten, damit ich ihnen nicht wieder entwischen konnte. Niemand erwähnte den Grund, warum ich hier war. Um dieses elefantöse Problem schlichen wir auf Zehenspitzen herum, als hätte allein die Unterhaltung darüber eine zerstörende Wirkung. Im Augenblick taten wir so, als hätte mich der Kampf ins Krankenhaus gebracht. Ein Kampf, den ich ziemlich grandios gewonnen hatte. Das gab uns ein Thema, worüber wir unbefangen sprechen konnten.

Moses war nicht wiedergekommen. Er war noch nie gut im So-tun-als-ob gewesen. Er brachte Millie und Henry her und holte sie wieder ab, wenn Henry rastlos wurde und ins Hotel zurück wollte. Ich konnte Millie ansehen, dass sie gerne bei mir geblieben wäre. Wenn die Pflicht rief, fügte sie sich jedoch widerspruchslos, drückte kurz meine Hand und hakte sich bei Henry ein, und so kam keins der Dinge, über die wir sprechen mussten, auf den Tisch.

Inzwischen war es spät geworden. Die Jungs waren schließlich in ihr Hotel zurückgekehrt, nachdem sie eine große Show daraus gemacht hatten, die Verträge, die mein Anwalt ihnen geschickt hatte, zu zerreißen und mir zu versichern, dass der Fitnessklub immer noch mir gehörte und sie nichts unterzeichnen würden. Sie waren weg, aber ich war mir ziemlich sicher, dass einer von ihnen vor der Tür saß und Wache schob.

Endlich war ich allein und redete in den Rekorder, der mindestens so alt war wie ich, und erzählte meine Geschichte, in der Hoffnung auf ein Ende, das die Menschen, die ich liebte, nicht am Boden zerstören würde.

Tagg

(Kassette)

Am nächsten Tag kam Henry als Erster in mein Zimmer. Fast hätte ich ihn gar nicht erkannt. Seine Haare waren stoppelkurz abrasiert wie meine.

»Henry! Bist du das, Kumpel?«

»Ja«, flüsterte er und nickte. Er wirkte besorgt. Offenbar hatten Millie oder Moses ihm ein paar Dinge erklärt. Ich wünschte, sie hätten es gelassen, aber vermutlich führte kein Weg dran vorbei. Ich hatte gehofft, sie würden ihn im Glauben lassen, dass ich nur wegen der Verletzungen vom Kampf im Krankenhaus lag. Er sollte sich meinetwegen keine Sorgen machen.

»Wo ist Millie?«, fragte ich, als sich das Schweigen zwischen uns ausdehnte.

»Sie telefoniert in der Eingangshalle.«

»Und Moses?«

»Er wollte uns in der Cafeteria Frühstück besorgen.«

Ich nickte dankbar. Moses kümmerte sich um sie. Gut. Andy, Cory, Axel und Mikey hatten auch nach ihnen gesehen, aber sie waren inzwischen auf dem Weg nach Hause.

»Was hast du mit deinen Haaren gemacht, Henry?«, fragte ich, als er am Fußende des Bettes stehen blieb und sich nicht näher an mich heranwagte.

Henry rieb sich mit beiden Händen über den stoppeligen Schädel. Sein Gesicht sah ohne die Haare ganz anders aus. Zum ersten Mal erkannte ich die Ähnlichkeit zwischen Millie und ihrem Bruder. Sie lag in den Augen. Der einzige Unterschied bestand darin, dass Millie nicht sehen konnte. Die Form, die helle Farbe, die dichten schwarzen Wimpern glichen sich, aber in Henrys Augen standen Fragen.

Abrupt setzte er sich ans Bettende. Als er mich wieder ansah, glänzten seine Augen, und seine Lippen zitterten.

»Brian Piccolo war Running Back bei den Chicago Bears.«

Verwundert blickte ich ihn an. Dann begriff ich.

»Ja. Stimmt.« Und Brian Piccolo war im Alter von sechsundzwanzig Jahren an Krebs gestorben. Er war damals so alt wie ich jetzt. Ich hatte Moses mal dazu gebracht, *Brian's Song* mit mir anzuschauen und den ganzen verfluchten Film über geweint, obwohl ich ihn schon ein Dutzend Mal gesehen hatte. Danach nannte ich ihn einen Monat lang Billy Dee, nach dem Schauspieler Billy Dee Williams, der die Rolle von Gale Sayers, Piccolos bestem Freund, gespielt hatte. Das fand ich lustiger, als ihn Gale zu nennen. Moses gefiel der Spitzname allerdings nicht, aber zwischen James Caan und Billy Dee Williams herrschte im Film ziemlich genau dieselbe Dynamik wie zwischen Moses und mir. Ich vermute, es war meine eigene henrymäßige Art, Moses mitzuteilen, dass ich ihn liebte, ohne die Worte auszusprechen. Offenbar erinnerte ich Henry an Brian Piccolo. Ich fühlte mich geehrt. Und hatte gleichzeitig eine Scheißangst.

»Hast du dir die Haare für mich abrasiert, Henry?«

Henry nickte und rieb sich erneut nervös über den Kopf. »Moses hat mich zum Friseur gebracht.«

»Wirklich?« Unwillkürlich tat mir mein Freund von Herzen leid. »Fühlt sich ziemlich gut an, oder?«

Henry nickte wieder. »Shaquille O'Neal, Michael Jordan, Brian Urlacher, Matt Hasselbeck, Mark Messier, Andre Agassi ...«

»Wir sind Zwillinge«, kommentierte ich und unterbrach seine aufgeregte Aufzählung kahlköpfiger Athleten.

»Ich weiß«, antwortete Henry. »Ich wollte so aussehen wie du.«

Der Schmerz in meinem Herzen breitete sich aus. Manchmal war Henry unwiderstehlich.

»Kann ich dir über den Kopf rubbeln?« Ich wollte bloß, dass er näher kam. Ich musste ihn einfach mal drücken.

Henry stand auf und kam zu mir. Ich ergriff seine Hand, und er setzte sich neben mich, den Kopf gebeugt, die Augen auf den Boden gerichtet.

Mit der linken Hand rieb ich in sanften Kreisen über seinen Kopf. Ich wollte ihn trösten und fühlte mich schlecht, weil ich es nicht konnte.

Aufschluchzend drückte er den Kopf gegen meine Brust. Ich nahm Henry in den Arm und streichelte dabei weiter über seinen rasierten Schädel. Er weinte eine Weile, durchnässte mein Krankenhaushemd und klammerte sich an mich, als hätte er Angst, sonst den Verstand zu verlieren. Dann fing er an zu sprechen.

»David ›Tagg‹ Taggert, Halbschwergewicht, zwanzig Siege, zwei Niederlagen und zwölf K.o.« Henry hatte Schluckauf bekommen und hörte sich an wie ein Sportmoderator, der auf Sauftour gegangen war. Sein Kopf lag immer noch an meiner Brust, weshalb seine Worte gedämpft und verwaschen klangen. Mir fiel auf, dass er meinen letzten Sieg meiner Statistik hinzugefügt hatte.

»Keine schlechte Bilanz, was?«

»Du bist ein Kämpfer«, weinte er.

»Ja. Bin ich.«

»Du liebst es zu kämpfen«, beharrte er.

»Stimmt.«

»Du bist ein Kämpfer!« Henrys Stimme wurde lauter, und ich begriff, was er mir damit sagen wollte.

»Das ist eine andere Art von Kampf, Henry.« Ich streichelte weiter über seinen Kopf.

»Dieselbe.«

»Nein. Stimmt nicht.«

»Du bist ein Kämpfer!«

»Henry …«

»Millie kämpft!«, fiel mir Henry ins Wort.

»Das tut sie ganz bestimmt. Jeden verdammten Tag.«

»Mikey kämpft.« Er hob den Kopf von meiner Brust.

Ich nickte bloß.

»Moses kämpft«, sagte er.

Meine Kehle war wie zugeschnürt.

»Henry kämpft?« Dieses Mal war es eher eine Frage als eine Feststellung.

»Das tust du«, flüsterte ich.

»Mein Dad hat nicht gekämpft.« Sein Blick traf meinen. In seinen Augen stand ein so herzzerreißendes, entschlossenes Flehen, so viel Liebe, dass mir die Worte fehlten. Dieser kleine Mistkerl. Er brachte mich um.

»Tagg Taggert ist der beste Kämpfer im Universum«, erklärte er. »Der beste Kämpfer im Universum.«

Ich weiß nicht, wie ich je auf den Gedanken gekommen war, dass Henry sich nicht gut mitteilen konnte.

»Fahr rechts ran, Mo«, sagte ich, die Hand bereits am Türgriff. Ich saß mit Millie auf der Rückbank, Henry neben Moses auf dem Beifahrersitz. Wir waren auf dem Heimweg von Las Vegas. Die Fahrt hätte nicht schlimmer sein können, wenn sie mich wie Tante Edna in *Die schrillen Vier auf Achse* auf dem Dach festgebunden hätten. Ich saß in der Falle, konnte nicht wieder verschwinden. Ich bekam Antiepileptika, und mir war mitgeteilt worden, dass ich mich strafbar machte, wenn ich vor Ablauf von drei Monaten nach einem Krampfanfall in Utah ein Kraftfahrzeug führte. In einigen Bundesstaaten wie in Colorado beispielsweise durfte man nach einem epileptischen Anfall nie wieder fahren. Hasch legalisieren, aber jemanden wie mich nie wieder fahren lassen. Das ergab für mich keinen Sinn.

Mo suchte meinen Blick im Rückspiegel. Seit unserem hitzigen Gespräch im Krankenhaus unterhielt er sich mit mir nur noch in Grunzgeräuschen und einsilbigen Wörtern. Ich spürte, wie seine Wut und sein Frust gegen meinen ankämpften.

»Fahr rechts ran«, brüllte ich. Entweder er hielt an, oder er konnte meine Kotze von seinem Rücksitz wischen.

Er trat auf die Bremse; Kies spritzte auf, als sich die Reifen in den Streifen neben der Fahrbahn gruben.

Ich stieß die Tür auf, stieg aus und wollte ein paar Schritte gehen, doch ich kam nicht weiter als bis zum Hinterrad. Mo würde tierisch erfreut über die Kotze auf seinem Wagen sein. Ich hätte es besser wissen sollen. Von Schmerztabletten wurde mir immer übel. Zittrig und total angepisst stützte ich mich am Auto ab. Ich war ein harter Kerl. Ich hatte lange daran gearbeitet, einer zu werden. Ich war taff, stark, und jetzt stand ich schwankend hier und konnte nichts weiter tun, als mich festzuhalten und die Welt anzuflehen, sich nicht weiter zu drehen, damit ich nicht umkippte.

Wir befanden uns nördlich von Cedar City, südlich einer Stadt namens Biber. Hier gab es nichts weiter als endlose Landschaft, die unendlich viel Raum zum Nachdenken bot.

Die Felder zu beiden Seiten des Highways waren mit violetten Blumen getupft und zogen sich sanft zu den Bergen hin, die alles wie nachgiebige Eltern überblickten. Bei dem friedlichen und freundlichen Anblick kochte ich vor Wut. Es war so eine Lüge. Alles.

»Musst du pieseln, Tagg?«, rief Henry aus dem Wagen. »Muss er pieseln, Amelie? Kann ich auch pieseln gehen?«

Millie stieg aus und tastete sich vorsichtig am Wagen entlang, die Hände ausgestreckt, bis ihre Finger meinen Rücken berührten. Ich hörte, wie Henry Moses fragte, ob er aussteigen dürfe, und Moses ihn bat, noch kurz zu warten. Das wusste ich zu schätzen. Ich mochte Henry, aber ich wollte im Augenblick kein Publikum. Dass Millie mich nicht sehen konnte, war tröstlich. Ihre Nähe war tröstlich.

Wortlos reichte sie mir eine Flasche Wasser. Ich nahm sie dankbar entgegen und spülte mir den Mund aus. Danach atmete ich vorsichtig durch. Bedächtig füllte ich meine Lungen, um zu sehen, ob die Übelkeit nachgelassen hatte.

»Besser?«, fragte sie sanft.

»Ja.«

»Du kannst dich auf mich stützen, wenn du willst. Leg deinen Kopf in meinen Schoß. Die Fahrt wird erträglicher für dich, wenn du schläfst.«

Die ersten Stunden hatte ich mich steif aufrecht gehalten, um Abstand zwischen uns zu wahren. Sie hatte mich nicht berührt, und ich hatte sie nicht in die Arme gezogen. Es gab so viel zu sagen und doch keine Gelegenheit, alles auszusprechen. Schuldgefühle, Verwirrung und Kummer fochten in mir. In den vergangenen Tagen hatte sich dieser innere Kampf noch verstärkt. Ich hatte einen Plan gehabt – zugegeben, einen beschissenen, aber immerhin einen Plan. Aber der war nun in den Wind geschossen, und jetzt sah ich keinen Weg mehr vor mir.

Mir fiel auf, dass ich die letzten Worte laut ausgesprochen hatte. Ich drehte mich zu Millie um, deren Gesicht plötzlich nah genug für einen Kuss war. Seit der Nacht vor meiner Kraniotomie waren wir uns nicht mehr so nah gewesen. Damals hatten wir miteinander geschlafen. Ich war so ein Arschloch. Ich hatte mit Millie geschlafen und war dann abgehauen. Gewissensbisse fraßen mich auf. Gewissensbisse, Reue und Verlangen, und die Übelkeit kehrte zurück.

»Ich kann den Weg nicht vor mir sehen«, wiederholte ich, drehte mich mit dem Rücken zu ihr und betete, dass mein Magen und mein sich drehender Kopf aufhören würden, Karussell zu fahren.

»Ich auch nicht«, meinte Millie. »Aber das hat mich bisher nicht aufgehalten.«

Ich fand keine Antwort darauf. Tief atmete ich ein und aus und schlang die Arme um meinen Körper, damit sich mein Magen beruhigte. Irgendwann stiegen Millie und ich wieder ein, und Henry sprang aus dem Auto. Als er zurückkehrte, fuhren wir weiter.

Millie griff nach meiner Hand. Als sie sie fand, zog sie mich zu sich. Ich war groß und der Platz begrenzt, dennoch bettete sie meinen Kopf in ihren Schoß und zog mir die Jacke über die Schultern. Ich presste die Fäuste gegen die Augen wie ein Kind und unterdrückte die aufsteigenden Tränen der Hilflosigkeit. Irgendwann schlief ich ein, während Millies Hände mich beruhigend streichelten und mir mitteilten, dass sie mir verzieh, obwohl ich es nicht verdiente.

(Ende der Kassette)

Moses

Ich wusste nicht recht, was ich mit meinen Passagieren anfangen sollte. Zurück nach Salt Lake City wollte ich Tagg nicht bringen. Seine Wohnung und das Apartment darunter waren verkauft. Er hatte bereits vor seiner Fahrt nach Vegas einen Käufer dafür gefunden. Außerdem sollte er in seinem Zustand nicht allein sein. Es ging ihm nicht gut, und ich traute ihm zu, dass er etwas Unüberlegtes tun würde. Wieder mal. Ich konnte Millie und Henry zwar nach Hause bringen und darauf bestehen, dass Tagg mit mir nach Levan kam, aber das würde Millie nicht recht sein. Vermutlich hatten sie und Tagg noch keine Gelegenheit gehabt, sich auszusprechen. Und das mussten sie. Tagg musste die Sache mit ihr in Ordnung bringen, falls das überhaupt noch möglich war. Ich beobachtete sie im Rückspiegel. Tagg hatte schließlich nachgegeben und ließ sich von Millie auf dem letzten Teil der Reise halten. Sie würde ihm verzeihen, wenn sie das nicht sogar schon getan hatte, aber ich war mir nicht sicher, ob er das zulassen würde. Die ganze Sache war gründlich vermasselt. Ich spürte, wie erneut Sorge in mir aufstieg. Ich hatte keine Ahnung, was ich tun sollte.

In der nächsten Woche hatte Tagg einen Termin beim Onkologen in Salt Lake. Ich hatte ihn dazu gebracht, Dr Shumway in meiner Gegenwart anzurufen, und er hatte den Arzt auf laut gestellt. Dr Shumway war durch die Ärzte in Las Vegas über die Gehirnblutung und die Schwellung, die den epileptischen Anfall nach dem Kampf ausgelöst hatten, informiert worden. Taggs gegenwärtiger Zustand war in Anbetracht der Umstände überraschend gut. Offenbar ist es üblich, nach einer Kraniotomie mindestens einen Monat zu warten, bis die Wunden verheilt sind, bevor man eine Therapie beginnt. Mit anderen Worten, Bestrahlung oder Chemotherapie oder beides. Die

Kraniotomie lag jetzt drei Wochen zurück, also hatte Tagg die Behandlung durch seine Flucht nicht hinausgezögert. Dennoch meinte Dr Shumway, dass es wegen der Verletzung, die Tagg »erlitten« hatte – Dr Shumway drückte sich bemerkenswert diplomatisch aus –, nicht ratsam sei, bereits in der darauffolgenden Woche mit der Tumortherapie zu beginnen.

Tagg musste sich erst von der OP erholen. Dieses Wissen weckte neue Wut in mir. Ich wollte, dass der Krebs verschwand. Ich wollte nicht, dass Tagg noch länger warten musste. Ihn schien die Verzögerung jedoch überhaupt nicht zu kümmern. Er wirkte nur niedergeschlagen. Bedrückt. Unsicher. Er betrachtete Millie so voller Verlangen und Bedauern, dass es schwerfiel, ihm böse zu sein. Aber ich schaffte es.

»Ihr kommt alle mit zu uns. Zumindest für die nächsten Tage«, sagte ich schließlich nachdrücklich. Das erschien mir die einzig mögliche Lösung. Wir näherten uns der Ausfahrt Levan/Mills, neben der sich ein paar Rostkarren, mehrere streunende Kühe und ein künstliches, ziemlich hässliches Wasserreservoir verstreuten. Der Freeway umlief Levan komplett. Man musste diese Ausfahrt mehrere Meilen von der Stadt entfernt nehmen, wenn man keinen Umweg über Nephi fahren wollte. Levan war nur ein kleiner Mückenschiss auf der Landkarte, ein winziger Fleck, aber Georgia und Kathleen waren dort, und plötzlich hatte ich unglaubliches Heimweh nach der Stadt, die ich früher gehasst hatte.

Im Rückspiegel fing ich den Blick von Tagg auf. Er hatte den Kopf von Millies Schoß genommen, sich hingesetzt und starrte mich gefasst an.

»Ihr kommt alle mit zu mir«, wiederholte ich fest.

Er unterbrach den Blickkontakt und drehte sich zu Millie, die bereits nickte.

»Okay«, sagte sie leichthin, und ich atmete erleichtert aus.

Mir war gar nicht bewusst gewesen, dass ich ihn angehalten hatte.

Nur Henry lächelte. »Wusstet ihr, dass ein Jockey durchschnittlich zwischen neunundvierzig und vierundfünfzig Kilo wiegt?«, fragte er. Offenbar freute er sich schon aufs Reiten. »Aber ein Jockey muss stark sein«, fügte er hinzu. »Denn ein Rennpferd wiegt durchschnittlich fünfhundert Kilo und schafft Spitzengeschwindigkeiten von bis zu vierzig Meilen in der Stunde.«

Ich drückte das Gaspedal durch und flog förmlich nach Hause. Jedes Rennpferd wäre im Staub hinter uns zurückgeblieben.

Tagg

In den ersten drei Tagen bei Moses und Georgia verkroch ich mich in meinem Zimmer. Georgia brachte mir Essen, das ich nicht wollte, und ich schlief so viel, wie ich konnte. Am vierten Tag wurde ich rastlos, fühlte mich ärgerlich erholt und kam zu dem Schluss, dass ich mich nicht ewig in dem Zimmer über Mos Atelier verstecken konnte. Obwohl ich das gern getan hätte. Henry bekam das Einzelbett im Kinderzimmer – Kathleen schlief immer noch in einer Wiege im Schlafzimmer ihrer Eltern –, und Millie hatte das Gästezimmer bezogen. Das Haus war groß und schön. Ich mochte die Menschen, die es bewohnten, dennoch war ich ihnen mit voller Absicht aus dem Weg gegangen.

Am Morgen war Moses mit dem Gemälde von David und Goliath ins Atelier gestampft und hatte es auf die Staffelei gestellt, die sich gegenüber von meinem Bett befand. Anschließend öffnete er eine riesige Bibel an einer Stelle, die er mit Rotstift markiert hatte, und hielt sie mir unter die Nase.

»David tötet den Riesen. Nicht umgekehrt«, blaffte er und schlug auf das Buch. »Lies das.« Er schmiss mir die Bibel hin und stampfte hinaus.

Ich griff mir das Buch. Das Gewicht fühlte sich gut in meiner Hand an, die Seiten waren seidig zart. In den Umschlag waren goldene Buchstaben geprägt: Kathleen Wright – Moses'

Urgroßmutter, nach der seine Tochter benannt war. Nach den Gebrauchsspuren zu urteilen, musste ihr die Bibel ein vertrauter Freund gewesen sein. Dass Moses sie gelesen hatte, überraschte mich allerdings. Aber ganz offenbar hatte er das getan, wenn auch nur, um jene Stelle rauszusuchen, die ich seiner Meinung nach kennen sollte. Ich wandte mich der aufgeschlagenen Seite zu und las.

Da sich nun der Philister Goliath aufmachte und daherging und nahte sich zu David, eilte David und lief auf das Heer zu, dem Phillister Goliath entgegen. Und David tat seine Hand in die Tasche und nahm einen Stein daraus und schleuderte und traf den Philister an seine Stirn, dass der Stein in seine Stirn fuhr und er zur Erde fiel auf sein Angesicht. Also überwand David den Philister mit der Schleuder und mit dem Stein und schlug ihn und tötete ihn. Und da David kein Schwert in seiner Hand hatte, lief er und trat zu dem Philister und nahm sein Schwert und zog's aus der Scheide und tötete ihn und hieb ihm den Kopf damit ab.

Moses hatte die Stelle, an der David auf Goliath zurannte, unterstrichen. Ganz schön übereifrig, dieser David. Dem biblischen David gefiel der Kampf offenbar genauso gut wie mir. Seufzend schloss ich das Buch. Sonderlich inspiriert fühlte ich mich nicht. Ich wusste, was Moses von mir wollte, aber tief in meinem Inneren war ich nicht überzeugt und wünschte mir, er würde mich in Ruhe lassen. Bei Moses ging es immer nur darum, der Sache ins Auge zu blicken, aber ab und zu könnte er es auch aushalten, mir einfach mal zuzuhören.

Vor meinem Schlafzimmerfenster hörte ich Georgia und Henry. Das Fenster ging zum Longierplatz raus, und Georgia longierte Sackett in gemächlichen Kreisen. Henry thronte glücklich auf seinem Rücken und plapperte fröhlich, als ob

Reden seine Lieblingsbeschäftigung sei und nichts, womit er Schwierigkeiten hatte. Georgia war verdammt gut in dem, was sie tat, und ich sinnierte über das kleine Wunder, dass Henry hier war und die Vorteile meiner Freundschaft mit Georgia und Moses genoss. Das stellte zumindest einen gewissen Trost dar. Ich hatte nicht alles vermasselt. Nicht alles war übel.

Nur das meiste. Vor allem der Geruch, den ich ausströmte, war übel. Ich brauchte dringend eine Dusche. Im Atelier gab es zwar in einer Nische auch ein riesiges Waschbecken und eine Toilette, aber keine Dusche. Dazu musste ich mich ins Haus wagen.

Ich schlüpfte durch den Garageneingang und lauschte angestrengt. Oben konnte ich Schritte hören, vermutlich Moses', aber unten schien sich niemand aufzuhalten. Das große Gästebad war mit Millies Zimmer verbunden. Ich lugte hinein; ihr Bett war ordentlich gemacht. Von Millie keine Spur. Erleichtert stieß ich den Atem aus, lief ins Bad, verschloss die Tür und duschte.

Als ich wieder rauskam, saß Millie wartend auf dem Bett, die Hände im Schoß gefaltet.

»Du riechst gut, David«, sagte sie lächelnd. Die Erinnerung, die diese Worte weckte, versetzte mir einen Stich. Sie streckte die Hand aus, wie in der Nacht unserer ersten Begegnung, als erwartete sie, dass ich sie schüttelte.

»Hallo. Ich bin Amelie. Und ich bin blind.«

Ich konnte ihr nicht widerstehen. Ich ging zu ihr, ergriff ihre Hand und sagte meine Zeile.

»Hallo. Ich bin David. Und ich bin es nicht.« Ich ließ sie nicht los, und sie entzog sich mir nicht. Mit dem Daumen strich ich über ihre seidenweiche Haut, den Blick auf unsere verschränkten Hände gerichtet. Gott, ich liebte sie so sehr! Am liebsten hätte ich die Tür abgeschlossen, sie aufs Bett gedrückt und einfach alles vergessen. Nur ein Weilchen. Ich wünschte es mir so sehr.

»Da wir uns nun einander wieder vorgestellt haben, wie wär's, wenn wir uns ein bisschen unterhalten?«, schlug sie sanft vor.

»Ich will nicht reden, Millie«, flüsterte ich.

Sie legte den Kopf schräg. Sicher war ihr die Leidenschaft in meiner Stimme nicht entgangen. Die Götterfunken. Die verdammten Götterfunken, die immer noch zwischen uns sprühten, der Song in Dauerschleife.

Langsam stand sie auf und kam mir so nahe, dass ihr Körper gegen meinen streifte. Ich spürte ihren Atem an meiner Kehle, ein kleines Flattern der Melodie, die ich nicht aus dem Kopf und aus dem Herzen bekam. Ich legte eine Hand an ihr Gesicht und hob ihr Kinn an, bis ihre Lippen direkt unter meinen waren. Und dann küsste ich sie. Leicht. Zart. Verzweifelt versuchte ich, den Song nicht zu einer Sinfonie zu machen, die Götterfunken nicht in ein Orchesterarrangement mit Pauken und Trompeten zu verwandeln.

Sie erwiderte meinen Kuss ebenso sanft und zart, ohne auf mehr zu drängen. Unsere Lippen trafen sich, verschmolzen und lösten sich voneinander, nur um sich gleich wieder zu finden und den Ablauf zu wiederholen. Als ich ihre Lippen auseinanderdrängte und die feuchte Süße ihres Mundes kostete, hätte ich fast vor Hilflosigkeit aufgestöhnt. Und dann fielen wir aufs Bett, meine Hände auf ihren Hüften, ihre Finger in mein Hemd gekrallt, und der Kuss verwandelte sich in ein unausweichliches donnerndes Crescendo.

Und dann stieß sie mich weg.

»David. Stopp«, hauchte sie. Doch ihr Mund suchte nach mir, obwohl sie mich bat, aufzuhören. Ich drückte meine Stirn an ihre, um mich zu zügeln, und unterdrückte einen Fluch, weil die immer noch empfindliche Narbe bei der Berührung schmerzte. Sie umfing meine Wangen und fuhr mit den Fingern über mein Gesicht, als ob sie meine Miene lesen wollte.

»Wir müssen nicht reden. Aber du kannst mich nicht einfach küssen und dann wieder gehen. Das kannst du mir nicht antun, David.« In ihrer Stimme klang stählerne Entschlossenheit durch, die in Samt gehüllt war. Offenbar war es ihr ernst.

»Es liegt womöglich nicht in meiner Hand, ob ich gehe oder nicht«, sagte ich, rollte zur Seite und starrte an die Decke.

»Das meine ich nicht, Großer. Und das weißt du auch.« Sie richtete sich auf und setzte sich auf die Beine. Eine ihrer Hände lag auf meinem Arm, wie immer, wenn wir uns nahe waren. Der Kontakt war ihr wichtig. Ja. Ich wusste, was sie meinte. Ich hatte mich ihr bewusst entzogen und war abgehauen. Und nun fragte sie, ob ich das wieder tun würde.

»Meine Krankheit überlebt man nicht. Nie«, murmelte ich.

Sofort schüttelte sie den Kopf. Uneinsichtig. Ihr Widerwille ließ Wut in mir aufsteigen, und ich reagierte mit Schroffheit darauf.

»Dir mag es romantisch erscheinen, Millie, wenn du mich pflegst. Aber es ist nicht romantisch. Es wird hässlich und schmerzvoll werden. Und ich werde nicht mehr der Mann sein, den du liebst. Ich werde der Mann sein, der versucht, nicht zu sterben und es trotzdem tut«, sagte ich barsch. Sie versteifte sich, und ihre Hand krallte sich in mein Hemd. Gut. Sie hörte zu.

»Ich werde mich beschissen fühlen und vermutlich gemein sein wie der Teufel, und du wirst dich fragen, warum du eigentlich noch bei mir bist. Meine Muskeln werden verschwinden. Und die magst du doch so sehr. Ich hab bereits meine Haare verloren. Und irgendwann werde ich nicht mehr stark für dich sein können. Und für Henry. Und wenn du all das verloren hast, was du an mir magst, wenn du durch die Hölle gegangen bist, werde ich trotzdem sterben! Ich werde sterben, Millie, und dann bleibt dir nichts mehr. Kein David, kein Tagg. Kein Song mehr von mir. Alles, was dir von mir bleiben wird, ist ein Herz voller Kummer«, argumentierte ich hitzig. Doch sie war darauf vorbereitet.

»Manche Menschen sind es wert, dass man für sie leidet. Ich bin stark. Ich hab für so was trainiert, weißt du. Statt dich schlecht zu fühlen, weil ich so viel durchmachen musste, solltest du froh sein, dass ich stark bin. Ich hab uns. Ich hab dich. Nimm mir das nicht weg, David.«

»Ich will an unseren letzten gemeinsamen Tagen nicht dahinvegetieren. Ich will nicht, dass du mich fütterst und meine Hand hältst! Ich will deinen Namen nicht vergessen. Ich will nicht, dass du mich leiden siehst!«

»Ah, aber das passiert ja auch nicht. Blinde-Mädchen-Bonus«, gab sie barsch zurück. »Ich werde gar nicht sehen müssen, wie du leidest, stimmt's?«

Fluchend stand ich auf und schüttelte ihre Hand ab. Ich wollte nicht mit ihr streiten. Ich ging zur Tür. Jetzt verstand ich, warum Millie überall hinlaufen wollte. Wenn man lief, fühlte man sich nicht mehr wie in der Falle. Und ich saß in der Falle.

»Wann wirst du endlich glauben, dass du es wert bist, geliebt zu werden?« Ihre Stimme ertönte hinter mir, klar und gefasst, aber auch mit kaum verhohlener Wut.

Ich drehte mich zu ihr um. Sie war aufgestanden, um mir zu folgen. Ich hatte keinen Zweifel, dass sie sich ihren Stock schnappen würde, wenn ich das Haus verließ, und ich eine Runde »Marco Polo« in den Straßen von Levan spielen musste, damit sie mir folgen konnte. Ich wollte, dass sie mich gehen ließ, aber sie war offensichtlich nicht dazu bereit.

»Millie …«

»Nein!«, brüllte sie. »Du glaubst, du seist nicht liebenswert, wenn du nicht mehr sexy Tagg bist!« Millie zeichnete Gänsefüßchen in die Luft und verspottete mich und unser Gespräch, bei dem sie meine Akkorde gespielt hatte. »Du denkst, du bist nicht liebenswert, wenn du krank bist. Du denkst, du bist nicht mehr liebenswert, wenn du nicht die ganze verdammte Zeit den starken Mann spielen kannst! Du glaubst ernsthaft, wenn du dich nicht vierundzwanzig Stunden am Tag, sieben Tage die Woche um mich kümmern kannst, bist du auch meiner Liebe nicht wert.«

»Das stimmt nicht!«, protestierte ich kopfschüttelnd.

»Doch, verdammt!«, brüllte sie und stampfte mit dem Fuß auf. Sie ging zu der dekorativen Kommode, auf der sie ihre Sachen ordentlich abgelegt hatte, und wischte in einem seltenen Wutausbruch alles zu Boden. Toilettenartikel, ein Föhn, ein Stapel gefalteter Wäsche – alles fiel über die Kante. Millie schob ihren Arm mit solcher Wucht über die Kommode, als ob sie mir einen Stoß versetzen wollte.

»Millie, hör auf damit, verflucht! Du wirst dir noch wehtun, Baby!«

»NEIN!«, brüllte sie. »Hier geht es nicht um mich! Wenn ich mit Dingen um mich schmeißen will, werde ich das tun. Ich bin keine Invalidin. Ich bin keine Prinzessin, sondern eine erwachsene Frau. Und ich hab das Recht auf einen Wutanfall, wenn mir danach ist!« Sie deutete mit dem Zeigefinger auf mich und wackelte heftig damit. »Und ich erwarte nicht von dir, dass du hinter mir aufräumst, wenn ich damit fertig bin!«

Ich wusste nicht, was ich sagen sollte, daher schwieg ich und beobachtete stumm, wie sie ausflippte. Meinetwegen.

»Wusstest du, dass ich mich anfangs wegen meiner Krankheit lange Zeit schuldig gefühlt habe? Ich hab mich schuldig gefühlt, weil ich meinen Eltern so großen Kummer bereitet habe. Dann verließ uns mein Dad. Und meine Schuldgefühle verzehnfachten sich. Ich fühlte mich schuldig, weil meine Mom ihr ganzes Leben ändern musste, um sich auf meine Blindheit einzustellen. Henry war noch so klein und hatte eigene Probleme. Und ich machte alles nur noch schlimmer! Meinetwegen brach alles auseinander. Das habe ich mir lange Zeit eingeredet.«

Ich wusste genau, wie sich das anfühlte. Schuldgefühle. Sie hatten mich nach Mollys Verschwinden aufgefressen. Bei lebendigem Leib verschlungen. Und auch jetzt nagten sie wieder an mir. Aber Millie erwartete nicht, dass ich etwas zum Gespräch beitrug. Sie zitterte vor Wut, und ich schwieg.

»Ich weiß nicht, wann sich die Dinge geändert haben. Vielleicht kam das durch die Gymnastikstunden. Vielleicht durch die Musik und das Tanzen. Vielleicht geschah es auch in der Zeit, als meine Mutter krank wurde und jemand sich zur Abwechslung mal auf *mich* verließ und meine Hilfe brauchte. Und ich hab's geschafft, David. Ich hab's geschafft! Ich war stark. Und liebenswert. Das war ich schon die ganze Zeit! Ich hab's nur nicht erkannt.« Empathisch deutete sich Millie auf die Brust und wiederholte: »Ich bin es wert, geliebt zu werden, obwohl ich blind bin.«

Der Kloß in meiner Kehle fühlte sich so dick und fest an, dass ich aufstöhnte, um Luft zu bekommen. Millies blinde Augen waren mit Tränen gefüllt, die ihr über die Wangen kullerten. Ungeduldig wischte sie sie weg.

»Trotzdem hätte ich dich niemals gebeten, mich zu lieben, David. Ich hab um einen Kuss gebeten, weil ich es mir so sehr wünschte. Aber ich hätte dich nie gebeten, mich zu lieben. Das lässt mein Stolz nicht zu. Meine Selbstachtung hätte das verhindert. Aber du hast mir freiwillig deine Liebe geschenkt. Du hast dich trotz allem in mich verliebt. Und ich bin dieser Liebe wert«, wiederholte sie mit erneut anschwellender Stimme.

»Ja. Das hab ich. Und du bist liebenswert.« Mein Herz schlug mir bis zum Hals, und ich ging zu ihr. Sie hörte mich kommen und trat zur Seite, den Arm steif ausgestreckt, die Handfläche gegen mich gerichtet, um mich abzuwehren.

»Nein. Noch nicht«, sagte sie nachdrücklich, aber zumindest brüllte sie mich nicht mehr an. »Ich verstehe deine Schuldgefühle, David. Ja, wirklich, ich kenn mich damit aus. Aber Liebe darf keine Einbahnstraße sein. Es kann nicht einer immer nur geben und der andere immer nur nehmen. Wenn du mich aufrichtig liebst, musst du mir vertrauen.«

Niemandem vertraute ich mehr als ihr, nicht einmal Moses.

»Ich vertraue dir, Millie.«

»Nein, tust du nicht. Du vertraust mir nicht. Und du glaubst, dass du meiner Liebe nicht wert bist.«

Plötzlich konnte ich nicht mehr atmen und mich nicht mehr bewegen. Reglos hörte ich ihr zu.

»Du glaubst, dass du meiner Liebe nicht wert bist, wenn du nicht die ganze Zeit stark bist«, wiederholte sie nachdrücklich. »Und du glaubst, dass ich nicht stark genug bin, um für dich da zu sein, wenn deine Kraft nachlässt. Du vertraust mir nicht.«

»Das hat doch nichts mit meinem Vertrauen in dich zu tun. Ich kenne dich ziemlich gut, Millie.« Ich stolperte über meine Antwort, versuchte, meine Gefühle in Worte zu fassen, zu sagen, was ich meinte, und zu meinen, was ich sagte. »Ich weiß, dass du mir zur Seite stehen wirst. Du sagst, ›gib Wundern eine Chance‹, aber ich hab das Gefühl, dass ich meines schon gehabt habe. Du bist mein Wunder! Dass du und ich zusammengekommen sind, dass wir uns kennenlernten, dass ich die Liebe meines Lebens gefunden habe. Das ist ein Wunder, Millie! Und dafür bin ich dankbar. So etwas ist nicht vielen Menschen vergönnt. Wir haben es bekommen. Es ist ein Wunder, dass ich dieses Wunder überhaupt bemerkt habe. Und es ist ein Wunder, dass du mich auch liebst.«

Mit weicher Miene streckte sie die Hand nach mir aus. Endlich bat sie mich zu sich. Ich ging sofort zu ihr, aber sie drückte beide Hände gegen meine Brust, umrahmte mein Herz und hielt mich davon ab, sie an mich zu ziehen. Dann strich sie mit den Händen über meine Arme und fand meine Hände. Sie umfasste meine rechte Hand und führte sie an ihre Lippen. Zart küsste sie meine Handfläche, drückte ihren Mund in die Mitte, als ob sie damit meinen und ihren Schmerz einfach wegküssen konnte. Dann legte sie meine Hand an ihre Wange. Sie schmiegte sich kurz hinein und hielt sie fest, als ob sie trotz allem Kraft aus mir schöpfen musste. Schließlich zog sie meine Hand über ihren Hals hinunter und drückte sie über ihre weiche Brust.

»Die meisten Menschen denken, dass Sex die intimste Sache der Welt ist«, sagte sie sanft.

Ich erschauerte bei dem Gefühl, zu jemandem zu gehören, ließ mich davon erfüllen und genoss es, sie auf diese Weise zu berühren, wo sie sonst niemand berührte. Aber ich krümmte die Finger nicht und widerstand der Versuchung, die Rundungen ihrer Brust mit dem Daumen zu liebkosen, und ich hob auch nicht die andere Hand, um ihre andere Brust zu umfassen. Ich wartete einfach nur ab, spürte das Schlagen ihres Herzens an meinen Fingerspitzen, und sie belohnte mich, indem sie weitersprach.

»Als wir miteinander geschlafen haben, habe ich gedacht, das sei die intimste Sache, die wir je miteinander erleben würden. Dass nichts intimer sein könnte, als jeden persönlichen Zentimeter voneinander zu erkunden und uns mit unseren Körpern und Lippen ein Versprechen zu geben.«

»Millie?«, hauchte ich. Ich wusste nicht, was sie mir sagen wollte, aber in ihren Worten lagen Kummer und eine Endgültigkeit, als hätte sie einen Entschluss über mich und über uns gefasst.

»Aber das stimmt gar nicht. Sex ist nicht das Intimste, was zwei Liebende teilen können. Nicht mal, wenn der Sex wundervoll und perfekt ist.« Millie atmete tief ein, als ob sie sich gerade erinnerte, wie perfekt es gewesen war. »Die größte Intimität besteht darin, den Menschen, die wir am meisten lieben, zu erlauben, uns in unseren schlimmsten Stunden zu erleben. Wenn es uns dreckig geht. Wenn wir schwach sind. Wahre Intimität entsteht, wenn nichts perfekt ist. Und ich glaube, du bist noch nicht bereit, mit mir intim zu werden, David.«

Sie schwieg und ließ ihre Worte im Zimmer nachhallen. Meine Hand krümmte sich an ihrer Brust und knetete sie. Ich brauchte sie, doch ich wusste nicht, wie ich ihr das geben sollte, was sie verlangte. Ihr Atem verfing sich, und ihr Kopf sank an meine Brust, als ob Verlangen und Kummer in ihrem Inneren einen Kampf ausfochten.

»Ich weiß nicht, wie das geht«, gestand ich und zog meine Hand weg, damit ich ihr in meinem Frust nicht versehentlich wehtat.

Sie umfasste meine Hand und legte sie wieder zurück, dieses Mal drückte sie sie an ihr Herz.

»Ich zeige es dir. Du hältst dich einfach an mir fest. Du vertraust mir. Du benutzt mich. Du lehnst dich an mich. Du verlässt dich auf mich. Du lässt dich von mir beschützen. Du lässt mich dich lieben. Alles von dir. Krebs. Ängste. Krankheit. Gesundheit. Im Guten. Im Schlechten. Einfach alles. Dann bekommst du auch alles von mir.«

»Ich weiß nicht, ob ich ihn besiegen kann, Millie.« Ich erstickte an den Worten. Plötzlich weinte ich. Unwillkürlich war ich dankbar, dass sie mich nicht sehen konnte, dann fühlte ich ihre Hände auf meiner Wange, spürte, wie sie die Tränen wahrnahm, und riss mich zusammen. Aber ich entzog mich ihr nicht. Sie stellte sich auf die Zehenspitzen, schlang die Arme um meinen Nacken und zog mich zu sich. Ihre bebenden Lippen fanden meine, tröstend, beruhigend. Sie akzeptierte meine Angst. Und es war nicht bloß Angst, es war Todesangst. Ich wusste nicht, ob ich diesen speziellen Kampf gewinnen konnte. Genau genommen war ich mir sicher, dass ich nicht gewinnen konnte. Ich schmeckte Millies Tränen und sie die meinen. Und dann sprach sie an meinen Lippen.

»Du musst nicht siegen, David. Du musst uns nur mit dir kämpfen lassen.«

Ich umfing sie und hielt sie sprachlos einen Moment fest. Als ich meine Stimme wiederfand, ließ ich sie trotzdem nicht los.

»Kein Aufgeben«, hauchte ich.

»Keine Schuldgefühle«, sagte Millie zärtlich.

»Amelie bedeutet Arbeit, die Fleißige.« Ich weiß nicht, warum mir das ausgerechnet jetzt durch den Kopf schoss, aber ich bewunderte ihre Stärke.

»Das stimmt.« Sie schenkte mir ein zittriges Lächeln. »Also, wirst du nun für mich kämpfen oder nicht?«

Moses

Ich hörte von unten ein Krachen und lauschte besorgt und auch ein wenig verärgert. Kathleen schlief, und ich wollte nicht, dass sie geweckt wurde. Sie bekam gerade Zähne und war ziemlich grantig, weil sie sich so elend fühlte. Dann hörte ich Millies Stimme, schrill, wütend, und erstarrte. Ich hörte Taggs rumpelnde Stimme und eine heftige Erwiderung von Millie. Neugierig geworden, ging ich zum Treppenabsatz und schnappte ein paar von Millies Worten auf. Sie nahm kein Blatt vor den Mund und machte reinen Tisch. Dann wurde die Tür geschlossen, und die Stimmen klangen nur noch gedämpft zu mir. Hoffnungsvoller als die ganze Woche stieg ich die Treppe hinunter. Ich weiß nicht, wie sie es geschafft hatte, aber Tagg war in Millies Zimmer und führte ein klärendes Gespräch mit ihr.

Henry kam ins Haus gestürmt und rief nach Millie. Rasch rannte ich nach unten und fing ihn ab. »Henry, warte!«

Die Eindringlichkeit meiner Stimme erschreckte ihn. Er zuckte zusammen. Ich wollte jedoch auf keinen Fall jemanden oder etwas das unterbrechen lassen, was hinter der geschlossenen Tür des Gästezimmers gerade vorging.

»Bleib hier. Tagg ist bei Millie, und wir müssen die beiden ein Weilchen alleine lassen.«

Henry starrte erst die geschlossene Gästezimmertür an und dann mich. Langsam nickte er. Ich holte zwei Dosen Cola aus dem Kühlschrank und reichte ihm eine, dann legte ich einen Arm um seine Schultern und manövrierte ihn wieder nach draußen. Wir setzten uns auf die Veranda, legten die Füße aufs Geländer und beobachteten Georgia bei der Arbeit, während wir unsere Cola tranken. Ich liebte es, Georgia bei der Arbeit zuzusehen.

»Axel hat noch nie ein Pferd geritten«, stellte Henry fest. Offenbar dachte er an den vorigen Abend, an dem Axel und Mikey Taggs Pick-up vorbeigebracht hatten, weil sie nicht wussten, wo sie ihn in Salt Lake unterbringen sollten. Es hing ja immer noch alles in der Luft.

»Nein. Hast du ihm gezeigt, wie's geht?« Ich wusste bereits, dass Henry ein wenig geprahlt hatte, aber ich wollte ihm Gelegenheit geben, darüber zu reden. Tagg war nicht runtergekommen, um die Jungs zu begrüßen. Es war ein Wunder, dass er jetzt mit Millie sprach.

»Ja. Ich bring ihm Sachen bei, und er bringt mir Sachen bei.« Henry nickte. »Ich bin Teil des Teams.«

Jetzt war ich an der Reihe mit Nicken. Tagg hatte sich eine fantastische Mannschaft organisiert. Ich fand es vor allem ziemlich cool, wie nett alle zu Henry waren.

»In ›Team‹ gibt es kein i wie in ›ich‹«, sagte Henry plötzlich ernst, als ob er irgendwas wiederholte, das er in der Schule gehört hatte. Vielleicht auch im Fitnessklub.

»Nein.«

»Auch in ›Tagg-Team‹ gibt es kein i«, fügte er hinzu.

»Nein. Stimmt.«

»Sind wir Taggs Team?«, fragte er.

Ich wollte erklären, dass mit Tagg-Team eigentlich die Marke gemeint war, die Sportler, die unter diesem Namen antraten, und der Fitnessklub. Doch dann überlegte ich es mir anders. »Ja. Das sind wir. Wir sind Taggs Team.«

»Weil wir ihn mögen?«

»Ja.« In meiner Kehle bildete sich schon wieder ein Kloß. Ich war es so leid, von Gefühlen übermannt zu werden. Aber Henrys Art, ganz unvermittelt das Offensichtliche auszusprechen, und das noch dazu in so tiefsinniger Weise, berührte mich. In Las Vegas hatte Millie ihn über Taggs Gesundheitszustand aufgeklärt, und er war zu mir gekommen und hatte mich gebeten, mit ihm zum Friseur zu gehen, damit er seine Haare abrasieren konnte wie Tagg. Ich hatte nicht verstanden, warum er das wollte. Ich hielt es für eine Art Heldenverehrung. Aber Millie war völlig verblüfft über Henrys Wunsch gewesen. Offenbar gehörte Haareschneiden nicht zu den Sachen, die ihm besonders leicht fielen. Jetzt wurde mir klar, dass dies seine Art war, moralische Unterstützung zu leisten und ein Teil von Taggs Team zu sein. Ich beobachtete, wie Georgia über den Zaun kletterte und auf uns zulief, und war froh, dass ich gleich moralische Unterstützung von ihr bekommen würde.

»In David ist aber ein i«, sagte Henry schlicht, als ob damit die ganze »i wie ich in Team«-Sache widerlegt wäre.

Ich lachte – ein lautes erleichtertes Lachen –, worauf er neugierig den Kopf zu mir drehte. »Das war gut, Junge. Ich dachte, du wolltest mir eine Moralpredigt halten«, prustete ich, froh, dass ich überhaupt noch lachen konnte.

»In ›Henry‹ ist auch kein i«, sagte er ausdruckslos.

»In ›Moses‹ auch nicht«, fügte ich glucksend hinzu. »Wir sind die Selbstlosen«, erklärte ich.

»In ›Georgia‹ ist ein i«, sagte Henry, als Georgia sich zu uns auf die Veranda gesellte.

»Ja. Wem sagst du das. Ich, ich, immer nur ich«, sagte ich, ergriff Georgias Hand und zog sie zu mir. Sie schlang die Arme um meinen Hals und küsste mich zärtlich.

»Wo ist Millie?«, fragte sie, ohne meinen Köder zu schlucken.

»Tagg ist bei ihr«, sagte Henry. »Und wir lassen sie allein.«

Georgia musterte mich eindringlich und hob die Augenbrauen. »Ach ja?« In ihrer Stimme schwang Hoffnung.

»Ja. Und Millie war nicht sehr sanftmütig«, fügte ich leise hinzu. Aber Henry hatte es trotzdem gehört.

»Es gibt keine schüchternen Kämpfer«, sagte er. »Das sagt Tagg immer. Und er sagt, dass Amelie jeden verdammten Tag kämpft.«

»Halleluja und dank sei Gott dem Herrn dafür«, meinte Georgia. Sie klang genauso wie meine Urgroßmutter Kathleen, was wohl kaum verwunderlich war. Wie meine Oma war auch Georgia ein Kleinstadtmädchen aus Levan. Den Großteil ihres Lebens hatten die beiden nebeneinander gewohnt.

»Amen«, sagte ich.

»Muhammad Amelie«, scherzte Georgia. »Schwebt wie ein Schmetterling …«

»Sticht wie eine Biene«, beendeten Henry und ich einstimmig.

»Ich seh mal nach Kathleen«, meinte Georgia und erhob sich. Ich wusste, dass sie auf dem Weg zu Kathleen an der Gästezimmertür lauschen würde, aber ich hielt sie nicht davon ab, in der Hoffnung, dass sie mir später alles erzählen würde. Auch Henry stand auf. Er schlenderte zur Koppel, um sich mit Sackett zu unterhalten, der zum Zaun lief und ihn begrüßte.

Aus dem Augenwinkel nahm ich ein Pulsieren wahr, ein Schimmern, wie Hitzewellen an einem glühend heißen Tag. Mein Nacken wurde warm. Statt dem Flackern zu widerstehen, öffnete ich mich. Ich war neugierig, nicht ängstlich. Diesmal war es nicht Molly.

Ich erkannte die Frau, obwohl ich sie zuvor nur einmal gesehen hatte. Sie zeigte mir Spitzenstoff. Einen zarten Streifen sich bauschende Spitze, sonst nichts. Dann verschwand sie wieder. Aber ich hatte verstanden und zum ersten Mal seit dem Tag, an dem Tagg verschwunden war, lockerte sich die Fessel um mein Herz ein wenig.

Tagg

Ich wechselte das Zimmer und verkroch mich in einem anderen Teil des Hauses meines besten Freundes. Dieses Mal versteckte ich mich jedoch nicht. Ich heilte. Oder besser gesagt, ich hoffte. Ja, das war's wohl. Ich erlaubte mir, Hoffnung zu schöpfen.

Niemand klopfte an. Niemand brachte mir Essen oder steckte Nachrichten unter der Tür durch. Nicht mal Henry. Millie und ich wussten, dass er in guten Händen war. Daher igelten wir uns gemeinsam ein.

Draußen wurde es dunkel, und die Sterne zeigten sich. Millie konnte sie nicht sehen, aber ich erzählte ihr, dass sie dick und strahlend am Himmel vor dem großen Erkerfenster prangten. Ich erzählte ihr auch, wie ich als Junge unter diesen Sternen gelegen hatte und auf dem Trampolin im Garten in Dallas geschlafen hatte. Ich erzählte ihr, wie Moses und ich zehn Jahre später auf dem Deck eines Bootes gelegen hatten, während wir den Nil in Afrika runterfuhren. Ich hatte in diese endlose Weite gestarrt und dieses vertraute Gefühl gespürt. Dasselbe Gefühl wie in meiner Kindheit. Unter den Sternen fühlte ich mich nicht unbedeutend. Ich fühlte mich riesig, als ob der Himmel sich um mich drehte. Ich fühlte mich größer als die Sterne. Größer und strahlender, und die Welt gehörte mir. Ich war so gigantisch groß, dass ich nur den Daumen zu heben brauchte, um einen Stern auszudrücken, und konnte mit einer einfachen Handbewegung einen Teil des Himmels auslöschen. So kräftig. So groß. Ich war nicht David, ich war Goliath.

Als ich mit Millie im Bett lag und durch das Fenster die funkelnden Sterne über einer Kleinstadt betrachtete, die ich nie Zuhause genannt hatte, wallte dieses Gefühl wieder in mir auf. Ich war bedeutsam, wichtig. Ich hatte verschwinden wollen, wenn auch nur aus dem Wunsch heraus, dass der Krebs dann mit mir verschwand. Aber die Sterne wisperten, dass man nie ganz verschwindet. Man ändert sich nur. Man geht. Man zieht weiter. Aber man verschwindet niemals. Auch wenn man glaubt, dass man verschwinden will.

Millie lachte nicht. Sie zog mich auch nicht damit auf, dass ich mich gottgleich fühlte. Sie hörte mir einfach nur zu, während meine Finger auf und ab über die glatte Haut ihres Rückens streiften und die Rundung ihrer Hüfte und die Länge ihres Beines auf meinem nachzeichneten. Ich zog sie an mich, die Hand auf ihren unteren Rücken gepresst, und sie atmete ein und sprach meinen Namen aus. Erneut fühlte ich mich wie Gott.

Ich wusste nicht, wie spät es war. Wir hatten stundenlang geschlafen und waren mit knurrenden Mägen und trockenen Kehlen aufgewacht. Damit wir das Zimmer nicht verlassen mussten, steckten wir die Köpfe unter den Wasserhahn im Bad und tranken Leitungswasser. Dann fand Millies Mund meinen, ihre Lippen waren feucht und kalt, Wasser tropfte ihr vom Kinn und hinunter auf ihre Brüste, und wir fingen von vorne an. Irgendwann vor der Morgendämmerung wollte ich aus dem Bett schleichen und löste mich vorsichtig von meinem schlafenden Dornröschen, doch es wachte auf, schoss hoch und griff in Panik nach mir.

Millies Angst machte mich traurig, weil ich sie hervorgerufen hatte.

»Schon gut. Ich gehe nirgendwohin. Versprochen. Ich bin gleich zurück«, wisperte ich, küsste sie auf die Stirn und fuhr über ihre Haare. »Leg dich wieder hin. Ich verspreche dir, dass ich dich nicht mehr verlassen werde. Nicht absichtlich. Niemals wieder.«

Sie nickte und sank zurück in die Kissen, während ich meine Jeans anzog. Als ich jedoch mehrere Minuten später zurückkam, standen ihre Augen offen, und sie lauschte nach mir, die Decke über sich gezogen, einen Arm unter dem Kopf verschränkt.

»Wo warst du so lange?«, fragte sie.

»Dein starker Jäger hat Fleisch mitgebracht. Und Brot. Und Käse«, brummte ich in meiner besten Neandertalerstimme.

»Und Mayonnaise?«, fragte sie.

»Krass.«

»Du weißt doch, dass ich Mayonnaise mag.«

»Und Mayonnaise.« Ich reichte ihr ein Sandwich auf einem Teller, komplett mit Mayonnaise, so wie sie es mochte.

In der Zeit, in der sie eines aß, schlang ich drei Sandwiches hinunter. Anschließend öffnete ich eine Limodose. Einen Moment lauschte ich dem Blubbern der Blasen, eines von Millies Lieblingsgeräuschen.

Nach dem Essen schlurfte ich in die Küche und stellte unsere Teller ins Waschbecken, packte die Zutaten wieder in den Kühlschrank und band die Schleife vom Brotbeutel zu. Dabei fielen mir meine Autoschlüssel auf der Arbeitsplatte ins Auge, und ich hielt inne. Einen Moment später griff ich sie mir, ging hinaus zu meinem Pick-up und war in weniger als einer Minute wieder im Haus, froh, dass alles noch still war und Millie mir nicht nachgespürt hatte.

Millie putzte sich die Zähne und bürstete sich gleichzeitig die Haare. Sie trug mein T-Shirt und sah aus wie die Erlösung in Person, selbst im Dunkeln. Ich setzte mich aufs Bett und genoss ihren Anblick, aber sie hatte mich gehört, selbst über das Rauschen des laufenden Wassers hinweg. Sie wusste, dass ich da war.

Sie kam zurück ins Bett und schmiegte sich an mich. Ich überlegte, ob ich ihr das T-Shirt ausziehen und meine Jeans abstreifen sollte. Aber zu manchen Gelegenheiten sollte man besser die Hose anhaben, und ich hatte das Gefühl, dass das eine dieser Gelegenheiten war. Ich setzte mich hinter sie, drückte ihren Rücken an meine Brust und wisperte in ihre Haare.

»Willst du mich heiraten, Millie?«

»Was?« Sie schnappte nach Luft.

»Willst du mich heiraten und mich Henrys Bruder sein lassen? Ich möchte, dass du Teil des Tagg-Teams bist.« Ich wiederholte Henrys Antrag, versuchte, niedlich zu wirken, aber mein Herz trommelte wie wild, und meine Hände waren schweißnass. Unwillkürlich war ich froh, ihr nicht das Shirt ausgezogen zu haben. Ich fuhr fort: »Statistisch gesehen haben Athleten mit einer Familie mehr Durchhaltevermögen, sind zielgerichteter, mental gesünder und bringen eine insgesamt bessere Leistung als unverheiratete Athleten.« Wenn es nicht Wort für Wort das war, was Henry damals gesagt hatte, war es doch nahe dran. Millie schwieg, und ich konnte ihr Gesicht nicht sehen.

»Ich wollte dich schon vor einem Monat fragen. Ich hab einen Ring gekauft. Er lag immer noch im Handschuhfach im Pick-up«, erklärte ich hastig. Und nun steckte er in meiner Jeanstasche und wartete auf ihre Antwort.

»Ich weiß. Das hast du mir erzählt«, hauchte sie.

»Die Kassetten?«, riet ich, und mir wurde klar, dass ich es ihr tatsächlich gesagt hatte.

»Ja.«

»Wenn nichts hiervon passiert wäre, wenn ich dich vor zwei Wochen gefragt hätte, bevor all das passiert ist, wie hätte deine Antwort gelautet?«, fragte ich, während mein Herz zu einem fetten Felsbrocken anschwoll.

»Nein. Ich hätte Nein gesagt«, meinte Millie leise.

Mein Magen rumorte, und ich zog sie enger an mich, obwohl ich sie am liebsten losgelassen hätte. Mein Puls hämmerte mir in den Ohren. »Warum, Millie?«

»Weil ich dachte, dass du noch mehr Zeit brauchst«, erklärte sie.

»Du dachtest, *ich* brauche mehr Zeit?«, fragte ich erstaunt.

Sie nickte, ein kurzes Rucken mit dem Kopf, und ihre Haare kitzelten mich am Mund. Das musste ich erst mal verdauen.

»Und jetzt?«, fragte ich schließlich.

»Jetzt will ich dich so unbedingt heiraten, dass es mir egal ist, ob du noch mehr Zeit brauchst«, gestand sie.

Ich lachte. Plötzlich war ich froh, dass wir auf dem Bett saßen. Mir war schwindelig vor Erleichterung. Doch dann ging mir noch eine Erkenntnis auf. »Hast du deine Meinung geändert, weil mir nicht mehr viel Zeit bleibt?«, hakte ich nach, und meine Stimme brach.

Ich spürte das Schaudern, das durch ihren Körper rieselte.

»Nein. Ich hab meine Meinung geändert, weil ich nicht will, dass uns jemand voneinander trennt. Ich will mir nicht sagen lassen müssen, dass ich nicht an deiner Seite bleiben darf. Ich will eine Taggert sein. Oder eine Taggerson.« Sie bemühte sich um ein Lächeln, aber es gelang ihr nicht. »Ich will die deine sein. Und ich will, dass du der meine bist. Im Krankenhausbett, in meinem Bett, in deinem Bett. Es ist mir egal. Ich will nur bei dir sein.«

»Du willst dich um mich kümmern«, meinte ich tonlos.

Sie ignorierte meine Bemerkung. »Wenn ich nicht blind wäre, hätte ich vor einem Monat Ja gesagt.«

Ich schwieg und wartete.

»Aber weil ich blind bin, wollte ich dir genügend Zeit geben, damit du weißt, worauf du dich einlässt.«

»Ich hätte meine Meinung nicht geändert, Süße.«

»Ich werde immer blind sein, David.«

»Sehr wahrscheinlich, ja«, stimmte ich zu.

»Und vor einem Monat wolltest du mich trotzdem heiraten?«, fragte sie, obwohl sie die Antwort kannte.

»Ja, wollte ich.«

»Du wolltest mich trotz meiner Blindheit heiraten, und ich will dich trotz des Tumors heiraten. Ist das so schwer zu verstehen?«

»Nein«, raunte ich. Nicht, wenn sie es so ausdrückte.

Schweigend lagen wir im Bett, lauschten dem Atem des anderen und grübelten. Ich hatte meine Entscheidung in dem Moment getroffen, als ich mich ihr fügte. Moses hatte mich vorgewarnt, dass ich das tun müsste.

»Alles oder nichts, Millie?«, fragte ich, den Mund an ihre Schläfe gedrückt.

»Alles«, antwortete sie.

»Das will ich auch«, wisperte ich. Alles oder nichts. So war ich eben. Und wenn ich kämpfte, wenn ich bleiben würde, würde ich alles haben, solange ich es haben konnte. Ich griff in meine Tasche und holte den Ring heraus.

Moses

Ich stand vor Sonnenaufgang auf. Ich war ruheloser als sonst und schlecht gelaunt. Deshalb beschloss ich, eine Weile zu malen. Doch das Malen hatte das Kribbeln nicht gelindert und auch den Knoten in meinem Magen nicht aufgelöst. Als die Sonne aufging, kochte ich eine Kanne Kaffee und setzte mich auf die Veranda, um den Sonnenaufgang zu genießen, ehe der Rest des Hauses aufwachte und jegliche Betrachtungen unmöglich machte.

»Du siehst aus, als laste das Gewicht der ganzen Welt auf deinen Schultern«, meinte Tagg und schloss die Schiebetür. Seine Stimme klang rau vom Schlaf. Er setzte sich auf den Stuhl neben mich, den Blick auf die träge nach oben kletternde Sonne gerichtet. In seinen großen Händen hielt er einen Kaffeebecher, an dem er so genüsslich nippte, als bestünde das Paradies aus Koffeinschlückchen.

»Schön, dich mal wieder zu sehen«, grinste ich. Ich hatte mir eigentlich vorgenommen, ihn nicht damit aufzuziehen, dass er sich für ganze sechzehn Stunden mit Millie verkrochen hatte. Und doch tat ich es noch in derselben Sekunde, in der er den Fuß auf meine Veranda setzte.

Er erwiderte mein Grinsen nicht und riet mir auch nicht, die Klappe zu halten. Er sah müde aus, aber auch gut. Was mich erstaunte. Er wirkte zufrieden. An seinen geschorenen

Schädel hatte ich mich immer noch nicht gewöhnt. Er sah für meinen Geschmack ein wenig zu sehr nach Skinhead aus, aber ärgerlicherweise stand Tagg selbst das. Dank seinem markanten Kinn.

»Du siehst beschissen aus, Tagg«, log ich, weil das unser gewohnter Umgangston war.

»Du auch, Mo«, erwiderte er freundlich.

»Das ist deine Schuld«, meinte ich, genau wie im Krankenhaus. Sofort fühlte ich mich mies und wünschte, ich könnte die Bemerkung zurücknehmen. Ja, es war seine Schuld. Und auch wieder nicht.

Er antwortete nicht und nahm einen großen Schluck Kaffee.

»Denkst du je an Montlake zurück?«, fragte ich und nippte kurz an meinem Kaffee. Ungefähr so, wie ich es mit dem Gespräch tat. Vorsichtig den Zeh in etwas hineintauchen, das sich wie ein brodelnder Kessel anfühlte.

»Ständig«, antwortete Tagg und setzte die Tasse wieder an.

»Ich auch. Ständig. Vor allem in letzter Zeit.«

Wie zwei alte Männer saßen wir nebeneinander, tranken, während die Zeit verging, und hatten doch keine Eile. Was komisch war. Alte Leute wussten, dass ihre Tage gezählt sind, und dennoch beeilten sie sich nur selten, sie zu füllen.

»Das waren dunkle Zeiten, Mo«, meinte Tagg leise.

»Sie waren dunkel. Aber wir hatten nichts zu verlieren.«

»Und jetzt haben wir alles zu verlieren«, meinte er.

»Jetzt haben wir alles zu verlieren«, wiederholte ich seine Worte.

»Ich hab von Dr Andelins Frau geträumt«, sagte Tagg plötzlich, was mich von der Richtung ablenkte, in die ich das Gespräch hatte steuern wollen.

»Was?« Ich schnappte nach Luft.

»Erinnerst du dich noch an diese Gruppentherapie, als du sie gesehen hast?«, meinte Tagg und musterte mich eindringlich. »Als wir uns kennenlernten?«

»Du meinst, als du mich umbringen wolltest?« Ich versuchte ein Lachen, konnte aber keine Freude aufbringen. Mein Lachen klang, als hätte mir jemand einen Schlag in den Magen versetzt, was seltsamerweise passend war, denn genau das hatte Tagg damals getan. Ich hatte nach Molly gefragt, und er hatte mich in den Magen geboxt, ins Gesicht geschlagen und zu Boden gerissen. Und ich war froh darüber gewesen und hatte mich mit ihm geprügelt.

»Woher weißt du das?«, fragte Tagg, den Blick auf mich geheftet. Der Lärm um uns herum verebbte allmählich. »Woher weißt du das von meiner Schwester?« Die Pfleger zogen uns auf die Füße und drückten uns auf Stühle, aber Dr Andelin forderte eine Antwort von mir.

»Moses, möchten Sie Tagg erklären, warum Sie sich nach einem Mädchen namens Molly erkundigt haben?«

»Ich weiß nicht, ob sie seine Schwester ist. Ich kenne ihn nicht. Aber ich sehe seit fast fünf Monaten immer wieder ein Mädchen namens Molly.«

Alle Augen richteten sich auf mich.

»Sie sehen sie? Wollen Sie damit sagen, dass Sie eine Beziehung mit Molly haben?«, fragte Dr Andelin.

»Ich will damit sagen, dass sie tot ist, und das weiß ich, weil ich sie seit fünf Monaten sehen kann«, erklärte ich geduldig.

Die Wut verzerrte Taggs Gesicht zu einer comicgleichen Grimasse.

»Wie können Sie sie sehen?« Dr Andelins Stimme klang ausdruckslos, seine Augen blickten kalt.

Ich ahmte seinen Ton nach und schenkte ihm einen ausdruckslosen Blick. »Auf dieselbe Art, wie ich Ihre tote Frau sehen kann, Doktor. Sie zeigt mir immer wieder eine Sonnenblende im Auto und Schnee und Kies auf dem Grund eines Flusses. Ich weiß nicht, warum. Aber das können Sie mir vermutlich sagen.«

Dr Andelins Kinnlade klappte herunter, und er erblich.

»Was soll das?«, stieß er erstickt hervor. Ich hatte schon darauf gewartet, ihm von ihr zu erzählen. Dieser Augenblick war ebenso gut wie jeder andere. Vielleicht würde seine Frau jetzt endlich gehen, und ich konnte mich darauf konzentrieren, Molly endgültig loszuwerden.

»Sie folgt Ihnen. Sie vermissen sie zu sehr. Und sie macht sich Sorgen um Sie. Ihr geht's gut, aber Ihnen nicht. Ich weiß, dass sie Ihre Frau ist, weil sie mir zeigt, wie Sie vor dem Altar auf sie warten. An Ihrem Hochzeitstag. Ihr Smoking ist an den Ärmeln ein wenig zu kurz.«

Ich sagte das in einem scherzhaften Ton, um ihn aus seiner Rolle als Psychologe herauszulocken. Ich hatte in seinem Leben gegraben, um ihn davon abzuhalten, in meinem Kopf herumzuwühlen. Aber der quälende Schmerz, der sich in seinem Gesicht abzeichnete, machte meine Stimme sanfter. Sein Kummer war so groß, dass ich es nicht über mich brachte, mich so herzlos zu verhalten. Beschämt senkte ich den Blick auf meine Hände. Dann ergriff Dr Andelin das Wort.

»Meine Frau Cora war mit dem Auto auf dem Weg von der Arbeit nach Hause. Man hat angenommen, dass sie zeitweise geblendet wurde, als die Sonne im Schnee reflektierte. Das kann in dieser Gegend passieren. Sie kam von der Straße ab und prallte an die Leitplanke. Ihr Auto überschlug sich und landete im Fluss. Sie … ist ertrunken.«

Er verkündete diese Information völlig sachlich, doch seine Hände zitterten, als er sich über den Bart strich.

Irgendwann während dieser tragischen Erzählung verebbte Taggs Wut. Eine Mischung aus Verwirrung und Mitgefühl im Gesicht, wanderte sein Blick zwischen mir und Dr Andelin hin und her. Aber Cora Andelin war noch nicht fertig. Es kam mir fast so vor, als wüsste sie, dass ich die Aufmerksamkeit des Doktors gewonnen hatte, und sie verschwendete keine Zeit.

»Erdnussbutter, Weichspüler von Downey, Harry Connick jr., Regenschirme …« Ich hielt inne, weil das nächste Bild so intim war. Aber dann sagte ich es doch. »Ihr Bart. Es hat ihr gefallen, wie es sich anfühlte, wenn Sie …« Ich konnte nicht weitersprechen. Sie zeigte mir ein Bild, wie sie miteinander schliefen, und ich wollte die Frau dieses Mannes nicht nackt sehen. Und ihn auch nicht. Aber durch ihre Augen konnte ich ihn sehen.

Dr Andelin war ganz bei der Sache, der Blick seiner blauen Augen eindringlich und voller Erinnerungen. Und es stand noch etwas darin. Dankbarkeit.

»Das alles gehörte zu ihren Lieblingsdingen. An unserem Hochzeitstag schritt sie zu einem Song von Harry Connick zum Altar. Und ja. Mein Smoking war ein wenig zu klein. Sie hat immer darüber gelacht und gesagt, das sei typisch für mich. Und ihre Schirmsammlung geriet außer Kontrolle.« Seine Stimme brach, und er senkte den Blick auf seine Hände.

Die Atmosphäre im Zimmer war voller Mitgefühl und plötzlich so intim geworden, dass die anderen sicher den Blick abgewendet hätten, wenn sie das gesehen hätten, was ich in diesem Moment sah, um dem Liebespaar einen ungestörten Moment zu geben. Doch ich war der Einzige, der bemerkte, wie Noah Andelins Frau mit einer Hand über den gebeugten Kopf ihres Mannes strich, bevor die weichen Linien ihrer schwammigen Gestalt im flackernden Licht des Spätnachmittags verblassten.

Seltsam. Seit unserer Entlassung aus Montlake hatte ich nicht mehr an Cora Andelin gedacht und sie seit diesem Tag auch nicht mehr gesehen. Die Erinnerung war jedoch so deutlich und klar, dass ich ein Déjà-vu-Gefühl verspürte, als hätte nicht nur Tagg von ihr geträumt. Der Ausdruck in Dr Andelins Gesicht, als ich ihm sagte, dass ich seine Frau sehen konnte, war mir wie auf die Netzhaut eingebrannt. Ich hatte ihm all seine kostbaren Erinnerungen – Einzelheiten aus ihrem gemeinsamen Leben – ins Gesicht geschleudert, einfach, weil ich ihn davon abbringen wollte, in meinem eigenen Leben zu graben. Damals war ich ein Riesenarschloch gewesen.

»Weißt du noch, du hast gesagt, ihr geht es gut, aber dem Doc nicht?«, fragte Tagg.

Ich nickte fassungslos. *Sie folgt Ihnen. Sie vermissen sie zu sehr. Und sie macht sich Sorgen um Sie. Ihr geht's gut, aber Ihnen nicht.*

»Deshalb hing sie da rum. Sie hat sich Sorgen um ihn gemacht«, fuhr Tagg fort.

»Ich kann nicht fassen, dass du dich daran erinnerst«, meinte ich erstaunt.

»Manche Dinge vergisst man nicht, Mo.« Tagg fluchte. »Und diese Sache werde ich nie vergessen.« Er schüttelte den Kopf, wie um die Bilder loszuwerden. »Glaubst du, du hast Molly gesehen, weil … Und lüg mich nicht an, Mo. Ich weiß, dass du sie ein paar Mal danach noch gesehen hast. Glaubst du, das liegt daran, dass sie sich Sorgen um mich macht?« Ein sehnsuchtsvoller Ton lag in seiner Stimme, der Hoffnung in meinem Herzen aufflackern ließ.

»Das könnte gut sein«, antwortete ich und entfachte den Funken zu einer Flamme.

Er nickte und stellte die leere Tasse neben seinen Füßen ab. Ich war jedoch noch nicht bereit, das Thema Montlake fallen zu lassen. Noch nicht.

»Bevor wir Montlake verlassen haben, hast du mich gebeten, dafür zu sorgen, dass du am Leben bleibst. Du hast gesagt, ich soll dich zu Boden schlagen, dich festhalten, was auch immer nötig sei. Erinnerst du dich daran?« Ich sah ihn nicht an. Ich konnte ihn nicht ansehen, wenn ich meine Emotionen im Griff behalten wollte.

»Ja.«

»Ich hab dir versprochen, das zu tun.« Einen Moment konnte ich nicht weitersprechen. Es brauchte ein paar tiefe Atemzüge und Schlucke Kaffee, um meine brennende Kehle zu beruhigen und den Schmerz in meiner Brust zu lindern. »Und ich habe vor, dieses Versprechen zu halten«, meinte ich, wobei meine Stimme beim letzten Wort brach.

Als er nicht antwortete, nahm ich allen Mut zusammen und drehte mich zu ihm um.

Taggs Adamsapfel hüpfte, obwohl er keinen Schluck Kaffee genommen hatte. Er rieb sich übers Kinn, fuhr sich mit der Hand über die bebenden Lippen. Ich konnte ihm ansehen, dass er sich ebenso angestrengt bemühte, die Beherrschung nicht zu verlieren, wie ich.

»Ich kann Krebs nicht heilen, Tagg. Und ich kann ganz sicher nicht die Leute, die ich liebe, davon abhalten, mich zu verlassen. Ich konnte Gigi nicht retten. Eli auch nicht. Aber ich habe einen gewissen Einfluss auf der anderen Seite. Und alle müssen erst an mir vorbei, wenn sie dich wollen.«

Er nickte. »Okay«, meinte er leise. »In Ordnung. Aber Mo, falls das nicht genug ist. Falls das am Ende nicht ausreicht, brauch ich dich, damit du dich um Millie und Henry kümmerst. Millie wird dich davon abhalten wollen. Sie ist ziemlich störrisch. Aber sorg dafür, dass sie das Tanzen nicht aufgibt. Ich hasse es, wenn sie an der Stange tanzt, aber sie liebt es. Und das ist das Wichtige. Sorg dafür, dass sie die Dinge tut, die sie mag. Lass sie nicht zu lange trauern. Lass sie nicht so sehr trauern wie Dr Andelin, dem seine tote Frau überallhin folgte, weil er sie nicht loslassen konnte. Hilf ihr, mich loszulassen, Mo. Sag ihr, dass ich glücklich bin. Lass dir irgendeinen Mist einfallen.«

Ich gab ein ersticktes Glucksen von mir, Lachen und Tränen kämpften um die Vorherrschaft.

»Erzähl ihr, dass ich mit den Legenden im Himmel kämpfe, durch ein Blumenmeer laufe, dass man mich mit Trauben füttert. Nee, streich das. Das würde ihr nicht gefallen. Sag ihr einfach, dass ich Trauben esse.«

Lachend wischte ich mir über die Augen.

»Ich werde gegen dieses Ding ankämpfen, Mo. So gut ich kann, bis die Glocke ertönt. Aber wenn die Glocke eher früher als später erklingt, musst du mir versprechen, dass du dich um mein Mädchen kümmerst. Deal?«

»Deal«, wisperte ich. Wir beide schwiegen eine Weile, kämpften gegen Trauer und Dankbarkeit an und die Ironie, dass es keine Freude ohne Leid gibt.

Dieses Mal hörte ich die sich öffnende Tür und wandte den Kopf ab, nicht bereit für Publikum. Aber es war nur Millie, und die konnte meine Tränen nicht sehen. Ihr Gesicht strahlte rosig, als hätte sie sich eben erst gewaschen. Das braune Haar fiel glatt und schwer über ihre Schultern. Sie hatte einen Kaffeebecher in der Hand – meine Kanne war inzwischen definitiv leer – und tastete sich mit der anderen vorwärts.

»Wo bist du, David?«, fragte sie, und der Name klang bei ihr wie ein Kosewort.

»Hier, Baby.« Tagg stand auf und zog sie auf seinen Schoß. Er nahm ihr den Kaffeebecher aus der Hand und stibitzte sich einen Schluck, während sie ihm einen Kuss auf den stoppeligen Kopf drückte. Den linken Arm hatte sie um seinen Hals geschlungen, und mir fiel der Ring auf. Mein Herz hüpfte, und einen Moment lang gab es nur Freude, auch wenn ich nicht sonderlich überrascht war. Ich dachte an die Bilder vom Vortag.

»Ich hab deine Mom wiedergesehen, Millie«, sagte ich freundlich. Tagg starrte mich an, seine Augen glühten in dem müden Gesicht. Auch Millie hatte sich mir zugewandt, als ob sie ihren Geist für das Unmögliche öffnen wollte.

»Ich hab sie gestern gesehen, nur kurz. Ich glaube, sie möchte, dass du ihren Schleier trägst.«

Millie rief mich an. Ihre Stimme klang so verängstigt und entschuldigend wie bei dem Anruf vor sechs Wochen. Sofort packte mich eine dunkle Vorahnung.

Erst vor einer Woche hatte ich voller Hoffnung an ihrer Hochzeit teilgenommen. Ich war mir so sicher, dass sie dem Schicksal ein Schnippchen schlagen würden. Nicht nur dem Krebs, sondern dem Schicksal. Sie waren verrückt nacheinander, und ihre Zuneigung war förmlich greifbar. Sie strahlten ein rosiges Pulsieren aus, das ich zu gern gemalt hätte. Sie hatten schnell Nägel mit Köpfen gemacht, so wie es Taggs Art war, aber sie überstürzten nichts. Es war die richtige Entscheidung. Die spontane Hochzeit und Feier in Taggs Bar weckte in mir den Wunsch, Georgia noch mal zu heiraten. Wir hatten uns einen Babysitter genommen und zum ersten Mal seit unserer eigenen Hochzeit wieder getanzt.

»Moses?«

»Was ist los, Millie?«

»Morgen soll's mit der Chemotherapie losgehen. Aber Tagg hat schon den ganzen Tag Fieber. Er ist krank, Moses, ernsthaft krank, und ich finde, er gehört ins Krankenhaus. Er will aber bis morgen warten, weil wir da ohnehin einen Termin haben. Ich will aber nicht warten. Ich könnte Axel oder Mikey anrufen, aber er ist ihr Chef. Und sie machen gewöhnlich, was er sagt, auch wenn es idiotisch ist.«

»Bin schon unterwegs.«

Tagg wehrte sich nicht sonderlich. Als ich eineinhalb Stunden später eintraf, war er zu schwach für jeglichen Protest. Er zwinkerte mir jedoch zu und bestand darauf, mit Millie auf dem Rücksitz zu sitzen, damit er ihre Hand halten konnte. Ihre Flitterwochen hatten ein abruptes Ende gefunden, auch wenn Millie behauptete, dass ihr das egal sei und es ihr wichtiger war, bei ihrem Mann zu sein. Flitterwochen konnten warten, Chemotherapie nicht. Henry wollte nicht ins Krankenhaus mitkommen. Ich konnte es ihm nicht verdenken – ich wollte auch nicht dorthin. Er blieb bei Robin, die ihre Sorge nicht gut verbergen konnte. Keiner von uns konnte das.

»Ich komme wieder, Henry«, versprach Tagg. »Nimm die Kämpfe für mich auf, ja? Ich hab sie mit Pay-per-View bestellt. Ich will eine Zusammenfassung, wenn ich wieder zu Hause bin«, sagte er.

Die Anzahl der weißen Blutkörperchen war gestiegen, doch die Thrombozytenwerte lagen immer noch hoch genug für die erste Runde Chemotherapie, sagte der Arzt. Tagg wurde zur Beobachtung dabehalten, aber das Fieber konnten sich die Ärzte auch nicht erklären. Eine Infektion war nicht festzustellen. Vierundzwanzig Stunden später kamen sie zu dem Schluss, das Fieber sei wohl eine Abwehrreaktion. Sein Körper würde versuchen, den Krebs zu bekämpfen.

Als das Fieber unter Kontrolle war und es keinen Grund mehr gab, die Behandlung noch länger hinauszuzögern, erhielt er die erste Runde Chemo. Tagg lag ganz ruhig im Bett, und Millie wich nicht von seiner Seite. Er hatte die Ärzte sogar davon überzeugt, sofort im Anschluss nach Hause gehen zu können.

Dann begann das Zittern. Tagg zitterte so heftig, dass sich das Bett mit ihm bewegte, und von einem Augenblick auf den anderen geriet er in Todesnähe. Ich lief los, um eine Krankenschwester zu holen, die nichts für ihn tun konnte und den Arzt anpiepte. Das Zittern dauerte an. Es schien wieder ein epileptischer Anfall zu sein, aber Tagg war bei vollem Bewusstsein und wand sich vor Schmerzen, die nicht aufhören wollten.

»Lass nicht zu, dass sie m…m…mich am Leben erhalten, Millie. Ich wi…will nicht an Ma…maschinen ange…gestöpselt werden, w…wo ir…irgendwann jemand d…der Stecker ra…rausziehen muss. Ich wi…will das nicht«, stammelte Tagg und mahlte mit dem Kiefer, als er angestrengt die Worte formte. »Ve…versprich m…mir, dass du m…mich ge…gehen l… lässt.«

»Okay, David. Okay, ich verspreche es. Versprochen«, beschwichtigte Millie. Mit weit aufgerissenen Augen schien sie all ihre Energie auf ihn übertragen zu wollen. Es kam mir fast so vor, als weigere sie sich, jegliche Barrieren zwischen ihm und ihr zu akzeptieren, selbst wenn diese nur aus geschlossenen Lidern bestanden. Er hatte sich auf die Seite gedreht und die Stirn an ihre Brust gedrückt. Mühsam hielt sie ihn fest. Die Zuckungen rissen sie mit, und ihre Zähne klapperten. Aber sie ließ nicht los. Irgendwann wollte er etwas zum Draufbeißen haben. Seine Zunge blutete schon, weil er sie so stark malträtiert hatte. Tagg schaffte es, den Kopf an ihre Brust zu drücken, während sein Körper auf dem schmalen Bett verkrampfte.

»Das kommt manchmal vor«, meinte der Arzt hilflos. »Die Chemotherapie attackiert den Krebs. Es ist wie ein Kampf, und der Körper reagiert darauf.«

Der Arzt verschwieg allerdings, ob Tagg den Kampf gewinnen würde. Und vier endlos lange Stunden blieben wir darüber im Unklaren. Irgendwann musste ich das Zimmer verlassen, um meine Fassung wiederzugewinnen, Georgia anzurufen und meine Schutzmauern zu verstärken. Falls mein bester Freund sterben sollte, wollte ich das nicht vorher wissen. Ich wollte seine tote Schwester nicht an seiner Schulter sehen oder seine Urgroßmutter, die geduldig darauf wartete, dass er zu ihr rüberkam. Ich wollte all das nicht. Ich weigerte mich, es zu erfahren, denn die Hoffnung war überlebenswichtig. Sie war kostbar. Und die wollte ich meinem Freund und dem Mädchen, das er liebte, nicht nehmen.

Gegen Ende der Nacht, als das Zittern allmählich abebbte und das Schlimmste überstanden war, ging Millie ins Bad. Ich nahm ihren Platz neben Tagg ein. Forschend musterte er mich. »Siehst du sie, Moses? Wartet Molly auf mich? Wenn sie auf mich wartet, wissen wir wohl beide, was das heißt.«

»Nein. Sie wartet nicht, Mann. Hier sind nur wir – du, ich und Millie. Wir sind die Einzigen hier. Es ist noch nicht an der Zeit, Tagg.« Das war keine Lüge. Ich weigerte mich, etwas anderes zu glauben.

Er atmete tief durch und ergriff meine Hand. »Ich liebe dich, Mo.«

»Ich liebe dich auch.« Zum ersten Mal sagte ich Tagg, dass ich ihn liebte. Zum ersten Mal sprach ich die Worte überhaupt zu jemand anderem als Georgia, und sie taten weh. Wenn ich Georgia meine Liebe gestand, tat es nicht weh. Aber das? Das war quälend.

»Weiß ich doch«, hauchte er. Und mit einem beruhigten Seufzen glitt Tagg in den Schlaf. Ich hielt meinen Freund fest, entschlossen, mein Versprechen zu halten und ihn auf der Erde zu bewahren.

Tagg

Es ist seltsam. Ich habe Tagg-Team gegründet, weil ich mir im Klaren darüber was, dass im Ring, im Oktagon, niemand wirklich allein kämpft. Man steht im Ring und misst sich mit einem Kontrahenten, aber der wahre Kampf findet in den Wochen und Monaten, manchmal Jahren davor statt. Der wahre Kampf ist die Vorbereitung mit dem Team, das man als Helfer um sich geschart hat. Ja, jeder Kämpfer hat immer auch ein Team.

Weil man ein Team hat, das auf einen zählt, will keiner aufgeben. Beim MMA ist Aufgeben schlimmer als eine Niederlage. Wenn man bis zum Ende kämpft und verliert, hat man nicht wirklich verloren. Aber wenn man einen Kampf beginnt und dann aufgeben muss? Das ist hart für jeden Athleten. Und auch hart für sein Team und für die Moral. Das heißt, dass man seinen Gegner nicht ernst genommen hat, seine Hausaufgaben nicht gemacht hat, sich nicht genügend vorbereitet hat, dein Team dich bei der Vorbereitung nicht genügend unterstützt hat und man mit heruntergelassener Hose erwischt wurde. Oder es bedeutet, dass man Angst bekommen hat und nicht auf sein Training vertraut. Dass man sich selbst nicht vertraut. Seinem Team nicht vertraut. Deshalb gibt man auf. Und danach fällt das Weitermachen richtig schwer.

Niemand kämpft allein. Das war mein Motto für Tagg-Team und auch für alle anderen. Es war mein Motto für meine Teamkumpel, aber ich hab nie selbst daran geglaubt. Ich war das Team, ich wollte für alle anderen das Team sein. Vor dem Santos-Kampf hab ich Millie erzählt, jeder kämpfe allein. Vermutlich wollte ich tief in meinem Inneren nicht, dass jemand für mich kämpfen musste. Dämlich? Durchschaubar? Vielleicht. Aber so bin ich nun mal. Oder besser gesagt, so war ich.

Mein Ziel jetzt? Nicht aufgeben. Dranbleiben. Weitermachen. Kämpfen. Und wie ich Moses schon sagte, wenn der Gong ertönt, dann ertönt er. Bisher bringt mein Team mich durch. Mein gesamtes Team.

Die Jungs kamen zu meiner Hochzeit alle in Tagg-Team-Shirts. Alle anwesenden Gäste trugen tatsächlich ein Tagg-Team-Shirt zu ihrem Anzug oder Rock. Sogar meine Eltern und meine beiden Schwestern, die mich mit ihrer Anwesenheit überrascht hatten. Henry trug sein Shirt unter einer Smokingjacke und einer Fliege. Moses war ganz in Schwarz, wie immer, aber er hatte außerdem eine Sonnenbrille auf der Nase, die er kein einziges Mal absetzte, obwohl die Trauung in Millies alter Lieblingskirche stattfand. Die Sonnenbrille verbarg seine Augen, und ich wusste, dass er weinte. Ich weinte auch, sah aber keinen Grund, meine Tränen zu verbergen. Im Kirchenschiff hatten sich viele Menschen versammelt, die mir wichtig waren, denen ich wichtig war, und es war mit Abstand der beste Tag meines Lebens – der Beweis, dass man selbst mit einer Tumordiagnose den besten Tag seines Lebens erleben kann. Man kann immer noch viele tolle Tage haben.

Henry führte Millie zum Altar. Sie trug den Schleier ihrer Mutter und ein weißes Spitzenkleid, das eher in eine andere Epoche gepasst hätte – vielleicht in die Epoche, die ich ihr bei unserem ersten Kennenlernen beschrieben hatte. Als ich sie in diesem Kleid auf mich zuschreiten sah, glaubte ich an das Schicksal und den ganzen Mist, von dem Moses und ich immer behauptet hatten, dass wir nicht daran glaubten. Vielleicht lag es auch nicht an dem Kleid, sondern einfach an ihrer Schönheit. Wenn ich sie ansah, war ich froh, dass ich lebte. Diese Wirkung hatte sie immer auf mich.

Wir gaben einen Empfang in der Bar, der eher einer Party glich. Millie und ich tanzten, bis wir keine Luft mehr bekamen, gingen aber irgendwann vor Ende der Feier. Ich durfte nicht fahren, daher spielte Mikey den Chauffeur und fuhr uns zu unserem Hotel. An der Stoßstange klapperte ein Seil mit Dosen und einem Paar Schuhe von Axel in Größe 50, auf denen geschrieben stand *Accidental Babies* – auf Millies Wunsch –, während wir auf dem Rücksitz knutschten.

Apropos Zufallsbabys. Exakt einen Monat nach der Hochzeit stellten wir fest, dass Millie schwanger war. So zufällig kam das allerdings gar nicht. Millie hatte dafür gesorgt. Glaube ich jedenfalls. Sobald die Chemo und die Bestrahlung erst mal begonnen hatten, würden wir keine kleinen Taggerts mehr machen können, bis es vorbei war. Was immer auch »vorbei« bedeutete. Daher sorgte sie dafür, dass es vorher passierte. Sie verstärkte das Team, berief einen neuen Rekruten ein und stellte sicher, dass ich genügend Gründe hatte, mich anzustrengen. Wir behielten die Alles-oder-nichts-Einstellung bei. Und wir feierten die Neuigkeit und weigerten uns, die lauernden Riesen in den Schatten wahrzunehmen, die uns Angst machten vor dem, was kam.

Ich war froh, dass sie nicht mehr lange um die verdammte Stange tanzen konnte. Ich hatte meinen inneren Höhlenmenschen zwar nicht zeigen wollen – und seien wir ehrlich, mein innerer Höhlenmensch war schon immer sehr extrovertiert –, aber ich war nicht unbedingt scharf darauf, dass andere Männer meine Frau lüstern anstarrten, während sie sich um die Stange wand. Ich schlug vor, dass sie stattdessen an ein paar

Abenden in der Woche in der Bar Gitarre spielen sollte, aber sie schien zufrieden damit, sich im Keller auszutoben und ein paar Schwangerschaftsyogakurse im Tagg-Team-Klub ins Leben zu rufen, womit sie sogar ein paar neue Mitglieder gewann.

Moses tat sein Bestes, um den Tod in Schach zu halten, und ich tat so, als würde ich ihm abkaufen, dass er mich davor bewahren konnte. Bei der ersten Chemorunde stand ich allerdings so kurz vor dem Abgang, dass ich es besser wusste. Niemand kam gegen den Tod an, wenn es so weit war. Und ich habe ihn bei vielen Kranken im Behandlungszentrum um mich herum kommen sehen. Ich war froh, dass Millie nichts davon sehen konnte. In gewisser Weise war das eine Gnade.

Man hatte mich zu weiteren Untersuchungen ins Huntsman Cancer Institute überwiesen. Mein Tumor wurde von einem Glioblastom Grad vier zu einem anaplastischen Astrozytom Grad drei herabgestuft. Das waren gute Nachrichten. Riesige Nachrichten. Sie veränderten die tödliche Diagnose zu einer Diagnose mit einem Hauch Hoffnung. Die gute Nachricht wurde jedoch im Keim erstickt, weil die Metastasen des entfernten Tumors nicht absterben wollten. Monat für Monat veränderten sich meine MRT-Werte kaum.

Aber ob schlechte oder gute Neuigkeiten, wir feierten trotzdem. Wir lachten. Wir liebten. Ich sang, und Millie tanzte weiter – nur für uns beide. Sie behauptete, solange ich singe, würde sie mich nicht verlieren. Und das schien zu funktionieren. Ihr Bauch wuchs stetig, meine Unternehmen auch, und Henry wuchs am meisten. Über den Sommer machte er einen tüchtigen Schuss in die Höhe und entwickelte unter Anleitung der Jungs im Fitnessklub ordentlich Muskelpakete. Mit seinem kurzen Haar und dem veränderten Körper war er kaum wiederzuerkennen, als er sein vorletztes Jahr in der Highschool begann.

Henry hielt nicht mehr an jeder Ecke nach Riesen Ausschau. Statt nach Riesen suchten wir nach Wundern. Und seltsamerweise, je mehr wir danach suchten, desto mehr fanden wir. Henry führte penibel Buch über unsere Funde und las sie uns jeden Tag vor.

Millie lag ziemlich lange in den Wehen. Viel zu lange. Aber wir schafften es. Nicht überraschend meisterte Millie das Ganze wie ein Champion. Sie war in fast allem gut, was sie anfing. Wir bekamen einen großen Jungen – viereinhalb Kilo schwer, fünfundfünfzig Zentimeter groß und mir unglaublich ähnlich sehend, was mich zum Lachen brachte … und zum Weinen. Er war völlig kahl, wodurch er mir noch ähnlicher wurde. Durch die Bestrahlung waren mir die Haare ausgefallen. Seitdem hatte ich sie kurz gehalten. Henry nickte bloß weise, als ob die Ähnlichkeit zwischen meinem Sohn und mir eine Selbstverständlichkeit sei.

Millie fand, dass Henry den Namen für den Kleinen aussuchen sollte. Ich befürchtete schon, mein Sohn würde nach einem japanischen Rind benannt werden oder einen anderen exotischen Namen bekommen, der für einen kleinen weißen Jungen lächerlich klang. Doch Henry dachte gewissenhaft nach und schlug schließlich David Moses vor, was ich okay fand. Interessanterweise nannte Millie, die sich nie für meinen Spitznamen erwärmen konnte, ihn Mo. Sie meinte, ich sei ihr David und der kleine Kerl brauche eine eigene Identität. Sie war sich sicher, dass es Moses nichts ausmachen würde, seinen Spitznamen mit ihm zu teilen. Als Moses davon erfuhr, sagte er, der kleine Mo könne ihn ruhig tragen, er wolle ihn nicht. Er hatte es nie leiden können, wenn ich ihn Mo nannte. Aber ich wusste, dass er sich insgeheim darüber freute.

Der kleine Mo war zwar ein großes Baby, aber dennoch unglaublich klein. Drei Tage lang behielten wir ihn im Arm, aus Sorge, ihn nicht mehr zu finden, wenn wir ihn irgendwo hinlegten. Millie hatte ein paar Tage vor der Geburt einen Zusammenbruch. Sie befürchtete, sich nicht gut genug um ihn kümmern zu können, aber ich stellte ihre Fähigkeiten nie in Zweifel. Sie war ein Naturtalent. Was sie nicht wusste, fand sie heraus – und zwar schnell. Sie ging ihre Mutterrolle mit der gleichen Haltung an wie alles andere, und sie hatte Henry lange Zeit bemuttert. Sie war nicht wirklich neu in dem Job.

Ich fragte mich, wie viele blinde Mütter es auf der Welt wohl gab. Vermutlich einige, wenn auch nicht allzu viele. Millie verlangte, dass ich ihr jede noch so kleine Einzelheit von unserem Jungen beschrieb, als sie seinen winzigen Körper abtastete und seine zarten Züge nachfuhr – seine Knopfnase, die bogenförmigen Lippen, die kleinen Ohren und die papierdünnen Lider. Seine Finger, Zehen, die Wölbungen an seinem Rücken, die Rundung seines Bauchs. Ich erwischte sie nach seiner Geburt oft dabei, wie sie ihn liebevoll erkundete, entschlossen, nichts zu verpassen. Es tat mir weh, dass sie ihn nicht sehen konnte, niemals das Gesicht ihres Sohnes wahrnehmen würde. Auch mein Gesicht würde sie niemals sehen. Aber Millie war davon überzeugt, dass sie uns sofort erkennen würde, wenn sie uns sehen könnte. Vielleicht hatte sie recht. Vielleicht sah sie uns sogar besser, weil sie sich Zeit nahm, uns zu berühren, zu fühlen, zu erforschen, zu kennen.

Millie schlief. In dem weichen Mondschein, der durch das Fenster in unserem Zimmer fiel, sah ich die blasse Länge ihres Arms und die dunkle Pfütze ihrer Haare auf dem weißen Kissen. Sie war meine fleißige Arbeiterin, meine Amelie, ein treffender Name. Sie hatte ihr Versprechen gehalten und mich Schritt für Schritt begleitet und sich so leichthändig um mich gekümmert, wie ich – oder sogar mehr noch als ich – mich um sie gekümmert hatte.

Ich betrachtete meine schlafende Frau und drückte meinen zwei Wochen alten Sohn an meine Brust. Meine Hand lag auf seinem winzigen Rücken. Ich spürte, wie sein kleiner Körper sich hob und senkte, als er Luft in seine Lungen saugte und sie wieder ausstieß. Seine rundliche Wange lag auf dem V-Ausschnitt meines Shirts, feucht von seinem Sabber. Er war beim Füttern eingeschlafen. Ich hatte ihn Millie aus den Armen genommen, damit er sein Bäuerchen machen und sie sich ausruhen konnte. Ständig futterte er, was meiner Meinung nach daran lag, dass ihm gefiel, woher die Milch kam. Was war das nur mit Jungs und Titten? Er fing grundsätzlich an zu schreien, wenn wir ihn lösen wollten, worauf ich sagte: »Mo will mehr«, was den »Mo will mehr«-Slogan inspiriert hatte, unter dem ich meine neue Tagg-Team-Bekleidungskollektion vermarkten wollte. Vielleicht würde es sogar irgendwann eine Kinderkollektion geben – Mo & Co. – oder eine Kollektion für Schwangere, Millie & Mo. Das gefiel mir sogar noch besser.

»Mo will immer mehr, nicht wahr, Großer?«, flüsterte ich und küsste ihn auf den weichen Kopf. Er roch nach Brüsten. Mit anderen Worten, er roch paradiesisch. Er klang auch paradiesisch, selbst wenn er weinte. Millie erklärte sein Wutgeschrei schon gleich nach seiner Geburt zu einem ihrer Lieblingsklänge. Er hatte so laut geschrien, als sei sein Leben zu Ende und würde nicht gerade erst beginnen.

»Daddy will auch mehr. Mehr und mehr und mehr«, murmelte ich und betrachtete immer noch seine Mutter.

Ich hatte angefangen, Kassetten für ihn zu besprechen. Ich hätte dafür einen Digitalrekorder nehmen können. Aber die Kassetten waren für mich gut genug. Mir gefielen sie, weil man sie anfassen konnte. Millie wollte sie alle auf Discs überspielen lassen, was für mich in Ordnung ging. Dennoch besprach ich weiter Kassetten und hatte einen großen Stapel davon, ein gesprochenes Tagebuch des vergangenen Jahres, der Tage meines Lebens, der Tage unseres gemeinsamen Lebens. Und jetzt besprach ich sie für den kleinen Mo.

»David?«, fragte Millie schläfrig. Behutsam tastete sie neben sich.

»Ich hab ihn. Schlaf weiter, Silly Millie.«

Ich dachte, sie sei wieder eingeschlafen, denn sie schwieg ziemlich lange. Wir waren beide müde und erschöpft. Das vergangene Jahr war Himmel und Hölle zugleich gewesen. Musik und Misere. Es war kein leichter Kampf gewesen, und ich war den Tumor immer noch nicht ganz los. Aber ich verlor den Kampf auch nicht. Vielleicht verlor ich irgendwann den Krieg. Doch diesen Gedanken verdrängten wir.

»Jetzt hab ich diesen Ohrwurm im Kopf«, sagte sie plötzlich und schreckte mich auf. Ich zuckte zusammen, und Mo kräuselte die Lippen und stieß das traurigste Schluchzen aus, das die Menschheit je gehört hatte.

Millie und ich seufzten gleichzeitig ein synchrones »Ooooh«, das sich am Ende hob. Wir beide hielten unser Baby für das niedlichste im Universum. Das Weinen ging in panisches Nuckeln über, sein kleiner Kopf wackelte an meiner Brust, sein Mund war weit geöffnet auf der Suche nach etwas, das ich ihm nicht geben konnte. Ich musste ihn seiner Mutter wieder zurückreichen.

Millie hörte mich und streckte die Arme nach ihm aus, kuschelte ihn neben sich und gab ihm, was er ständig wollte.

»So verwöhnt«, raunte ich und legte mich neben sie. Ich konnte meinen Blick nicht lösen, so schön waren sie.

»Er ist nicht verwöhnt, er ist ein Baby«, sagte Millie, ein Lächeln auf den Lippen.

»Ich hab nicht ihn gemeint, sondern mich«, erwiderte ich leise.

Als ich sie zärtlich küsste, fing sie an zu singen.

»Ich liebe deine Beine, ich liebe deine Brust, und deinen Bauch, den lieb ich auch«, sang sie.

»Ist das der Ohrwurm in deinem Kopf?«, lachte ich leise.

»Ja«, beschwerte sie sich flüsternd. »Und ich brauch einen anderen Vers, denn nichts reimt sich auf David.«

Wieder lachte ich.

»Ich lieb dich jeden Tag ein wenig mehr, auch wenn du alt und grau bist, lieb ich dich noch sehr«, reimte ich.

»Oh, das ist besser«, seufzte sie.

»Ich lieb dich morgens, mittags, abends und auch nachts lieb ich dich sehr«, sang ich.

»Und wenn wir auch kämpfen müssen, lieb ich dich noch mehr«, formulierte sie die nächste Zeile.

»Ich kämpf gern«, neckte ich.

»Ich weiß«, antwortete sie zärtlich. »Und das liebe ich am meisten an dir.«

Ich küsste sie erneut und vergaß den Song. Ich küsste sie, bis ihre Lider schwer wurden und Mo zwischen uns zu zappeln anfing. Ich nahm ihn ihr erneut aus den Armen und ließ sie schlafen. Ich drückte meinen Jungen an mich und erzählte ihm von meinem allerersten Kampf. Das schien ihn zu beruhigen. Auch ich fühlte mich ruhiger, als ich mich an den Adrenalinrausch erinnerte und wie es sich anfühlte, ein Unrecht in Ordnung zu bringen, mit jemandem abzurechnen und als Sieger hervorzugehen.

Mo schnarchte leise in meinen Armen. Lächelnd nahm ich hin, dass ihn meine Kämpfe nicht sonderlich interessierten. Er mochte nur Brüste. Das konnte ich ihm nicht verübeln, aber ich hoffte, ich würde lange genug da sein, um ihm noch ein paar andere schöne Sachen zu zeigen. Ich wollte ihm zeigen, wie man einen Schlag landet und einsteckt. Ich wollte ihm zeigen, wie man fällt und wie man sich wieder aufrappelt, wenn alles verloren scheint. In meinem Leben gab es nicht viele Kämpfe, die ich nicht gewonnen hatte. Aber in Wahrheit wusste ich nicht, ob ich diesen Kampf gewinnen würde. Ich wusste es einfach nicht.

Meine Geschichte endet vielleicht nicht mit einem Wunder. Aber ich bin auch nicht scharf auf ein Ende. Lieber nehm ich die Wunder so mit, wie sie kommen, und denk nicht an das Ende. Ich hab festgestellt, dass ich nicht sehen muss, was vor mir auf dem Weg liegt, um weiterzugehen. Millie hat mir das beigebracht.

Das ist mein Bonus, weil ich ein blindes Mädchen liebe.

EPILOG

Moses

Wir alle sterben. Irgendwann endet für uns alle die Geschichte auf diese Weise. Es gibt keine andere Version. Keine Ausnahme. Wir alle sterben. Jung, alt, stark, schwach. Früher oder später gehen wir alle. Das habe ich inzwischen akzeptiert, vielleicht besser als die meisten, wenn auch nicht mit Freuden.

Wenn es das Wetter zulässt, gehe ich gern auf den Friedhof auf dem Hügel, der das südliche Tal von Levan überblickt. Es gibt dort nicht viel zu sehen – ein paar Häuser am Stadtrand, Felder, einen Highway und die Berge in der Ferne. In den vergangenen vierzig Jahren hat sich die Aussicht kaum verändert. Viele Angehörige von mir liegen hier. Meine Urgroßmutter. Meine Mutter. Mein kleiner Sohn, den ich nie kennengelernt habe – auch er liegt hier begraben.

Elis Grab besuche ich am häufigsten. Ich lege gern Kleinigkeiten an seinem Grabstein nieder. Glänzende Steine und Pfeilspitzen, einen neuen Pinsel oder ein kleines Plastikpferd. Die Geschenke haben sich im Laufe der Jahre nie verändert, weil er sich nie verändert. In meiner Vorstellung bleibt er immer der kleine Junge, der nie altert und irgendwo auf mich wartet. Ich wusste, dass er die Dinge, die ich für ihn daließ, nicht brauchte. Ich wusste, dass er sie nicht mal wollte. Ich ließ sie trotzdem da, weil ich es brauchte, weil ich ihn brauchte. Immer noch. Ich hatte mich mit seinem Tod abgefunden, mein Leben war voller geliebter Menschen, und dennoch konnte niemand die Lücke füllen, die er hinterlassen hatte.

Ich hatte noch andere solche Lücken – kleine vernarbte Nischen, die unterschiedlich aussahen und sich auch unterschiedlich anfühlten. Ungastliche Stellen, die ich nicht füllen konnte, wo nichts gedieh, von deren leeren Wänden ein Echo widerhallte und wo die Stille regierte. Jeder dieser Nischen konnte ich einen Grabstein auf dem Friedhof zuordnen.

Der Friedhof von Levan war im Laufe der Jahre größer geworden. Als ich als junger Mann nach Levan zurückkam, auf der Suche nach Georgia und meinem Weg im Leben, hatte es zahlreiche leere Grabstellen gegeben, grasige grüne Rechtecke, die auf geliebte Menschen warteten, die man verlieren würde. Inzwischen hatten sich die Reihen gefüllt, neue waren hinzugekommen, und der Friedhof war nicht mehr so klein.

Georgias Eltern waren beide gestorben, und vor ein paar Jahren hatte sie auch einen Bruder verloren. Axel starb fünf Jahre nach Millies und Taggs Hochzeit bei einem Autounfall. Sein Verlust hat uns alle am Boden zerstört. Als seine Familie in Schweden keine Anstalten machte, ihn zu beerdigen, und auch nicht auf unsere wiederholten Nachrichten reagierte, hatten wir ihn hierhergebracht, nach Levan, und ihn im Kreise der Familie beerdigt. Denn das war er für uns geworden, ein Familienmitglied. Ich hatte ihn ein- oder zweimal gesehen. Im Tod war er immer noch so groß und blond und bullig wie zu Lebzeiten. Lächelnd zeigte er mir Dinge – Erinnerungen an die Zeiten im Fitnessklub mit Tagg und dem Team und auch Fetzen von Dingen, die ich nicht immer verstand, aber immer zeichnete. Das waren seine kostbaren Erinnerungen – seine Freuden –, und ich musste sie nicht verstehen.

Das Schicksal war mit dem Team nicht gerade schonend

umgegangen, aber es schont niemanden. Vor ein paar Jahren verlor Mikeys Frau den Kampf gegen den Brustkrebs, danach ging es mit Mikey schnell bergab. Ihre Kinder waren längst aus dem Haus, und Mikey war müde. Er war ein Veteran, aber er wollte kein Militärbegräbnis. Er hatte sein Bein im Irak verloren und eine neue Heimat im Tagg-Team gefunden. Er wollte neben seiner Frau begraben werden, und wir beerdigten sie im Abstand von sechs Monaten, ganz in der Nähe von Axel.

Als Corys jüngster Sohn vor zehn Jahren an Leukämie starb, hatte er ihn auch hierher gebracht, weil er wollte, dass er im Tod von Menschen umgeben war, die ihn zu ihren Lebzeiten geliebt hatten. In seinen kleinen Grabstein war ein Baum gemeißelt. Er lag in der Nähe von Eli. Dort stand bereits ein Stein mit meinem Namen. Auch Georgias Name stand drauf, zusammen mit unseren Geburtsdaten, einem Bindestrich und einer Lücke dahinter. Irgendwann würde der Tod das fehlende Datum liefern.

Ich hatte inzwischen mehrere Enkel. Georgia und ich hatten noch zwei Töchter bekommen – keinen Sohn mehr nach Eli –, und unsere Mädchen waren inzwischen verheiratet und zogen eigene Kinder groß. Taggs Sohn Mo ging zur Marine und dann in die Politik. Er sah genauso aus wie sein Dad, groß, mit grünen Augen und Grübchen, wenn er lächelte, und einem teuflisch markanten Kinn. Aber er konnte zuhören wie seine Mutter und arbeitete auch so fleißig wie sie. Dank Henry hatte er ein Gedächtnis wie ein Lexikon und merkte sich jede Kleinigkeit. Senator David Moses Taggert war ein Mann, mit dem man rechnen musste. Man zog ihn sogar als möglichen Präsidentschaftskandidaten in Betracht. Ich konnte darüber nur den Kopf schütteln und hoffen, dass niemand in Levan herumschnüffeln und versuchen würde, Schmutz über seine Familie und Freunde auszugraben. Mir gefiel die Stille.

Ich atmete tief ein, füllte meine Lungen mit dieser Stille und der süßen Luft und beugte mich vor, um ein Unkraut auszurupfen, das sich zwischen meine kostbare Steinesammlung geschummelt hatte. Als ich mich aufrichtete, nahm ich eine Bewegung aus dem Augenwinkel wahr. Als ich mich umdrehte, sah ich Tagg auf mich zuschreiten, die Schultern so breit wie eh und je, die Haltung stolz und aufrecht, sein Grübchenlächeln so strahlend wie immer. Sein Name legte sich auf meine Lippen, und mein Herz machte einen Satz zur Begrüßung und hieß meinen alten Freund willkommen. Wir hatten uns schon eine Weile nicht mehr gesehen, und ich hatte ihn vermisst.

DANKSAGUNG

Ich sage das bei jedem Buch, also muss es stimmen. Jedes Buch ist schwieriger zu schreiben als das davor. Ich habe nie das Gefühl, dass die Worte wie von selbst fließen und die Figuren mich mit sich reißen. Ich bin nie ganz überzeugt von mir selbst. Ich kann nie voraussehen, was gefallen oder nicht gefallen wird. Ich kann nie vorhersagen, ob meine treuen Leser das Buch mögen werden. Ich weiß es nicht. Das vorausgeschickt, möchte ich feststellen, wie stolz ich auf dieses Buch bin. Ich bin stolz auf den Schweiß und die Tränen, die es gekostet hat. Ich bin froh, dass das Schreiben keine einfache Aufgabe ist. Wäre sie einfach, dann gäbe es kein so großes, belohnendes Glücksgefühl am Ende. Die Schwierigkeit einer Aufgabe macht sie bedeutsam. Und die Worte, die ich niedergeschrieben habe, bedeuten mir viel. Ich hoffe, dass sie auch für Sie von Bedeutung sein werden. Dieses Buch möchte ich den folgenden Menschen widmen:

Cody Clark, der nach vier Jahren den Kampf gegen den Krebs verloren hat. Wir haben uns nie persönlich kennengelernt, aber ich war von Ihnen dennoch inspiriert. Danke dafür, dass Sie so hart gekämpft haben und nie vergaßen, »Ich liebe dich« zu sagen. Ich verspreche, ein Auge auf Ihre Mutter zu haben.

Für Stephenie Thomas. Deine Anmut und Stärke sind inspirierend. Danke, dass du deine Krankengeschichte mit mir geteilt hast. Die Welt braucht mehr Frauen wie dich. Mögest du uns nie verlassen.

Für Nicole Rasmussen, eine blinde Mutter mit vier wundervollen Kindern und einem liebevollen Mann. Danke, dass ich von dir lernen durfte und du mit mir über dein Leben gesprochen hast. Du bist ein großartiges Vorbild an Entschlossenheit und Mut.

Für Richard Stowell und die liebe Ann. Danke für eure Güte, eure Liebe füreinander und die Freundlichkeit, die ihr allen schenkt, die mit euch Kontakt haben. Danke auch dafür, dass ihr mich daran erinnert, dass alle Stürme vorübergehen.

Aus ganzem Herzen danke ich außerdem:

Meiner Assistentin Tamara Debbaut, die loyal, standhaft, klug und effizient ist und oft mit mir leidet. Sie ist eine wahre Freundin. Meinen Kindern und meinem Mann, ihr macht mich zu einem besseren Menschen. Ohne Euch würde ich nie an die Luft kommen. Ihr seid ein wahrer Segen und erinnert mich jeden Tag daran, was wirklich wichtig ist im Leben. Danke für Eure Liebe. Mein besonderer Dank gilt auch meinen Eltern und Geschwistern, die mich immer wissen lassen, dass sie mich lieben und stolz auf mich sind. Sie sind meine größten Anfeuerer. Danke auch Tina Kleuker, die ihre Talente mit mir teilte, und Mandy Lawler, die an mich glaubt und mir half, meinen Weg im Bücherdschungel zu finden. Danke an Karey White, Autorin und Lektorin der Extraklasse, für deine gute Arbeit und deine Unterstützung. Hang Le – danke für dein wundervolles Cover der Originalausgabe! Ich bin so dankbar, dass du dein Talent in meine Projekte steckst. Danke an Julie Titus von JT Formatting, ohne dich wäre ich verloren, wie du weißt. An Adam Legas und Riven Athletics danke für das Beantworten meiner Fragen zu Mixed Martial Arts. Dem Team von Dystel and Goderich ein Danke, dass ihr euch um mich kümmert. Und schließlich ein Danke an alle Leser und Blogger, die mich durch dick und dünn begleiten, mich unterstützen und an mich und meine Geschichten glauben – ihr macht das alles erst möglich!

Alle Namen kann ich nicht einzeln aufzählen, denn dann würde ich sicher jemanden vergessen. Aber ich danke euch! Ihr alle sorgt dafür, dass ich jeden Tag Freudentränen weine.

Triggerwarnung

All the Songs of My Soul
enthält Elemente, die triggern können.

Diese sind:
Trauer, Verlust von Angehörigen,
u. a. durch Gewaltverbrechen,
Suchterkrankungen und Depression

LESEPROBE

AMY HARMON

Bird and Sword

1.

Im Anfang war das Wort und
das Wort war bei Gott und Gott war das Wort.

Ich kann keine Worte bilden. Ich kann keinen Laut von mir geben. Ich habe Gedanken und Gefühle. Ich spüre Bilder und Farben. All das bleibt jedoch tief in mir verschlossen, denn ich kann keine Worte bilden.

Aber ich kann sie hören.

Die Welt ist voller Worte, sie lebt dadurch. Die Tiere, Bäume, das Gras und die Vögel unterhalten sich mit ihren eigenen Worten.

»Leben«, sagen sie.

»Luft«, hauchen sie.

»Hitze«, summen sie. Die Vögel rufen »Fliegen, fliegen!« und die Blätter winken sie voran, entfalten sich und flüstern: »Wachsen, wachsen.«

Ich liebe diese Wörter. Sie täuschen nicht und sie verwirren nicht. Die Wörter sind einfach. Die Vögel verspüren Freude, ebenso wie die Bäume. Sie verspüren Freude in ihrer Schöpfung, weil sie »sind«. Jedes Lebewesen hat ein Wort, und ich höre sie alle.

Dennoch kann ich sie selbst nicht formen.

Meine Mutter hat mir erzählt, dass Gott mit Worten Welten entstehen ließ. Mit seinen Worten hat er Licht und Dunkelheit, Wasser und Luft, Pflanzen und Tiere erschaffen. Aus dem Staub und dem Schmutz dieser Welten hat er Kinder nach seinem Ebenbild geformt, zwei Söhne und zwei Töchter, und ihren Lehmkörpern Leben eingehaucht.

Im Anfang gab er jedem Kind ein Wort. Es war ein mächtiges Wort, denn es beschrieb eine Fähigkeit, eine kostbare Gabe, die sie auf ihrer Reise durch die Welt leiten sollte. Eine Tochter erhielt das Wort »spinnen«, weil sie alle möglichen Dinge zu Gold spinnen konnte. Das Gras, die Blätter, eine Strähne ihres Haars. Ein Sohn erhielt das Wort »wandeln«, was ihm die Gabe verlieh, sich in die Tiere des Waldes oder Wesen der Luft zu verwandeln. Das Wort »heilen« wurde dem zweiten Sohn gegeben, damit er die Krankheiten und Verletzungen seiner Geschwister kurieren konnte. Die zweite Tochter erhielt das Wort »weissagen« und konnte die Zukunft vorhersagen. Einige behaupteten sogar, dass sie die Zukunft mit der Macht ihrer Worte verändern konnte.

Die Spinnerin, der Wandler, der Heiler und die Weissagerin lebten lange und hatten viele Kinder, doch selbst mit gesegneten Worten und Wunderkräften war das Leben in ihrer Welt gefährlich und schwierig. Oftmals war Gras nützlicher als Gold. Ein Mensch wünschenswerter als ein Tier. Der Zufall verführerischer als Wissen, und das ewige Leben war ohne Liebe völlig sinnlos.

Der Heiler konnte die Krankheiten seiner Geschwister heilen, aber er konnte sie nicht vor sich selbst retten. Er beobachtete wie sein Bruder, der Wandler, so viel Zeit als Tier inmitten von Tieren verbrachte, dass er selbst zu einem wurde. Die Spinnerin, die den Wandler liebte, verzehrte sich darüber so sehr vor Kummer, dass sie ohne Unterlass weiterspann, bis sie sich selbst zu Gold gesponnen hatte und als traurige Statue neben dem Brunnen der Welt endete, aus dem sie emporgestiegen war. Als ihr klar wurde, dass sie alles vorausgesagt hatte, schwor sich die Weissagerin, nie wieder zu sprechen. Der

Heiler, der sich ohne sie einsam fühlte, starb an gebrochenem Herzen, weil er sich weigerte, sich selbst zu heilen.

Ihre Kinder verteilten sich über das ganze Land, und die Zeit verging. Aus Jahren wurden Jahrzehnte und aus Jahrzehnten Jahrhunderte. Die Familien wurden größer und größer, und viele besaßen die Gabe der Worte oder die Fähigkeit, sich zu verwandeln, zu heilen oder zu spinnen. Doch durch das Vermischen der Gaben war deren Macht geschwächt oder verändert worden. Neue Gaben entstanden, einige verschwanden ganz. Manche nutzten ihre Gabe auch, um anderen aus Selbstsüchtigkeit zu schaden.

Ein Abkömmling des Wandlers, ein König, der sich in einen Drachen verwandeln konnte, plünderte das Land und brannte es nieder. Er tötete alle Menschen, die sich ihm widersetzten. Ein mächtiger Krieger, der König werden wollte, erlegte den Drachen und verdiente sich damit die Dankbarkeit eines verängstigten Volkes. Er bestimmte, dass alle dieselben Fähigkeiten haben sollten. Er befahl, dass jene, die spinnen, weissagen, sich wandeln oder heilen konnten, ihre Gaben nicht nutzen durften, da sie dadurch anderen gegenüber im Vorteil waren. Die Menschen waren sowohl neidisch als auch verängstigt, und viele stimmten dem ehrgeizigen Krieger zu, manche jedoch nicht. Eine Frau, deren kranker Sohn durch einen Heiler genesen war, meinte, dass die Gaben allen nutzten. Sie wurde von einem Mann unterstützt, dessen Ernte von einer Weissagerin gerettet worden war, die einen Sturm prophezeit und ihn aufgefordert hatte, früher aufs Feld zu gehen.

Die Stimmen der Angst und Unzufriedenheit sind jedoch immer die lautesten und so wurden die Weissager, Heiler, Wandler und Spinner vernichtet. Man verbrannte die Weissager auf dem Scheiterhaufen, hackte den Spinnern die Hände ab, jagte die Wandler wie die Tiere, deren Gestalt sie annahmen, und steinigte die Heiler auf den Dorfplätzen. Diejenigen, die eine besondere Gabe besaßen, verbargen aus Angst ihre Fähigkeiten schließlich sogar voreinander.

Der Krieger wurde König, und sein Sohn folgte ihm auf den Thron. Generation um Generation wurde das Land von Kriegerkönigen regiert, die mit Eifer die Begabten unter ihren Untertanen vernichteten, überzeugt davon, dass Gleichheit nur dann erreicht werden konnte, wenn niemand besonders war, und die Macht der Worte ausgelöscht wurde.

Meine Mutter hatte Worte geformt. Sie war eine Weissagerin gewesen und ihre Worte waren magisch. Sie konnte sie zum Leben erwecken. Sie wurden zur Wirklichkeit und verkündeten die Wahrheit. Mein Vater wusste das und hatte Angst. Worte können grausam sein, wenn man die Wahrheit nicht hören will.

Meine Mutter ging achtsam mit ihren Worten um und ließ sie im Tod verstummen. Nun schwirrten ihre Worte lautlos um mich herum wie stille Beobachter, die darauf warteten, dass jemand sie aussprach und ihnen Leben einhauchte.

Während ich durch den Wald lief, lauschte ich den Geräuschen. Die Nacht flüsterte mir ins Ohr, die Worte legten sich Schicht für Schicht übereinander. Die Eule rief ihr »Huhu«, doch sie wollte nicht wissen, wer kam. Sie wusste es bereits und beobachtete mich ohne Furcht. Der Mond hing riesig groß über mir am Nachthimmel, der Boden unter meinen Füßen war weich. Ich fühlte mich den anderen stummen Lebewesen verbunden und genoss dieses Gefühl der Zugehörigkeit. Wir waren gleich. Wir lebten, aber niemand nahm uns richtig wahr. Ich streifte mit den Fingerspitzen über die raue Rinde eines Baumes und spürte, wie er mich grüßte, obwohl es mehr eine Empfindung als ein Wort war.

Die Welt schlief, und auch der Wald schlummerte, wenn

auch nicht ganz so tief. Hier erwachte eine andere Welt zum Leben. Ich lehnte mich gegen den Baum, der sich wie ein Freund anfühlte, und ließ mich von Frieden erfüllen.

Ein plötzlicher Schrei schallte durch das Blätterdach und durchschnitt die Stille. Der Baum zog sich in sich zurück, und die Worte, die um mich schwebten, verstummten. Nur eines blieb: Gefahr. Gefahr, rauschte der Wald um mich herum, doch anstatt wegzulaufen, drehte ich mich in die Richtung, aus der der Schrei gekommen war.

Jemand litt schreckliche Schmerzen.

Ich weiß nicht, warum ich hinlief. Aber ich tat es. Ich folgte dem Schrei, der die Dunkelheit zerteilte und mir eine Gänsehaut verursachte. Kurz verebbte das Kreischen, doch dann schwoll es wieder an, wie ein Todesruf. Ich erreichte eine Lichtung und blieb stehen. Denn dort, in einer Pfütze aus Mondlicht, lag der größte Vogel, den ich je gesehen hatte. Ein Pfeil ragte aus seiner Brust. Sein Gefieder erzitterte, als er Atem schöpfte, mühevoll, keuchend. Vorsichtig näherte ich mich.

Ich konnte den Vogel nicht beruhigen, so wie eine Mutter ihr Kind. Menschliche Laute verängstigten Tiere eher, als sie zu beschwichtigen, es sei denn, es handelte sich um ein geliebtes Haustier oder ein treues Pferd. Und vor mir lag weder das eine noch das andere. Der Vogel hob den weißen Kopf. Seine schwarzen Augen richteten sich auf mein Gesicht, misstrauisch und verzweifelt zugleich. Seine Schwingen zuckten, als ob er wegfliegen wolle, aber er war am Ende seiner Kraft.

Es war ein Adler, ein majestätisches Tier, das man gewöhnlich nur aus der Ferne bewundern kann, wenn überhaupt. Die Spitzen seines samtig schwarzen Gefieders schimmerten blutrot. Ich wagte nicht, ihn zu berühren. Nicht etwa aus Furcht vor ihm, sondern weil ich ihn nicht erschrecken wollte. Gewiss würde er wegfliegen wollen, wenn ich ihm zu nahe kam, und dadurch noch mehr Schmerzen erleiden. Ich kniete neben ihm nieder und versuchte herauszufinden, ob ich ihm helfen konnte.

Vorsichtig hob ich meine Hand über seine ausgebreitete Schwinge. Dann schloss ich die Augen und schob ihm ein Wort zu. Durch meine Gedanken versuchte ich, ihm Kraft zu geben. Auf diese Weise teilten die Tiere sich mir mit, und ich nutzte diese Art der Kommunikation, wenn ich meinen Willen durchsetzen wollte, mal mit mehr, mal mit weniger Erfolg.

Sicher, sagte ich ihm stumm. *Sicher.*

Seine Schwinge zuckte nicht mehr unter meiner Hand. Ich öffnete die Augen und betrachtete ihn erleichtert.

Sicher, versprach ich erneut. Völlig reglos saß er da, den Blick auf mein Gesicht geheftet, sein Atem ging immer flacher.

Er lag im Sterben.

Der Pfeil hatte sich tief in seine Brust gebohrt, doch wenn ich ihn herauszog, würde der Adler nur noch schneller sterben. Mehr Sorge als der Pfeil bereitete mir allerdings, dass der Vogel Schmerzen litt. Außerdem befürchtete ich, dass sein Blut Raubtiere anlocken könnte, die nur darauf warteten, ihn noch vor seinem Tod zu verspeisen.

Dann gab es noch die Sache mit dem Pfeil an sich. Wo war der Schütze abgeblieben?

Ich lauschte aufmerksam mit all meinen Sinnen, doch ich vernahm nur das Flüstern der Bäume, das Summen des nächtlichen Waldes, das Rauschen des Windes. Ich nahm weder Gefahr noch Angst wahr, keinen Verfolger und auch keinen sich nähernden menschlichen Gedanken. Vielleicht war der Adler dem Schützen entkommen und noch ein ganzes Stück geflogen, ehe er vom Himmel stürzte.

Licht. Ich spürte, wie das Wort von dem Vogel emporstieg. *Licht.* Ich fragte mich, ob er sich nach dem Tag sehnte, als ob dieser ihn vor seinem Schicksal bewahren könnte und nur die Nacht seinen Tod brachte. Vielleicht sah der Vogel aber auch das Licht der Ewigkeit, das ihn zu sich lockte, um mit den Göttern ins Paradies zu fliegen.

Licht.

Ich beschloss, zu bleiben, bis es so weit war. Auch bis zur Morgendämmerung, wenn nötig, falls er überhaupt so lange durchhielt. Auf diese Weise konnte ich auch die Raubtiere vertreiben, bis der Zeitpunkt gekommen war, an dem er die eine Welt verließ, um in eine andere zu fliegen. Ich legte mich neben ihn und streifte mit der Hand durch sein seidenweiches Brustgefieder.

Ich berührte ihn nur leicht, doch mit der Macht meines Willens presste ich ihm nachdrücklich meinen Wunsch in seine schmerzverzerrten Atemzüge.

Linderung, sagte ich ihm in Gedanken. *Trost. Ruhe. Frieden.* Die Worte waren nur Balsam, keine Heilung. Ich war keine Heilerin. Aber ich gab ihm auch das Wort »Genesung«, obwohl es nur ein Wunsch war. Der Adler war so prächtig. Ich wollte nicht, dass er starb.

Boojohni würde mich suchen. Er würde grummeln, stöhnen und über seine wunden Füße und knubbeligen Knie jammern, aber er würde kommen, weil er mich liebte und sich Sorgen machen würde, wenn ich nicht bald zurückkehrte. Mein Vater hatte mich früher an sich gebunden. Mit einem Strick wie einen ungehorsamen Hund. Mein Vater hatte solch große Angst, dass mir etwas zustoßen könnte und ließ mich nie unbewacht. Später hatte er Boojohni zu meinem Aufpasser bestimmt. Er sollte dafür sorgen, dass mir nichts zustieß. Damals waren wir ungefähr gleich groß gewesen, und weil wir stets aneinandergebunden waren, wirkten wir wie zwei unartige Kinder, die ihre Strafe ausbaden mussten. Boojohni hasste das noch mehr als ich. Aber er wurde für die Mühsal und Demütigung wenigstens entlohnt. Ob ich mich gedemütigt fühlte, kümmerte niemanden.

Boojohni war ein Troll. Er ähnelte eher einem Affen als einem erwachsenen Mann. Er hatte eine flache, gummiartige Nase über einem beeindruckenden Bart in derselben Farbe wie seine unordentlichen Haare, die ihm weit in die Stirn und über den Rücken fielen. Obwohl er nur einen Meter zwanzig maß, war er bereits ausgewachsen. Er trug Kleidung, ging auf zwei Beinen und war so weise wie jeder Mensch, obwohl er nichts lieber tat, als der menschlichen Rasse aus dem Weg zu gehen.

Ich war inzwischen viel größer als Boojohni, doch er diente immer noch als mein Beschützer, obwohl ich der Leine inzwischen entwachsen war. Ich ließ mich nicht mehr in einen Käfig sperren, auch wenn mein Vater es versucht hatte. Würde seine Sorge auf Liebe gründen, wäre es leichter zu ertragen gewesen. Aber seine Sorge entstammte dem Wunsch nach Selbstschutz und war geboren aus Angst. Seit dem Tod meiner Mutter nahm die Feindseligkeit zwischen uns beständig zu.

Ich seufzte leise und stieß den Atem aus. Der Adler hörte es, hob den Kopf und betrachtete mich.

Licht. Das Wort schwebte wieder zu mir herüber. Drängend. Fragend.

Bald, beschwichtigte ich und streichelte ihm über den Kopf. Ich log. Für ihn würde es kein Licht mehr geben. Die Morgendämmerung war noch Stunden entfernt. Aber ich würde bleiben, sollte Boojohni doch jammern. Er hatte eine ebenso feine Spürnase wie die Jagdhunde meines Vaters. Wenn er wollte, würde er mich ganz leicht finden.

Ich suchte mir eine bequemere Position. Da ich leicht fröstelte, schlang ich mein Kleid um meine Beine und zog meinen Mantel enger um mich. Der Schnee war zum Glück verschwunden, und der Frühling näherte sich mit raschen Schritten. Die Bäume kleideten sich in Grün, und das Gras unter mir fühlte sich weich an. Ich legte mich schützend um den Vogel, den Kopf auf einen Arm gebettet, und streichelte das Tier, während ich versuchte, es mit meinen Gedanken zu beruhigen und zu heilen.

Ich erwies mich als schlechte Beschützerin.

Ich hatte mich so sehr darin vertieft, dem armen Adler Frieden und Erholung zu vermitteln, und meine ganze Kraft und Willensstärke aufgeboten, dass ich vor Erschöpfung fest einschlief, eingelullt von meinen eigenen Wunschgedanken.